보이지 않는

The Invisible

질병의 왕국

Kingdom

메건 오로크

시인, 작가, 저널리스트. 예일대학에서 영문학을 전공하고, 《뉴요커New Yorker》《파리리뷰Paris Review》 등을 거쳐 《예일리뷰Yale Review》의 편집자로 일하고 있다. 에세이 《긴 이별The Long Goodbye》과 여러 권의 시집을 출간했다.

20대 초반부터 정체불명의 증상들에 시달렸다. 자가면역질환이라는 초기 진단은 증상을 완전히 설명해 주지 못했다. 스스로 답을 구하기 위해 의료계, 학계의 전문가와 동료 환자 들을 만나 이야기를 나누면서 이것이 혼자만의 문제가 아님을 깨달았다. 진단과 치료법이 모호한 병, 극복하기보다 함께 살아가야 하는 병, 남들 눈에는 제대로 보이지도 않는 병이 많은 이의 삶을 잠식하고 있었다.

저자는 만성질환의 완고한 현실을 홀로 감당해야 하는 이들이 조금이나마 덜 외롭기를 바라며 이 책을 썼다. 가다 서다 하는 병과 보폭을 맞추느라 10년이 걸린 작업이었다. 그러는 동안 찾고자 했던 답 대신 새로운 길을 발견했다. 그의 여정은 여느 투병기처럼 병을 없애거나 무찌르는 이야기가 아니다. 대신 우리 몸이 현대 의학이 아는 것보다 훨씬 복잡할 뿐 아니라 서로 연결되어 있음을, 불확실성과 부족함을 안고 사는 길을 이야기한다.

보이지 않는
The Invisible
질병의 왕국
Kingdom

만성질환
혹은 이해받지 못하는 병과
함께 산다는 것

메건 오루크 Meghan O'Rourke 지음

진영인 옮김

부·키

진영인

대학에서 심리학과 비교문학을 공부했다. 옮긴 책으로 《우리가 사랑한 세상의 모든 책들》《나를 알고 싶을 때 뇌과학을 공부합니다》《고독사를 피하는 법》《퍼스트 셀》《아름답고 저주받은 사람들》 등이 있다.

보이지 않는 질병의 왕국
— 만성질환 혹은 이해받지 못하는 병과 함께 산다는 것

2023년 7월 12일 초판 1쇄 발행

지은이 메건 오로크
옮긴이 진영인
발행인 박윤우
편집 김송은 김유진 성한경 장미숙
마케팅 박서연 이건희 이영섭 정미진
디자인 서혜진 이세연
저작권 백은영 유은지
경영지원 이지영 주진호

발행처 부키(주)
출판신고 2012년 9월 27일
주소 서울 서대문구 신촌로3길 15 산성빌딩 5~6층
전화 02-325-0846
팩스 02-3141-4066
이메일 webmaster@bookie.co.kr
ISBN 978-89-6051-988-6 03840

※ 잘못된 책은 구입하신 서점에서 바꿔 드립니다.

만든 사람들
편집 김유진 | 디자인 서혜진

답을 찾는 모든 이들에게

추천의 말

병 이야기를 들을 때, 우리는 그것이 내 삶과 관련 없으리라는 확신을 얻기를 원한다. 나는 건강하다. 저 환자는 아프다. 나도 가끔은 저런 삶으로 건너가야 할지도 모르지만, 다시 이곳으로 돌아올 것이다. 따라서 우리는 이렇게 생각하는 편을 선호한다. 건강의 세계와 질병의 세계는 엄격히 나누어져 있다. 또 이렇게 생각하기도 한다. 치료는 원래 자리로 돌아오는 복귀의 과정이다.

현대 의료는 사람들에게 이런 복귀의 확신을 주는 데에 여념이 없었다. 급성질환과 감염병을 마법의 탄환으로 치료하여 놀라운 성과들을 전시했으며, 질병과의 전투에서 고지를 점령하여 빼앗겼던 환자의 신체를 수복하는 전쟁 전문가로서의 의사를 대중 서사에 각인시키는 데 성공했다. 우리는 이미 투병기의 구조를 체화했다. 어딘가 아프다. 병원에서 의사의 지도를 따른다. 낫는다. 원래의 삶으로 돌아간다.

안타깝게도 의료가 잠깐 사람들에게 나누어 주었던 확신, 원래 자리로 되돌아갈 수 있다는 꿈은 만성질환과 장애 앞에서 스러진다. 낫기 어려운 병, 아니 애초에 치료법 같은 것은 존재하지 않는 병 앞에서 우리가 할 수 있는 일은 이미 질환으로 기울어져 버린 삶의 외줄 타기에서 어떻게든 넘어지지 않으려 버티는 것이다.

점차 생존 여명이 길어지는 한편 비인간적인 삶의 조건과 환경으로 인하여 우리 중 많은 사람이 사라지지 않는 병과 함께, 병에 괴로워하고, 병을 관리하며 살아가고 있다. 비염부터 시작하여 우울증, 당뇨병, 만성 콩팥병, 고혈압과 비만까지 모든 만성질환의 빈도가 증가하고 있다. 이 책에서 이야기하는, 몸이 자신을 공격하는 자가면역질환도 마찬가지다. 그러나 이런 질환은 진단하기 어렵거나, 치료할 수 없다는 이유로 우리의 시야에 쉽사리 들어오지 않는다. 아니, 애써 보지 않으려 하는 것인지도 모르겠다. 그것을 직면하는 일은 우리가 한때 가졌던 낙관, 복귀라는 환상을 포기하도록 만들기 때문이다. 그렇게 현대 의료와 문화는 만성질환을 제대로 바라보지 못하는 '병'을 앓고 있다.

저자는 이 점을 먼저 경험하고 깨달은 사람으로서 우리에게 제안한다. 이런 병 앞에서 원래 삶으로 돌아가는 환상에 매달리는 대신, 병을 끌어안고 돌보기 위해 함께 노력해야 한다고. 질환으로 인해 조각난 삶을 깁고 감싸 안기 위해 연대해야 한다. 그리고 아픔으로 인해 이제는 돌아올 수 없는 삶을 애도하는 이들을 위로해야 한다. 이런 일들이 너무 큰 목표라는 생각이 든다면, 이 책을 읽어 볼 것을 권한다. 이미 그 노력과 연대와 위로를 스스로 건네고 있는 이 책을.

—— 김준혁(의료윤리학자, 연세대 치과대학 교수)

의학과 문학을 종횡무진으로 오가며 전개되는 《보이지 않는 질병의 왕국》이 지닌 흡인력은 실로 놀랍다. 회고록이면서 문화사를 이야기하고 르포르타주의 면밀함까지 갖춘 책이다. 개인의 이야기가 의료 제도와 고정관념 등을 겨냥하며 사회 곳곳으로 뻗어 나간다. 저자인 메건 오루크는 아픔을 직면하고 그것을 자신만의 언어로 촘촘하게 풀어낸다. 몸과 마음의 연결 지점을 찾고 개인의 면역계에 찾아온 질환에서 사회적 실패를 발견하기도 한다. 병의 도덕적 필요조건이 품위임을 밝히면서도, 역설적으로 품위 있게 아픈 일은 불가능함을 이야기한다. 지금껏 제대로 논의된 적 없는 만성질환에 대한 깊은 통찰과 분석은, 페이지를 넘길 때마다 연신 고개를 끄덕이게 한다. 아픈 몸으로 사는 일은 비단 개인의 문제가 아니다.

진단만으로 명쾌해진다면, 치료만으로 괜찮아진다면 질병을 둘러싼 상황에서 어떤 문제도 발생하지 않을 것이다. 그러나 만성질환 앞에서, 몸의 일을 알기란 쉽지 않다. 왜 아픈지, 어떻게 나을 수 있을지, 나아지는 게 가능하기는 한지 끊임없이 자문하는 동안 몸의 아픔은 어느새 마음의 아픔이 된다. 오늘은 괜찮지만 내일은 또 어떨지 도대체 가늠할 수 없다. 병원을 전전하며 그때마다 다른 진단을 받게 되면, 당혹감과 절망감이 온몸을 휘감는다. 몸에 좋다는 것을 닥치는 대로 섭취하고 운동을 꾸준히 해도 개선되는 기미가 보이지 않을 때, 그러면서도 맡은 일을 묵묵히 수행하지 않을 수 없을 때, 삶은 그 자체로 거대한 수수께끼가 된다.

아픈 당사자는 실재하는 질병을 순순히 인정하면서도 질병이 일으키는 두려움과도 싸워야 한다. 그래서 질병 서사는 늘 '극복'을 지향한다. 만성질환의 경우, 제대로 해결되지 않고 한번에 끝나지 않을 때가 더 많다. 만성질환 환자에게 병은 계속되는 일, 싫어도 어쩔 수 없이 함께 살아가야 하는 일이다. 병은 정복해야 하는 대상에서 함께 잘 살아야 하는 몸의 일부가 된다. 아픈 몸으로 사는 한, 고통은 현재진행형이다. 닥치기 직전의 두려움, 닥쳤을 때의 아픔, 닥치고 난 후의 짧은 안도감이 쳇바퀴처럼 반복된다. 시시로 엄습하는 불안은 그 짧은 안도감조차 사그라지게 한다. 그러므로 아픈 사람의 행동을 유심히 바라보는 일, 아픈 사람의 말에 찬찬히 귀 기울이는 일이 더욱 중요할 것이다.

몸은 "보이지 않는 왕국invisible kingdom"이다. 우리가 그 왕국의 왕이 되는 게 가능할까? 그것이 불가능하더라도 괜찮은 시민이 될 수는 있을 것이다. 이 자신감이야말로 이 책이 내게 준 가장 큰 선물이다.

—— 오은(시인)

짧은 강연을 의뢰받았다. 15분 남짓한 시간 안에 장애인의 자녀로 산다는 게 고통만을 의미하지 않는다는 이야기를 해야 했다. 늘 해오던 이야기니 어렵지 않을 거라 생각했다. 사전에 원고를 읽은 작가가 물었다. "장애를 가진다는 것이 상실이나 결여만을 의미하지 않는다면 어떤 이득이 있나요?" 나는 대답했다. "청각장애가 있어 시각언어인 수화언어를 사용하는 농인은 음성언어를 사용하는 청인보다 더 넓은 시야를 가지고 있습니다. 그러니까 더 잘 볼 수 있는 사람인 것이지요. 그들로부터 나고 자란 청인 자녀는 부모로부터 수어를 습득하고 세상으로부터는 음성언어를 배웁니다. 자연스럽게 더 넓은 시야를 가지면서도 동시에 들을 수 있는 사람이 되는 거지요." 담당 작가는 고개를 끄덕이더니 장애가 주는 장점에 대해 보다 더 구체적인 예시를 든다면 관객들이 쉽게 이해할 수 있을 거라 했다. 짧은 강연이기에 단번에 이해할 수 있는 장점을 예로 들어야 했다.

원고를 고치면 고칠수록 이상하다는 생각이 들었다. 장애를 가진다는 것이 안타깝고 슬픈 일이 아니라는 걸 말하기 위해서는 장애가 가져다주는 통찰과 지혜를 열거하며 '다른 몸'이 자본주의 사회에서 쓸모가 있음을 증명해야 했다. 그래야만 비로소 비장애인 중심 사회에서 받아들일 수 있는 이야기가 되었다. 그런 서사는 누구에게나 쉽게 납득되고 수긍된다. 장애를 뛰어넘어 삶에 대한 통찰을 가지게 되었다거나 투병 끝에 인생을 이해하게 되었다는 극복 서사 말이다.

그러나 세상에는 그렇지 않은 이야기도 많다. 이 책이 그렇다. 메건 오로크는 어느 날 예고도 없이 찾아온 자신의 고통에 이름을 붙이기 위한 여정을 떠난다. 수많은 의학 논문을 읽고, 관련된 의사를 만나고, 가능성이 있는 치료 방법이라면 전부 시도해 본다. 그러나 끝끝내 작가가 마주한 건 병명을 찾을 수 없는 아픔들이다. 그는 누구나 이해하기 쉽고 받아들이기 편한 극복 서사 쓰기를 거부한다. 대신 끝나지 않을 것 같은 고통을 충실하게 기록한다. 보이지 않고 들리지 않고 만져지지 않는 아픔을 말함으로써 생의 불확실성을 입증한다. 그것이 자신이 살아가는, 보이지 않는 왕국임을 선언한다.

이 책을 품에 안고 명료하게 딱 떨어지지 않는 서사에 대해 생각한다. 극복 서사가 되지 못하는 불확실한 이야기들을 떠올린다. 불확실성을 입증함으로써 끝내 확실해지지 않는 이야기, 그래서 생과 아주 가까운 이야기가 바로 여기에 있다.

—— **이길보라**(영화감독, 작가)

해외 언론의 찬사

이 책은 설명할 수 없는 불확실한 질병으로 고통받는 사람들을 돕는 동시에, 명확한 진단과 치료법이라는 현대 의학의 환상에 구멍을 뚫는다.
—— 앤드류 솔로몬(《한낮의 우울》 저자)

잘 이해되지 않는 질병을 가진 사람들을 무시하고 믿지 않으며, 그들이 자신의 고통을 탓하고 치료를 위해 절망적인 위험을 감수하도록 방치하는 사고 체계를 폭로한다.
—— 율라 비스(《면역에 관하여》 저자)

메건 오로크는 사회가 포착하지 못한 환자들의 보이지 않는 삶에 형태와 색을 부여한다. 언젠가는 우리 모두를 괴롭힐 수 있는 고립된 어둠에 한 줄기 빛을 비추는 이야기다.
——《월스트리트저널》

시인의 감수성, 저널리스트의 엄격함, 환자로서의 개인적 경험을 동원해 저자는 미스터리한 만성질환을 앓는 데 따른 신체적, 정신적 대가를 조명한다. 독자들은 경외감을 느끼게 될 것이다.
——《퍼블리셔스위클리》

엄격한 학문적 연구이자 급진적 공감의 행위인 이 책은 산을 옮길 만한 힘을 지녔다.
——《에스콰이어》

펜이 청진기만큼이나 강력하다는 것을 증명한다.
——《오프라데일리》

차례

2부 미스터리

3부 치유

병은 인생의 밤이자 부담스러운 시민권에 해당한다.
누구나 건강의 왕국과 질병의 왕국, 두 곳의 시민권을 가지고 태어난다.
다들 좋은 쪽의 여권만 쓰고 싶어 하나, 한 명씩 늦든 이르든
잠시나마 자신이 다른 쪽 왕국의 시민임을 확인하게 된다.
—— 수전 손택,《은유로서의 질병》

우리는 우리만의 이야기를 써 내려가는 공동 작가일 뿐이다.
—— 알래스데어 매킨타이어,《덕의 상실》

서문

†

병 이야기는 보통 깜짝 놀랄 사건으로 시작한다. 슈퍼마
켓에서 쓰러지거나, 정기 검진에서 복부에 혹이 잡힌다거나,
의사에게서 전화가 오는 식이다. 내 경우는 다르다. 나는 헤밍
웨이 소설에서 파산한 이야기를 하듯 아팠다. "서서히, 그러다
갑자기."[1]

1990년대 후반 대학 졸업 직후부터 아팠다는 이야기로
시작할 수 있겠다. 그때는 매일같이 두드러기가 나고 어지럽
고 만성 통증에 시달리며 식은땀을 잔뜩 흘렸다. 내가 아프다
는 사실을 어떤 의사도 인정하기 훨씬 전이었다. 또는 2008년
크리스마스에 어머니가 세상을 떠난 후, 바이러스에 감염되
어 병에 시달렸다는 이야기로 시작할 수도 있다. 피로로 온몸
이 쇠약해지고 림프절이 몇 달 동안 아팠다. 지치고 멍한 가운
데 슬픔 때문이라고 믿었다. 한 달 후 의사는 내게 엡스타인바
바이러스가 있다고 알렸다. 또 다른 시작도 가능하다. 내 병이

어머니가 돌아가시고 약 3년 후 무시할 수 없을 만큼 심해졌다는 이야기 말이다. 2012년 1월, 베트남의 버려진 호텔 옆 바람 부는 해안가가 배경이다. 나는 남편 짐과 물가에서 책을 읽고 있었는데, 내 팔 안쪽에 생긴 기묘한 발진이 눈에 띄었다. 일고여덟 개의 붉은 뾰루지가 원 모양을 그리고 있었다. '점자처럼 생겼네'라고 생각했다. 내게 무슨 말을 건네려는 걸까?

그날 해안은 앙상하고 낯선 생김새의 야자나무 가지가 흩어져 있어 지저분했다. 거친 날씨가 사방에 휘몰아칠 때 느낄 법한 어지럽고 외로운 감정이 밀려들었다. "이것 좀 봐." 내 말에 짐은 벌겋게 부은 염증성 발진을 보았다. "그거 이상한데."

그 기묘한 발진은 당시 내가 생각했던 것보다 훨씬 더 기묘한 증상이었다. 그때는 내가 의학 지식의 경계에서 살고 있다는 사실을 몰랐다. 1997년 대학 졸업 이후 간헐적으로 몸이 편치 않았다가, 이제는 상태가 쭉 나빠지고 있었다. 수영을 못하는 사람이 점점 깊은 물로 걸어 들어가는 것처럼. 그렇지만 아무도 이유를 몰랐다. 심지어 내가 아프다는 사실을 믿는 사람조차 처음에는 없었다. 정확히 말하면 나조차 믿지 않았다. 제대로 움직이지 못하는 몸에 갇힌 채, 해답에 집착하며 복잡한 탐색의 여정에 올랐다. 의사며 친구와 동료 들은 매서운 회의론과 진심 어린 염려를 번갈아 전했다. 결국에 자가면역질환이라는 진단이 나왔으나, 이 최초의 진단은 내 증상을 완전히 설명해 주지 못했다. 내 병에 관해 배우고 효과적 치료법을 찾아보면서 치유를 위해 여러 방법을 시도했다. 그러는 동

보이지 않는 질병의 왕국

안 나의 신비로운 만성질환은 더 좋아지기는커녕 악화해서, 나 자신을 거의 알아볼 수 없을 지경이었다. 유년 시절의 나는 이른 아침 햇빛이 침실에 흘러들면 생의 가능성을 품은 채 깨어났다. 내겐 앞날의 기쁨이 있었다. 그런데 정말 아프고 나니 잠에서 깨는 일이 두려웠다. 내 증상은 언제나 아침에 최악이었고, 눈을 뜨면 하루가 이유 없이 고통스러울 거라는 생각이 밀려들었다.

이름 모를 고질병에 사로잡힌 나는 내 병을 이해하고 싶었다. 문학, 과학, 철학 분야의 지식을 구하고 의사, 치료자, 역사가, 연구자, 다른 환자 들을 만났다. 이렇게 탐색하다 보니 우리 의료계 내부의 모순과 복잡한 사정, 잘 알려지지 않은 병을 앓는 환자들이 마주하는 장애물, 내가 설사 병을 극복하지 못한다고 해도 병과 **함께** 살도록 도와주는 것이 무엇인지 관심을 갖게 되었다. 정해진 답은 없었지만 하나는 확실했다. 무엇보다도 나는 내가 겪은 현실을 사람들이 알아주기를 바랐다. 남들에게 **보인다**는 감각 말이다. 적어도 나를 무너뜨린 이 질병에 인류가 창의력을 발휘한다면, 미래에 다른 사람들은 나보다 덜 힘들 테니까.

많은 사람이 고통받고 있다. 심장병이나 암 같은 만성질환이 흔하다는 건 다들 익숙하게 받아들인다. 이 병들은 정의가 명확하고 의심의 여지 없이 '진짜 존재하는' 병으로 여겨진다(아직 알려지지 않은 부분이 많은데도 그렇다). 반면 보통 별것 아닌 일로 무시되고, 논쟁이 붙으며, 심지어 병으로 인정받지도 못하는 만성질환이 조용히 퍼져 나가고 있다는 사실은 잘 모른다. 자가면역질환, 근육통성뇌척수염/만성피로증후군ME/CFS, 치료후라임병증후군(만성 라임병이라고 부르는 환자가 많다), 자율신경기능이상, 비만세포활성화증후군, 섬유근육통, 그리고 이제 막 알려지기 시작한 코로나 후유증이 그렇다. 어느 세대에나 대표적인 질병이 있다고 한다면, 이런 종류의 만성질환은 우리 세대의 질병일 것이다.

물론 이 질환들은 서로 구분된다. 그렇지만 공통점도 있으니, 면역계 그리고/혹은 신경계 조절 장애라는 것이다. 면역계와 신경계는 긴밀하게 얽혀 있다. 이런 질환이 발생하는 과정과 질환을 앓는 사람들 사이에는 상당한 크기의 교집합이 존재한다고 보는 연구도 있다. 즉 이런 질환들 가운데 하나를 앓는다면, 다른 것도 앓을 가능성이 크다는 뜻이다. 현대 의학은 이에 관해 놀라우리만큼 아는 바가 없긴 하나, 원인은 다양하다고 한다. 감염에 대한 인체의 반응도 원인이 된다.[2] 이 질환들은 규모도 커지고 있다. 예를 들어 자가면역질환이 늘어나는 속도는 과학자들이 '유행성'으로 판단할 만큼 빠르다. 이제 미국에서는 자가면역질환자 수를 2400만 명에서 5000만 명까지도 내다보고 있다.[3]

내 건강이 갑자기 나빠진 2012년에는 이런 질환들이 거의 연구되지 않았고 논의도 얼마 없었다. 잠재된 정신질환의 표출로 보는 관점이 흔했다. 알 수 없는 이유로 아팠으나 소외된 환자들은 자신의 고통에 정당성을 부여하기 위해 힘을 합쳐 활동가 모임을 꾸려야 했다. 10년이 지난 지금, 나는 코로나바이러스가 대유행한 해에 책을 마무리 짓게 되었다. 상황

보이지 않는 질병의 왕국

이 달라졌다. 자가면역질환은 이제 주류 담론에 올라섰다. 의사들은 마이크로바이옴microbiome(특정 환경에 존재하는 미생물과 그 유전정보−옮긴이)과 장 건강의 중요성을 내세우는데, 얼마 전만 해도 그런 주장은 터무니없는 소리 취급을 받았다. 코로나19 대유행을 계기로 큰 변화가 일어나, 인체가 감염되면 그 반응이 얼마나 다양할 수 있는지를 우리 사회가 제대로 인식하게 되었다. 바이러스와 세균은 개인의 생리biology와 충돌하여 신체에 복잡한 후유증을 남길 수 있으며, 이는 대개 면역계의 문제라는 점을 코로나19가 생생하게 보여 주었다. 그렇게 코로나 후유증을 앓는 사람들의 문제를 살피다 보니 다른 만성질환에도 관심이 가게 된 것이다.

그렇다고 해도 여전히 많은 사람이 잘 알려지지 않은 질환으로 침묵 속에 고통을 겪고 있다. 수많은 의사가 나처럼 전신 증상에 시달려도 검사 결과는 정상으로 나오는 환자들을 대수롭지 않게 여긴다. 수전 손택은 《은유로서의 질병》에서 사람들은 잘 모르는 질병을 흔히 내면 상태의 표출로 간주한다고 꼬집어 말한 바 있다.[4] 질병이나 증상에 대해 잘 모를수록 심리적인 병으로 간주하고 낙인을 찍기도 하는 경향이 강해진다. 의사들은 한때 다발경화증을 히스테리의 일종이라고 생각했다.[5] 결핵(예전에는 '기력을 빼앗기는 병consumption'으로 불렸다)은 원인 균을 찾기 전까지는 낭만적인 젊은 영혼이 걸리는 병이었다.[6] 어떤 암은 수십 년 동안 감정을 억압한 결과로 치부되기도 했다.

오늘날 우리는 질병을 합리적으로 파악하고 있으며 이런

식의 은유적 사고에 영향을 받지 않는다고 믿고 싶어 한다. 그러나 연구에 따르면 의학에는 여전히 이런 관점이 가득하며, 특히 잘 알려지지 않은 질병은 깊은 심리적 혹은 실존적 문제의 증상으로 보는 일이 흔하다. 물론 정신의학의 발전은 20세기 의학이 거둔 쾌거지만, 면역 매개성 질환을 겪는 환자는 자신의 신체적 증상을 정신적 증상으로 환원하여 분류하는 상황을 자주 맞닥뜨리게 되며, 이는 적절한 치료와 연구에 장벽이 된다. 의학이 문제를 볼 수 없고 이름을 붙일 수도 없다면, 연구도 치료도 불가능하다.

의학적 불확실성으로 인해 환자 본인의 불확실성은 더욱 가중된다. 나는 몸이 불편했지만, 증상이 확실하고 치료법도 정해진 그런 병은 아니었다. 심지어 나조차도 때때로 이것이 내 존재 상태를 알리는 일련의 신호라고 해석하기도 했다. 병은 맨 처음에는 내면 깊은 곳에 문제가 있다고 알리는 수기 신호 같았다. 답을 찾지 못한 가운데 심한 절망에 사로잡힌 나는, 내가 겪는 일을 제대로 이야기할 수만 있다면 건강을 되찾으리라고 (논리적이진 않지만) 생각하게 되었다. 마치 자신의 숨겨진 이름을 찾아야 하는 판타지 소설 속 어린아이처럼, 그 이야기를 알아내기만 하면 다시 나 자신으로 돌아갈 수 있을 것 같았다.

한참 후에야 이 병이 나만의 문제가 아님을 깨달았다. 고통을 겪어도 다들 입을 다무는 현상은 우리 사회의 병적인 측면이었다.

그렇게 이 책이 탄생했다. 이것은 나도, 아마 다른 어떤 사람도 이해할 수 없었던 무언가를 헤아려 보려는 개인적이고 불완전한 기록이다. 그렇지만 이제껏 책을 읽고 자료를 찾고 과학자와 의사와 환자 들을 만나는 동안 배운 것을 그러모은 시도이기도 하다. 아팠던 경험을 나 자신에게 설명하기 위해서, 그리고 확인이 어려운 만성질환의 완고한 현실을 마주한 다른 사람들을 돕기 위해서 책을 썼다. (이 책에서 '만성질환'은 '거의 알려지지 않은 질환' 혹은 '면역 매개성 질환'의 줄임말로도 쓰일 것이다. 물론 전자는 후자보다 훨씬 폭이 넓은 단어다.[7])

이 책은 환자와 그 가족과 의학 전문가를 위한 책이자, 면역 매개성이든 아니든 규정하기 힘든 건강 상태를 밝혀야 하는 어려운 처지에 놓인 모두를 위한 책이다(여기서 이야기한 내용의 상당 부분은 만성 통증이나 편두통을 겪는 환자, 심지어 암과 함께 사는 환자의 경험에도 적용할 수 있다). 어떤 의미로는 피상적 설명에 저항하는 삶의 언어를 찾아내고자 하며, 우리 문화에는 잘 알지 못하는 병을 심리적 질환으로 해석하는 경향이 있음을 밝히고자 한다. 또한 의료계가 대단한 역량을 갖추고도 이런 종류의 만성질환이 가파르게 증가하는 추세를 왜어째서 조절하지 못하는지도 설명할 것이다. 미국 의료계는 급성질환은 잘 치료하지만 복잡한 만성질환 치료는 형편없다. 물론 나는 의사가 아니니 과학적으로 완벽한 설명은 해낼 수 없다. 오히려 내 바람은 이런 질환의 진단과 치료가 왜 어려웠는지, 어떤 면에서 '보이지 않는 병'이라는 말이 나올 만큼 기존 의학 체계에 도전적인지 그 맥락을 알리는 것이다. 그리하여 오랫동안 낙인찍힌 환자를 향한 치료며 태도가 완전히 달라지기를 희망한다.

이런 이야기는 대부분의 질병 서사가 그리는 깔끔한 궤적과는 완전히 다른 길을 간다. 내 이야기에는 질서가 없다. 병을 앓은 과정이 그렇기 때문이다. 원을 그리기도 하고, 높이 올랐다가, 훌쩍 건너뛰기도 한다. 아팠다가 좋아졌다가 다시 아팠다. 원래의 자아가 사라지고 의존적 새 자아가 나타났다. 결국에 라임병 진단을 받고 치료를 시작하자 건강이 극적으로 나아졌다. 하지만 이 이야기는 회복이나 질병 극복에 관한 이야기가 아니다. 여느 질병 서사와 달리 나의 생존 혹은 '건강 회복'에 초점을 맞추지 않는다. 내 탐색에 목표가 있다면, 그것은 불확실성과 부족함을 안고 사는 길을 배우는 것이었다. 자료도 없고 해답도 없는 가운데, 통제가 거의 불가능한 현실을 끌어안아야 했다. 여전히 내 손에 확실한 답은 없다. 그러나 불확실성을 한 겹씩 벗겨내면서, 적어도 내가 받아들일 만한 진실에 도달하게 되었다.

실로 이 책은 병을 없애거나 무찌르는 대신 병과 함께 사는 이야기다. 병을 극복하는 미국적 정신을 놓아 주고, 상호 의존성을 찾는 이야기다. 그간 아팠던 경험을 계기로, 우리 몸이 독립적으로 움직이는 것처럼 느껴질지라도 근본적으로 서로 연결된 집합체로서 살아간다는 것을 깨닫게 되었다. 신체는 언제나 다른 신체와 소통한다. 면역계는 보건 정책뿐만 아니라 타인의 감정과 정서에도 반응한다. 그래서 면역 기능에 이상이 생긴 신체란, 우리가 서로 영향을 잘 주고받는 존재임을 구현한 몸이다. 개인 간의 상호작용, 음식 및 화학물질의 조절, 보편 의료의 부재, 구조적 인종차별, 가난, 트라우마 등이 신체에 어떤 영향을 주는지 다방면으로 보여 주는 것이다. 이는 코로나바이러스 대유행과 그로 인한 충격이 어느 때보다도 선명하게 드러낸 사실이다. 하지만 그전에도 늘 그랬다.

알려진 바가 별로 없는 질병을 앓으면, 의료계의 갖은 결점에 직면하게 된다. 건강보다 생산성을 더 중시하는 후기 자본주의 사회의 구조적 문제와 부닥치며, 기존 체계에 들어맞지 않는 경험을 전달해야 하는 철학적 문제와도 마주한다.

이런 질병은 인간의 면역 반응이 다양하여 생긴 만큼 개인 맞춤형 의료가 필요할 테지만, 튼튼한 사회적 안전망과 상호 의존성에 관한 인식 또한 필요하다. 자가면역질환과 면역 기능장애는 이미 확산 상태였는데, 코로나19로 인해 속도에 불이 붙었다. 주요 대학 병원들은 코로나 후유증 문제를 계기로 이 같은 질환을 앓는 환자들을 어떻게 치료할지 다시 생각하게 되었다. 개혁 성향의 내과 의사들은 전염병의 여파로 더 많은 변화가 일어나기를 기대하고 있다. 이와 동시에, 환자 주도의 단체와 조직이 어마어마한 노력을 기울인 덕분에 그 어느 때보다 많은 관심이 몰리고 있다. 환자를 정확하게 진단하는 의료계라면, 환자들의 증언을 대수롭지 않게 여겨서는 안 된다.

결국에 나는 운 좋은 사람 중 한 명이다. 그동안 만난 수많은 동료 환자들보다 운이 좋다. 주요 대도시에 살며 상위 수준의 소득을 버는 고학력 백인 여성으로서, 다른 환자에 비해 자원도 많고 특권도 많이 누렸고 단순한 운도 좀 따랐다.

이렇게 말할 수도 있다. 내 투병 경험이 독특하다고 생각해서 이 이야기를 하는 것은 아니다. 반대로, 내가 겪은 일은 아주 흔하며 예전의 나보다 훨씬 아픈 환자도 많다. 나보다 더 형편없는 치료를 받은 사람들도 있다. 그럼에도 내 사연을 꼭 전해야겠다고 느낀 이유는 바로 그 평범함 때문이다. 내 고통으로부터 무언가 유용한 것을 만들어 내고 싶었다. 변화가 일어날지도 모른다는 희망 속에서, 우리 사회가 구하지 못했고 여전히 구하지 못하고 있는 사람들을 위해 이 책을 썼다.

1부

장애물

The Invisible Kingdom

1
서서히, 그러다
갑자기

영어로 햄릿의 생각과 리어의 비극을

표현할 수는 있어도,

오한과 두통을 표현할 수는 없다.

◆ 버지니아 울프, 《아픈 것에 관하여》

칼로 찔러대는 듯한 통증이 팔다리에 찌르르 이는 '전기 충격'을 아침마다 겪기 시작한 것은 1997년 가을, 대학을 졸업한 때였다. 작은 벌떼에 쏘인 듯 아픔이 너무 심해, 이스트빌리지의 맨 아래층 아파트에서 직장까지 걸어가는 동안 여러 번 발길을 멈추고 주차권 판매기에 다리를 기댄 채 문질러 줘야 했다. 안 그러면 쥐가 나서 다리에 경련이 일었다. 의사는 이유를 알아내지 못했고 피부 건선이 문제 같다고 했다. 전기 충격은 결국 사라지긴 했다. 그러나 일 년 뒤 다시 돌아와 몇 달 동안 계속되다가, 더는 못 버티겠다고 생각할 무렵 비로소 또 가셨다.

20대 동안 전기 충격도 그렇고 현기증도 자주 앓았다. 피로감이며 관절 통증, 기억력 감퇴, 식은땀, 떨림 같은 예사롭지 않은 증상이 나타났다 사라졌다. 일 년 동안 밤마다 새벽 두 시쯤 땀에 젖은 채 잠에서 깨어나 보면 두 다리에 두드러기가 가득했다. 가렵고 잠도 싹 달아난 상태로, 푹 젖은 잠옷이며 이불을 새것으로 바꾸어야 했다. 병원에서 처방해 준 항히스타민제를 매일 복용하니 두드러기는 가라앉았다. 한 검사에서 낭창이 의심되어 추가로 검사했으나 결과는 문제가 없었고, 괜찮아 보였다. "검사 결과는 전부 음성이네요. 곧 사라질 증상일 뿐입니다"라고 전문의가 말했다. 나는 이런 생각이 들었다. **심한 두드러기가 나는 원인에는 관심이 없나요?**

음식과 자기 조절에 관한 생각이 잘 정리되지 않은 여성들이 그렇듯, 나는 이 낯선 피로와 불편감이 올바르지 않은 식습관 탓이라고 믿었다(꽤 균형 잡힌 식사를 했는데도 말이다). 당시에는 식습관이 기력 소진에 한몫한다고 생각하기 쉬웠던 것이, 딱 꼬집어 말할 수는 없어도 특정 음식을 먹으면 몸이 더 나빠지는 느낌이 들었다. 그러니 건강이 안 좋은 것은 내 책임이라고 여기게 된 것이다. 이렇게 괴로운 건 분명 문제가 있다는 생각과 내가 잘못했고 설탕이나 피자를 끊기만 하면 괜찮아질 거라는 생각이 번갈아 가며 들었다.

어느 날 밤, 더러운 회색 스웨터를 입은 남자가 나를 칼로 찌르는 악몽을 꾸다 벌떡 깼다. 월경 기간이었는데, 월경통 말고도 오른쪽 아랫배에 날카로운 통증이 느껴졌다. 통증은 점점 강도가 심해졌고, 몸에 열이 확 오른 순간 나는 별안간 구토했다. 맹장염인가 싶었으나 한 시간 뒤 응급실에 갈 준비를 할 때 통증이 딱 가셨다. "월경통은 누구나 겪습니다." 이 일을 물어보니 산부인과 의사에게서 돌아온 답이다.

한 친구가 자기가 다니는 산부인과 의사를 만나 보라고

권했다. 칼에 찔린 듯한 통증 이야기를 하자 의사는 내 말을 경청하고 고개를 끄덕였다. 내 고통을 알아주는 모습에 안도했다. 의사는 어떤 검사를 하고 초음파도 확인했다. "자궁내막증 같습니다. 자궁에서 떨어져 나간 조직이 복부나 다른 내장 기관에 달라붙어 통증을 유발하는 면역 조절 질환이지요. 하지만 임신을 원하지 않는 한 문제 될 건 없어요. 자궁내막증은 불임을 유발할 수 있거든요. 나중에 치료할 수 있으니, 지금은 월경 기간에 이부프로펜만 처방할게요." 의사는 휴지 몇 장을 건넸고, 나는 혼자 몸을 닦고 옷을 입은 다음 병원을 빠져나왔다. 내 통증이 그 자체로는 문제가 안 되며, 임신 가능성을 고려할 때만 해로운 신호로 여겨진다는 사실에 당혹스러웠다.[1]

스물네 살 때는 아침에 일어날 때마다 안개 낀 유독한 공기가 머릿속에 들어찬 기분을 느꼈다. 출근 전에 머리를 비우려고 한참 동안 달리곤 했다. 신발 끈을 매고, 땀을 흘리며 잠기운을 씻어 냈다. 다들 이런 경험을 한다고, 그냥 감기를 떨쳐내고 있다고 생각했다. 그렇지만 나만 왜 이렇게 자주, 내가 아는 누구보다도 빈번하게 감기 초기 증상을 겪는 걸까? 생각날 때마다 자료를 조금씩 찾아보기 시작했다.

2005년, 스물아홉 살 생일 무렵에는 희한하리만치 기력이 떨어졌다. 인터넷에서 증상을 검색해 보니 자가면역질환에 해당하는 몇몇 병과 너무 비슷해서 깜짝 놀랐다. 검색 결과가 뜬 모니터를 짐에게 보여 주자, 화면의 푸른 빛이 그의 얼굴에 비쳤다. 짐은 고개를 끄덕였다. "당신은 젊은 사람치고 너무 지쳐 있긴 해.” 그러나 당시 찾아간 병원들은 검사 결과가 괜찮다며 나를 안심시켰고, 나는 힘들어도 극복하자는 마음가짐으로 다시 돌아왔다.

증상을 그냥 넘기는 내 성향은 건강 문제에 대체로 무관심한 가족 분위기 탓도 있었다. 나는 브루클린에서 유년 시절을 보내며 부모님이 교사로 재직하는 학교에 다녔는데, 내 몸에 너무 많은 관심을 두지 말라고 교육받았다. 부모님은 뉴저지의 아일랜드계 미국인으로, 가톨릭 대가족 집안에서 자라 도시로 옮겨 간 사람들이었다. 실용적이고 극기심이 강했다. 베이비붐 세대가 대체로 그렇듯 부모님에게 의사란 의심할 이유가 하나도 없는 전문가였다. 고열이 있거나 심하게 넘어지거나 꿰매야 하는 상처를 입지 않는 한 의사를 찾지 않았다. 그런 상황이 닥쳐 병원에 가면 진단받고 약을 먹거나 수술을 받았고, 그러면 건강해졌다. 하지만 의사가 아무 문제 없다고 하면 아무 문제 없는 거였다. 부모님은 현대 의학의 힘을 믿었고, 나도 그랬다.

우리 가족은 건강을 잘 챙긴다는 생각 같은 건 한번도 해본 적 없고, 심지어 건강을 화젯거리로 삼지도 않았다. 부모님은 자식들을 정기적으로 병원에 데려가고 열이 나면 타이레놀을 주었지만, 증상이 모호하거나 사소해 보이면 그냥 힘내라고 하며 넘겼다. 어린 시절의 나는 그런 ‘사소한’ 문제를 여러 가지 겪었다. 돌이켜보면 심한 알레르기, 근육통, 소화불량 등은 훗날 벌어질 일의 어렴풋한 단서였지만, 부모님은 그런 문제에 큰 관심이 없었다. 그렇게 나는 불편한 상태에 익숙해졌다. 즉 불편함을 입에 올리면 까탈스럽게 구는 거라고 믿게 되었다. 언젠가 내가 아픔을 호소하자 엄마는 "완두콩 공주 같네"라는 짜증 섞인 대답을 돌려주며 내 요구가 지나치다고 못 박았다.

그렇지만 이건 아니라고, 문제가 있다고 슬며시 알리는 사건들이 있었다. 2008년 7월, 나는 코네티컷의 부모님 집 안뜰에 앉아 이른 저녁 식사를 했다. 그때 엄마는 대장암 4기로 네 번째 화학요법을 받는 중이었다. 기온이 32도까지 오르고 해가 아직 떠 있었다. 테라스에서는 민트와 바질 향이 풍기고 공기는 습기를 잔뜩 머금었다. 그 가운데 나는 오한이 심하게 들어 스웨터를 입었다. "넌 나보다 몸이 더 안 좋아 보이는구나." 흘긋 쳐다보는 엄마의 시선은 날카로웠으며, 짙은 눈에는 보기 드물게 걱정이 한껏 어려 있었다. "괜찮니?" 잘 알 수 없었다. 다음 날 아침에 일어나 보니 기운이 쏙 빠지고 머릿속은 안개가 낀 듯 띵했다. 엄마는 방문을 두드리며 해안으로 산책하러 가고 싶다고 했다. 엄마의 까만 눈에 살고 싶다는 열의가 반짝였다. 항암 치료를 받고 있어도 나보다 더 기운차다는 생각이 들었다.

이 모든 일이 차곡차곡 쌓여 결국 베트남에서 팔에 벌겋게 솟은 발진을 응시하게 되었다는 이야기에 다다랐다(당시에는 단편적인 사건들에 지나지 않았으나 다 모으니 **이야기**가 되었다). 다시 책을 읽으려고 하면서 생각했다. **이 발진은 어떤 의미가 있어.** 그때 야자나무에 바람이 휘몰아쳐 커다란 잎이 땅에 툭 떨어졌다. **이 사소한 문제들 모두 뭔가를 가리키고 있어.**

발진을 어루만지면 그 모양이 미스터리를 해결할 단서를 알려 주기라도 할 것처럼 그렇게 쓰다듬었다.

짐과 함께 베트남에서 브루클린의 집으로 돌아온 지 사흘 후 미열이 났다. 2012년 2월이었다. 2차 세계대전 이전에 지은 우리 집 라디에이터가 방으로 열기를 내보내며 쉭쉭 쨍그랑 소리를 냈다. 짐은 콘퍼런스 참석을 위해 멀리 떠나야 했다. 나는 땀에 젖은 이불로 몸을 감싼 채 잠을 잤는데, 수면 주기가 평소와는 달랐다. 팔다리가 무겁고 축축한 느낌이었다. 2주 넘도록 독감과 유사한 증상에 시달리면서도 시차증이 계속 이어진 탓이라고 생각했다. 당시 작가이자 저널리스트로 활동하던 나는 생계를 위해 뉴욕대학의 대학원 글쓰기 프로그램에서 시를 가르치고, '창의적 논픽션'이라는 제목의 학부 강의도 맡았다. 프린스턴대학의 객원교수로도 일했다. 상태가 이러니, 새 책 작업에 들어가려고 손을 댔으나 지지부진했다. 일에 집중할 수 없었다.

시차증은 사라지지 않았다.

강의는 원래 좋아하던 일이었으나 이제 부담스러웠다. 월요일 오후 세미나 시간에는 완결된 문장으로 말하는 일이 힘들었다. 학생들의 열정적인 얼굴이 수업하는 나를 향하고 있는데도, 문장은 점점 더 아득해지고 말았다. 휴식 시간에 에스프레소 더블 샷을 마시려고 밖에 나갔으나 카페인도 내 흐릿한 정신을 말끔하게 털어 주지는 못했다. 두통에 시달렸고, 음식을 먹을 때는 어지러웠으며, 목이 자주 부었다. 나는 낱말 순서를 자꾸 바꾸어 말했다. 휴게실 정수기를 정수기 휴게실이라고 말하는 식이었다. "나중에 정수기 휴게실에서 만나."

3월의 어느 날 아침, 밝은 노란색 서재의 책상에 앉아 보았으나 꾸벅꾸벅 졸 뿐이었다. 마침내 인정했다. 나는 더 이상 글을 쓸 수 없는 상태였다. 망가져서 못 쓰게 된 활 같았다.

인터넷에서 개 영상이나 반짝 세일 같은 정보를 의미 없이 너무 많이 찾아다닌 데다 전반적으로 의지가 부족해서 이렇게 된 걸까. 아니면 우울증일까. 대학 때 우울증을 한 차례 겪은 적 있지만 지금 증상은 그때와 하나도 비슷하지 않았다. 어떤 정신질환이든 앓고 있을 수 있다고 마음을 열어 놓기는 했어도 정말로 그렇다는 생각은 들지 않았다. 내 증상이나 최근에 겪은 일들이 정신질환을 의미하는 것 같지도 않았다.

어머니의 죽음 이후 몇 년 동안 삶이 부서졌으나 이제는 그 조각들을 맞추었다. 어머니에 관한 회고록을 막 출간하고 매우 뿌듯했다. 너무 슬픈데, 또 슬픔에 지나치게 허우적대는 모습은 부적절하다고 느끼는 (나 같은) 사람들에게 도움이 될 것 같았다. 여름에는 작가 레지던시에 들어가기로 되어 있었고 새 책 프로젝트도 시작해서 들떴다. 어머니의 투병 시절에 나는 남편과 이혼했는데, 내가 너무 힘들었던 까닭에 우리 관계가 무너진 것이었다. 그렇지만 우리는 다시 결합했고 아기를 가지려고 노력 중이었다. 운이 좋다고 생각했다. 일을 **원하는** 내게 미래가 손짓하고 있었다.

보이지 않는 질병의 왕국

그런데 지금은 너무 피곤한 나머지 컴퓨터 모니터를 쳐다볼 수도 없을 지경이었다.

새 내과 의사를 찾았다(내 보험이 바뀌었다). 의사는 몇 가지 혈액 검사를 하더니 며칠 뒤 전화로 알려 왔다. "환자분은 괜찮습니다. 그냥 빈혈이 좀 있어요." 물론 그럴 것이다. 몇 년 동안 의사들은 내가 빈혈이 좀 있다거나 비타민 D 결핍이라고 했다. 이번 의사는 내 피로가 월경 때문일 거라고 했다. 열세 살 이래로 생리하면서 죽기 직전의 상황까지 몰린 적은 없었으므로, 의사의 설명이 타당하지 않다고 보고 내 생각을 전달했다. 의사가 어깨를 으쓱하는 소리가 들리는 것 같았다. "철분제를 드세요."

아마도 단핵구증일 거야, 라고 친구 한 명이 말했다. 글루텐에 알레르기가 있나 봐, 라고 또 다른 친구가 말했다.

그 주 주말, 쌀쌀한 겨울 저녁에 친구 여럿과 영화를 보러 웨스트 빌리지에 갔다. 나중에 술을 마시러 가는데 몸이 오슬오슬 떨리기 시작해서 그냥 돌아왔다. "괜찮니?" 친구 케이티가 다음날 이메일을 보내왔다. "힘이 하나도 없어 보였어." 나는 책상에 앉아 사진을 보고 있었다. 10대 시절 키우던 개와 함께 해안가 높은 모래언덕에서 놀던 순간을 포착한 사진이었다. 개는 잘생긴 검은색 허스키 잡종견이었고, 내 머릿결은 강한 바람에 나부끼고 있었다.

살아 있다는 기분을 마지막으로 느낀 때가 언제인지 기억나지 않았다.

친구의 권유로 통합 의학 의사를 찾았다. 의사는 엡스타인바 바이러스, 거대세포바이러스, 파르보바이러스가 활성화 상태라고 알려 주었다. 영양제를 좀 먹고 휴식을 취하라고 권한 다음 나를 집으로 돌려보냈다. 그러나 건강은 좋아지지 않았고, 심지어 한 달 후 바이러스가 사라진 것 같았는데도 그랬다. 동료의 추천으로 웨일코넬의과대学의 여성 건강 전문의를 만났다. 진료실에서 증상을 설명하자 의사는 가족력에 관해 질문했는데 특이하게도 암뿐만이 아니라 류마티스관절염, 궤양성대장염, 갑상샘 질환까지 물어보았다.[2] 이제 이 의사를 E라고 부르겠다. E가 말했다. "검사 결과를 확인하기 전이지만, 아마 환자분은 자가면역질환의 한 종류를 앓고 있을 가능성이 매우 큽니다."

이 말을 듣는 순간 내가 느낀 안도감이란 어마어마했다. 일단 문제가 있다고 하면, 그 문제는 바로잡을 수 있다.

며칠 후 E 의사는 전화로 내 갑상샘에 항체가 있다고 알려 왔다. 갑상샘은 목에 있는 나비 모양의 내분비기관이며, 신진대사와 에너지에 관여한다. 항체가 있다는 말은 내 면역 체계가 갑상샘을 공격하고 있다는 뜻으로, 이 병의 이름은 '자가면역성 갑상샘염'인데 다들 하시모토병이라고 부른다. 갑상샘염을 앓으면 흔히 갑상샘 호르몬의 양이 비정상적으로 줄어들고, 그 때문에 몸이 축 처지고 머릿속이 멍해진다.[3]

나는 이 진단명이 뭘 의미하는지는 걱정하지 않고, 그저 진단명이 나왔다는 사실에 만족했다. 갑상샘 질환은 흔하며 치료가 된다는 자료를 전에 읽기도 했다. 이 병에 걸린 지인들은 상태가 괜찮았다. 의사는 갑상샘 호르몬 보충제를 복용하고 6주 후에 다시 오라고 했다. 그 무렵이면 나는 건강해질 것이다. 안도의 숨을 내쉬었다. 현대 의학이 효과를 발휘하는 방식이 이렇다. 검사를 통해 어떤 문제가 있는지 확인하면, 의사가 문제를 고칠 방법을 알려 준다.

하지만 6주가 지나도 상태는 호전되지 않았고, 오히려 나빠졌다. 혈압이 놀라우리만치 낮았다. 음식을 먹으면 언제나 두통이 왔고, 침대에서 일어나다가 기절한 날도 있었다. 또 어떤 날에는 말 그대로 누군가 내 피부에 촛불을 갖다 댄 것 같은 뜨거운 통증이 등에서 목까지 올라왔다. 나처럼 주로 집에서 일하는 친구 지나와 오후에 주스를 마시러 간 때였다. 너무나 어지러웠던 나는 지나의 부축을 받아 겨우 자리에 앉았다. 지나는 진짜 아픈 사람을 걱정하는 시선으로 나를 바라보며 말했다. "무슨 방법을 써서라도 다시 건강해져야 해."

5월 후반에 E 의사를 다시 만났다. 두통이며 여러 증상에 대해 E는 할 말이 많지 않은 듯 호르몬 복용량을 늘려 보자고만 했다. 내 문제가 무엇이든 간에, 단순 감기나 장기의 기능장애처럼 딱 떨어지는 문제가 아니라는 생각이 들기 시작했다.

2

자가면역이라는
미스터리

자극적 은유로 꾸며진 편견 없이는,

질병의 왕국에 눌러살기란

거의 불가능하다.

◆ 수전 손택, 《은유로서의 질병》

사실 나는 자가면역질환이 실제로 어떤 병인지 몰랐다. 우리 집안에 이 병의 내력이 있는데도 말이다.

그맘때 저지 쇼어에 있는 할머니의 아파트에서 세 이모와 점심을 함께했다. 이모들은 50대의 나이로 재미있고 자기 연민이 없는 아일랜드계 미국 여성이었다. 얇게 저민 차가운 고기를 먹고 아이스티를 마시면서 하는 말이, 내 사촌 중 두 명이 알 수 없는 이유로 몸이 허약하다는 것이었다. 한 이모가 말했다. "어떤 의사도 원인을 알아내지 못했어. 그렇지만 내 생각에는 갑상샘 문제 같아." 다른 이모는 류마티스관절염을 오랫동안 앓았는데, 최근에는 나처럼 하시모토병 진단을 받았다. 두 병 모두 사실 자가면역질환에 속했다. 나머지 이모는 궤양성대장염을 앓았고 사촌 한 명도 그렇다고 알려 주었다. "다 관련이 있어." 전에도 들은 적 있는 말이지만, 그때는 이 병들이 서로 관련 있다는 말이 무슨 뜻인지 전혀 이해하지 못했다. 이번에는 중요한 말이라는 생각이 들었다.

걱정거리가 생기면 자료를 찾아 읽는 사람으로서, 역시나 집으로 돌아가서 그렇게 했다. 인터넷의 자가면역질환 관련 정보는 죄다 읽었다. 뉴욕대학 도서관에 책을 신청하고, 의학 저널에 실린 논문을 내려받았다. 정보 모으기는 내가 상황을 통제할 수 있는 유일한 수단 같았다.

몇 주 만에 하시모토병이 내 갑상샘에 생긴 사소한 문제가 아니라 몸 전체에 걸친 심각한 문제일 수 있음을 이해했다. 면역 반응이 정상이면 신체는 바이러스나 세균 같은 병원체와 싸우기 위해 항체(Y자 모양의 단백질 분자)와 백혈구를 생성한다. 그리고 병원체가 격파되고 나면 항체와 백혈구가 몸을 해치지 않도록 다시 불러들인다. 자가면역질환은 신체가 어떤 이유로 자기 자신의 건강한 조직을 공격하는 항체를 만드는 병이다. 지켜야 할 바로 그 대상에 달려드는 것이다. 자가면역은 몇몇 면역학자들의 표현에 따르면 "자기와 비자기"를 구분하지 못하게 되어, 자기 자신의 신체 조직을 "관용tolerate"하는 일을 멈춘 상태다(자가면역autoimmunity의 '자가auto'는 '자기 자신self'이라는 의미다).[1]

그렇다면 자기 자신을 공격하는 일이 왜 일어날까?

의학은 오랜 시간에 걸쳐 이 질문에 답하고자 했다. 자가면역 연구는 시작부터 불확실성과 실수가 특징이었다. 19세기 후반에 면역 세포가 발견되자, 연구자들은 면역 세포가 우리 자신도 공격할 수 있는지 궁금하게 여겼다. 그런데 1901년 독일의 저명한 면역학자 파울 에를리히Paul Ehrlich가 자가면역은 있을 수 없는 일이며, 우리 신체에는 '자가독성공포horror autotoxicus(자기 자신을 해치는 것에 대한 혐오)'가 있어서 자기 자신을 해칠 수 없다고 주장했다. 의학계 전문가들은 에를리히의 이론을 완전히 받아들였고 의사들은 반세기 동안 연구를 그만두었다.[2]

그런데 1950년대 중반, 에를리히의 제자인 어니스트 비텝스키Ernest Witebsky의 연구실에 있던 노엘 로즈Noel Rose라는 젊은 의대생이 암 면역학을 연구하다 갑상샘 자가항체(자기 조직을 공격하는 항체)를 발견했다. 로즈가 토끼의 갑상샘 단백질을 추출한 다음 다시 그 갑상샘에 주사하자, 놀랍게도 토끼는 자가항체를 만들었다. 게다가 토끼의 림프구(백혈구의 일종)가 갑상샘을 손상하기 시작했다. 로즈도 그렇고 비텝스키마저 우연히 발견한 이 연구 결과가 얼마나 중요한지 깨달았다. 에를리히는 틀렸고, 신체는 사실 자신의 고유한 면역계에 의해 공격당할 수 있었다.[3]

이후 수십 년 동안 과학자들은 약 80~100여 종으로 추산되는 자가면역질환을 발견했다.[4] 루푸스, 다발경화증, 1형 당뇨병, 류마티스관절염 등이 여기에 속한다. 그러나 연구자들은 자가면역질환의 정의를 합의하지 못하고 있고, 객관적 측정도 어렵다고 보기 때문에 정확한 숫자는 알 수 없다. 심지어 '자가면역질환'이라는 용어 자체도 부정확할 수 있다. 면역계의 기능 이상이 각 케이스마다 병의 원인인지 아니면 결과인지 알려지지 않았다. 자가면역을 그 자체로 별개의 질병으로 간주한다면, 19세기 의사들이 여러 종류의 열을 별개의 질병으로 구분했던 것과 비슷한 실수를 저지르는 셈이라고 노엘 로즈가 어느 날 오후 전화로 내게 설명해 주었다. 로즈는 훗날 존스홉킨스 자가면역질환연구소의 설립자가 되었다(그리고 2020년에 세상을 떠났다).

게다가 면역계 자체가 복잡하다는 점도 문제다. 나는 이 점을 그때 막 이해하기 시작했다. 소셜 미디어에서 팔로우한 갑상샘 환자들은 골수에서 생산되는 자가항체 수치에 집착하는 경향이 있었다. 하지만 로즈의 설명에 따르면 자가항체 수치가 낮아도 매우 아픈 환자가 있는가 하면, 수치가 높아도 괜찮은 환자가 있다. 이런 불확실성이 자가면역질환의 경험을 흐릿하게 가리는 데 한몫한다.

어떻게 보면 자가면역질환은 19세기의 매독이나 폐결핵처럼 의학의 최전선에 있다. 하버드대학의 어느 연구자는 의학이 자가면역을 파악하는 수준은 암(여전히 부분적으로만 알려진 질병이지만)과 비교하면 10년이나 뒤떨어졌다고 말했다. 자가면역질환에 유전적 요인이 있다는 사실은 확실하다. 가족 구성원이 질환을 같이 앓는 경향이 있고, 나중에는 다수가 그런 질환을 한 가지 이상 앓게 된다.

그렇지만 환경 또한 분명 큰 몫을 차지한다. 자가면역질환은 부유한 서구권 국가에서 대유행이라고 해도 무리가 없을 만큼 늘어나는 추세다. 쌍둥이 연구 결과, 자가면역질환은 유전이 3분의 1, 환경이 3분의 2를 차지한다고 로즈가 말했다. 오늘날 미국자가면역질환관련협회AARDA는 자가면역 장애를 겪는 미국인이 5천만 명이라고 추산하는데, 이 수치대로라면 자가면역질환은 암 다음으로 흔한 질병인 셈이다. 2020년의 한 연구에 따르면, 자가면역의 생체지표 노릇을 하는 항핵항체ANA가 1991년 이래로 청소년 집단에서 3배가 되는 등 특정 연령대에서 상당히 증가했다.[5] 인간의 유전적 특성은 한 세대 안에서는 달라지지 않으니, 과학자들이 보기에 이 같은 엄청난 증가는 환경 혹은 생활양식의 변화가 원인이다. 식생활이 달라져 마이크로바이옴이 영향을 받았다고 볼 수 있다.[6]

자가면역질환은 집단마다 상이하게 나타난다. 이유는 잘 알려지지 않았으나 환자의 약 80퍼센트는 여성이다.[7] 남성에게 많이 발생하는 자가면역질환도 몇 종 있다. 인종마다 다르게 발생하기도 한다(특히 루푸스). 흑인 여성과 히스패닉계 여성은 비히스패닉계 백인 여성에 비해 루푸스 진단을 받을 가능성이 3배이며, 사망률도 2~3배쯤 높다(그런데도 유색인종 여성은 임상 시험에서 잘 대표되지 않는다고 미국루푸스재단이 알려주었다).

워릭 앤더슨Warwick Anderson과 이언 R. 맥케이Ian R. Mackay의 예리한 책 《과민한 몸: 자가면역의 짧은 역사Intolerant Bodies: A Short History of Autoimmunity》에서는 자가면역질환이 점차 "질병 부담이 큰 질환이 되었고, 전 세계인의 건강을 빠른 속도로 위협하고 있다"라고 지적한다.[8] 2001년, 국립알레르기전염병연구소는 자가면역질환에 드는 비용이 매해 1천억 달러를 넘는다고 보았다(실제 비용보다 대단히 낮게 잡았다고 보는 연구자가 많다).[9] 다수의 자가면역질환은 조기 사망과 관련 있다. 자가면역질환협회에 따르면 여성 질병 발생의 주요 원인이기도 하다. 그렇지만 내가 진단을 받은 2012년 무렵에는 자가면역질환이 어떤 병인지 아는 사람이 거의 없었다.

　나는 진단을 받기 전 수년간 건강이 나빴는데, 전형적인 경우라고 한다. 자가면역질환협회에 따르면 이 병에 시달려도 진단을 받기까지 평균 3년이 걸린다(그리고 평균 네 명의 의사를 만난다고 한다).[10] 초기 증상이 간헐적으로 나타나고 특이성이 없다는 점이 한 가지 이유다. 물론 약간의 자가면역은 꼭 병리적이라고 보지 않는다. 검사를 해 보면 조직에서 적은 수의 자가항체가 발견되는 일은 흔하다. 자가면역질환이란 그런 자가항체들이 조직을 지속적으로 손상하는 경우다. 어떻게 보면 정상과 병리의 구분은 임의적이며, 측정도 어렵다.

　사실 의학계에는 많은 자가면역질환을 진단하는 좋은 도구가 아직 없다(그래서 많은 연구소가 도구를 개선하려고 노력 중이다). 노엘 로즈에 따르면, 공격당한 장기가 80퍼센트나 파괴되었을 때 검사를 통해 질병의 존재가 입증되곤 한다. 로즈의 표현을 옮기자면 "기차가 선로를 이탈한 상태"에서 진단이 나오는 것이다.[11]

　자가면역질환의 진단이 어려운 또 다른 이유는, 환자는 신체 여러 부위가 아픈 전신성 질환에 시달리는데 의료 체계는 개별 분야에 갇혀 있어서다. 환자들은 보통 각각의 증상에 답을 구하기 위해 전문의 여러 명을 찾게 되는데, 1차 의료기관에서 문제를 파악할 시간을 충분히 갖지 않는 한 어떤 전문의도 환자의 병을 전체적으로 살피지 않는다. 내가 인터뷰한 어떤 여성은 피부과 전문의, 내분비 전문의, 면역 전문의, 신경과 전문의를 찾았다. 의사들은 각자 "본인이 전공한 장기"만을 확인하고 그 장기가 증상의 원인이 아니라며 환자를 돌려보냈다고 한다. 현재 상황으로는 자가면역질환자가 대체로 젊은 여성일 텐데, 많은 의사가 이들을 '건강염려증' 환자일 뿐이라고 추측한다.[12] 자신에게 아무 문제가 없다는 확답을 받으려고 의사를 만나는 사람 말이다.

내 의사들이 나를 그런 환자라고 여겼을 법한 이유가 있다. 외견상 나는 비교적 건강해 보였다. 운동하고, 일도 하고, 사람들과 어울리며, 증상이 있어도 한 차례 닥쳤다가 사라지곤 했다. 솔직히 말해서 나도 처음에는 의사들의 평가를 의심하지 않았다. 허튼소리는 용납하지 않는 부모님 아래서 성장하기도 했거니와, 유년 시절의 나는 체조 선수로 활동했다. 체조는 통증을 대수롭지 않게 여기고 극복하라는 가르침을 준 운동이었다. 몸이 아파 때로 안절부절못했으나 기본적으로 내 몸이 알아서 나을 줄 알았다. 몸은 여러모로 훈련과 단련을 통해 내가 원하는 바를 해내는 도구였으므로, 예측 가능한 단단한 존재라고 마음 깊이 믿었다. 그래서 20대에 증상이 점점 쌓여 갔어도 내가 정말 아플 수 있다고 생각하진 못했다.

내 피로는 **나한테** 문제가 있어서, 내 존재 자체가 문제라서 생긴 것 같았다. 나는 정말 열심히 일했으나 규칙을 잘 지키지는 않았다. 운동은 해도 정크 푸드를 많이 먹었다. 절제해야 하는 상황에서 되는대로 행동했다. 몸이 좋지 않은 것은 나의 잘못이며, 나약한 내면을 드러내는 신호이자 부족한 도덕심이고, 내 존재의 진실성에 생긴 금이었다. "자극적 은유로

보이지 않는 질병의 왕국

꾸며진 편견 없이는, 질병의 왕국에 눌러살기란 거의 불가능하다"라고 수전 손택은 썼다.[13] 실제로 그랬다. 내게 어떤 문제가 있든지 간에 객관적으로 사고하려고 애썼지만, 왜곡된 생각에 이끌렸다. 나중에야 손택의 책을 읽다가 이 문장이 품은 진실을 알아보고 퍼뜩 놀랐다.

E 의사는 고용량 갑상샘 보충제가 효과를 완전히 내려면 6주가 걸린다고 했다. 그러니 처방 수준이 증상에 도움이 되는지 알려면 기다려야 했다. 일을 할 수 있을 만큼 건강을 되찾지 못한 채, 힘겨운 한 주 한 주가 흘러갔다. 나는 **뭔가** 해 봐야 한다고 생각했다. E는 병원을 찾는 여러 환자가 밀가루 음식을 끊고 좋아졌다고 말했었다. 자가면역 상태는 화학물질 노출이나 식생활 문제로 생길 수 있고, 글루텐에 민감한 갑상샘 환자의 경우 글루텐이 상태를 악화시킬 수 있다는 정보를 읽은 적 있었다. 그래서 나는 먹는 것과 몸에 닿는 것에 큰 관심을 기울이게 되었다. 자료를 더 찾으려고 온라인에 접속했다.

19세기의 프랑스 작가 알퐁스 도데는 말기 매독을 앓은 시절을 회고한 《고통의 땅에서In the Land of Pain》를 썼다. 한때 요양원에서 지낸 도데는 요양원이란 모든 사람이 다른 모두가 겪는 일을 이해하는 곳이라고 설명한다. 본인과 가장 비슷하게 아픈 환자를 찾아보는 기묘한 즐거움에 관해서도 이야기한다. 지금 시대에 이런 요양원이 있다면 인터넷 환자 모임일 텐데, 환자들은 인터넷에서 동료 환자며 고독과 공포와 좌절에 시달리는 친구들을 잔뜩 발견하게 된다. 일부 사람들은 왜 언제나 몸이 편치 않은지 그 이유를 알아내는 일을 평생의 업으로 삼은 치료자도 만날 수 있다. 나는 인터넷이라는 토끼굴에 들어갔다가 다른 세계로 가게 되었다.

5월 후반의 어느 눅눅한 날, 진료 기록이 흩어진 책상에 구부정한 자세로 앉은 채 구글에 "자가면역질환 치유"를 검색해 보았다. 인터넷의 질병 세계에서는 자기 의견이 분명한 사람들이 이상적인 비타민 수치에 관해 조언을 주고받고, 제일 좋은 식생활을 두고 논쟁하며, 검사 결과와 도움이 되는 의사 정보를 공유하고, 피로한 이에게 위로를 전했다. 나는 어느 페이스북 그룹에 가입한 다음, 망설이다가 좋은 내분비 전문의를 어떻게 찾을지 질문을 올렸다. 그 그룹의 페이지며 은은한 색상에 마음을 달래 주는 이미지(나무를 포옹하는 여자, '자연'이라는 단어 곁에 지키고 서 있는 해바라기)가 실린 블로그를 클릭하면서, 지난 몇 년 동안 나처럼 일관성 없어 보이는 증상을 겪은 사람들을 찾아냈다. 한 여자는 나처럼 몇 달 동안 두드러기에 시달리다 자가면역질환 진단을 받았다. 코르티솔과 비타민 D와 비타민 B_{12} 수치가 낮은 사람도 있었고, 머릿속이 띵한 브레인 포그 증상을 겪은 사람도 있었다.

블로그 포스트의 대부분은 조심스럽게 낙관적인 입장을 취했으나("글루텐 프리가 우리를 고쳐 줍니다!" "명상은 잠깐이면 됩니다") 어마어마한 정보가 담겨 있었고 슬픈 내용도 많았다.

부유층, 중산층, 빈곤층을 잇는 단 한 가지가 있으니 바로 의사가 그들의 증상을 완화하지 못한다는 것이었다. 고용주가 상황에 공감하지 못하는 일도 흔했다. 내 페이스북 피드에는 하와이 휴가 소식이나 고양이에게 재미있는 장난을 치는 아기들에 관한 게시물들 사이로 이런 글도 있다.

즐거운 날들을 보내다가도 어느 날 잠에서 깨어나면 난데없이 너무나 지쳐 있습니다. 슬픈데 머리는 아프고 마구 울고 싶고 모두에게 화가 나요. 나는 이런 상태를 '블랙홀'이라고 부릅니다. (…) 지금 '블랙홀' 안에 있어요. 솔직히 말하면 다른 사람들한테 블랙홀을 숨기는 법을 익혔습니다. 정말 슬프지 않나요.

페이스북의 '하시모토 411' 그룹에는 이런 글도 올라왔다.

더는 못 버티겠습니다. 어찌할 바를 모르겠고 울음을 그칠 수가 없어요. 오늘 사회보장국에서 편지가 왔는데, 내 상태가 자격을 충족할 만큼 심각하지 않아서 장애인으로 인정할 수 없다고 하더군요. (…) 뭘 어떻게 해야 할지 모르겠습니다. 더 이상 사는 것 같지도 않고, 그저 너무 아파서 비참한 상태로 목숨만 이어가겠죠. 연장 실업 급여는 바닥날 테고, 청구서들을 계산하지 못하면 정말 곤란해질 겁니다. 내가 보험이 없는 관계로, 진료비 청구서가 많이 나오거든요. 그저 세상을 뜨고 싶은 마음뿐이네요. 남편은 나를 감당하지 않아도 되는 편이 나을 거예요. 내 보험금이 나오면 경제적 형편도 훨씬 좋아지겠죠.

질문을 올리는 사람들은 보통 여러 종류의 자가면역질환을 앓았다. 병이 천천히, 차례차례 진행되는 모습이 꽃이 어마어마하게 피어나는 정원을 닮았다. **내 미래가 이럴까?**

그렇지만 희망을 주는 글도 많았다. 다발경화증이나 류마티스관절염이나 하시모토병을 앓은 많은 사람(그중 한 명이 의사 테리 월스Terry Wahls로, 본인이 알게 된 정보를 책으로 냈다[14])이 식생활을 통해 병의 진행을 멈추거나 증상을 완화했다고 전했다.

이런 개입법을 권하는 사람들에 따르면, 나는 우선 내 생활을 바꿀 의지를 소환해야 했다. 갑상샘 호르몬 보충제는 미봉책에 불과했다. 자가면역 활성화의 근본 원인은 다른 데 있었고, 원인을 해결하지 못하면 더 아파질 수도 있었다. 페이스북 그룹의 여러 회원에 따르면 그 원인이란 독소, 감염, 스트레스, 수면 부족, 염증성 식단에 의한 소화불량으로 면역계가 틀어진 것일 가능성이 컸다. '표준 미국 식단Standard American Diet, SAD'이라고 하는 이 염증성 식단 때문에 '나쁜' 세균이 증식하고 원인 모를 식품 민감증이 생긴다. 나는 음식을 먹으면 두통이 생기곤 했으므로, 음식이 원인이라는 의견을 받아들이려고 애쓸 필요도 없었다.

6월 말, 너무 아파서 일할 수 없게 되어 파리의 여름 강의에서 손을 뗐다. 대신 한 달 동안 병을 고치고 건강을 되찾아서 가을 학기에 복귀하기로 했다. 짐과 나는 휴가 기간이면 으레 찾는 롱아일랜드 그린포트의 친구 집으로 향했다. 노스 포크의 역사적 항구도시인 그린포트는 매력적인 곳으로, 부두에 라이브 공연을 하는 식당이 있고 시내 잔디밭에는 오래된 회전목마도 있었다. 나처럼 짐도 저널리스트여서 장소에 구애받지 않고 일할 수 있다. 이곳은 내게 필요한 조용한 회복 공간이 되어 줄 것 같았다.

짐은 마감으로 바쁜 한 달을 보내고 나는 휴식 시간을 가졌다. 관심을 둘 다른 일은 하지 않고, 온라인에서 여러 사람이 열심히 따르는 식단을 시도해 보기로 마음먹었다. 자가면역 환자를 위한 팔레오 식단으로, 소위 팔레오 식이요법(구석기 시대 사람들처럼 먹어서 건강을 추구한다—옮긴이)과 아주 유사했다. 글루텐 빼고, 정제 설탕 빼고, 유제품은 아주 조금 혹은 다 빼고, 유기농 고기와 채소는 많이, 그렇지만 달걀이나 가지 계열 식물은 뺀다. 이 식단의 목표는 좋은 균과 나쁜 균의 균형이 깨진 '장내 세균 불균형'과 장 점막의 문제를 고치는 것이었다. 나는 이 식단을 따르면서 건강이 나빠진 원인으로 꼽을 만한 식품 민감증이 있는지 알아내려고 했다. 음식을 하나씩 식단에 추가했다가 빼면서 어떤 일이 일어나는지 관찰하는 것이다.

오늘날에는 장이 건강에 일조한다는 생각이 친숙하다. 하지만 그 당시 나를 진료한 어떤 의사도 마이크로바이옴의 역할을 언급하지 않았다. 마이크로바이옴은 인체에 서식하는 미생물 생태계를 뜻한다. 그래도 내가 읽은 자료들은 위와 장에는 좋은 세균과 나쁜 세균이 모두 살고 있으며, 이것들 사이의 균형이 깨지면 온갖 자가면역질환이나 만성 염증이 생길 수 있다고 이해할 만하게 설명해 주었다. 예를 들어 만성질환자는 칸디다 알비칸스Candida albicans라는 균이 너무 많을 수 있는데, 이 균은 효모 감염을 유발하고 염증을 일으켜 피로와 동통을 부른다.[15] '염증'은 여기저기서 자주 보는 용어다. 보통 염증이란 면역 세포가 문제를 탐지하고 '염증 매개체'를 방출할 때 일어나는 과정을 뜻한다. 염증 매개체는 혈관 확장과 혈류 증가를 유도하고 혈구와 면역 세포가 상처 부위로 가게끔 한다. 이 과정에서 통증, 신경 자극, 세포 조직 손상이 일어날 수 있다. 급성 염증은 상처를 낫게 하고 감염과 싸우는 데 도움이 된다는 점에서 유용하지만, 만성 염증은 신체에 해로우며 무엇보다도 암과 뇌졸중 위험을 키울 수 있다.

E 의사와 전화할 때, 장과 자가면역의 관계에 관해 어떻게 생각하느냐고 물었다. "지금은 누구나 알다시피 소화기관은 기본적으로 면역계에 속하는 긴 장기입니다. 장은 몸에서 물질을 운반하여 밖으로 내보내는 관이죠. 장이 손상되면 면역 문제가 일어날 수 있다는 생각은 합리적입니다."

이제 나는 갑상샘 호르몬 보충제의 용량을 더 늘려도 증상이 사라지지 않는다는 사실을 알게 되었다. 여름은 싱싱하고 따뜻하고 뭐든 될 것 같은 시간이다. 그렇지만 나는 아침에 일어날 때마다 독감에 걸린 양 아팠다. 내 생각에, 몸이 부적절한 염증을 겪고 있다는 신호였다. 나는 밖에 나가 트램펄린 위를 뛰곤 했다(림프계를 자극하면 독소와 노폐물 제거에 도움이 될 것 같았다). 그다음 집으로 돌아와 (림프계에 도움이 되도록) 마른 천연 모 브러시로 몸을 닦았다. 아침 준비를 위해, 유제품을 빼고 코코넛으로 만든 케피르(케피르 종균을 발효하여 만든 음료—옮긴이) 한 팩을 뜯었다. 프로바이오틱스는 장 건강에 좋다고 했다. 이 음료에 시나몬(나는 인슐린 수치가 낮았는데, 시나몬이 혈당 안정화에 도움이 된다고 한다)과 아마씨(오메가산은 염증을 감소시킨다) 간 것을 섞었다. 다음으로 직접 만든 아몬드 우유를 넣었다(온라인 조언자들은 카라기난이나 잔탄검 같은 식품첨가물이 든 시중 제품을 사지 말라고 했다). 아몬드를 밤새 물에 불렸다가 껍질을 알알이 제거하고 믹서기에 간 다음 물을 첨가하고(자, 여기까지 따라왔는지?) 유기농 무표백 면포로 걸러서 만든 우유다. 호두 두 알도 넣었다. 호두에 함유된 오메가-6 지방산과 오메가-3 지방산의 비율이 부적절하므로 주의해서 섭취해야 한다는 사실은 나도 안다. 라즈베리도 신경 쓰이는 식품이긴 하지만 그래도 좀 넣었다. 라즈베리에는 간을 보호하는 라즈베리 케톤이 풍부하게 들어 있는 한편, 장에서 발효될 수 있는 과당도 함유되어 호르몬 불균형을 유발하는 나쁜 세균을 촉진할 수 있다. 마지막으로 나는 자리에 앉아 이 모든 것을 다 섞은 혼합물을 마셨다.

같은 시간, 짐은 커피를 끓이고 《타임스》를 읽고 십자말풀이를 완성하고 도넛 반쪽을 먹고 설탕 입힌 시리얼 한 그릇을 해치웠다. 짐의 건강한 피부는 환히 빛나 보였다.

식품을 사서 요리하고 치우느라 적어도 하루의 절반이 날아갔다. 또 식품 구매에 수백 달러를 썼는데 사실 감당이 안 되는 금액이었다(유제품이 함유되지 않은 케피르는 가격이 비싸다). 시금치는 갑상샘종을 유발할 수 있는데(갑상샘 기능 저하의 가능성이 있다) 그냥 날것으로 먹어도 되나 걱정이었다. 고

추도 가지 계열 채소라서 걱정거리였다. 달걀의 경우 리소자임, 그러니까 효소의 일종이…… 아, 복잡하다.

증상은 몇 주 동안 지속되었다. 그런데 엄격한 식이요법을 몇 주 지키고 나니 머릿속 띵함이 가시기 시작했다. 글루텐도 내 건강을 망친다는 사실을 알게 되었는데, 만일 글루텐을 완벽히 멀리한다면 두통 없이 식사할 수 있고 집과 시내를 산책하다 걸음을 멈추고 쉴 필요도 없을 것이다. 혈압은 곧 정상으로 돌아왔다. 5주 만에 나는 산책하러 나갔다. 평소와 달리 자신감이 생겨 가볍게 달렸더니 엔도르핀이 적당히 분비되었다. 옛날의 내 모습을 얼마나 그리워했나! 하늘에 대고 속삭였다. 제발 이 에너지가 그대로 있게 해 주세요. 원인이 무엇이든, 그냥 이대로 있게 해 주세요.

8월에 브루클린으로 돌아온 나는 저녁 식사에 초대하고 싶다는 친구 지나의 이메일을 받았는데, "너한테 맞는 요리는 못할 것 같아!"라고 쓰여 있었다. 내 질병은 이제 단순한 병이 아니라 하나의 정체성이 되어, 이를테면 나는 요구사항이 특별히 많은 종파에 소속된 셈이었다. '여기저기 아픈 자들' 초대 회합에 합류했다고나 할까. 피로, 가려움, 시도 때도 없이 닥치는 신경통 종파. 병자를 위한 베이트 사원. 내가 안심할 만한 식당에 같이 가 줄 수 있는지 친구들에게 묻는 습관이 들었다. 비건에 글루텐 프리, 냉장고에 알칼리화 수프와 치아 시드 죽을 가득 채운 식당. 이 두 메뉴는 예상과 달리 맛있다 (그냥 내가 먹을 수 있는 음식이라서 그럴 수도 있다).

나 자신을 치유하는 방랑길에서 헤어나지 못한 채 친구

들이 서서히 떠나갈까 봐 근심했다. 나와는 달리 친구들은 술을 마실 수 있고 늦게까지 안 자고 되고 파티에도 갈 수 있는 30대였다. 나는 그리움을 담아 타인의 삶을 관찰했다. 위스키를 목으로 넘길 때의 화끈함이, 모두가 약간 취한 채 대화하는 저녁 파티의 느슨한 즐거움이 아쉬웠다. 다시금 헐렁하고 재미나게 살고 싶었다. "잘 지내니?" 어느 날 아침 지나가 물었다. "계속 이러고 살 수 있을지 잘 모르겠어." 내가 대답했다. "그저 건강해지고 싶어. 내 몸 **생각**을 안 하고 하루를 보내고 싶어."

그렇지만 내가 직접 규칙을 정한 이 프로그램은 최상의 회복 기회 같았다. 뉴욕에서 나는 신체 에너지의 흐름을 살피는 근육 검사를 해 주는 영양사를 찾기 시작했다. 영양사가 권한 보충제는 건강 회복에 도움이 되었다(플라시보 효과일까? 상관없다). 또 어떤 치료사는 내 면역계를 끌어 올리고 부은 목을 가라앉히기 위해 은silver 용액을 건넸다. 그때그때 유행을 따르는 사람이 된 기분이었지만, 나 자신을 실험 대상이라 생각하고 상태를 기록하고자 했다.

2012년 여름의 마지막 몇 주 동안, 가을 학기를 앞두고 새로운 주제로 수업을 준비했다. 과거의 내가 안쓰러웠다. 그때는 스스로가 멍청하다는 생각에 사로잡힌 채 강의에 온갖 노력을 다 바쳤는데, 그건 그저 갑상샘이 제 기능을 하지 않았기 때문이었다.

9월에 의사를 다시 찾아가 재검사를 받아 보니 내 갑상샘 호르몬은 여전히 제 기능을 다하지 못했으나, 그 파괴적인 자가항체는 사라졌다. 안녕한 삶을 향해 다시 나아가기 시작했다고 생각했다.

❧

다른 병이었다면 내 이야기는 여기서 끝났다. 하지만 많은 면역 매개 질환이나 염증 증상은 일정 시간을 두고 별안간 다시 공격해 온다. 병원에 다녀온 지 얼마 되지도 않은 어느 날 아침, 나는 침대에서 일어날 수가 없었다. 2주 동안 아침에 깨어날 때마다 동통과 열이 나를 괴롭혔다. 강의든 집 청소든 일단 어떤 일을 하는 것 자체가 투쟁이었다. 코피가 흐르고 몸 군데군데 큰 멍이 들었다. 혈압이 다시 떨어졌다. 어느 날에는 침대에서 일어나다 기절하면서 침실용 탁자의 유리에 팔을 베였다. 정신을 차려 보니 바닥에 쓰러진 상태였다. 주변에는 유리 조각이 가득했고, 기습이라도 당한 듯 팔뚝에서는 탁한 적갈색 피가 흐르고 있었다.

대체 나한테 무슨 일이 일어나고 있는 걸까? 어느 날 우연히 짐이 식탁에서 '백혈병 증상'을 검색하는 모습을 보았다. 무얼 하고 있느냐고 묻자 짐은 어깨를 으쓱하더니 조용히 대답했다. "당신이 그리 좋아 보이지 않아서."

비가 내리는 날, 4호선 지하철을 타고 긴 거리를 가로질러 이스트 리버의 북적대는 병원에 도착했다. 안색이 무척 나쁜 사람들이 가득한 대기실에 축축한 바지 차림으로 앉아 있었다. E 의사에게 요즘 내 상태가 걱정된다고 하자 E는 부드럽게 말했다. "예전의 모습으로 돌아갈 수 없는 현실에 적응할 필요가 있어요." E는 내가 새 현실에 적응하도록 도울 의도로 그런 말을 했겠지만, 역효과만 났다. 미래를 생각하니 견딜 수 없었다. 구멍 난 수영장 튜브처럼 기운이 쭉 빠졌다. 간호사가 피를 뽑는 동안 나는 시험관을 바라보며 관을 채운 자홍색 액체가 여전히 나를 공격하는 증상을 완벽하게 설명해 주길 바랐다.

며칠 후 산책하고 있는데 E의 전화가 왔다. "검사 결과는 갑상샘 호르몬을 제외하면 정상입니다." 혈액 검사로 확인해 보니 갑상샘 호르몬 관련 수치가 흔치 않은 패턴을 보이고 있었다. 농도가 낮은 호르몬도 있으나 약의 과잉 복용을 시사하는 호르몬도 있었다. "용량을 줄여 봐야 할 것 같아요. 지금은 갑상샘항진증일 수 있어요."

나는 팔다리가 무겁게 느껴지니 오히려 용량을 늘려야 할 것 같다고 했다.

"좋아요. 그럼 용량을 늘리고 상태를 지켜봅시다." 의사가 동의했다.[16]

내 요청을 진지하게 들어주는 의사를 만나다니 고맙기도 하고 불안하기도 했다. 이런 전문의조차 내 몸에서 무슨 일이 일어나는지 알아내지 못하고 있었다. 내가 불확실성의 늪 속에 살고 있다는 사실을 깨달았지만, 그럼에도 많은 환자가 그렇듯 나 또한 무쇠처럼 단단한 확실성을 갈구했다. 나는 왜 언제나 철분과 비타민 D 결핍일까? 내 병은 왜 이렇게 치료하기 어려울까? 몇 달마다 혈액 검사를 받아서 항체와 비타민 농도를 기록할 수 있으면 좋겠다는 생각이 들었다.

내가 걱정하는 이유는 또 있었다. 나는 거의 쉴 새 없이 통증에 시달렸고, 오른쪽 엄지손가락과 왼쪽 발은 감각이 거의 사라졌다. 어떤 날에는 잼 뚜껑을 열 수 없었고 수표에 이름을 쓸 수도 없었다. '전기 충격' 문제로 어느 신경과 전문의의 진찰을 받았는데, 내 몸이 이제 신경계의 작은 섬유들을 공격하는 중일 수도 있다고 했다. "상상도 못 할 일이죠." 의사의 말투는 친절했다. "그저 환자분을 도울 방법이 없을 수도 있어요." 의사의 친절한 태도도 그렇고 일단 내가 **어떤 문제**에 시달리고 있다는 사실을 알아주는 모습에 기분이 좋아졌다. 지하철을 타고 병원에서 브루클린의 아파트로 돌아오는 긴 여정 동안 나는 잠시 희망을 품었다.

그러다 다음 날 다시 통증 속에 깨어나 건강했던 과거를 애도했다. 책상 위에 둔 10대 시절의 사진을 보며 방학 동안 햇볕 아래 놀던 모습을 떠올려 보았다. 그때는 기나긴 몇 달 동안 아침 일찍 일어났는데, 꼭 로버트 로웰Robert Lowell의 시 〈일요일 이른 아침에 일어나Waking Early Sunday Morning〉 속 소년 같이 "용처럼, 시간의 축적 위에"**17** 앉는 기분이었다. 누가 먼저 깨어나기 전에 아래층으로 내려가 책과 시리얼 한 그릇을 챙겨 자리에 앉았다. 나중에는 개와 함께 산책을 나가, 뉴잉글랜드 집 옆의 사탕단풍나무가 높이 자란 진흙 길을 걸었다. 개에게 테니스공을 던지며 맨발바닥으로 축축하고 차가운 흙과 자갈을 느꼈다. 햇빛에 취한 가운데 개의 기쁨과 나의 즐거움에 푹 빠졌던 자유로운 시절에는 내 몸이란 그저 태양과 바람과 개의 차가운 코를 느낄 수 있는 존재일 뿐이었다.

보이지 않는 질병의 왕국

3

의사도 모르는 병

그 사람이 어떤 병을 앓고 있는지
아는 것보다, 어떤 사람인지 아는 것이
더 중요하다.

◆ 히포크라테스

그해 가을, 낙엽이 지는 사이 나는 이런 질문에 천착했다. 의사들이 진단하지 못하는 병을 앓는다는 것은 어떤 의미일까? 이 과잉 진단의 시대에 답을 찾기까지 왜 이토록 오랜 시간이 걸렸을까? 수줍음부터 나비입천장신경절 신경통(일명 아이스크림 두통)까지 모든 증상을 진단받을 수 있는 시대인데 말이다.

살얼음을 밟는 기분이었으나 일단 안정을 찾았다. 강의는 여전히 어마어마하게 품이 들었지만, 내가 지나치다 싶을 만큼 몸조심을 하면 계속할 수는 있었다. 사교 생활은 거의 사라졌다. 밤이면 대체로 TV 프로그램이나 영화를 짐과 함께 보았다. 두꺼운 담요로 다리를 덮고 소파에 앉아, 영화사 로고로 시작하는 한두 시간 동안은 나 자신을 잊게 되리라는 희미한 가능성을 품었던 흐릿한 기억이 남아 있다. 영화가 드라마보다 편했는데, 드라마의 경우 하루 이틀만 지나도 앞선 내용이 잘 기억나지 않았다. "잠깐, 저 사람은 또 누구지? 무슨 일이 일어났지?" 이런 질문을 던지면, 눈앞에 펼쳐진 이야기에 빠져든 짐은 우물거리며 몇 마디 답을 했다.

드문 일이긴 했지만, 일과가 끝난 시점에 에너지가 남아 있으면 천천히 책을 읽거나 강의 준비를 하고 글을 썼다. 머릿속이 띵해서 글쓰기가 힘들었으나 집세를 내고 진찰을 받으려면 돈이 필요했다. 계속 일할 수만 있다면 휴가는 선택지가 아니었다. 그리고 나는 내 일이 좋았다. 글쓰기는 내가 세상을 이해하는 방법이며, 글을 쓰면 나란 존재의 핵심과 계속 이어질 수 있었다. 그런데 병 때문에 어찌해도 작업에 몰두할 수 없다니, 너무나 충격이 커서 아직 받아들이기 어려웠다. 매일 책상에 앉았다. 의자에 앉은 채로 졸다가 머리가 모니터에 부딪히면 깨어나곤 했지만.

가끔 짐과 파티에 갔는데, 와인 반 잔만 마셔도 자꾸만 감기는 눈에 힘을 주어야 했다. 사람들과 어울려 떠들고 싶은 마음은 간절했어도 친구들과 같이 식사하는 일 자체가 너무나 부담스러워 집 밖으로 거의 나가지 않았다. 내 사정을 어떤 식으로 설명해야 할지 알 수 없었다. 어쨌든 나는 겉으로는 괜찮아 보이는 상태였으니까("좋아 보이는데." 사람들은 거의 믿을 수 없다는 듯이 이렇게 말했다).

집에서는 피로로 고통받는 사람들에 관한 온라인 자료를 찾아 읽으며 시간을 보냈다('피로'라니, 참 의미 없는 말처럼 들리지만, 매들렌 렝글Madeleine L'Engle의 《바람의 문A Wind in the Door》 속 어린 찰스 월러스가 그랬듯 내 몸도 미토콘드리아가 아프다는 상상을 했다). 이제는 힘을 쥐어짜도 몇 블록 이상 걸을 수 없었다. 나처럼 전기 충격을 겪는 환자가 있나 찾아보았으나, 온라인의 자가면역 환자 모임에는 여러 종류의 신경병을 겪는 환자는 많아도 전기 충격과 비슷한 사례는 안 보였다.

곧 나는 아데노신삼인산ATP의 에너지 공급 과정 및 시상하부-뇌하수체-부신HPA 축을 주제로 삼은 레딧Reddit 게시판에 빠졌다. HPA 축은 인체가 스트레스에 반응하고 이를 극복하도록 하는 상호작용 시스템이다(어떤 논문의 표현을 빌자면, "복잡하고도 활발하게 작동하는 신경내분비 메커니즘"이다). 면역 세포, 신진대사, 호르몬과 자율신경계를 조절하여 감염부터 외상까지 모든 일에 관여한다. 그러므로 이 축에 이상이 생기면 어떤 문제든 생길 수 있다.[1] 내가 의사는 아니지만, HPA 축과 더불어 혈압과 체온 조절 및 소화 같은 불수의적 기능을 맡는 자율신경계에 관해 더 많이 알아 갈수록 내 다양한 증상이 하나로 이어질 가능성을 따져 보게 되었다.

부신피로증후군에 관한 책도 주문했다. 아직 현대 의학에서는 받아들이지 않고 있으나, 설명되지 않는 피로의 핵심에는 부신피로증후군이 있다는 것이 많은 만성질환자의 생각이다.[2] 현대 사회에 살면서 쌓이는 신체 손상 혹은 감염으로 인한 손상은 부신을 힘들게 한다. 부신은 스트레스 호르몬인 코르티솔을 생성하는 기관이다. 이런 부신에 부담이 가면 24시간의 생체 리듬이 망가지고 불면과 피로가 닥친다. 어느 치료사가 타액 코르티솔 검사를 해 주었는데, 놀라운 결과가 나왔다. 내 코르티솔 농도는 정상에 가까웠다. 그렇지만 약간의 부신 보조제(허브 형태)를 먹는다면 도움이 될 것이었다. 나는 아침에 감초 알약을 먹고 저녁 10시에 잠을 청하기 시작했다. 에너지를 자연스럽게 되찾기를 희망했다.

그동안 우리 집은 내 세상이 되었고, 나는 자연히 집에 과도한 관심을 쏟게 되었다. 베개를 가지고 법석을 떨었고, 기력이 나면 책장을 정리했으며, 침대에서 디자인 사이트를 검색하며 시간을 보냈다. 어느 날에는 침대에 누워 몇 시간이고 옷을 구경했다. 그러고 있자니 내가 사기꾼처럼 느껴졌다. 인터넷에서 물건 구경을 할 수 있다면, 당연히 힘을 끌어내 글을 쓰고 책을 읽을 수도 있어야 했다. 내면의 삶이 없는 존재가 되어 버린 기분이었다.

지금 와서 그 시절을 좀 너그럽게 돌아보면, 새로운 인테리어며 물건을 향한 갈구는 병에 대한 하나의 반응이었다. 나는 내가 되고 싶은 사람을 연출하려고 했다. 자기 생활과 집을 즐길 줄 아는 사람, 죽거나 사라질 일이 없는 사람. 인테리어 사이트와 세일하는 옷을 구경하는 나는, 살고 싶은데 그 열망을 어떻게 표현할지 모르는 나였다. 건강이 나빠질수록 나는 원하는 일(일하기, **생각하기**)을 할 수 없었고, 대신 아름다움과 즐거움을 더 많이 찾게 되었다.

그때는 내가 얼마나 아픈지 잘 몰랐다. 진단이 나오지는 않아도 어떤 감염 때문에 면역 이상이 생겼고, 자율신경기능이상도 있었다. 그렇지만 당시 내가 볼 때 나란 존재는 그저 겉으로 잘 드러나지 않고 측정도 어려운 증상이 신체 여기저기 생겼다가 사라져서 몸이 아픈, 그래서 불안한 젊은 여성에 지나지 않았다.

알고 보니, 미국 의료 체계의 현실을 고려할 때 나는 정말 큰 곤경에 처해 있었다.

질병은 언제나 인간의 곁에 있었으나, 인간이 질병을 바라보는 관점은 변화해 왔다. 수백 년 동안 여러 문화권에서는 병을 균형이 깨진 상태로 보고 치료했다. 현대 서양 의학과는 달리, 이런 관점은 환자 개인의 체질에 따라 치료법을 달리한다. 고대 그리스 의사 히포크라테스는 "그 사람이 어떤 병을 앓고 있는지 아는 것보다, 어떤 사람인지 아는 것이 더 중요하다"라는 말을 남겼다고 한다. 인간의 신체와 감정이 네 가지 체액(피, 노란 담즙, 검은 담즙, 점액)에 영향을 받는다는 이론을 발전시킨 사람이 바로 히포크라테스다. 이 이론은 르네상스 시대까지도 이어졌다(셰익스피어는 연극에서 체액 이야기를 언급하곤 했다). 동양의 한의학은 신체의 균형을 맞추어 에너지를 회복하고자 했다. 하버드대학 의학 교수 테드 캡척Ted Kaptchuk은 《직공이 없는 직물: 한의학 이해하기The Web That Has No Weaver: Understanding Chinese Medicine》에서, 복통을 앓는 환자 여섯 명이 있으면 "서양 의학이 단 한 가지 질병만을 감지할 때 중국 의사는 (⋯) 불균형의 패턴 여섯 가지를 알아본다"라고 지적한다.[3]

오늘날의 서양 의학은 질병을 세 가지 범주로 나눈다. 첫

보이지 않는 질병의 왕국

번째는 천연두나 패혈증, 인두염처럼 확실한 한 가지 원인이 있는 질병으로, 과학자들은 이를 '특정 질병단위specific disease entity'라고 부른다. 두 번째는 (일상적 표현을 빌자면) "다 머릿속 생각"에 불과한 상황으로 '전환장애(심리적 갈등에 의해 신체 증상이 나타나는 질환—옮긴이)'라고 알려진, 병이 있다는 믿음 혹은 흔한 건강염려증이다. 우디 앨런의 영화 〈한나와 그 자매들〉을 보면, 처음에는 악성 흑색종이 생겼다고 믿었다가 다음에는 뇌에 종양이 생겼다고 믿는 인물이 나온다("윙 소리 들었나요? 윙 소리가 나요?" 그는 비서에게 불안한 말투로 묻는다). 세 번째는 생물학적 근거가 있기는 하나, 스트레스나 정신 상태로 인해 발생하거나 악화하는 모든 질환 혹은 상태를 망라한다. 공황장애나 궤양이 여기에 해당한다(현대 의학은 보통 정신질환을 네 번째 범주로 간주한다).

오랫동안 의학은 첫 번째와 두 번째 범주를 다루는 쪽이 가장 편하다고 여겼다. 어떤 병은 측정이 가능한 '실재하는' 질병으로 분류하는 한편, 또 어떤 병은 정신과 의사가 잘 치료하는 정신신체질환psychosomatic disease이라고 명명하는 것이다. 그렇지만 자가면역질환이나 코로나 후유증 같은 상태는 세 번째 범주에 속한다. 개인별로 다르게 나타난다는 점에서, (과학자든 질환을 앓는 일반인이든) 어떤 병인지 파악하기 쉽지 않다. 의학사학자 찰스 E. 로젠버그Charles E. Rosenberg의 주장처럼, "자가면역질환이라는 총체를 일차원적으로 간단하게 이해하는 방법은 없다".[4] 자가면역질환은 생체지표가 있다고 해도 잠깐 나타났다 사라지며, 별안간 나타난 증상은 스트레스로 더 심해질 수 있다. 이런 병은 우리가 보통 사고하는 방식보다 복잡하게, 20세기 의학의 방식보다 더 복잡하게 생각해야 한다. 20세기 의학은 모든 신체가 감염에 대체로 비슷한 반응을 보인다는 다소 믿기 어려운 개념을 기반으로 삼았다. 이런 관점은 지나치게 단순하다는 사실이 드러나고 있다.

기존 의학의 관점은 19세기 세균론까지 거슬러 올라간다. 감염병은 하나의 관찰 가능한 병원체에서 생기며, 이 병원체가 뚜렷하고 예측 가능한 증상을 유발한다는 이론이다. 세균론 덕분에 의학은 아주 명료한 학문으로 거듭났다. 서양 의학은 질병을 앓는 개인의 상황을 전체적으로 살피는 초기의 흐름에서 벗어나, 특정 병원체가 유발한 결과를 측정하는 흐름으로 옮겨갔다. 1890년, 독일의 세균학자 로베르트 코흐 Robert Koch는 감염병과 그 원인의 관계를 확립하는 엄격한 기준을 세웠는데 일명 '코흐의 가설'이라고 불린다. 세균이 모든 사람을 거의 똑같이 아프게 하리라는 가설에 기댄 규칙이다. 그렇게 해서 질병을 깔끔하게 정의하는 관점이 등장했다고 앤더슨과 맥케이가 《과민한 몸》에 썼다. "특정 세균이 한 가지 유형의 질병을 유발하며, 그와 완벽하게 짝이 맞는 항체를 끌어낸다." 말하자면 흙이 아니라 씨앗에 초점을 맞추게 된 것이다.

세균론은 의사에게 과거에는 치료하기 어려웠던 질병을 고칠 도구를 부여했고, 전문 의학과 세균학의 황금시대가 도래했다. 조지 버나드 쇼는 1906년 희곡 《의사의 딜레마The Doctor's Dilemma》의 서문에서 상황을 이렇게 설명했다. "의사들은 성인 토마스 아퀴나스가 천사 이야기를 듣는 만큼이나 미생물 이야기를 많이 듣더니, 치유의 기술은 한 가지 공식으로 요약할 수 있다고 별안간 결론을 내렸다. 바로 미생물을 찾아서 죽이는 것이다."[5] 같은 시기, 실험실 검사와 엑스선 촬영 같은 신기술이 발달하면서, 로젠버그의 표현을 빌자면 "질병을 구체적으로 다루는 새로운 관점"이 정당성을 얻었다.[6] 치유를 중시하는 도덕적 의료는, 식별과 반복이 가능한 검사 결과를 중시하는 진단 위주의 과학으로 바뀌었다. 1932년 역사학자 헨리 E. 지거리스트Henry E. Sigerist는 체계를 세우고자 하는 의학의 충동이 "더 이상 인간이 아니라 질병에 관심을 기울이게 되었다"라고 언급한 바 있다고, 앤더슨과 맥케이가 지적했다.[7]

이 같은 방향 전환은 여러 측면에서 좋은 일이었다. 감염병 생존율이 증가했고 평균수명도 늘어났다. 하지만 특히 부정적인 결과도 한 가지 있었으니, 의사는 선뜻 검사할 수 없는 질환을 맡으면 그 질환이 정말로 존재하는지 의문을 품게 되었다. 이들은 자가면역, 근육통성뇌척수염/만성피로증후군, 섬유근육통 같은 무정형 질환의 증거를 의심했는데, 이런 질환의 경우 확실한 검사도, 검증 가능한 원인도, 효과적 치료법도 없기 때문이다. 오늘날 원인을 알아내기 힘든 질병 앞에서 의사는 흔히 환자를 대수롭지 않게 여긴다. 예를 들어 환자가 감염 후에 증상이 남아 있다고 호소해도, 맨 처음 검사 결과에서 아무것도 나오지 않으면 오랫동안 무시 혹은 묵살했다. 하버드대학 정신의학과 교수이자 완화 의료의 개척자인 수전 블록Susan Block은 내게 이런 말을 했다. "의학의 많은 분야는, 측정이 안 되는 병은 존재하지 않거나 환자가 미쳤다고 보는 경향이 있어요."

그렇지만 최근에 등장한 개척자들이 "측정할 수 없다면 존재하지 않는다"라는 관점을 밀어내고 개인의 체질(흙)에 다시 관심을 기울이면서 좀 더 정교한 개념을 만들고 있다. 병원체에 대한 면역계의 반응은 우리 몸이 손상된 정도에 따라 다르다는 것이다. 이 새로운 패러다임에서 질병은 다면적인 현상으로 병원체와 면역계, '환경' 사이의 상호작용을 뜻한다. 여기서 '환경'은 개인의 마이크로바이옴이나, 독성 화학물질과 외상 등에 노출되는 상황일 수 있다(양쪽 다 면역계에 영향을 미친다고 밝혀졌다).

이 같은 관점은 새롭게 부상한 개인 맞춤형 의학의 선두를 차지한다. 감염에 대한 면역 반응은 개인별로 아주 다양하며 사회적, 유전적 건강 결정 요인에 영향을 받는다고 본다. 실제로 여러 다양한 감염이 어떤 환자에게는 장기적 질환을 유발할 수 있다. 신시내티아동병원에서 시행한 2018년의 연구에 따르면, 유전적으로 취약한 집단이 엡스타인바 바이러스(단핵구증으로 발전할 수 있다)에 감염되면 루푸스의 위험이 증가한다.[8] 스탠퍼드대학의 연구자들은 특정 감염(예를 들어 패혈성인두염)이 어린이에게 소아급성신경증후군pediatric acute-onset neuropsychiatric syndrome을 유발할 수 있는지 면역 경로를 연구하고 있다.[9] 그리고 이제는, 당연한 말이지만 코로나19가 있다.

보이지 않는 질병의 왕국

면역 기능 손상의 요인으로 감염을 고려하는 새로운 모델의 시금석이 바로 코로나19다. 이 질병의 가장 큰 미스터리 중 하나는 30세의 젊은 나이에도 죽는 환자가 있는가 하면, 본인이 이 병에 걸렸는지 알아채지도 못하고 넘어간 사람이 있고, 또 가벼운 급성질환으로 앓고 넘겼는데 후유증이 몇 달 동안 지속되어 계단을 못 오를 정도로 숨이 차고 어지러운 사람도 있다는 것이다. 이 감염병은 병원체에 대한 인간의 반응이 얼마나 다양하고, 또 얼마나 복잡한지 확실하게 보여 준다.

　　"늘 그래 왔던 일입니다." 컬럼비아대학 어빙메디컬센터 응급의학과의 국제 보건 책임자 크레이그 스펜서Craig Spencer는 인체의 감염 반응이 아주 다양하다고 설명하며 이렇게 말했다. "사람들이 엡스타인바 바이러스 후유증이나 인플루엔자 후유증에 시달려도 놀랄 일이 아닙니다. 기력이 약한 사람, 더 열심히 일하라는 소리를 듣는 사람은 어디나 있죠. 만성 라임병 환자, 근육통성뇌척수염/만성피로증후군 환자에 대해서도 다들 들어 봤을 겁니다. 그렇지만 그들은 중요하지 않은 존재로 여겨집니다." 스펜서는 감염이 유발하는 장기적 손상을 안다. 본인이 기니에서 근무하다가 에볼라바이러스에 감염되어 뉴욕시로 돌아오는 길에 앓았으며, 이후 수년간 후유증으로 고생했기 때문이다(연구에 따르면 에볼라바이러스는 수년간 몸에 남을 수 있다[10]).

　　다른 감염병과는 달리 코로나 후유증은 "아주 큰 규모로, 이전의 어떤 문제와도 다르게 벌어지고" 있어서 "의학계에서 무시하기 어렵다"라고 스펜서는 말했다. 실제로 이 책을 위해 대화를 나눈 여러 연구자는 코로나 후유증 연구 경쟁을 계기로 감염에 의한 만성질환 연구에 발전이 있기를, 그렇게 의학이 달라지기를 바라고 있다.

코로나 후유증이나 연관된 감염성 질환을 붙들고 씨름할 때, 완전히 다른 질환 분야에서 일어난 혁명을 살펴본다면 생각의 전환에 도움이 될 것이다. 바로 궤양이다. 궤양은 널리 알려진 대로 한때 스트레스가 원인인 순수한 심리적 증상으로 여겨졌다. 1943년의 《궤양 이해하기Understand Your Ulcer》 안내서에 따르면, 궤양은 "힘들고 근심 많은 삶을 사는, 신경이 날카롭고 과민한 사람들의 질병"이다. 테런스 먼매니Terence Monmaney가 《뉴요커》에 쓴 글을 보면 1983년만 해도 궤양이란 "스스로 초래한 음울한 상처" 혹은 "긴장 어린 현대적 일상"의 결과라고 보는 내과의가 많았다.[11]

그런데 1979년, 오스트레일리아 왕립퍼스병원의 어느 병리학자가 뭔가 놀라운 것을 발견했다. 소화가 불편하다는 환자의 위 조직을 검사해 보니 세균이 있었던 것이다. 당시 의학계에서는 위 안에 세균이 살지 않는다는 것이 부동의 교리였다. 이 예상치 못한 발견에 흥미를 느낀 미생물학자 배리 마셜Barry Marshall(역시 퍼스에 있었다)은 조직 검사를 시작했다. 위궤양과 위염을 겪는 환자들의 위 조직에서 마셜은 모래알의 100분의 1 크기인 코르크 마개 모양의 세균을 발견했다.

보이지 않는 질병의 왕국

1983년, 마셜은 감염병 전문의 회의에서 이 놀라운 결과를 발표했으나 조롱만 받았다. 평가자들은 마셜이 관찰한 세균이 분명 오염된 표면에 있었거나 궤양으로 위 내벽이 허약해진 기회를 틈타 위에 서식할 수 있었을 것이라며 반박했다. 이런 매몰찬 반응은 의학계에서 새로운 패러다임을 반사적으로 거부하는 소위 '제멜바이스 반사Semmelweis reflex'의 전형적 사례다.[12]

마셜은 자신의 발견을 증명하기 위해 극적인 대응에 나서기로 마음먹었다. 위가 아픈 환자의 위 조직에서 발견한 세균 수백만 마리를 넣은 용액을 직접 들이켰다. 일주일쯤 지나 마셜은 구토하기 시작했다. 숨에서 시큼한 냄새가 났다. 성마르고 피곤한 상태가 되었고, 배가 자주 고팠다. 이후 내시경을 해 보니 예전에는 건강했던 분홍색 위 조직이 먼매니의 표현을 빌자면 "불량해졌고", "염증이 생긴 위 세포" 주변에 세균이 모여 있는 모습을 볼 수 있었다. 며칠 뒤 마셜은 건강을 회복하기 시작했다. 세 번째 내시경 검사 결과, 위 조직은 좋아졌다. 그의 면역계가 세균을 막아낸 것이다. 그렇지만 마셜은 세균이 잠시 자신을 아프게 했다는 증거를 얻었다.

마셜은 이 세균을 **헬리코박터 파일로리**Helicobacter pylori라고 이름 붙였다. 다른 연구자들도 마셜의 결과와 똑같은 결과를 얻기 시작했다. 10년이 지난 1993년, 《월스트리트저널》은 "연구에 따르면 궤양 대부분이 세균에 의해 유발되며 항생제로 치료할 수 있다"라고 자랑스럽게 알렸다. 나아가, 세균성 감염으로 위암이 발생한 사람들의 경우 감염이 암의 유발 요인이 될 수 있다는 사실도 밝혀졌다.

이를 계기로 궤양의 개념과 치료가 혁명적으로 달라졌다. 1997년이 되자 저명한 위장병학자 마이클 스펙터Michael Specter는 《뉴요커》에 이렇게 선언했다. "좋은 헬리코박터 파일로리는 죽은 헬리코박터 파일로리밖에 없다."

이렇게 궤양은 스트레스로 인한 질병이었다가, 세균으로 인한 질병으로 밝혀졌다. 그러나 이야기는 여기서 끝나지 않는다. 궤양은 헬리코박터 파일로리 때문에 생겨도 스트레스에 의해 악화할 수 있는데, 이유는 아직 밝혀지지 않았다. 더 중요한 사실은, 헬리코박터 파일로리가 모든 사람에게 궤양을 유발하지는 않는다는 점이다. 실제로 연구자들이 헬리코박터 파일로리 검사를 해 보니, 전 세계 인구의 약 3분의 2가 감염되어 있어도 그중 다수는 궤양이 없었다. 마셜이 거둔 승리는 이 부분까지는 설명하지 못했고 당연한 질문 하나를 남겼다. 감염이 그토록 흔하다면, 왜 감염된 모든 사람이 궤양을 앓지 않는 것일까? 궤양이 있는 사람과 없는 사람의 차이는 무엇일까? 씨가 토양으로 파고 들어간다 해도, 마셜의 경우처럼 그 씨를 막아 낼 회복력을 갖춘 토양이 있다. 이런 질문을 고민하는 대신, 의학은 하나의 매력 있는 관습적 가설(심리적 원인)에서 벗어나 또 다른 관습적 가설(세균이라는 원인)을 채택하는 쪽으로 방향을 완전히 틀었다.

오늘날 의학은 대안적 관점으로 궤양을 이해하게 되었다. 세균과 신체의 복잡한 상호작용으로 생긴다는 것이다. 궤양이 불안과 관련이 있다는 가설은 참이다. 스트레스, 혹은 스트레스와 연관된 미지의 변이가 헬리코박터 파일로리 감염을 악화시킬 수 있다. 특정 상황에서, 중성적 상태의 세균을 병리적인 것으로 변형시키는 듯하다. 헬리코박터 파일로리 자체는 유해하지 않으며, 인간과 소위 '공생적' 관계를 맺는 일이 흔하다. 공생이란 두 가지 종이 서로 해를 입히지 않고 함께 살거나, 그 상태에서 서로 이득을 얻는 경우를 말한다. 헬리코박터 파일로리가 인간의 건강에 긍정적 역할을 한다는 연구도 있다.[13] 이 균이 위장에 없는 성인은 어릴 때 천식으로 고생했을 가능성이 크다. 그러나 상황에 따라 숙주의 생리가 변하면, 무해한 관계가 병리적 관계로 바뀐다.

궤양 이야기를 보면, 질병은 항상성이 깨지면서 생긴다는 전근대적 개념이 여전히 의미 있다. 물론 이 같은 개인 맞춤식 관점은 서양 의학이 세균론을 받아들이면서 대체로 밀려났다. 오늘날 코로나바이러스 대유행에 이은 코로나 후유증의 확산으로 새로운 질병 패러다임이 전면에 나섰다. '세균이 질병을 유발하고, 신체는 질병을 극복한다'라는 단순한 모델은 수정되어야 한다. 세균에 감염되어도 거의 아프지 않거나 적당히 아프고 마는 사람이 있다. 반면 초기 감염 이후 증상이 신체 여러 곳에 계속 남아 있는 사람도 있다.

연구자들은 병을 특정 질병 단위로 간주하고, 감염이 말끔히 해결된다는 식의 세균론 패러다임을 정교하게 다듬고 있다.[14] 건강은 토양과 씨, 숙주와 감염 사이의 상호작용에 달린 경우가 많으며, 개인의 면역계와 마이크로바이옴이 교란 요인이라고 밝혀지고 있다. 전인적이고 개인 맞춤화된 접근은 생각보다 더 중요할 수 있다. 자가면역질환과 다른 면역 매개 질병을 치료하려면 관습적인 세균론 말고, 개인마다 다른 질병 및 면역 상태를 파악해야 한다. 로젠버그의 말처럼 "1800년대에는 흔했으나 2000년대에 와서는 주변화된, 질병의 본질을 살피는 예전 방식으로" 사고해야 한다.[15]

그런데 항생제부터 가공식품이며 생활 환경 내 화학물질의 폭발적 증가까지 현대 사회의 특성으로 인해 이런 질병들이 광범위하게 늘어났다. 아이러니하게도 의학이 덜 전인적이고, 모두에게 적용 가능한 진단을 선호하는 쪽으로 진화하는 사이에 일어난 일이다. 오늘날 점점 증가하는 면역 매개 질환 환자들을 치료하기 위해서는 고대 의학의 핵심적 질병 개념으로 돌아가야 할지도 모른다. 병이란 신체의 자연스러운 균형이 깨진 상태이며, 항상성의 파괴로 그리되었다고 보는 개념 말이다.

작은 차이가 어떤 효과를 내는지 살펴보는 유용한 모델이 '알로스타틱 부하allostatic load'다.[16] 1993년 록펠러대학의 신경내분비학자 브루스 매큐언Brace McEwen과 펜실베이니아대학의 심리학자 엘리엇 스텔라Eliot Stellar가 제시한 개념으로, 힘들고 고통스러운 환경 속에서 인간이 항상성을 유지하고자 노력하는 동안 신체가 겪는 마모의 정도를 나타낸다. 알로스타틱 부하가 낮을수록 신체는 건강을 유지하기 쉽다. 오염된 지역에 살거나, 균에 감염되거나, 안전한 식품을 이용하기 어렵거나, 제도적 인종차별을 겪는 등 만성적 스트레스 요인에 시달려 부하가 높을수록 여러 질병을 앓을 가능성이 크다. 그렇지만 병이 진행되는 초기에는 신체 신진대사에 부하가 걸려 있어도 검사 결과가 나오지 않을 수 있다. 질병의 신호인 초기의 작은 차이를 해석하고 환자의 신체가 그리는 궤적을 볼 줄 아는 안목 있는 의사가 필요하다.

유전자와 바이러스와 스트레스와 면역계가 서로 영향을 주고받아 개인마다 다르게 나타나는 복잡한 결과가 질병이라고 해 보자. 그렇다면 진단의 명확성 대신 불확실성이 우리 세계에 고개를 내민다. 20세기는 수전 손택의 표현처럼 "모든 질병을 고칠 수 있다는 주장이 의학의 핵심 전제"[17]인 시대였다. 21세기는 의학이 질병 유발인자의 복잡성을 받아들이는 시대가 될 것이다. 따라서 우리의 질병 서사도 극적인 시작과 궁극적 치유(혹은 비극적 죽음)로 구성되는 틀에서 벗어나, 보다 섬세하게 변화를 설명하는 이야기로 진화해야 한다. 이런 이야기에서 다수의 환자는 건강과 질병 사이의 회색 지대에서 오랫동안 살아가면서, 안녕한 상태와 증상이 있는 상태를 별 특징 없이 오갈 것이다.

그동안 현대 의학은 명확한 검사 결과가 나오지 않는 환자에게 낙인을 찍었다. 그 낙인은 미국 의료계의 주요 결점이 되었고, 이제 의료계는 기존의 권위적인 답을 합리적인 수준으로 품은 가운데 자신들이 모르는 것을 알아내고자 노력하고 있다.

20세기 초반 실험을 향한 의학계의 열정을 담은 싱클레어 루이스Sinclair Lewis의 소설 《애로우스미스Arrowsmith》에는 세균론으로 인해 측정을 과신하게 된 상황이 그려진다. 주인공의 멘토이자 독일식 억양을 쓰는 세균학자인 막스 고틀리브는 시험관과 현미경 옆에 서서, 질병을 알아내는 인간의 능력을 점점 더 과신하는 분위기를 바로잡고자 이렇게 선언한다. 진정한 과학자는 바로 "자기 자신이 얼마나 조금밖에 알지 못하는지를 혼자 알기 때문에" 혁명적인 존재라고.[18]

　　어느 날 침대에서 이 책을 읽으며 생각했다. 현대 의학이 "얼마나 조금밖에" 알지 못하는지를 인정하지 않는 바람에 오늘날 얼마나 많은 사람이 남들 모르게 혼자서 아파하는지. 그냥 아프기만 한 것이 아니라 소외되기까지 한다는 이 특수한 공포에, 가시에 찔린 듯 오싹했다. 아프다고 증언해도 검사 결과가 이미 존재하는 패턴과 맞지 않기 때문에 아픔을 인정받지 못하는 것이다.

보이지 않는 질병의 왕국

4

내가 나인 척

통증은 언제나 당사자에게는 새로우나,

주변 사람들에게는 참신함이 없다.

◆ 알퐁스 도데, 《고통의 땅에서》

잘 알지 못하는 병으로 가장 힘든 일 가운데 하나는, 우리가 겪는 일을 이해해 주는 사람이 거의 없다는 점이다. 병을 앓고 있다는 사실을 믿어 주는 사람이라고 해도 말이다. 그렇게 외롭게 밀려나는 한편 이전과는 딴판인 새로운 현실에 붙들리면, 우리에게 절대 가능하지 않은 방식으로 이해받기를 바라게 된다. "통증은 언제나 당사자에게는 새로우나, 주변 사람들에게는 참신함이 없다." 알퐁스 도데는 《고통의 땅에서》에 이렇게 썼다. "나를 제외한 모두가 통증에 익숙해질 것이다."[1]

증상이 심리적인 문제로 인한 것인지, 심지어 단지 상상에 불과한 것은 아닌지 걱정하는 일 또한 잘 알지 못하는 병을 앓는 환자 다수가 진 짐이다. 질병의 경험이 머릿속에만 존재하는 것은 아니지만, 그렇다고 신체에만 국한된 것도 아니다. 균형 잡기가 어렵다. 뭔가 문제가 있는데 의사는 관심이 없거나 대수롭지 않게 넘기는 상황이라도, 환자는 자기 자신을 펀들어야 하고 단념해서도 안 된다. 그러는 한편, 증상에 몰두한다고 해서 건강이 정말 좋아지는지를 스스로에게 기꺼이 물어보아야 한다. 환자는 서로 모순되는 이 두 가지 태도를 동시에 품어야 한다. 즉 질병이 실재한다고 주장하면서도, 그 끔찍한 두려움에 저항해야 하는 것이다. 균형 잡기는 힘든 일이라는 걸 2012년 가을과 겨울에 알게 되었다. 걱정이 점점 늘었다.

만성질환은 결국 심한 불안을 끌어낸다. 계속 아프다 보면 통증 같은 실제 증상으로 인한 아픔을, 훗날 통증이 더 심해지고 건강이 악화될 수 있다는 불안에서 생기는 아픔과 구분하기 어렵게 된다. 질병이 마음속에 있다는 뜻이 아니다. 오히려 마음은 의미를 창조하는 기계로서 새로운 상태에 끝도 없이 의미를 부여하며, 그 자체로 경험에 영향을 미친다.[2]

내 삶이란 사방에 거울이 붙어 있는 복도에서 내 몸이 겪는 질병에 적응하려고 애쓰는 과정 같았다.

아프면 외롭다. 누가 안쓰럽게 여겨 주고 알아주었으면 하는 어린애 같은 욕망이 생긴다. 그런데 바로 그 알아주는 일이 어렵다. 우리가 아픈 원인이 무엇인지, 증상이 호전과 악화를 반복하는 이유는 무엇인지 아무도 모른다면 고통을 어떻게 설명하고 증명할 수 있을까? 증상이 늘 나타나지는 않는 질병을 어떻게 묘사할 수 있을까?

의사나 친구에게 제대로 전하기 가장 어려운 이야기는 피로로 심신이 쇠약해지는 증상이었다. 내가 아는 여러 환자도 똑같이 이런 피로를 경험했다. 피로가 일상인 뉴욕에서 피로하다고 불평하다니 나약한 사람 같다. 하지만 신체 기능의 장애를 부르는 피로란 보통의 수면 부족과는 다르다. 코로나 19가 일반 감기와 다르듯 말이다. 내 생각에 이 피로는 수면 부족으로 인한 것이 아니라, 무슨 문제인지는 몰라도 내 몸의 문제를 고치려면 에너지를 아껴야 한다고 세포들이 확신하기 때문에 생겼다. 피로감은 내 의지를, 우리 대부분이 품고 사는 정체성의 감각을 지웠다. 내 피로의 가장 나쁜 점은 온전한 자의식을 잃어버리게 만든다는 것이었다.

단순히 브레인 포그로 애먹었다는 이야기가 아니다. 사회학자들이 만성질환과 관련해서 언급하는 자아 상실[3] 이야기도 아니다. 내가 나에 관해 아는 모든 것이 사라지고, 다른 삶을 꾸려야 했다는 뜻이다. 그 겨울, 건강이 점점 나빠지니 내가 타인과 구별된 개인이라는 느낌이 더는 들지 않았다. 그저 주어진 일을 해내려고 힘겹게 움직이는 기계처럼 일상을 보내곤 했다. 아버지 생신날 저녁, 코네티컷의 식당에 허리를 편 자세로 앉아 있기 위해 어마어마한 의지가 필요했다. 사람들은 보통 일에 푹 빠져들면 통증을 잊을 수 있다. 그렇지만 나는 피로 때문에 그런 상태 자체가 불가능했다. 병의 구렁텅이에 빠진 채로는, 이 책의 문장들 가운데 어느 하나쯤은 쓸 수 있었겠으나 그 문장들로 문단을 만들 수는 없었다.

이런 식으로 아프면, 내가 나인 척 연기를 한다는 불쾌한 감정이 든다. 아픈 사람이 살아간다는 것은 삶보다 행위에 더 가깝다. 건강한 사람은 자신의 존재가 세포들 간의 정확한 상호작용에 달려 있다는 사실을 잊어버린다. 얼마나 사치스러운 일인가. 난 아니다. "내게 안녕을 고한다, 고이 간직했으나 이제는 너무 흐릿하고 희미해진 나에게"라고 도데는 썼다.[4] 나는 이 문장을 종종 떠올리게 되었다.

내가 더는 나라는 사람으로 존재하지 않는다는 느낌은 신체 증상과도 관련이 있었다. 내 눈은 더 이상 세상을 보는 렌즈 같지 않았다. 그보다는 손가락처럼 만질 수 있는 별개의 기관에 가까웠다. 이상하게 멀리 있고, 불룩 튀어나온 느낌이 마치 구식 안경 같았다. 얼굴은 내가 항상 의식하는 가면이었다. 얼굴 때문에 딱 사기 치는 기분이 들었다. 말을 하는 동안 뺨의 지방과 뼈의 무게가 느껴졌다. 불안이 점점 커졌다. 모든 것이 잘못되었고, 그 잘못이 내 안에 있었다. 그러나 나는 '내'가 누구인지, 무슨 문제가 있는지 표현할 방법을 더는 알 수 없었다.

버지니아 울프는 《아픈 것에 관하여》에 이런 말을 남겼다. "영어로 햄릿의 생각과 리어의 비극을 표현할 수는 있어도, 오한과 두통을 표현할 수는 없다. (…) 일개 여학생이라도 사랑에 빠지면 셰익스피어와 키츠로 마음을 말할 수 있다. 그렇지만 환자가 자신이 얼마나 아픈지 그 통증을 의사에게 전달하려 하면, 언어는 즉시 고갈되고 만다."[5]

내 경우 가장 힘든 부분은 이해받는 일도, 신뢰받는 일도 아니었다. "신체적 고통은 단순히 언어에 저항하는 것이 아니라 언어를 활발히 파괴한다"라고 일레인 스캐리가 《고통받는 몸》에 썼다.[6] 내 모든 증상에 적용되는 말이었다. 겉으로는 드러나지 않는 내 모든 증상.

그 몇 개월 동안 한번도 겪은 적 없는 방식으로 외로웠다. 입속의 짠맛을 느끼듯 육체의 고독을 맛볼 수 있었는데, 이 고독의 맛은 절대 내 곁을 떠나지 않았다.

서른여섯 살이 되어 세상의 모든 20, 30대가 늘 통증을 달고 살진 않는다는 것을 깨달았다. 대학 시절부터 나는 이런저런 통증에 시달렸는데, 대부분 근육 혹은 관절 통증이었고 일부는 부인병과 관련 있었다. 2011년에는 심한 고관절 통증을 겪고 관절순 파열 및 관절염 진단을 받았다. 수술했으나 회복까지 오랜 시간이 걸렸다. 내가 진짜 아프다는 사실을 이해하기 시작한 2012년에 이르기까지, 통증은 여러 증상 가운데 하나일 뿐이었고 심지어 가장 최악도 아니었다. 그렇지만 통증이 지속되니 몹시 지쳤다.

통증은 내 몸 여기저기에 하루하루 달라진 모습으로 나타났다. 어느 날에는 고관절이 나빠졌고, 다음 날에는 목 혹은 오른쪽 엄지가 나빠졌다. 근육은 언제나 긴장 상태였다. 쿡쿡 쑤시는 통증은 어깨에서 목으로 옮겨가거나 다리로 내려갔다. 여러 날 동안 통증은 처음에는 버틸 만하다가 별안간 뇌에 전기 폭풍이 몰아친 양 아주 심한 상태로 바뀌었다. 아무도 들을 수 없는 고음이 방을 가득 메우는 것 같았다. 마음이 뒤숭숭하고 짜증이 났다. 다른 사람들과 함께하는 자리에서도 머릿속

보이지 않는 질병의 왕국

으로는 통증을 살피며 신경 상태가 어떨지 가늠하고자 했다.

어느 날, 높은 선반에서 스웨터 상자를 내리는데 통증이 목과 등으로 퍼져 나갔다. 꼼짝도 할 수 없었다. 엑스선을 찍어 보니 경추 측만증이 있었고, 경추 디스크 두 곳에서 압박이 일어났으며, 목에 전체적으로 관절염이 있었다. 내 고관절 상태를 알았던 의사는 결합조직 관련 문제가 많다는 사실에 관심을 기울였다. 나는 물리치료를 받기 시작했는데, 매주 통증의 정도를 1에서 10 사이의 숫자로 평가해야 했다. 나로서는 답할 수 없는 문제였다. 간헐적으로 일어나 내 몸을 허약하게 만드는 극심한 통증을, 지속적인 경증의 통증을 따지는 척도로 평가할 수는 없었다. 이런 식의 척도 앞에서, 보이지 않는 내 증상을 남들이 알아보게 할 방법이 없다고 생각하게 될 뿐이었다.

친구 두 명이 차례로 종용하여 뉴욕의 내과 의사 존 사르노John Sarno의 글을 읽었다. 사르노는 베스트셀러 여러 권을 썼는데, 등과 목과 어깨와 손목뼈의 통증 대부분은 스트레스, 분노, 불안 같은 부정적 감정 때문에 생긴다는 내용이었다. 이런 부정적 감정은 문제의 부위로 가는 혈류를 감소시켜 근육통을 유발한다며, 사르노는 이를 가리켜 '긴장성근육통증후군TMS'이라고 명명했다.[7] 2017년에 사망한 사르노는 환자가 부정적 감정을 인지하고 떨쳐버린다면 통증도 사라지리라고 믿었다. 통증은 더 심각한 정신적 외상이나 비통함의 진짜 근원에 관심을 기울이지 않게 하려고 신체가 마음을 놀리는 방식이기 때문이다. 열린 태도를 품고 사르노의 조언대로 해 보았다. 나는 사실 억눌린 분노로 고통받는 것일까. 엄마의 죽음으로 인한 사라지지 않는 슬픔이 진짜 문제일까.

사르노의 치료법을 훈련한 치료사까지 만났으나 내겐 효과가 없었다. 그토록 많은 사람이 내 병력에 대해 하나도 모르면서 통증이 사실은 마음의 문제라고 보고 싶어 한다는 것에 낙담했다. 정서적 긴장 상태가 통증을 유발할 수 있다는 생각은 생물학에 관해 많이 알지 못한 내게도 논리적으로 보였다. 그렇지만 사르노식 방법론은 불확실성의 세계에서 확실성을 구하는 사람들이 집착하는 또 다른 꼬리표 같기도 했다. 그런 사람들은 보통 사르노의 방식을 마법 같은 해결책으로 받아들였고, 이제 이 해결책이 다른 사람에게도 널리 적용되리라 믿었다(우리에게 효과가 있었으니 당신에게도 분명 효과적일 것이라는 흔한 사고방식이다). 나는 문제가 더 복잡할 거라고, 아직은 불확실성 문제가 끝나지 않았다고 생각했다.

내가 아는 것은 매일매일 위치를 바꾸어 가며 나타나는 통증뿐이었다. 나는 통증을 무시하기 위해 최선을 다했다.

아버지는 브루클린에서 90분 거리인 코네티컷의 작은 마을에서 살고 있었다. 어머니의 죽음으로 몰아친 깊은 슬픔에서 이제 막 빠져나온 상태였다. 부모님은 2003년에 코네티컷으로 이사했다. 어머니는 작은 사립학교의 교장으로 일했고, 아버지는 그 학교의 어학부를 맡았다. 짐과 나는 아버지와

보이지 않는 질병의 왕국

정기적으로 저녁 식사를 했는데, 역시 브루클린에 사는 남동생 리엄과 에이먼도 때로 함께했다. 나는 아버지에게 건강이 좋지 않다고 말했다. 그렇지만 구체적인 병명이 없으니 아버지가 무슨 반응을 보일 수 있었겠는가. 언젠가 아버지는 전화로 이렇게 말했다. "건강이 안 좋다니 안타깝구나." 아무 의미 없는, 에둘러 말하는 아일랜드계 미국인식 화법이었다. 지금은 아버지가 느꼈을 연민과 무력감을 알지만, 당시에는 그런 마음이 멀게만 느껴졌다.

　나는 하시모토병 진단이 의미가 있긴 해도, 내 건강이 계속 나쁜 이유를 설명하진 못하는 현실을 직시하기 시작했다. 진찰받으러 가니, 의사는 검사 결과상으론 자가항체가 여전히 거의 없는 상태라고 열심히 설명했다. 갑상샘 치료로 내 호르몬 농도는 정상으로 돌아왔다. 그러니 나는 건강해야 했다. 어떤 의사도 내 통증이 지속되는 이유를 설명하지 못했다. 눈에 보이지 않는 모호한 고통이었다. 형제들은 나를 안쓰러워했으나 각자 바빴고, 어머니의 죽음이 남긴 여파로 계속 힘들어하고 있었다. 내가 어머니를 얼마나 그리워하는지, 어머니의 위로와 조언이 사라지자 건강이 얼마나 더 나빠졌는지 깨닫고 나니 새삼 충격적이었다. 때로 내가 천천히 사라지고 있는데 껍질은 여전히 남아 있어 눈치채는 사람이 아무도 없다고 생각했다.

　어느 날 밤 웨스트 빌리지에서 열린 직장 동료 파티에 갔다. 몇 개월 동안 보지 못한 사람들이 파티 의상을 차려입고 발코니에서 담배를 피우고 있었다. 반지르르한 실크 옷, 드러난 어깨, 가죽 구두를 신은 남자들. "건강은 좀 어때, 메건?" 어느 키 큰 시인이 내 어깨에 손을 올리며 진심 어린 걱정을 담아 물었다. "메건!" 발코니 벽에 나른하게 기대 있던 두 사람이 내 이름을 외쳤는데, 그 모습에 불안해졌다. 뭐라고 답해야 했을까? 여기는 뉴욕시다. 모두가 더 많은 느낌을, 더 많은 존재감을 갈구한다. 내 상태를 전달할 더 좋은 이야기를 찾아야 한다는 생각이 들었다. 당연하지만, 내겐 아무런 이야기가 없었다. 학자 크리스티나 크로스비Christina Crosby는 자전거 사고를 당하는 바람에 신체 대부분이 마비된 경험을 기록한 가슴 아픈 회고록《몸, 끝나지 않은A Body, Undone》에 이런 말을 남겼다. "남들에게 우리 이야기를 할 때마다, 남들이 알아주고 관심을 기울일 가치가 있는 일관된 존재로 우리 자신을 표현하기 위해 애쓴다. 바로 지금 내가 하는 일이다."[8]

이런 일이 바로 내가 할 수 없는 일이었다. 나는 피로와 통증에 시달리면서도, 남들에게 나 자신을 내세울 말을 찾지 못했다(그리고 여전히 찾지 못하고 있다. 이 글은 침묵과 애매함과 빈틈이 가득하다. '브레인 포그'라는 표현을 쓰면, 독자 또한 브레인 포그로 고생한 경험이 없는 이상 이 말이 비껴가리라는 생각이 든다). 아무도 내 아픔을 알아주지 못하니, 나 또한 나 자신을 일관성 없고 무가치한 존재로 여기게 되었다. 타인에게 위로를 갈망하는 내 모습이 부끄러웠다.

발코니에서 대화를 나누는 동안 마음속 슬픔이 차올랐다. 집에 가려고 건물 안으로 돌아가 코트를 챙겼다.

이 시기는 책에서 위로를 구했다. 이런저런 책들 가운데 내가 아끼는 시를 읽고, 직접 시를 써 보려고 하기도 했다. 짧은 에세이도 몇 편 써서 뿌듯했다. 하지만 내 병의 끔찍한 점은 집중력이 점점 줄어든다는 것이었다. 책을 거의 읽을 수 없을 때가 잦았다. 책을 읽다가 꾸벅꾸벅 졸면 침대 옆 조명에서 떨어지는 빛이 내 왼뺨을 따스하게 데웠다. 나를 품은 자그만 침실 속 짙은 보라색 벽 너머로, 브루클린 거리의 버스가 일터로 오가는 사람들을 실어 나르며 부르릉 움직였다.

늦가을 동안 나는 방에 갇힌 사람처럼 살았다. 한때 내가 즐긴 삶의 조각들을 창문 너머로 흘끗 볼 뿐이었다. 답을 찾아야겠다는 마음이 한층 강해졌다.

내 친구들은 야외 공원에서 만나 스웨터 차림으로 점심 도시락을 먹었고, 그들의 아이들은 나뭇가지로 서로를 찔러 댔다. 갑자기 비가 쏟아지면 택시를 부르기도 했고, 파티에서는 낯선 사람을 갈망하는 눈빛으로 재차 쳐다보았다. 바깥 세상은 그랬다.

한편 내가 사는 안쪽 세상은 어둡고 답답했다. 나는 아무도 모르는 병을 견뎌 내려 애쓰고 있었다. 미진단 환자는 힘들기도 하고 두 배로 외롭다.

때로 유일한 탈출구는 샬럿 퍼킨스 길먼이 쓴 〈누런 벽지〉 속 화자처럼 미치는 것이 아닐까 생각했다. 이 소설 속 화자의 남편은 의사로, 아내의 증상에 대해 "(출산으로 인한) 가벼운 히스테리적 성향"이라고 진단하고 임대한 집 맨 꼭대기 방에 아내를 가둔다. 그 안에서 화자는 서서히 미쳐 간다.[9]

나는 투병 생활 속에서 빠져나갈 수 있는 창을 만들어야 했다. 그것이 무엇이든 간에 말이다.

진단이 왜 그렇게 중요해? 언젠가 한 친구가 물었다.

나는 진단 자체를 의심하는 사람을 많이 안다. 그들은 진단이 병을 축소하거나 낙인찍는 꼬리표라고 생각한다. 진단이 내가 품은 모든 의문에 답하지는 못하리란 것은 이미 알고 있었다. 하지만 진단은 이해의 한 방식이므로, 나는 진단을 갈구했다.

지식이 있으면 치료 혹은 치유의 희망이 생긴다. 치유가 안 된다고 해도, 진단은 앎의 한 형태로서('diagnosis'는 그리스어로 '알다'를 뜻하는 'gignōskein'에서 유래했다) 진단이 나와야 타인에게 우리의 경험을 인정받을 수 있고, 우리의 이야기를 전할 수 있다. 나는 타인에게 전할 이야기가 없는 현실을 절실히 느꼈다. 이야기 없이는, 누가 혹은 무엇이 내 상태가 더 나아지도록 도와줄까?

윌리엄 제임스와 헨리 제임스의 누이였던 앨리스 제임스 Alice James는 청소년 시절 아무도 원인을 모르고 치료도 못 하는 병으로 아팠다(히스테리 진단을 받기는 했다). 생애 말기에

보이지 않는 질병의 왕국

마침내 유방암 진단을 받자 앨리스는 일기에 기쁨을 표현했다. "기다리는 자에겐 반드시 때가 온다! (…) 건강이 나빠진 이래 누가 봐도 확실한 질병에 걸리기를 소망했다. 다들 끔찍하게 여기는 병이라도 상관없었다."[10] 이름 없는 병으로 아파 본 사람이라면 누구나 이 고약한 논리를 이해할 것이다. 앨리스는 결국 "주관적 감각이라는 끔찍한 덩어리"에서 해방되었다고 썼다. "'의료인'들은 내가 아픈 것이 내 책임이라는 생각 말고 다른 생각은 떠올리지 않은 채, 우아한 태도로 내 문제에서 손을 뗐다." 그는 유방암 진단을 받은 지 1년 만에 세상을 떠났다. 원인 모를 병을 앓으며 사는 일이 너무나 힘든 나머지 그 끔찍한 소식도 환영한 것이다.[11]

10월의 어느 서늘한 밤, 앨리스의 일기에서 이 대목을 읽다 책을 내려놓았다. 밤의 그림자는 길어졌고 거리의 나트륨등이 어둠을 환히 밝혔다. 어떤 부분이 나를 건드렸는지 꼭 집어 말할 수는 없었지만, 분명 그의 마모된 인생과 마음이 문제였다.

내 마음에 드리워진 엘리스 제임스의 그림자를 느끼며 소파에 앉아 있었다. 이름 없는 질병을 안고 가는 삶이 어떤 느낌인지 나는 알고 있었다. 단념이 어떤 것인지, 마음이 몸처럼 불안정해지면 어떤 느낌인지 알 수 있었다. 진실로 죽음이 위안이 되리라는, 외로운 고통에서 벗어난 휴식이 되리라는 생각에 골몰하게 되는 것이다. 그의 혼란스러운 고통을 내 몸으로 느낄 수 있었다.

19세기의 히스테리 개념 때문에 앨리스 제임스가 자신

의 증상을 개인적 결함이라고 여기게 된 것도 쉽게 이해할 만했다. 메마른 슬픔을 느꼈다. 나 또한 내 문제가 개인의 결점인지 궁금해하며 너무나 오랜 시간을 보냈다. 두렵기도 했다. 앨리스의 의사가 앨리스에게 그랬듯, 내 의사 또한 내 질병 혹은 불편함이 어떤 정신적 문제 때문이라고 여길까?

이런 이유로 나는 남들이 내 문제를 알아주었으면 했다. 내가 방에 홀로 갇혀 있는 상태라는 걸 **알기**를 바랐다. 그렇게 알아주는 사람 중에 나를 여기서 꺼낼 방법을 찾아 줄 사람도 있지 않을까. 한편, 실제로 아픈 것이 아니라 아프다고 상상하는 사람들의 세계로 밀려날까 두려웠다.

내 증언은 별 효과가 없었다("너 좋아 **보인다**").

그렇지만 뭔가 **문제가 있다**는 느낌은 확실했다. 임상적 언어로 표현할 수는 없다. 내가 할 수 있는 말은, 어떤 문제인지는 몰라도 아픔이 나만의 상상이 아니라는 것이었다. 뼛속 깊이, 세포 속까지 느낄 수 있었다. 여기저기 생기는 신경통, 두통, 감기에 걸린 듯한 동통, 음식에 대한 민감성 모두 너무나 명백했다. 내 검사 결과에는 작은 단서들이 너무 많았다. 낮은 비타민 D 수치, 빈혈, 여러 바이러스.

"얼마나 조금밖에 모르는지를" 뼈저리게 느끼고 내게 도움을 줄 과학자와 의사는 어디에 있을까? 이런 아픔을 겪는 우리 모두를 도와주러 올 사람은 어디에?

나는 그런 과학자들이 어딘가 있다는 것을 알고 있었고, 밤마다 그들이 성공하기를 기도했다.

제발, 도움이 필요한 우리가 여기 있다는 걸 알아주기를.

보이지 않는 질병의 왕국

5

차트 위 숫자에
갇힌 환자들

어떤 환자든 병원에 가면 옷을 벗고 침대에
누워 정체성을 상실하게 된다.

◆ 테런스 홀트, 《내과 의사 이야기》

2012년 가을과 겨울, 일류 내과 의사들을 계속 찾아다니며 진찰받는 사이 빚이 늘었다. 대부분 보험 처리가 안 돼서 그랬다. 보험회사 요식은 품이 많이 들어서 환자에게 시간을 내기 어려워진다고 말하는 의사들이 많았다. 어느 류마티스 전문의는 내가 보는 앞에서 자기 말을 따라 쓰라는 지시를 내렸다("위약 효과가 있는 30대 중반 환자……"). 그 의사는 내게 강직척추염과 관련된 HLA-B27이라는 항원이 있으니 자기공명영상MRI을 찍어 보자고 했다. 검사 결과, 아무것도 나오지 않았다. 또 다른 의사는 피로감과 브레인 포그 때문에 죽을 것 같다고 호소하는 내 말에 어떻게 해야 할지 잘 모르는 눈치였다. **이건 다 환자의 상상일까?**

심리 치료사를 만나라는 의사도 있었다. 정신건강 치료를 받아 보라는 제안 자체가 문제는 아니었고, 실제로 나는 훌륭한 치료사를 많이 만났다. 상담은 만성질환 관리에 아주 중요한 보탬이 된다. 만성질환은 우울증을 유발할 수 있는데, 이는 질병을 앓은 결과일 수도 있고 질병 그 자체의 특징일 수도 있다. 염증성 질환과 자가면역질환은 다른 증상과 더불어 신경정신 질환을 일으키며 뇌에 영향을 미치기도 한다.[1] 문제는 내 증상이 불확실한데도 의사가 완전히 심리적인 질환으로 간주했다는 것이다.

그동안 내 뇌는 기능이 점점 떨어지고 있었다. 단어와 세세한 사항들을 기억하는 일이 점점 힘들어졌다. 시 워크숍에서 강의하는데 '봄'이란 단어가 생각나지 않아, 수수께끼 문제를 내듯 "겨울 다음에 오는, 꽃이 피는 계절"이라고 설명했다. 그렇지만 내 안의 또 다른 나는 이 문제가 노화 때문일 거라고, 30대 중반이면 누구나 겪는 일이라고 생각했다. 고통, 기진맥진, 무기력.

그해 11월, 내 건강 관리를 위해 들어간 시간을 계산해보았다. 이미 의사 아홉 명을 만났다. 1차 진료의, 내분비 전문의, 류마티스 전문의, 신경과 의사, 피부과 의사, 산부인과 의사, 스포츠 의학 의사(고관절과 무릎 부상 전문), 영양 전문가, 그리고 임신 문제로 찾은 산부인과 내분비 전문의까지.

텍사스를 여행하는 동안 심한 두통을 앓기 시작한 까닭에 그곳의 한 의사가 MRI로 뇌를 검사하자고 했다. 그 결과 병변이 나왔다. 1차 진료의와 신경과 의사는 내가 마비와 전기 충격을 겪고 있으니 그 촬영 사진을 보고 싶다고 했다. 내 진료 기록을 구하기 위해 전화를 다섯 번이나 걸었고 팩스도 여러 차례 보내야 했다(세상에, 팩스 같은 것을 보내려고 1.5킬로미터 거리에 있는 복사 가게까지 걸어가야 했다). 새로운 전문의와의 진찰을 예약하는 일은 절대 쉽지 않았다. 의사가 다른 전문의를 찾으라고 권할 때마다, 새로 예약을 잡고 4주에서 6주의 시간을 기다려야 했다.

　새 의사들은 흔히 다른 의사가 가진 기록을 원했고, 달라고 요청했다. 진료 기록 부서에 전화하고, 내 정보 공유를 허가하는 문서를 출력한 다음, 그것들을 팩스로 의사의 사무실에 보내고, 또 팩스를 받았는지 확인하기 위해 전화했다. 시간이 한참 들었다. 심지어 그 당시에도 의료 기록은 대체로 전자 문서였는데도, 병원 측에서 보통 이메일로 된 정보를 원치 않는 바람에 이렇게 해야 했다. 이미 과도한 업무에 시달리고 있는 담당자들은 내가 문서 작업을 요청하면 대개 짜증을 냈다. 누구누구 의사와의 진료 전에는 기록을 보낼 수 없다고 전화를 딱 끊어 버리곤 했다. 그러면 누구누구 의사는 진찰 전에 필요한 정보를 받지 못하게 되니, 나더러 추가 검사를 받으러 병원에 또 오라고 말하곤 했다.

　검사 결과 한 부를 달라는 요청을 잊어버리는 사건 같은 것은 절대 일어날 수 없었으리라. 자료를 구하는 일은 괴롭고 귀찮았다. 진료 기록 전송에 3주 이상 걸린다는 병원이 수두룩했다. 사람 크기의 빅풋 동상을 아마존에서 주문하면 밤사이 문 앞에 배달되는 세상에 말이다. 어떤 의사는 내가 검사 결과를 복사한 서류를 가져가지 않았으면 좋겠다고, "내가 걱정하거나 혼란스러울까 봐" 그렇다고 단호하게 말했다.[2]

　계산해 보니 문서 및 전자 기록을 한 의사에게서 다른 의

　　　　　　　　　　　　　　보이지 않는 질병의 왕국

사에게로 그냥 전달하는 데만 한 달에 1.5일을 썼다. 진료받으러 가느라 추가로 3일을 더 썼는데, 10분 진찰(의사가 시간이 좀 있으면 15분)을 위해 한 시간 이상 기다리는 일이 잦았다. 다 합치면 매달 근무일 20일 중에 5일을 빼앗긴 셈이었다. 총근무시간의 4분의 1에 달했다.

그런데 이 모든 과정을 겪고 나니 그냥 포기하거나 그만두게 될 것만 같아서 더 큰 문제였다. 때때로 그랬다. 나중에 퍼머넌트연합Permanente Federation(미국 최대 의료 기업인 퍼머넌트메디컬그룹의 컨설팅 조직―옮긴이)의 전前 전무 잭 코크란Jack Cochran을 만나, 정보를 서로 주고받지 않는 의사들 사이에서 환자가 연락책 역할을 할 수 없으면 어떻게 되느냐고 물었다. 이런 답이 돌아왔다. "그런 환자들은 소외된 가운데 자기만의 세계에서 홀로 고통을 겪습니다."

그래도 현재 진료 기록 문제는 개선되었다. 2021년 4월부터 효력이 생긴 21세기 치료법21st Century Cures Act에 따르면, 환자는 자신의 진료 기록과 의사의 기록에 컴퓨터로 접근할 권리가 있다.[3] 기록에 접근하려면 보통 '마이차트MyChart' 계정을 등록하기만 하면 된다. 하지만 전체적으로 보면 만성질환에는 여전히 부족한 부분이 많다. 의료계는 기술적으로는 능통할지 몰라도 정서적인 부분은 채워 주지 못하며, 만성 문제보다 급성 문제를 훨씬 잘 다룬다. 전문가의 치료, 숙련된 수술, 혁신적 문제 해결 사이사이에 수준 이하의 치료나 깜빡 놓친 진단, 관료주의적 실수가 허다하다. 심지어 의사와 환자 사이의 노골적 반목도 잦다.

　내 경우는 병을 본격적으로 앓기 전에도 동네 병원이며 종합병원에서 많은 시간을 보냈다. 부인과 수술에다 전문의의 MRI 검사를 받았고, 암 치료를 받는 어머니와 함께 병원을 오가기도 했다. 나는 수술의 정확성에 깊은 인상을 받았다 (내 첫 수술은 자궁내막증이었는데, 약간의 절개만으로 포도 크기의 난소낭종을 제거했다). 또 어머니를 진료하는 간호사와 의사 대부분이 친절해서 감명받았다. 그렇지만 기본적으로 불편하다는 느낌을 받았는데, 특히 종합병원이 그랬다.

　때로 의사들은 환자에게 퉁명스러웠고 적대적이기까지 했다. 조명은 눈에 거슬리고, 음식은 끔찍하고, 공간은 시끄럽고 안락함 따위는 찾을 수 없었다. 병원은 환자가 치유받으러 오는 곳이 아닌가? 하지만 이런 문제는 중요하지 않아 보였다. 중요한 것은 '치료'를 맡은 전체 관료적 조직이었다. 삑삑거리는 모니터, 매시간의 수치 확인, 억지로 깨우기, 말기 환자에게 상세하게(때로는 헛되게) 고심해서 개입하기. 병원에 있으면 언제나 모자 장수의 티 파티에 온 앨리스가 된 기분이었다. 정신을 차려 보면, 원래 있던 사람들에게는 아주 논리적이지만 내게는 미쳐 돌아가는 세계로 온 것이다.

　기술 중심의 미국 의료계에서, 아픈 사람은 병원에 가면 사람 이하의 존재로 떨어진다. 이미 20세기 전환기부터 환자가 이제 "차트 위의 숫자, 엑스선 판 위의 그림자, 슬라이드 위의 얼룩" 같은 존재가 되어 버렸다는 평론가들의 문제 제기가 있었다고 찰스 E. 로젠버그가 언급했다.[4] 기술적 진보와 민영화를 거쳐 미국 의료는 분업화 및 첨단 기술 전문화를 특징으로 삼게 되었고, 상황은 더욱 나빠졌다. 환자는 관료적 방식으로 지워졌다. "어떤 환자든 병원에 가면 옷을 벗고 침대에 누워 정체성을 상실하게 된다. 며칠 뒤 그들 모두 어느샌가 하나의 수동적 몸으로 합쳐진다"라고 노스캐롤라이나대학 채플힐의 노인의학 전문가 테런스 홀트Terrence Holt가 책에 썼다.[5]

어머니와 나는 상대적 특권을 지닌 백인 여성으로서 운이 좋은 편에 속했다. 어머니는 의료진의 관심 속에 신속하게 치료받았다(남성 의사들은 종종 어머니의 체중에 대해 잘난 척 한소리를 하며 내가 공감해 주리라 기대하는 모습이었지만). 내 경우, 나를 무시하는 의사들도 있었지만 그래도 건강을 향한 내 여정에 같은 편이 되어 줄 배려심 있는 의사들을 계속 찾아볼 수 있는 상황이었다. 그러나 (돈이나 기력이 부족하여) 그럴 수 없는 사람들은 흔히 원인 불명의 병에 붙들린 채 그만 멈추고 만다.

계급, 인종, 언어 모두 좋은 치료를 막는 장벽이 될 수 있다.[6] 어떤 병원에는 유색인종과 여성과 트랜스젠더를 향한 공공연한 차별과 무의식적 편견이 횡행한다.[7] 의료계 종사자들의 일상적인 차별 발언 가운데 증언이 많은 사례 두 가지만 꼽자면, 비만인더러 "해변으로 쓸려 온 고래"라고 하거나, 라틴계 환자들더러 "히스패닉 히스테릭 증후군"이라고 하는 식이다. 여러 의사가 직접 알려 준 사실이다. 흑인들은 오랫동안 존재해 온 의학적 인종차별을 배경으로 일상적 갈등을 겪는다. 수십 년 동안 시행된 터스키기 매독 실험이 대표적인 예다.[8] 의사들은 흑인 환자들이 매독에 걸렸다는 사실을 확인하고서도 전체 감염 과정을 연구하기 위해 페니실린 치료를 하지 않았다. 그러니 의사를 불신하는 환자가 많은 것도 놀랍지 않다.[9]

백인 여성인 나조차 무관심과 무신경을 마주했다. 예를 들어 미국 북동부 지역에서 하이킹과 캠핑을 하며 자란 내게, 라임병이나 다른 진드기 매개 질병 검사를 했는지 물어본 의사가 몇 년 동안 한 명도 없었다. E 의사를 제외하면 우리 집안에 자가면역질환 병력이 있는지 알아본 의사도 없었다. 10년이 지나 원고를 쓰면서 이런 일들을 돌아보니 정말 놀랍다. 그렇지만 환자들을 인터뷰하고 친구들과 대화해 보니 나만 겪은 일이 아니라는 사실을 알게 되었다.

이를테면 이런 식이다. 어느 환자가 뭔가 문제가 있어 의사를 찾는다. 검사 결과 아무것도 나오지 않으면 환자는 괜찮다는 말을 듣는다. 답이 없는 상황 속에서, 환자는 한때는 자기 몸과 감각에 관해 잘 안다고 생각했으나 이제는 전부 의심한다. 나는 내 증상 가운데 몇 가지만 골라서 의사에게 말하게 되었다. 그전에 어떤 의사를 만났는지 입에 올리지도 않았다. 여러 의사를 쇼핑하듯 찾아다니는 환자는 문제 환자라고 여기는 의사가 많기 때문이다. 또 알게 된 사실 하나는, 이전의 진료 기록을 준비해서 진료실에 가는 일은 내가 할 수 있는 최악의 행위 가운데 하나라는 것이다. T. C. 오다우드O'Dowd

는 1988년 논문에서 "단골 환자heartsink patients"라는 용어를 제시했다. 의사를 "화나게 하고, 이겨 먹으며, 제압하는" 환자를 가리킨다.[10] 나는 그런 환자, 즉 질문을 너무 많이 하는 것 같은 환자가 되고 싶지 않았다.

　의사와 환자의 관계는 관료주의가 어렵게 만든 측면이 있기는 하다. 의사가 선의를 품고 있다고 해도 만성질환자의 비통함을 어찌 열린 마음으로 들어 줄 수 있을까. 의사 본인이 기력을 다 써버린 데다 불만스러운 상태인데 말이다. 내가 만난 의사들은 서류 작업의 수렁에 빠진 가운데 아주 빠른 속도로 일했다. 《의사 노릇 하기: 어느 미국 의사의 환멸Doctored: Disillusionment of an American Physician》을 쓴 심장 전문의 샌디프 자우하르Sandeep Jauhar는 이를 가리켜 "초고속hyperspeed"이라고 했다. 그들은 거의 언제나 일정이 밀려서 미안해했다. 내가 인터뷰한 많은 사람이 의사에게 미쳤거나 관심을 구하는 환자라는 식의 대우를 받았다고 했는데, 내 의사들은 훌륭하게도 그러지는 않았다. 그렇지만 내가 정말 심각한 문제를 겪고 있다고 믿어 주는 것 같은 의사는 거의 없었다.

　그렇게 2012년의 가을과 겨울, 이 의사 저 의사 힘들게 찾아 목마른 흡혈귀가 만족할 만큼 피를 뽑는 동안 나는 자책하게 되었다. 의사가 이해할 수 있는 방식으로 말하는 법을, 즉 그들을 '내 편'으로 만들 방법을 모르다니 내 책임 같았다. 진료실에 들어가기 전에는 마음을 단단히 먹었지만, 준비한 질문을 반도 던지기 전에 내가 의사에게 관대한 마음을 강요했고 심지어 그 마음을 바닥내 버렸다는 느낌에 사로잡혔다. "느끼는 대로 인생에 관해 말할 자유는, 우리가 대체로 선택하지 않는 자유다"라고 작가 데버라 리비Deborah Levy가 말했다.[11] 이제 나는 내 인생에 관해 느끼는 대로 말하는 자유를 누려야 하는데, 어떻게 해야 하는지 몰랐다. 타인이 어떤 이야기를 듣고 싶어하는지를 살펴 단서를 찾는 방식에 너무나 익숙했고, 그렇게 적응해 버렸다. 내가 말을 시작해도 의사가 바로 가로막는 일이 흔했다(의사들은 환자가 말하면 11초 만에 말을 막는 경향이 있다[12]).

계절에 어울리지 않게 온화한 어느 날, 맨해튼의 한 병원에서 진료받고 나왔다. 실크 셔츠 아래로 땀이 흐르는 가운데 멍한 상태로 더러운 프리우스 승용차에 몸을 기댔다. 마음이 너무 아파 숨을 쉴 수 없었다. 병원은 붐볐고, 의사는 나를 깔보더니 문밖으로 얼른 내보냈다. 그 어느 때보다도 절실히 외로웠다. 내 편이 없었다. 아니, 더 나빴다. 진료는 내 입안에 씁쓸한 맛을, 내가 내 편을 구할 자격이 없는 존재라는 감각을 남겼다. 나는 남들이 모르는 어떤 약점, 사회가 인정하지 않는 병을 품은 기묘한 존재였다. 세계관이 틀어진 **아픈 사람**, 지금 증상에서 가장 고칠 수 없는 부분이 사실은 스스로 만든 결함이자 왜곡이라는 생각을 받아들인 다친 사람이었다.

현대 의학은 환자 중심의 치료를 한다고 자부하지만, 정서적 돌봄이 필요한 환자의 처지에는 놀랍도록 관심이 없으

보이지 않는 질병의 왕국

며 대놓고 냉담하게 군다. 만성질환자의 경우 삶이 완전히 달라지는 상황이라, 이런 무심함 때문에 특히 힘들다. 만성질환자는 빨리 고칠 수 있는 문제 말고, 몸과 마음을 관리해야 하는 질병을 안고 산다. 이런 질병은 치료가 어렵고 골치 아프며, 수수께끼처럼 보인다. 의사들은 관리를 좋아하지 않는다. 그들은 병을 **고치고** 싶어 한다. 의학 교육은 **해결책**을 강조하는데, 해결책이란 종종 "완치와 동일시"된다고, 만성질환자와 의사의 관계를 다룬 2005년의 한 연구가 밝혔다. 불행하게도 "만성질환 치료는 이런 기대와 근본적으로 상충하기 때문에 무시되기 쉽다."[13] 실제로 2004년 존스홉킨스대학의 한 연구에 따르면, 조사 대상의 거의 3분의 2에 달하는 의사가 만성질환 치료의 핵심에 관해 부적절한 훈련을 받은 것 같다고 답했다.[14]

의사들은 급성 치료를 선호한다고, 하버드대학 경제학자이자 의료 개혁 전문가인 데이비드 커틀러David Cutler가 말했다. 기계적 방식으로 환자를 치료하는 일, 말하자면 부러진 뼈를 고치기 위해 환자를 마취하는 쪽이 쉽기 때문이다(마취된 환자는 조용한 환자이기도 하다고 언급했다). 만성질환 치료를 위해서는 의사가 환자와 힘을 합쳐 환자의 행동을 바꾸어야 하는데, 속도가 더디고 답답한 일이다. 커틀러는 이렇게 말한다. "사람들이 어떤 식으로든 달라지게 만드는 일은 정말 어려워요. 협력이 가장 어렵습니다." 또 심리학자 T. F. 메인Main은 이렇게 썼다. "이런 맥락에서 최상의 환자란 목숨이나 정신을 잃을 만큼 심하게 아팠다가 치료에 바로 반응하여 의사의 관심을 끌고, 이후에는 계속 건강한 사람이다."[15] 라임병 진단으로 항생제 치료를 한 차례 받았으나 증상이 사라지지 않는 환자, 의학적으로 설명이 안 되는 통증을 겪는 환자는 정확히 반대의 범주에 속한다.

사실, 의사가 문제라기보다는 기존 체제가 문제다. 오늘날 일반적인 진찰 시간은 15분으로,[16] 증상이 복잡한 환자가 제 상태를 전하고 질문을 던지기에는 부족한 시간이다. 의사가 생활 방식을 바꾸라고 환자를 지도하기에도 모자란 시간이다. 짧은 진찰에는 역사적 맥락이 있다.[17] 1970년대에 의료 비용 증가는 '관리 의료managed care'의 기폭제 역할을 했다. 기본적으로 현재의 체계는 애트나와 유나이티드헬스케어 같은 보험회사들이 의료망의 의사들과 협상해서 환자를 얼마나 치료할지, 얼마나 오랫동안 어떤 가격에 볼지 결정하는 방식이다. 비용을 통제하기 위해 보험회사들은 건당 지불 금액을 낮추고 또 낮추며, 의사들은 빨리빨리 진료한다. 매일 정해진 환자 수를 맡아야 하는 거대 의료망에 속한 경우 더욱 그렇다.[18]

이 모든 문제는 의료가 분야별로 쪼개진 상황 속에서 더욱 나빠진다. 각각의 전문의는 개별적으로 진료를 보고, 의료 기록을 혼자 보관하며, 다른 전문의의 진료가 필요한 환자들을 본인이 선호하는 의사에게 의뢰한다. 이런 모델은 특히 자가면역과 여타 만성질환에 아주 불리하다. 아무도 치료 통합의 책임을 지지 않는다. 이 같은 분리로 인해 "환자를 전인적으로" 돌보지 못한다고, 미국의료경영인대학재단의 어느 사설에서 언급하고 있다.[19] 의사소통에 틈이 생긴다는 것이다.

보이지 않는 질병의 왕국

"배타적 체계에 기반한 전문의들은 협동에 그리 능하지 않습니다." 잭 코크란이 말했다. "의사와 의사 사이에 누가 끼어 있지요? 바로 환자입니다." 건강보험개혁법Affordable Care Act(일명 오바마 케어—옮긴이)은 치료 통합을 장려하고, 지나치게 재입원을 받아 주는 병원에는 제재를 가한다(재입원은 환자가 아픈 근본 원인에 병원이 제대로 대처하지 못했다는 의미다). 하지만 이런 장려책은 현대 미국 의료계의 상부 구조에는 영향을 거의 미치지 못했다. 또 미국 의료란 대개 행위별 수가제를 바탕으로 하는데, 의사들이 가능한 최선의 치료를 제공하는 대신 더 많은 수술을 하고 더 많은 검사를 하면 보상을 받는다는 뜻이다.

관료제 속에서 의사와 환자 모두 좌절한다. 파편화된 의료를 헤쳐 나가는 일은 힘들고 비용도 드니, 이를 감당하기 어려운 사람들은 추가로 부담을 느낀다. 이런 구조적 현실을 고려할 때, 미국에서 치료 결과와 소득 수준이 상관관계를 보이는 것은 놀랍지 않다. "소득이 높을수록, 질병과 조기 사망의 가능성이 줄어든다"라고 정책 연구 기관 어번인스티튜트와 버지니아연방대학 사회건강센터가 함께 낸 2015년 의료 형평성 보고서에서 밝히고 있다.[20] 건강보험에 가입하거나 기본 진찰료를 낼 형편이 안 되는 사람들은 치료받으러 갈 가능성도 적고, 이런저런 의사를 만나러 다니며 그에 따라 비용도 오르는 복잡한 체계를 버틸 가능성도 적다.

치료 결과는 또한 인종별로 다르다. 2020년 영국의 의학 저널《랜싯Lancet》의 사설에서는 대놓고 이렇게 말했다. "인종차별은 공중 보건에서 응급 사고에 해당하는 국제적 근심거리다. 미국에서 흑인과 백인은 사망과 질병에서 계속 격차를 보이는데, 그 근본 원인이 바로 인종차별이다."[21] 구조적 인종차별과 의료계의 뿌리 깊은 차별 등 복잡한 여러 이유로, 유색인 환자들은 필요한 치료를 받지 못한다.

그 결과 미국 의료는 치솟는 비용만이 아니라 의료 자체의 의미와 윤리가 흔들리는 위기에 처했다. 환자는 오래지 않아 자신이 구하는 것과 의사가 제공하는 것이 완전히 다르다는 냉엄한 현실을 마주하게 된다. 아파서 병원에 가도 치료가 얼마나 힘들고 서글픈지는 잘 알려지지 않았다. 너무나 심각해서 완전히 난관에 다다른 상황이라, 2014년 다보스포럼에서 애트나Aetna의 최고 경영자 마크 베르톨리니Mark Bertolini는 16세 아들의 보호자로 병원을 찾은 경험을 전하며 이렇게 표현했다. "환자는 사실 사람이 아닙니다. 환자는 진단이며, 그날의 위기입니다. (…) 환자 개인이 아닌 질병에 집중하면, 환자 옹호나 통합 치료로 이어지지 않습니다. 부모인 내가 치료를 통합하는 코디네이터를 맡아야 했습니다."[22]

"병원에서 사람으로서 치료를 받고 싶지만, 나는 환자일 뿐이야." 어느 추운 겨울날 밤, 짐에게 말했다. 구름 덩어리가 부엌 창밖의 보름달을 옅게 감싸고 있었다. 또 다른 의사에게 진찰받은 날이었는데, 가슴이 거의 무너져 내리는 경험을 맛보았다. 병을 고칠 수 있기를 바라며 병원에 갔지만, 치료할 수 있느냐고 묻자 의사는 어깨를 으쓱했다. "우리는 **모두** 피로하죠, 메건."

"우리 의료 시스템은 수술이 필요할 때는 참 훌륭해." 눈물을 참으며 짐에게 말했다. "그렇지만 매일같이 아픈 사람은, 병원에 가도 들을 수 있는 말이 거의 없으니 끔찍해." 우리는 탁자에 앉아 있었다. 라디에이터는 김을 뿜으며 쉭쉭 소리를 냈고, 우리 앞에는 식당에서 포장해 온 지중해 요리를 담은 접시가 놓여 있었다. 우리는 가정을 이루었다. 내겐 좋은 직장과 멋진 친구들이 있었다. 아프지 않았다면, 서른여섯 살의 나는 원하는 일을 하면서 첫 아이를 가질 준비를 할 것이고, 어머니를 일찍 떠나보낸 깊은 슬픔을 흘려보내며 인생의 황금기를 맞이했으리라. 대신 나는 불확실성 속에서 떠다녔다. 짐이 나를 바라보는 동안, 머리 위 불빛이 그의 턱 밑에 그늘을 드리웠다. 짐의 눈빛은 진중했다. "나도 알아." 그는 더는 말을 보태지 않았지만 느낄 수 있었다. 우리가 여행을 다닐 때마다 짐이 싸는 아주 무거운 가방처럼 묵직한 허무감이 그를 짓누르고 있었다.

자료를 찾기 시작하며 알게 된 가장 놀라운 사실은, 의사가 환자에게 공감해도 그 마음이 아주 빠르게 시들해진다는 것이다. 여러 연구에 따르면 의과대학 3학년이 되면 공감력이 확 줄어든다. 이 시기 학생들은 과를 돌면서 환자를 보기 시작하는데, 과로와 피로에 시달린다. 시간은 너무 부족하고 할 일은 너무 많다는 사실을 깨닫는다. 혹은 생존하기 위해 환자로

부터 자기방어적으로 거리를 두게 된다.[23]

또한, 만성질환자의 입장에서 의사가 알아주었으면 하는 부분을 의사는 거의 모를 수 있다. 그렇다면 의사의 공감 부족은 설명이 된다. 의료사회학자 아서 프랭크Arthur Frank가 말하길, 병에 걸린 지 얼마 안 된 사람은 자신의 새로운 정체성 탐색에 보탬이 될 이야기를 만들기 바쁘다. 어쨌든 병듦이란 낯설고 반갑지 않으며 혼란스러운 경험으로, 당장 세운 계획을 가로막는다. 만성질환이라면 미래의 계획도 가로막는다. 그런데 투병 초기에는 확실한 것이 거의 아무것도 없고, 병에 관한 지식도 부족하며 관리도 어려우니 무섭다. 그래서 환자는 시간과 노력을 들여 새로운 이야기를 생각해 내고자 한다. 또 새로운 이야기를 쓸 때 누가 도와주기를 바란다. 환자가 잃은 것들이며 손상당한 것에 관한 이야기를 들어 주고 또 그 자체를 고유한 경험으로 존중하는 사람이라면 좋을 것이다. 그래서 진료실에서 환자는 상대의 **경청**을 바라는데, 이는 단지 의사가 병을 진단하고 정보를 전달하는 권위자이기 때문만은 아니다. 그렇지만 의사들은 이런 측면을 이해하지 못할 수 있다.

내가 인터뷰한 어느 젊은 여성은 이렇게 말했다. "내 몸이 걸어온 길 만큼이나 마음이 거쳐 온 여정도 힘들었습니다. 병으로 인한 공포, 거기다 너무 바빠 내 이야기를 들어 주지 못한 의사들까지 실제로 악영향을 미쳤지요."

의사의 경청은 단순히 환자의 정서적 요구가 아니며, 실제로 필요한 일이다. 관심을 받는다고 느끼는 환자는 임상적 효과를 얻는다.[24] 마음과 육체는 과거에 생각했던 것보다 더 밀접한 관계임을 과학 연구들이 밝혀내고 있다. 환자에게 보내는 따뜻한 온기가 환자의 건강에 측정 가능한 영향을 미친다고 전하는 연구가 많다. 뉴욕 벨뷰병원의 내과의 다니엘 오프리가 쓴《의사의 감정》에 따르면, 표준 공감 척도에서 높은 점수를 기록한 의사의 환자는 공감 점수가 낮은 의사의 환자에 비해 심한 당뇨 합병증을 겪을 가능성이 놀랍게도 40퍼센트나 낮다. "이때 얻는 효과는, 당뇨병으로 최고 집중 치료를 받을 때 얻는 효과와 비교할 만하다"라고 오프리는 지적했다.[25]

테드 캡척은 하버드대학에서 플라시보 효과를 연구했다. 과민대장증후군을 겪는 환자들이 침술의 효과에 관한 연구라는 설명을 듣고 실험에 참여했다. 이들은 두 그룹으로 나뉘어 '가짜' 침술 치료를 받았는데, 한 그룹은 무뚝뚝한 말투로 "어떻게 해야 할지 안다"라고 말하며 환자를 대충 대하는 치료자에게, 나머지 그룹은 환자에게 따뜻하게 질문을 던지고 고통에 공감하는 연구자에게 치료받았다. 공감적 연구자에게 치료받은 그룹은 무뚝뚝한 연구자에게 치료받은 그룹에 비해 증상이 줄었다. 사실 '공감적' 그룹의 환자들 가운데 증상이 충분히 완화되었다고 보고한 환자의 비율은 과민대장증후군에 일반적으로 쓰는 약으로 시행한 임상 시험에서 보고된 것만큼이나 높았다.[26]

"캡척은 의학 사상가들이 '돌봄 효과'라고 부르는 개념을 증명했다." 너대니얼 존슨Nathanael Johnson이 2013년《와이어드 Wired》에 쓴 문장이다. "상대가 자신의 이야기를 경청해 주고 관심을 보인다고 느끼는 경우 환자의 건강이 개선될 수 있다는 뜻이다."[27]

즉, 공감의 효과는 실재하며 측정도 가능하다.[28] 2002년 《뉴잉글랜드 저널 오브 메디슨The New England Journal of Medicine》에 실린 한 연구에서도 플라시보 치료가 무릎 관절염 환자에게 관절경 수술만큼 효과적이라고 밝혔다(당시 한 해 시행된 수술이 65만 건이었다). 의사들은 연구 결과에 불만을 표시하며, 환자들이 수술 후에 더 좋아졌다고 주장했다. 물론 수술받은 환자들은 더 좋아졌다. 하지만 비수술 배려 "치료"를 받은 환자들도 마찬가지였다.[29]

1970년대와 1980년대에 대두한 환자 권리 운동을 계기로 이 모든 상황이 달라지리라 기대했다.[30] 수술 동의서를 근거로 환자와 의사의 협력 관계를 이끌 수 있다고 본 것이다. 그렇지만 힘의 균형은 여전히 의사 쪽에 치우쳐 있다. 환자가 도움을 구하려고 의사에게 말을 걸어도, 의사는 이미 바쁜 상황이고 양쪽 모두 긴장 어린 대화를 나누는 일이 흔하다.

의사들은 약물 치료를 거부하는 환자에게 그럴 만한 이유가 있든 없든 여전히 '비순응적noncompliant'이라는 꼬리표를 붙인다.[31] 예를 들어 뇌전증 환자가 항경련제를 복용하면 몸을 가누지 못해 일을 못 할 수도 있다. 대장암을 앓은 나의 어머니는 암이 진행되자 화학 치료에 '실패했다failed'는 말을 의사에게 들었다. 그 반대 즉, 어머니가 아니라 치료(혹은 의사)가 실패한 게 아닐까? 의학은 이런 언어 사용을 고치려고 애써 왔다(이제는 '치료 실패treatment failure'나 '비지지적nonadherent' 환자라는 표현을 더 자주 쓴다).[32] 하지만 어느 날 아침 구글 검색에서 이런 기사 제목이 바로 눈에 들어왔다. "앞선 치료에 실패한 만성 C형 간염 환자의 치료 선택지."

환자를 탓하는 언어 사용은 우연이 아니다. 물론 의사도 특별한 무력감을 느낄 것이다. 눈앞에서 목격하였으나 얼른 정리해야 하는 비극들. 의사의 일이란 도박꾼의 일처럼 실패와 딱 붙어 있다. 결국에는 카지노가 언제나 승리를 거두는 법이다. 이런 중대한 문제와 씨름하기 싫어하는 의사들도 있다. "가장 오래된 자기방어적 책략 중 하나는 의사가 환자와의 사이에 방어벽을 세우는 것이다." 방사선 의학자 리처드 건더맨Richard Gunderman은 환자 비난을 다룬 논문에서 이렇게 썼다. "이런 언어 습관은 치료 실패의 책임이 환자에게 있다는 생각에 힘을 실어 주게 된다."[33] 환자를 문제로 만들어 버리면, 의사는 적어도 환자를 치료하는 자기 능력만큼은 여전히 신뢰할 수 있다.

잭 코크란은 의학이 의사와 환자의 관계를 재평가해야 한다고 본다. "의사와 환자 관계는 여러 측면에서 의사가 환자 위에 있는 관계입니다. 환자는 자신이 이해할 수 있는 답을 구할 때까지 적극적이고 끈질긴 태도로 필요한 만큼 질문을 던져야 합니다. 그들의 몸, 그들의 안녕에 관한 문제인 만큼 그들은 마땅히 답을 구해야 합니다. 다음의 말은 의사가 해야 합니다. '나는 이 문제를 압니다.' 혹은 '모르지만 알려고 노력하겠습니다.' 혹은 '난처한 상황이고 더 애를 써야 합니다.'"

2015년 코크란과의 만남에서, 모호한 증상의 환자를 의사가 흔히 밀어내는 이유를 물었다.

"자, 당신이 나를 만나러 온다고 해 봅시다. 내 자산은 전문 지식입니다. 당신이 나를 만나러 오는 이유는 당신에게 필요한 모든 정보가 내 뇌에 들어 있기 때문이죠. 그렇지만 내 뇌가 당신을 어떻게 치료해야 할지 알 수 없다면, 나는 사기꾼이나 결점 있는 의사 혹은 부적절하거나 멍청한 사람이 되는 겁니다. 그런 상황은 내게 불편합니다. 나는 언제나 화학에서 A 학점을 받았고, 늘 자격시험을 통과했고, 지식을 습득하고 활용하는 먹이사슬에서 상위층에 있었으니까요. 뭘 모르는 보통 사람이 된다는 것은 기분이 좋지 않습니다. 나는 당신 일에 실패했습니다. **내가** 실패자입니다."

하버드대학 교수 수전 블록에게도 물어보았다. 검사 결과가 불명확한 환자들을 의사가 내치는 경향은 왜 생기는지, 왜 내치려고 마음먹는지 질문했다. 블록도 비슷한 대답을 했는데, 그의 표현에 따르면 환자들이 "미친 사람"이기 때문이란다.

"내 생각에는, 의사들이 불확실성을 받아들이기 어려워하는 문제와 관련이 있어요. 의사들이 늘 품는 근심은, 환자에게 속아서 병을 객관적으로 보지 못하면 뭔가 의학적 문제를 놓치거나 헷갈릴 수 있다는 거죠. 의사가 아주 무서워하는 일입니다. 증상이 애매한 만성질환자들이 의사로부터 당하는 역기능적 행동은, 의사들이 의학적 정보를 놓치거나 정신질환을 앓는 환자에게 속을까 봐 걱정하기 때문에 발생하는 경우가 많습니다. 이런 종류의 실수는 의사에게 모욕적입니다. 그래서 이런 상황을 피하려고 하다 보니 '환자의 정신이 아파서' 그렇다고 병리적으로 꼬리표를 붙이는 겁니다."

물론 환자는 고객과 달리 언제나 옳을 수는 없다. 그리고 의사가 자신이 아는 것과 알지 못하는 것에 솔직하고, 치료의 잠재적 위험에도 솔직해야 좋은 돌봄이 가능하다. 나를 진료하는 의사의 입장을 상상해 보니, 내게 다음 치료를 권하는 일이 정말 어렵겠다는 생각이 들었다. 검사 결과에는 아무것도 안 나오는 데다 겉으로는 괜찮아 보이니, 의사는 내가 실제로 얼마나 아픈지 알 길이 없다. 그래서 시간을 내어 나를 살펴보고, 이유는 몰라도 내 고통을 알겠다고 해 준 의사들은 확실히 내게 어마어마한 영향을 미쳤다. 그들이 상상하지 못할 만큼 큰 영향력이었다. 그들의 말은 무서운 심연에 던져진 밧줄과도 같았다.

1926년, 프랜시스 피바디Francis W. Peabody 박사는 하버드 의대 학생들에게 "환자를 잘 치료하는 비결은 환자를 염려하는 마음에 있다"라고 가르쳤다.[34] 우리 대부분의 눈에 아픈 몸은 놀라울 만큼 따로 떨어져 존재하는 것 같다. 그렇지만 아픈 몸은 언제나 타인과 대화한다. 심지어 신체가 가장 고립된 것 같은 순간에도 의료계며 배우자 등과 대화를 나누면서, 아서 프랭크의 표현에 따르면 "쌍방향으로dyadic" 존재한다.[35] 테드 캡척의 연구를 비롯한 여러 연구가 프랭크의 주장이 실제임을 입증했다. 몸은 사회적 만남의 장소이지, 미국식 초개인주의를 위한 그릇이 아니다.

이처럼 질병에 쌍방향적인 특징이 있다면, 중대한 질문들이 생겨난다. 의료 체계의 방향을 잡아 가는 과정에서 환자가 더 큰 역할을 맡아야 할까? 의료의 '돌봄'이 어떤 방식으로든 현실에 반영되어야 할까? 즉, 의사가 이 무형의 작업에 얼마나 시간을 들일 수 있는지 알아보아야 할까? 미국의 망가진 의료 체계를 단순히 경제적 측면만이 아니라 윤리적 측면에서나 현실적 측면에서 재고해야 할까? 의학은 도덕적 가치를 중시하는 산업으로서 의미가 있을까? 환자도 그렇고 많은 의사가 이 같은 질문에 긍정의 답을 할 것이다. 만성질환자는 의사로부터 정서적 지지를 원하는데, 이런 바람이 타당한지 수전 블록에게 물었다. "당연하죠." 블록이 대답했다. "그럴 수 없다면, 의학이 하고 있고 할 수 있는 일의 절반만 실제로 수행하는 셈입니다."

이 책을 쓰기 시작한 지 얼마 지나지 않아, 나는 환자의 권리에 관해 논하는 하버드의과대학 회의에 참석하게 되었다. 눈이 간간이 내리는 흐린 오후였다. 병원에서 높은 자리를 차지한 사람들이 여럿 참석했는데, 이들 대부분에게 환자란 비이성적이고 스스로 결정을 내려 봐야 신뢰가 안 가는, 아둔한 어린애 같은 존재였다. 본인의 일이 환자 "감독"이라고 표현하는 사례도 있었다. 놀라웠다. 돌봄의 중요성을 알고 환자를 위하는 아이디어를 경청하려고 매섭게 추운 날씨에 회의장까지 나온 사람들인데도 그랬다. 의학이 환자를 순응적 존재로 간주한 세월은 길었고, 그러다 보니 도움을 주어야 하는 바로 그 존재를 무시하게 되었다.

통증에 시달리며 지치고 분노한 나 또한 의미 없는 허식 속에서 허우적거렸다. 진찰받으려고 예약을 하고, 기다리며 기대를 품었다. 그러다 조잡하고 울적한 병원에 갔다. 벽에는 범선 그림이 걸려 있고, 사무실용 대량 납품 탁자 위에는 손을 타서 기름진 잡지가 놓여 있곤 했다. 막상 의사를 마주하면 늘 혼란스러운 가운데, 최대 11분의 만남에서 의사가 좋아할 만한 방식으로 나 자신을 연출했다. 곤경에 빠진 내게 의사가 정말로 관심을 보이길 희망했다. 그렇지만 의사의 일정은 해야 할 검사, 해치워야 할 관료적 절차로 꽉 차 있었다. "무엇이 문제인지 모르겠습니다"라는, 환자에게 해서는 안 될 말을 가르치는 교육도 일정에 들어 있었다. 그렇게 작고 소독된 공간에 함께 있어도, 환자와 의사의 세계는 따로 존재했다.

6

대체 의학을 대하는
자세

대체 의학의 언어는, 건강이 나빠진

사람은 애매함 없이 좋은 것을 원한다는

사실을 알고 있다.

◆ 율라 비스, 《면역에 관하여》

대체 의학은 많은 만성질환자의 마음에 쏙 든다. 이름 그대로, 환자를 인간적으로 대하는 일이 거의 없는 관료적이고 비인간적인 대규모 의료 체계의 대안을 제시하기 때문이다. 역사학자 앤 해링턴의 《마음은 몸으로 말을 한다》에는 이런 설명이 나온다. "현대의 물질 중심 의학이 병에 대해 어떤 이야기를 제공한다 해도, 그것은 비인간적인 이야기뿐이다. 환자가 아니라 질병 중심에다, 세포 조직이며 혈액이며 생화학에 관한 전문용어를 사용한다."[1] 지속적 통증에 시달리고 다루기 힘든 질환을 앓는 사람들은, 딱딱하거나 일부 증상만 다루는 설명을 접하고 "뭔가 더 나은 것을, 더 나은 이야기를 갈망한다." 분명 나도 그랬다.

대체 의학은 마음을 달래 주는 돌봄과 집중적 관심 제공이라는 두 가지 의식ritual이 기본이다. 너무나 기력 없는 만성질환자인데 보충제도 쓸 수 없다면? 혹은 권위 있는 인물이 환자에게 마음이 어떠냐고 물어보고 스트레스를 해소해 주겠다면서, 병을 인정하고 위로를 전하는 그 흔한 행위를 해 준다면? "당신은 미치지 않았고, 물론 건강해질 수 있습니다."

미국 국립보건원의 2016년 조사에 따르면, 미국인들은 대체 의학과 보완 의학에 연간 302억 달러를 쓴다.[2] 현대 의학이 과학기술 중심으로 이동하면서, 1990년대에 대체 의학이 새롭게 절정의 인기를 구가하게 된 현상도 놀랍지 않다. 돌봄을 받고 싶다는 욕망 때문에라도 많은 사람이 대체 의학에 의지한다. 작가 율라 비스는 《면역에 관하여》에서 "대체 의학의 언어는, 건강이 나빠진 사람은 애매함 없이 좋은 것을 원한다는 사실을 알고 있다"라고 적절한 지적을 했다.[3] 내 경우, 건강이 애매하게 나빴으므로 더욱더 확실한 좋은 것을 원했다.

서구 전통에 물든 나는 처음에는 통합 의학 의사와 치료사를 불신했다. 심지어 그들에게 치료받으면서도 그랬다. 내심 서양 의학 전문가가 진짜 권위자라고 여긴 것이다. 온라인에는 비과학적인 (그리고 증명되지 않은) 정보가 대체 의학의 이름으로 떠다녔다. 믿을 만한 정보를 알아내는 일, 최첨단 정보를 거짓 정보와 구별하는 일은 쉽지 않았다. 그렇지만 내 몸은 점점 더 많은 '작은 부분들'이 무너져 내렸다. 자궁내막증에 두드러기, 고관절 관절순 파열, 목 관절염, 갑상샘 질환, 임신 실패, 피로, 브레인 포그, 거기다 바이러스가 또 돌아왔다. 그래서 내 몸을 부분들의 합이 아니라 전체가 얽힌 체계로 달리 보기 시작했다. 그 결과, 내 건강 문제만이 아니라 의료계 자체를, 내게 필요한 돌봄을 구하는 길을 완전히 다른 관점에서 보게 되었다.

짐이 '백혈병 증상'을 검색하는 모습을 본 후, 나는 여러 지인이 추천한 뉴욕의 통합 의사를 찾기로 결심했다. 그 의사를 K라고 부르겠다. 친구들은 K의 진찰이 아주 비싸다고 경고했다. 1회 진찰료가 500달러로, 소위 통합 의사 대부분이 그렇듯 K도 보험을 받지 않았다. 일류 현대 의학 의사들이 보험을 받지 않는 이유와 비슷하게, 관료제가 끼어들면 환자에게 시간을 더 많이 내기 어렵다는 것이었다. 나는 500달러를 낼 여유는 없었어도 신용카드가 있었고, 당시 내 보험은 비계약 진료의 경우 비용의 80퍼센트를 처리해 주었다.

많은 대체 의학 치료사가 4년 과정의 공인 대학원 학위를 가진 '자연요법의naturopath'다. 대학원 프로그램은 전통적인 의학 과목을 배우다가, 전체론적이고 전인적으로 건강에 접근하는 방식을 배우는 수업으로 옮겨 가는 식이다. 그런데 현대 서양 의학과 대체 의학을 함께 다루는 '통합적'이고 '기능적'인 의사들이 점점 늘어나고 있다. 이들은 대개 환자를 전인적으로 바라보고 치료하며, 효과 빠른 국소 치료를 제공하는 대신 질병의 복잡한 근본 원인을 캐고자 한다. 통합 및 기능 의학은 병리적으로 아프기 전에 몸을 치료하는 것이 목적이기도 하다. 영양 섭취와 수면, 스트레스를 환자 스스로 관리하게끔 하고, 몸이 예전처럼 잘 기능하도록 회복을 돕는다. 기존 서양 의학이 병을 고치는 일을 목표로 삼는다면, 통합 의학은 치유와 예방에 집중한다.

보통 대체 혹은 통합 치료사의 초진은 한 시간이 걸린다.

보이지 않는 질병의 왕국

의사나 치료사는 환자의 생활이 어떤지 두루 살핀다. 환자가 작성해야 할 접수용 양식에는 질문이 많다. 수면과 불안과 카페인 섭취에 관해 묻거나 아침 점심 저녁 식단에 관해 물어볼 수 있다. 환자를 지지해 주는 주변인이 있는지, '통증점'이 있는지, 아니면 피곤하거나 추운지 등을 묻기도 한다. 종종 환자에게 스트레스 수준에 관해 0에서 10까지 점수를 매기라고 하며, 스트레스의 근원(직장, 관계 등)을 확인하는 일도 있다.

내 경험상 접수 양식 작성이 대체 의학 의식의 시작이다. 이때부터 환자들은 **관심을 받고 있다**고 느끼며, 안정감과 편안함을 느낀다. 치료사는 대리 부모인 양 환자의 모든 행동을 호의적으로 살피며 더 나은 삶을, 깨달음을 구하라고 격려한다. 환자가 치료사와 대화하며 얻는 관심받는다는 느낌이 대체 의학의 인기 비결이자 치료 성공 비결이기도 하다. 대체 의학은 현대 서양 의학이 무시하는 접촉을 중시한다. 예를 들어 침술사는 환자의 맥박을 재고, 혀와 피부를 살피며, 아마도 눈까지 확인한다. 침을 놓는 행위는 일종의 돌봄이다. 환자가 긴장을 푸는 동안, 자궁을 닮은 방 안에는 초가 켜져 있고 평온한 음악이 흐른다. 기존 의사의 눈에는 보이지 않는 나의 내밀한 아픔과 통증을, 마사지 치료사와 침술사는 내가 따로 알려 주지도 않았는데 바로 찾아내서 치료했다. 놀라운 일이었다. 그렇게 차분하게 환자의 마음을 달래 주다니, 솔직히 말해서 **멋지다.**

K 의사에게 진찰받는 날, 나는 시내로 나섰다. 진료실은 스칸디나비아 느낌이 나는 여유롭고 밝은 공간이었다. 형광

조명과 합성피혁 의자를 갖춘 전형적인 진료실이 아니었다. 높은 창문에서는 자연광이 들어오고, 미드센추리 모던(20세기 중반 미국에서 유행한 인테리어 양식을 현대적으로 재해석한 것—옮긴이) 풍의 소파가 놓였다. 탁자에는 인테리어 장식을 다룬 책들이 흩어져 있었다.

바로 나타난 K는 나와 악수하며 활짝 웃어 보였다. 작은 체구에 맑은 눈을 지닌 친절한 남자로, 따뜻하고 잔잔한 분위기를 물씬 풍겼다. 이 의사는 해독 치료의 옹호자이기도 한데, 치료 효과를 증명하듯 피부가 반들거렸다.

"자, 어떻게 여기에 오셨나요?" K가 내 쪽으로 몸을 기울이며 물었다.

나는 원인 모를 피로와 브레인 포그로 힘들고, 통증도 있고, 다른 모호한 증상도 겪고 있다고 설명했다. 그냥 건강이 **좋지** 않았다. K는 검사를 진행했고, 내가 챙겨 온 진료 기록을 주의 깊게 살폈다.

"어떤 상황이든, 일단 환자분은 탈진에 바이러스 문제로 건강을 해친 것 같습니다. 진료 기록을 보니 몇 달 전에 엡스타인바 바이러스와 거대세포바이러스, 파보바이러스 활성 검사에서 양성이 나왔군요. 오늘은 문제를 정확히 알기 위해 혈액 치료를 할 겁니다." 내가 신체 고유의 자원을 회복해야 한다며, 허브 항바이러스 치료를 하고 비타민 정맥 주사('마이어스 칵테일'이라고 알려져 있다)로 영양 수준을 높이면 몸이 잘 기능할 거라고 했다. '강장제'로 알려진 허브도 줬는데, 내 몸이 스트레스에 적응하게 돕는 약이었다. 그리고 내 코르티솔

이 바닥났는지(이런 경우 피로로 이어진다) 알아보기 위해 타액 코르티솔 검사를 했다. 그다음 우리는 주사실로 갔다. 2년 전, 사람들이 바카로운저(안락의자의 일종─옮긴이)를 닮은 큰 가죽 의자에 앉아 이런 주사를 맞는 모습을 보았다. 당시 의사의 진료실에서 목격한 그 광경은 무척 기이하게 다가왔다. 그런데 오늘 나는 가능한 한 빨리 이 주사를 맞고 싶었다. 병이 지배하는 밤의 세계에서, 비타민 칵테일이 약속하는 전망이란 실로 황홀했다.

나는 몇백 달러 가격의 보충제를 챙겨서 집으로 돌아온 다음, 검사 결과를 기다렸다. 몇 주 뒤 두 번째 진찰을 받았다. K는 내 몸의 활성 바이러스 항체 농도가 또 높게 나왔다고, 이번에는 엡스타인바 바이러스와 거대세포바이러스라고 했다. 혈중 중금속 검사 결과도 양성으로 나왔는데, 수은과 납이 많다고 했다. 수은과 납은 내가 자주 이야기한 질병 포럼에서 여러 사람이 언급한 적 있었다. 또 혈액 검사 결과 내 피에는 놀랍도록 많은 양의 탈륨이 있었는데, 탈륨은 공산품 생산에 쓰이는 금속이라 이런 검사에서 나오는 일은 흔치 않았다. K는 '킬레이션 요법chelation therapy'이라는 치료를 제안했다. 합성 아미노산을 몸에 주입해 중금속을 조직 밖으로 빼내는 치료법이었다.

이런 식의 제거가 많은 환자에게 도움이 되는지 여부는 아직 명확하게 밝혀지지 않았다.[4] 기존 의사들은 이런 요법을 받다가 건강을 해치는 환자도 나올 수 있으며, 특히 한 번 이상 받는 경우 그렇다고 본다. 현대 의학의 관점에서 킬레이션

이란, 대체 의학이 클렌징이라는 모호한 이름으로 증거 없는 치료를 끌어들인 위험한 사례다. 간이 손상되거나 신장에 문제가 생길 수도 있다. 이 치료법이 중금속을 밖으로 빼내는 대신, 그냥 몸 안에서만 움직이게 한다는 증거도 있다. 납 수치가 높아 킬레이션 요법을 쓴 유아를 연구한 사례도 있었는데, 어떤 신경행동적neuro-behavioral 이득도 밝혀내지 못했다.[5] 그렇다고 이걸로 결론이 난 것 같지는 않다. 2013년의 한 연구에 따르면 킬레이션 요법을 받은 50세 이상의 환자들은 심혈관계 문제가 18퍼센트 줄었다.[6] 저명한 심장 전문의 에릭 토폴 Eric Topol은 《뉴욕타임스》에 이 연구가 "이득이 있음을 시사한다. 기존의 정설에 도전한다"라며, 현대 의학이 주목해야 한다고 주장했다.

내 지인들은 이 요법에 도움을 받았다. 건강이 좀 안 좋은 것 같을 때 몸에 축적된 비자연적 독소와 일상생활의 찌꺼기를 천천히 뽑아낸다니, 아주 강력한 발상이다. 온라인에서 본 여러 사람이 그랬듯, 나도 유독한 현대성이 몸을 오염시켜 나를 괴롭힌다는 생각을 받아들이기 시작했다. 현대적 오염을 제거하는 의식이라니 (심지어 대놓고 현대적 치료법으로 의식을 치르는데도) 마음이 끌렸다. 사회가 가한 피해를 원래대로 복구해 줄 것 같았다. 우리 몸에 유독한 금속이 있다는 말을 들으면 당연히 몰아내고 싶은 법이다.

K는 그 요법으로 효과를 본 환자들이 있다고 했다. 그리고 치료를 받은 당사자는 몰라도 다른 사람들은 마늘 냄새를 맡게 된다고 경고했다. "아마 치료가 끝나면 곧장 집으로 가

자고 결심하게 될 겁니다." K는 쓴웃음을 지었다.

킬레이션 요법을 받으러 간 날이었다. 여성 몇 명과 남성 한 명이 다리를 뻗을 수 있는 큰 가죽 의자에 앉아 있었다. 한 여성은 간호사가 굵은 정맥 주사를 찔러 넣자 아파서 비명을 살짝 질렀다. 나는 뒤로 기대앉았다. 칵테일이 내 혈관으로 방울방울 들어오자 입안에서 금속성 맛이 났다. 혈관으로 아주 차가운 것이 들어오는 느낌이 났고, 팔꿈치와 위쪽 팔이 아프기 시작했다. 상심에 잠기기라도 한 듯 깊은 아픔이었다.

바카로운저에 앉아 있는 세 시간 동안 비타민액이 내 혈관으로 전부 흘러들었다. 나는 지하철을 타고 집으로 돌아왔다. 기운이 다 빠지고 아팠다. 집에 들어서자 짐은 내게 다가와 키스하더니 당황한 표정을 지었다. "이상한 냄새가 나는데."

나는 아무 냄새도 맡을 수 없었다.

짐이 코를 찡그리는 모습이 인상적이었다. 내가 병을 앓는 상황과 딱 반대였다. 내 병은, 뭔가 문제가 있다고 감지할 사람이 나밖에 없었다.

자연 의학, 대체 및 통합 의학, 웰니스wellness 문화에서 제시하는 담론은 상상 속의 과거를 향한 향수에 의지한다. 최적화를 지향하는 담론이자 후회를 품은 담론이기도 한데, 이 후회의 측면을 주목하는 사람은 거의 없다. 우리가 오염시킨 세상을 되돌릴 수 없다는 후회, 최상의 과학에는 최악의 과학이 따라붙는다는 후회, 원자화되고 진 빠지는 후기 자본주의 사회 속에서 이리저리 뛰어다니며 휴대전화만 들여다보고 있다는 후회. '자연적 접근'은 건강 회복을 위해 순수성을 끌어오므로 매력적이다. 우리 몸이 현대성이며 기술, 오염에 때 묻지 않았던 시절을 돌려주겠다고 약속한다. 인류가 타락하기 전, 자가 치유를 비롯해 거의 모든 것을 할 수 있던 육체로 돌아가게 해 주겠다고 손짓한다.

이런 관점은 암암리에 병이란 자연스러운 상태에서의 일탈이며, 강박적 자기 관리를 통해 통제할 수 있는 문제라고 본다. 대체 의학의 핵심에는 건강에 관한 기묘한 유토피아적 생각이 있다. 현대 의학은 그 자체로 유독하며, 몸은 건강을 지향하는 치유 기계라는 믿음이다. 기술과 약을 통한 개입만이 도움을 줄 수 있는, 지엽적 문제와 주요 기능장애에만 관심을 기울이는 체계와는 정반대다. 약물을 복용해도 낫지 않았던 나는 그런 과거로 돌아가고 싶었다. 혹은 나 자신을 바로잡고 싶었고, 보이지 않아도 나를 아프게 할 수 있는 미지의 오염물이 있는 현재를 지우고 싶었다. 나는 가장 좋은 것만을 원했다.

물론 이런 향수는 지금 우리 시대의 삶에 관한 진실을 담고 있다. 그러나 현대 의학이 출현하기 전의 삶이 어떠했는지는 이야기하지 않는다. 향수는, 감염에서 유래한 '자연' 면역을 그리워하든, 미살균 우유의 영양을 그리워하든, 혹은 그저 산업화 이전의 순수함을 그리워하든 다음의 사실을 생략한다. 현대 의학의 출현 이전에는 감염으로 인한 아동 사망률이 높았고, 더러운 물로 장티푸스가 퍼졌다. 저온살균이 도래하기 전에는 변질된 우유로 적지 않은 수의 아기가 죽었다. 생존은 기본적으로 투쟁이었다. 향수는 늘어난 수명, 낮은 영아 사망률과 산모 사망률을 무시한다. 미국 사회가 '자연적 방식'을 받아들인 것은 거대 제약 회사와 거대 의료 산업과 거대 기술로 구성된 이 시대의 주류 사회 구조를 향한 질책의 의미가 담겨 있었다. 그렇지만 결정적 측면에서 이 향수 또한 우리 시대의 가장 강력한 서구적 환상에 사로잡혀 있다. 인간이 자정 작용을 통해 제 삶을 통제할 수 있다는 생각 말이다.

나 또한 이런 환상에 전적으로 빠져 있었다. 자기 관리의 행위에는 영적인 데가 있다. 나는 의식을 치르면서, 부서진 삶을 다시 맞추어 연속성을 찾고자 했다.

그런데 현실적으로도 열린 마음으로 치유를 추구하는 통합 의사로부터 답을 구할 가능성이 크다는 쪽으로 생각이 기울어졌다. 과학을 향한 신뢰는 여전히 깊지만, 내가 서 있는 자리가 의학적 지식의 경계임을 깨닫기 시작했다. 특유의 보수적이고 자료 중심적이며 증거를 중시하는 태도를 고려하면, 기존 의학은 더는 내게 제공할 것이 없었다. 무언가 다른 것이 필요했다. 내가 하루를 잘 보내도록 도와주고, 왜 어떤 날은 다른 날보다 건강 상태가 나은지 살피는 치료가 필요했다. 대체 의학 및 기능 의학은 경계에 선 환자의 영양과 수면, 건강 개선에 관심을 기울였다. 내게 큰 의미였다. 단지 최악의 증상을 완화 혹은 개선하는 정도, 며칠 더 기력을 찾아 집중하게 해 주는 정도에 지나지 않는다고 해도 말이다. 어느 날 밤 짐에게 말했다. "나는 질병 탐정이 필요해." 아무리 나를 배려하는 의사라도 10분 진찰로는 힘든 일이었다. 통합 의사는 그럴 시간이 있었다. 환자 이야기를 자세하게 들을 준비가 되어 있고, 서로 연결된 신체 기관들이 더 잘 기능하도록 개입하는 쪽을 선호했다. 그들은 내 증상이 각각의 기관에서 따로 일어나는 문제가 아니라, 어떤 신체적 스트레스에 시달리는 기관들이 서로 연관된 양상을 보이는 것이라고 봤다.

내가 찾은 몇몇 통합 의사는 검사 결과에서 특이한 부분을 찾아냈다. 항핵항체 검사 결과가 양성이면 루푸스 같은 자가면역 결합조직병을 생각해 볼 수 있다. 내 마그네슘 수치는 낮았고, 비타민 D도 낮았으며, 페리틴(철을 저장한 형태)은 거의 존재하지 않았다. 혈압은 종종 82/49로 떨어졌다. 이 모든 결과는 감염이 원인일 수 있다고 의사 K가 말했다. 게다가 나는 온라인에서 환자들이 "망할 유전자"라고 부르는 MTHFR 유전자에 두 가지 다형성이 있었는데,[7] 내 몸이 엽산과 비타민 B_{12}를 필요한 만큼 효과적으로 처리하지 못한다는 뜻이었다. 이렇게 되면 피로할 수 있고 신경 문제도 생길 수 있었다. 내가 겪는 여러 가지 식품 민감증은 '새는 장 증후군'(장 투과성)을 암시했다. 시상하부-뇌하수체-부신 축이 최적으로 기능하지 못한다는 뜻이기도 했다. 이런 경우, 나처럼 갑상샘 호르몬 수치가 낮은 증상이나 '부신 피로'라고 하는 부신 호르몬 분비 패턴의 변화가 설명된다.

어느 서구 의사에게 이런 접근에 관해 질문해 보았다. 그 의사는 내 검사 결과가 비특이적이고, 현대 의학은 '부신 피로'를 진짜 질환으로 간주하지는 않는다고 대답했다. 당시 연구의 60퍼센트 이상이 부신 피로 환자와 대조군을 비교하여 의미 있는 차이를 찾지 못했다. 그렇지만 의학은 '애디슨병'이라고 알려진 부신의 기능장애를 인정했다. 부신이 부신 호르몬인 코르티솔과 알도스테론을 너무 적게 생산하는 상태를 가리킨다. 의사는 나도 그런지 확인하기 위해 코르티솔 검사를 권했다.

대체 의학과 기존의 현대 의학은 차이가 아주 확실하다. 대체 의학은 어떤 패턴에서 작은 변화를 찾고, 허브와 생활 관리로 치료하면 더 심한 병을 예방할 수 있다(고 말하)는 식이다. 한편 현대 의학은 부신 호르몬 패턴의 극단적 변화를 찾아 강한 스테로이드로 치료하는데, 이런 경우 중병이 있다는 뜻이기 때문이다. 그러나 작은 변이는 의학이 관여할 영역 너머의 문제라고 본다. 증거가 나오지 않으면 의사의 손은 묶이고 만다. 혹은 의학이 아는 병리학 지식의 경계에 있는 환자라면, 현대 의학은 개입을 주저한다. 항핵항체 검사 결과가 양성이라는 사실만 해도 통합 의사는 관심을 기울였지만, 몇몇 서구 의사는 다른 검사 결과가 없으니 그리 의미 있게 다루지 않았다. 아프지 않아도 항핵항체 검사가 양성으로 나오는 사람이 많기 때문이었다(어느 의사는 심지어 내가 양성이라고 말해 주지도 않았고, 몇 년이 지나서야 검사 결과를 직접 보고 알았다). 나는 증거 중심의 접근을 무척 존중했다. 하지만 내가 건강하지 않다는 사실도 알았다.

두 가지 상반되는 서사 앞에서 나는 여전히 고심했다. 이 결과는 어떤 의미일까? 내 두려움의 진짜 원인일까, 아니면 내 친구가 걱정하듯 통합 의사가 수백 달러의 보충제를 팔아 치우려고 문젯거리를 찾고 있는 걸까? 내가 사실은 건강한데 치료사들이 아프다고 말하는 상황이라면 더욱 걱정될 터였다. 그렇지만 나는 다 죽어가는 기분이었다. 그래서 누군가의 표현처럼 "경계에서" 개입하고, 해답이 아닐지라도 단서에 따라 치료를 시도하는 통합 의사의 의지에 감사했다. K 의사는 명상과 수면의 세계로 나를 안내했고, 또 다른 통합 의사는 내가 달걀과 정말 맞지 않는다며 그만 먹으라고 했다. 그 의사들은 내 생활 방식을 조금이라도 조정하려는 의지가 있었고, 조언을 따르니 도움이 되었다.

보험이 비계약 치료 비용을 처리해 준다고 해도, 통합 의사의 진찰료는 여전히 비쌌다. K 의사를 만난 해에 들어간 비용은 보험 처리 전 금액이 2만 4000달러쯤 되었다. 진찰료와 비타민 정맥 주사와 검사와 보충제 비용이었다. 그래도 내 신용카드는 연이율이 0퍼센트였고, 내가 건강해지면 돈을 다 갚을 만큼 일할 수 있으리라 기대했다.

몇 주에 한 번씩 마이어스 칵테일을 투여받았는데, 이유는 몰라도 큰 도움이 되었다(며칠 동안 브레인 포그가 사라졌다). 수백 달러 치의 보충제를 받았다. 아니, 사실은 사라는 말을 듣고 구매했다. 식품 민감증 검사 결과, 나는 밀과 보리와 달걀과 쇠고기와 유제품과 돼지고기와 참깨와 크랜베리와 옥

보이지 않는 질병의 왕국

수수에 민감했다. 내 몸은 이 식품들에 지연된 면역 반응을 보이고 있었다. (현대 의학은 식품 민감증 검사를 크게 신뢰하지 않는데, 즉각적 면역 반응인 음식 알레르기를 유발하는 면역글로불린 E(IgE) 항체가 아니라, 특정 음식에 느린 감염 반응을 일으킬 수 있는 면역글로불린 G, A, M(IgG, IgA, IgM) 항체를 측정하기 때문이다.[8]) 사실 식품 민감증 검사를 어떤 식으로 받을지 확신이 생기지 않아서, 두 의사를 통해 서로 다른 연구소에 혈액을 보냈다. 결과는 똑같았다. 이미 글루텐과 달걀은 내 건강에 나쁘다는 사실을 알아서 먹지 않고 있었다.[9] 이제 나는 크랜베리와 참깨와 유제품과 쇠고기와 옥수수를 포기해야 했는데, 내가 아는 한 이 식품들이 내 건강을 해친 적은 없었다. 내가 집먼지 진드기에 심한 알레르기가 있다는 의사의 조언에 따라, 이불과 베개를 일주일에 두 번씩 뜨거운 물에 세탁했다(읽다 기운 빠진다면 이러고 사는 삶이 실제 어떨지 상상해 보길). 저녁 9시면 자러 갔다. 건강을 위해 한번도 망설이지 않고 광적으로 헌신했다. K 의사에게 치료받는 동안, 피로와 심한 기력 상실은 어느 정도 가셨고 생활이 나아졌다.

그렇지만 내 탈륨 수치가 하늘을 찌를 듯이 높은 이유는 알아내지 못했다. 그러던 어느 날 잡지 《마더존스Mother Jones》에서 케일을 다루었다. 나는 간 해독 및 혈당 조절용 팔레오 식단을 따르느라 케일을 매일 두 번씩 먹고 있었다. 케일은 내게 '안전한' 음식 가운데 하나였다. 뭐든 손수 만드는 힙스터의 건강을 상징하게 된 이 녹색 잎채소는, 사실 흙 속의 중금속을 특히 잘 흡수한다는데 그 중금속이 바로 탈륨이었다.[10]

하루에 두 번 케일을 먹으며 착즙 채소의 순수함을 받아들이느라, 내 몸을 더 힘들게 하는 식품을 소비하고 있었다니. 이 아이러니는 작가로서의 나에게는 재미있는 일화였다. 우리가 피하고 싶은 것을 우리도 모르게 받아들이고 있다고 경고한 사건이기도 했다. 솔직히 말해, 케일 먹는 일은 고역이었다.

오늘날까지도 현대 의학계의 많은 사람에게 대안 치료사란 환자를 이용하며 해를 끼치는 돌팔이 같은 존재다. 트위터에서 팔로우한 여러 저명한 의료 개혁가들은 대체 의학의 개념 자체에 거의 유치하다시피 한 분노를 뿜어냈다. 자기들 눈에 조금이라도 돌팔이 느낌이 난다 싶으면 전부 다 깎아내리는 글을 올렸다. 존스홉킨스대학의 생명공학 교수 스티브 살츠버그Steven Salzberg는 주류 의학이 대체 의학을 상대로 벌이는 전쟁의 선두에 선 인물 가운데 한 명이다. 살츠버그는 국립보건원이 대안 의학 연구와 메릴랜드대학의 통합의학센터 같은 병원에 예산을 그만 배정해야 한다고 주장한다. 학계에 통합의학 연구소가 늘어나고 있는데, 이런 의학이 효과적이라는 기관 차원의 신뢰가 있어서가 아니라 보조금을 받고 싶은 이기적 욕심에서 비롯된 상황이라는 것이다. "영리하게 포장된, 위험한 돌팔이 짓입니다"라고, 살츠버그는 2011년《애틀랜틱 The Atlantic》에 말했다. "이런 병원들은 동종 요법 약간에다 명상과 주술을 좀 넣은 다음, 의학을 약간 추가해서 통합 의학이

보이지 않는 질병의 왕국

라고 부릅니다."

살츠버그가 볼 때 대체 의학은 해로울 뿐이다. 그는 《애틀랜틱》의 데이비드 프리드먼David Freedman에게 이런 말도 했다. 침술에서 쓰는 바늘은 "실제로 감염의 위험"이 있고, 척추 지압 요법은 "목의 동맥을 파괴하여 사람을 죽게" 할 가능성이 있다는 것이다.[11] 의료 위험이 극단적으로 나타난 사례가 실제로 존재하긴 하지만, 아주 드물다. 프리드먼의 표현을 빌자면, "지난해 《영국의학저널British Medical Journal》의 연구에 따르면 전 세계적으로 보고된 침술 관련 감염은 200건 정도에 불과하다." 그리고 이런 결과를 의사들이 낸 많은 서양식 의료 사고(불필요한 제왕 절개 등)와 비교하면 그들의 얼굴은 바로 창백해지리라. 실제로 2016년 《영국의학저널》에서는 의료 사고가 미국의 세 번째 주요 사망 원인이라고 했다.[12]

문제를 가볍게 보자는 것은 아니다. 이중맹검 시험(편향 방지를 위해 실험자와 피험자 모두에게 정보를 공개하지 않는 시험—옮긴이)을 받아들이지 않는 체계는, 돌팔이 의사의 왜곡된 신념에 흔들리기도 쉽지만 스스로 꾐에 넘어가서 해답을 갈구하는 사람들에게도 취약하다. 그렇다고 해도 흔히 간과되는 부분이 바로 아픈 사람이 돌봄을 구하는 철학적 이유이다. 사람은 아프면 자기 자신에게 질문을 던진다. 우리는 부분으로 구성된 존재일까, 아니면 전체적 존재일까? 우리는 하나의 기계 장치일까, 아니면 그 이상의 존재일까? 우리가 어떤 존재이든 간에, 아플 때의 우리는 어떤 존재이기를 바랄까? 내겐 어느 한쪽으로 치우치지 않는 중도가 매력적으로 다가

왔다. 두 체계의 좋은 점을 모두 가질 수는 없을까?

만성질환의 경우, 현대 의학과 대체 의학 모두 환자의 몸을 은유적으로 파악한다. 현대 의학이 기대는 은유는 한 가지로, 몸은 자동차이고 부품 각각이 잘 돌아가야 한다는 것이다. 그렇지만 만성질환자는 부분을 '고칠' 수 없는 상태라서, 효과적인 은유가 아니다. 대체 의학은 좀 더 매력적인 은유를 제공한다. 몸은 생태계이니, 환자의 아픔을 인정하고 몸을 전체로서 돌봐야 한다는 것이다.

현대 의학을 전공한 의사는 증상 대부분이 나타났다 사라졌다 한다고 지적한다. 예를 들어 환자가 침술사의 치료를 받은 뒤 안정을 되찾는 일은, 침술사를 만나지 않아도 일어났을 일이라는 것이다. 플라시보 효과 때문일 수도 있다. 하지만 기능 의학적 접근이 긍정적 효과를 내며 측정도 가능하다는 연구가 있다. 2019년 이란의 어느 대학에서 시행한 연구에 따르면, 웃으면서 몸을 풀고 명상하는 '웃음 요가'가 항불안제보다 과민대장증후군 통제에 효과적이다. 과민대장증후군은 스트레스로 증상이 나빠진다. 침술 연구에 따르면, 몇몇 침술 요법은 자율신경계의 균형을 찾아 준다. 지나치게 활성화된 교감신경계를 가라앉히고 부교감신경계를 활성화한다. 교감신경계는 포식자를 피하고 어려운 두뇌 업무를 수행하게끔 도우며, 부교감신경계는 몸의 회복과 보수를 돕는 역할이다[13](침술사의 치료를 받고 집으로 돌아가면 몇 시간 동안 푹 잠들곤 했다).

즉 대체 의학은 어느 정도 효과를 발휘할 수 있다. 신체 증상은 정신 상태의 표현이거나 스트레스에 대한 반응일 수 있는데, 전인 의학 치료사들은 이를 진지하게 받아들이기 때문이다. 서구의 현대 의학은 정확히 이 지점에서 실패할 수 있다. 정신의 표현을 치료 대상에 포함시키는 대신 환자를 전송 대에 실어 정신과 의사의 진료실로 보내기 때문이다. 대체 의학의 힘이란 그 은유에서 비롯된 것이기도 하겠지만, 여느 시인이라면 안다. 좋은 은유와 나쁜 은유는 건강 혹은 아픔에 현실적으로 영향을 미친다. 효과적으로 이용한다면, 대체 의학은 환자의 생리를 말 그대로 변화시키는 좋은 은유가 될 수 있다. 은유로서의 힐링.

나를 진찰한 통합 의사 중에는 라임병 검사를 권한 사람도 있었다. 자료에 집착하는 유형으로, 온화한 성품에 어디나 자전거를 타고 다녔다. 나는 황소 눈 모양의 발진 같은 건 한 번도 생긴 적 없다고 대답했다. 그런데 의사가 하는 말이, 라임병이라고 해서 그런 발진을 전부 다 겪는 것은 아니라는 것이다. 검사받은 적 있느냐는 질문에 나는 아니라고 했다. 내가 라임병일 가능성은 거의 없어 보였다. 검사 결과는 음성이었지만 의사는 내가 더 민감한 검사를 받아야 한다고 했다. 나는 거절했다. K를 비롯한 다른 의사들은 검사 결과에 **나타난** 바이러스에 주로 관심을 보였는데, 내 문제의 원인으로 더 그럴듯해 보였다. 그런데 이후에 전개된 상황을 고려하면, 나를 진료한 일반 의사들처럼 이들 또한 중요한 것을 놓친 셈이었다.

이때의 여정에서 마주친 통합 의사들은, 나를 진료한 어떤 일반 의사들보다도 정서적 안녕에 큰 도움이 되었다. 그렇지만 이들에게 진료받으며 나는 일종의 실험 대상이 되어 가고 있었다. 통합 의사들이 내 설명을 진짜로 믿어 주는 것 같아 고마웠지만, 그들이 그렇게 환자를 믿어 주므로 돈을 많이 번다는 사실도 알았다. 보험 기반의 현대 의학이 15분 진찰을 경영 모델로 삼듯 말이다.

　홀리데이 시즌(추수감사절에서 신년 초까지의 축제일 기간—옮긴이)까지 음식을 더욱 적게 먹었고, 화학 물질이 가득한 화장품을 모두 버렸으며, 집 안의 모든 플라스틱을 어마어마하게 큰 쓰레기통에 모았다. 토드 헤인스Todd Haynes의 영화 〈세이프Safe〉에 등장하는, 환경 알레르기로부터 자기 자신을 보호하기 위해 거품 모양의 돔에서 사는 인물이 된 기분이었다. 어느 날 밤 내가 부엌을 서성이며 말을 하다 점점 불안에 휩싸이는 동안, 짐은 내 말을 경청했다. 그러더니 내 건강을 설명하려면 조각조각 흩어진 정보들을 정확히 찾아내야 한다고 했다.

　하루에 두 번씩 나는 부엌 조리대 위에 약병과 보충제 통을 일렬로 세웠다. 뒤에서 시계가 시끄럽게 째깍거렸다. 보충제 통은 거의 플라스틱이었고 흰 뚜껑은 쉽게 열렸다. 아이가 없어 다행이라는 생각이 들었다. 첫 순서는 어유 캡슐로, 크기가 커서 물 한 모금을 크게 삼키고 집중해서 넘겨야 했다.

　그다음은 염증을 줄여 주고 몸의 해독에 도움이 되는 글루타티온(보충제 중에서 가장 도움이 됐다), 역시 염증을 줄여 주는 쿠르쿠민(농축 강황)의 차례였다. 메틸 엽산과 비타민 B_{12}는 MTHFR 유전자의 다형성 때문에 복용했다. 또 비타민 D, 프로바이오틱스 제품, 췌효소(음식에서 영양을 흡수하도록 돕기 위해), 자몽 씨 추출물, 부신 피로에 도움이 되는 감초 등등. 이렇게 알약을 열 개쯤 먹으면 욕지기가 나기 시작한다. 젤라틴 캡슐이 목 속으로 미끄러져 내려가 빈 위에 도달하여 천천히 녹는 모습이 그려졌다. 이보다 더 나 자신을 해칠 수는 없을 것 같았다. 그렇지만 이런 질문을 할 사치는 내겐 없었다. 의학 지식의 경계에 자리한 불편한 횃대에서 나는 실험을 해야 했다.

열정이 타올랐다 진정되는 동안, 마른 브러시로 몸을 계속 쓸었다. 유제품이 함유되어 있지 않은 케피르를 일정량 섭취했다. 아마 씨와 시나몬도 먹었다. 검사 결과를 살폈다. 그러다 어느 날 아침, 줄 세워진 약병을 바라보다 반항심이 불쑥 치솟았다. 새로운 식이요법을 통해 건강이 나아지긴 했다. 그러나 아픈 사람이라는 정체성에 갇혀 그만 삶을 두려워하게 된 건 아닐까? 내 일생의 임무가 어떤 희생을 치르더라도 건강한 인생을 사는 것으로 축소된다면, 병이 승리를 거둔 셈이었다.

다음날 친구 지나가 내 상태를 물어 왔다. 우리는 아몬드 가루 머핀 같은 팔레오 친화적 음식을 파는 브루클린 식당에 앉아 유기농 음식들을 시켜 놓았다. 최근 내 건강 이야기를 하다가(갑상샘 항체 수치가 갑자기 전보다 높아졌고 다리가 미친 듯이 가려운데 이유가 뭘까 같은) 그만 입을 다물었다. 나는 건강에 집착하는 여느 나르시시스트처럼 말하고 있었다. 치료를 위한 깨달음을 얻으려고 애쓰다가 내 세계가 좁아진 건 아닌지 두려웠다. 나는 하시모토병 진단을 받았다. 그런데 그 진단이 **나**를 삼킨 것 같았다. "난 괜찮아"라고 말했다. "정말로 괜찮아." 나는 정말 괜찮기를 바랐다.

만성질환에 시달리면 건강을 향한 길로 무작정 밀고 나아갈 수 없다. 오히려 전신에 나타나는 모호한 병을 받아들이려면, 우리가 아픈 존재이고 증상은 나타났다 사라지며 우리의 병은 환자가 정복할 수 있는 그런 질환이 아님을 인식해야 한다. 상태가 그럭저럭 괜찮을 때, 세상 최고의 환자가 되려고 애쓰다 보면 세상과 고립된 채 혼자 건강에 집착하게 될 수 있다. 내 이모들은 병을 안고 살면서, 병에 호들갑을 떠는 대신 사무적으로 대했다. 때로는 안녕을 광적으로 추구하는 마음을 가라앉힐 필요가 있었다. D. W. 위니코트Winnicott의 "이만하면 좋은 엄마" 모델을 모범 삼아, "이만하면 좋은 환자"가 되기로 했다. 대체 의학과 현대 의학의 장점을 받아들이면서, 식단과 해독만으로 문제를 전부 해결할 수 있다는 향수 어린 순수성의 꿈은 피한다는 뜻이었다.

그 주 짐과 영화관에 가는 길에 글루텐 프리 피자 가게가 눈에 들어왔다. 가게로 들어간 나는 치즈와 구운 반죽 냄새를 행복하게 들이마셨다. "저걸 먹을 거야." 나는 기름진 채소와 치즈를 얹은 글루텐 프리 피자 조각을 가리켰다. "비건 피자도 있는데, 저거 안 먹어?" 짐이 물었다. 나는 얇고 주름 잡힌 노란색 가짜 피자를 보았다. 옛날 고무 장난감처럼 생겼다. 나는 고개를 저었다. "좋았어." 짐이 말했다.

7

점점 소용돌이의
바닥으로

그의 바람은 불가능했으나,

여전히 그는 바라고 있었다.

◆ 레프 톨스토이, 《이반 일리치의 죽음》

겨울이 깊어지고 내 병도 깊어졌다. 나는 짐과 싸웠다. 짐이 해 주지 않은 일들이 너무나 중대한 의미로 다가왔다. 의사들이 해 주지 않은 일들이 그랬듯 아쉬웠다. 짐이 한 일(내 곁을 지키고 나를 믿어 준 일)은 흐릿해 보였다. 혹은 충분하다는 생각이 전혀 들지 않았다. 때로 내가 겪는 일에 화가 나면 그 분노가 짐에게 향했다. 짐이 내 절박한 아픔을 모르는 것 같아 심한 배신감에 사로잡혔다. 짐은 내 증언을 다 믿는 것 같았고, 나처럼 아픈 사람이 거의 없는 현실도 고려하는 것 같았다. 그렇지만 나를 괴롭히는 이 미스터리의 해결을 도울 생각은 없어 보였다. 내가 이 부분을 짐에게 요구해도 괜찮은 걸까? **이 문제가 당신에게도 절실하게 느껴졌으면 해라고 말해도 정당한 걸까?**

내가 접속하는 온라인 게시판에서는 이 문제가 되돌이표를 찍었다. 파트너가 도움을 주지 않고, 병을 이해하지도 못하고, 심지어 평가와 비난을 일삼는다는 환자가 많았다. 도움이 되는 파트너라고 해도, 아픈 사람에게 혼자 해결하기 어려운 문제들이 얼마나 자주 몰아치는지 그 파도를 느낄 수는 없었다. 세상에, 타인을 필요로 하다니. 너무나 **필요**해서 수치스러울 지경이었다. 진료비 같은 금전적 지원도 그렇고, 실제로 도움이 필요할 때가 많았다. 그러나 내가 앓는 병을 파트너가 인정해 주는 일 또한 필요했다. 내 생각에는 그랬다. 가장 좋은 때에도, 아픈 사람의 파트너로 지내기란 힘들다. 아주 가까운 위치라고 해도, 영원히 유리창 너머에서 환자를 지켜보아야 한다. 짐은 내가 아픈데 본인은 아프지 않아서 죄책감을 느끼면서도, 내 고통을 너무 가까이에서 보고 싶어 하진 않는다는 느낌이 들었다. 마음속 약한 곳을 건드리기 때문에 그런 것 같았다.

짐은 어려운 상황이 닥치면 느낌 대신 생각으로 해결책을 찾는 사람이었다. 이성적이고 증거 중심적이며 냉철했다. 통념을 믿지 않고 열렬히 논쟁할 사람이었다. 특히 과학을 거부하며 다른 방식의 진리를 선호하는 사람 앞에서 그랬다. 느긋하게 상대에게 맞춰 주며 **괜찮아? 뭐 필요한 거 있어?**라고 말하는 유형은 아니었다. 하지만 관심을 기울여 줄 줄은 알았다. 돌봄에는 재능이 없었지만, 수술 후 내가 음식 대부분을 메스꺼워하자 열의를 가지고 요리를 맡았다.

E 의사의 초진을 받은 후, 그다음 달의 어느 금요일에 퇴근한 짐과 싸우기 시작했다. 나는 건강이 나빴고 짐은 시애틀로 짧은 출장을 떠날 준비를 하느라 바빴다. 나는 짐의 과실을

지적하며 괴롭히기 시작했다. 그 결과 내 건강은 더욱 나빠졌다. 몸이 아프면 가슴 속 바람들이 꽉 밀어 올라 목으로 튀어나온다. 달리 할 수 있는 일이 없는 순간, 진득하고 유독한 겔이 내 몸 밖으로 미끄러져 나오는 모습을 상상했다.

다툼 후 이틀이 지나고 짐은 뉴욕으로 돌아왔다. 짐이 탄 비행기가 여전히 상공에 떠 있는 동안, 짐의 여자 형제로부터 전화가 왔다. "짐은 어디 있어요? 아버지가 쓰러져 병원에 입원하셨어요." 짐의 아버지는 뇌출혈이었는데, 당시 의사들은 불안정한 출혈성 혈관종이 원인이라고 봤다. 짐이 도착하자 우리는 함께 코네티컷으로 향했다. 차를 몰고 가면서, 짐의 아버지가 내게 운전을 가르쳐 준 시절을 떠올렸다. 내 어머니가 아팠던 동안에 그렇게 운전을 배워 어머니를 병원으로 데려갔다(뉴욕시에서 자란 나는 면허증을 늦게 땄다).

다음날, 짐의 아버지는 의식을 되찾았다. 놀랍게도 몇 개월 만에 거의 회복했는데, 의사들은 뇌가 피 대부분을 도로 흡수하고 있다고 했다. 곧 짐의 아버지는 물리 치료를 받았고 골프도 쳤다. 짐의 부모님이 며칠 동안 우리를 방문하기도 했다. 짐의 아버지는 친절하고 너그러운 태도로 내 건강은 어떤지, 어떤 음식은 먹어도 되고 어떤 음식은 안 되는지 계속 물어보았다. 내 걱정은 하지 말라고 말하고 싶었다. 그 후 몇 주가 지나 짐의 아버지는 또 쓰러졌다. 이번에는 완전히 회복하지 못했다. 이제 의사들은 전이성 흑색종으로 인한 뇌종양을 염두에 두고 있었다. 예후가 좋지 않았다.

점점 나빠지는 짐 아버지의 건강이 눈에 들어오는 상황

보이지 않는 질병의 왕국

에서도, 내 병은 심해지고 있었다. 그렇게 나와 짐은 마음을 터놓기가 어려워졌다. 짐이 줄 수 있는 것 이상이 내겐 필요했다. 무리한 요구라는 점을 모르진 않았으나, 짐의 냉담함에 나는 무너졌다. 내 문제가 정말 심각하다는 사실이 점점 확실해지며 무척 힘들었는데, 짐은 나를 달래 주지 않았다. 다 괜찮을 거라고, 내 편이 되어 주겠다고, 문제를 밝혀낼 거라고 말해 주지 않았다. 진실이든 아니든 정말 간절히 듣고 싶었던 말이었다. 그렇지만 아버지의 중병으로 힘들어하고 있는 짐에게 당장 나를 위로해 달라고 할 수는 없었다. 내 어머니 일도 겪은 내가, 부모 중 한 명의 죽음이 갑작스레 닥치면 얼마나 충격이 큰지 모를 리 없었다. 짐과 그 가족을 생각하니 가슴이 아팠다. 어느 날 책을 읽다 톨스토이가 이반 일리치에 관해 쓴 대목을 발견했다. "그의 바람은 불가능했으나, 여전히 바라고 있었다."

짐의 아버지는 크리스마스 며칠 전에 세상을 떠났다. 서글픈 크리스마스가 되었다.

2013년 1월, 한 학기 동안 로스앤젤레스로 떠났다. 로스앤젤레스 동쪽에 자리한 클레어몬트 시내의 스크립스대학에서 초빙교원 자격으로 한 학기 동안 글쓰기 수업을 맡게 되었다. 한 친구가 캠퍼스에서 40분 거리인 에코 파크에 게스트하우스를 가지고 있었는데, 내게 기꺼이 빌려주겠다고 했다.

이런 방문 자리를 얻다니 무척 운이 좋았다. 신이 나서, 내가 로마에 요양을 떠나는 키츠John Keats 같다는 상상도 해 보았다. 따뜻한 원기 회복의 바람을 맞으러 가는 모습. 물론 나는 키츠와는 달리 벌화분bee pollen 보충제와 채소 주스와 스피룰리나와 메틸 비타민 B_{12}와 엽산을 연료 삼아 움직이면서 성공적 재활을 꿈꾸지만 말이다.

게스트하우스는 바람이 잘 통하고 환한 곳이었다. 거실 전망창 바로 앞에 작은 금귤 나무가 있었다. 침실에서는 초목이 우거진 초록 골짜기가 보였다. 짐은 브루클린에 머물 계획이었다. 아버지의 죽음을 극복할 시간이 필요했다. 다투고 나니 우리가 잠시 떨어져 있어도 괜찮을 것 같았고 심지어 좋은 일이라는 생각도 들었다.

햇빛, 좋은 날씨, 하이킹, 글루텐 프리 카페, 새로운 장소에서 읽고 쓰고 생각하기. 이런 요양원 느낌의 겨울은 내가 진행 중인 자가 치유 프로젝트에 이상적인 시간 같았다. 이 행운이 현실인지 싶어 나 자신을 꼬집어 보기도 했다.

처음 얼마 동안 태양은 나를 안심시키듯 환히 빛났다. 피부에 좋은 듯했다. 식료품 가게에 진열된 물건은 반짝였고, 근대와 딸기는 총천연색을 입힌 듯 선명했다. 내가 사는 동네에는 숙련된 장인이 운영하는 빵집과 주스 바가 있었고, 야자나무며 오르막과 내리막이 이어지는 산책로도 있었다. 나는 집에서 혼자 지내며 치아시드 스무디와 달콤한 군고구마를 만들고 글을 쓰는 시간이 좋았다. 고독은 풍요롭게 느껴졌다. 이번만은 내 특별 식이요법과 빗질 등의 꼼꼼한 자기 관리가 기

보이지 않는 질병의 왕국

이한 대신 평범하게 다가왔다. 이곳에 도착한 날 저녁에 소설가 친구를 만났는데, 친구는 선셋 대로에서 약간 떨어진 인근 식당으로 향했다. 내가 음식 알레르기 목록을 알려 주며 미안해하자 식당 직원은 밝은 표정으로 말했다. "사실 저희 식당의 모든 음식은 글루텐 프리랍니다."

그런데 이 새로운 도시에서 홀로 영적 회복을 위해 책을 읽고 그림을 그리며 시간을 보내고 있자니 헛된 낭비라는 생각이 들었다. 며칠 동안 즐거운 미래를 꿈꾸다 내 본래의 정신이 깨어나 괴로웠다. 단순히 건강해지는 것 말고 다른 무언가를 갈구한 때가 마지막으로 언제였던가.

게스트하우스에 머무른 지 몇 주가 지난 어느 날 아침, 금귤 나무가 있는 작은 정원에서 커피를 마신 후였다. 약한 전기 충격이 내 팔다리를 오르내리기 시작했다. 찌릿. 또 찌릿. 찌릿, 찌릿. 전기 충격은 위치를 자꾸 바꾸어서 언제 어디서 닥칠지 절대 알 수 없었다. 위팔, 종아리, 허벅지 안쪽. 또 시작이다 싶었다.

전기 충격은 대학 졸업 후 처음 겪었고, 이후 간헐적으로 나타났다. 당시에는 샤워하거나 직장에 걸어가는 동안 전기 충격이 와서 다리 위아래가 실룩거렸다. 주차권 판매기에 기대 종아리를 문지르면서 혹시 내가 이상한 자위행위를 하는 사람으로 보이지는 않나 걱정했다. 전기 충격은 별안간 닥쳤다가 30분이 지나면 뚝 그치곤 했다.

몇 년 동안 전기 충격은 매해 여름과 가을에 돌아왔다. 아주 심하게 가려운 느낌이 들어 피부과 의사를 찾았으나 건성 피부 말고는 원인을 찾지 못했다. 물과 관련된 뭔가가 충격을 유발하는 것 같았는데, 샤워나 수영을 하면 심한 충격이 왔다. 그래서 싱크대에서 머리카락을 감았다. 나 같은 문제를 겪는 사람들을 몇 명 온라인에서 찾아냈다. 물 알레르기로 진단받은 사람도 있고, 나처럼 젖은 스펀지로만 씻는 사람도 있었다. 그렇지만 이들과는 달리 나는 몇 달 혹은 몇 년 동안 충격이 오지 않기도 했고, 물이 언제나 유발 요인인 것도 아니었다. 전기 충격에 관한 확실한 사실은 단 하나, 아침에 발생하며 습도가 높은 날씨에 가장 심하다는 것이었다. 그렇지만 지난 일 년 동안 전기 충격을 겪지 않았고, 어떤 문제든 간에 영원히 사라진 것이길 바랐다.

돌아온 전기 충격은 전보다 강했다. 팔다리를 아주 빠르게, 몸을 데우듯 문질러야 좀 나았다. 그렇게 문지르지 않으면 충격의 감각이 점점 심해져 타는 듯한 통증으로 발전했다. 너무 아픈 나머지 피부를 한번에 좍 뜯어내고 싶을 지경이었다.

그 주 일요일, 나는 실버레이크 지역의 선셋에 있는 세련된 연습실에서 발레 수업을 받았다. 마르고 길쭉한 몸매의 금발 여성들과 함께 연습실 맨 앞쪽에 섰다. 그들은 레깅스와 80년대풍 상의로 꾸몄는데, 힙스터 느낌이 나도록 색을 잘 골랐다. TV 드라마 〈오피스The Office〉에 출연한 배우가 바로 내 뒤에 섰다. 세심하게 고른 음악에 맞춰 1킬로그램짜리 아령을 든 팔을 조금씩 움직이는데, 전기 충격이 시작되었다. 왼쪽 위팔이 찌릿, 그다음에 오른쪽 종아리를 따라 찌릿, 찌릿.

무시하려고 애썼다. 그러나 곧 한 손에 아령을 몰아 쥐

보이지 않는 질병의 왕국

고, 나머지 손으로 팔다리를 부지런히 문지르게 되었다. 어떤 이유에선지 그렇게 문지르면 참을 만했다. 하지만 충격은 강도를 더해갔다. 다리에 경련이 일었다. 다음으로 왼팔이 바깥쪽으로 마구 뻗어 나가며, 전기가 한 차례 통하기라도 한 것처럼 발작했다.

제발. 나는 얼굴이 달아오르고 당황한 가운데 수업에서 빠져나왔다.

로스앤젤레스에서 지낸 2013년의 봄 동안, 전기 충격은 아침마다 찾아왔고 30분 이상 지속되었다. 그러다 한 시간이나 계속되더니 두 시간, 세 시간으로 늘어났다. 아침 내내 충격을 견디려고 마음을 다잡으며 고통스러운 시간을 보냈다. 작업은 불가능했다. 불길이 내 몸을 태우며 지나가는 듯한 고통에 몸부림치면서, 아픔을 잊으려고 소파에서 TV를 보았다. 때로 나와 같은 문제로 한탄하는 온라인 게시판의 글을 읽었다. 세제를 바꾸고 레깅스도 바꾸면서, 운동복이 피부에 닿으면 충격이 오나 생각해 보았다. 절망과 고통 속에서 울기도 했다.

어느 날 아침, 다리를 문지르고 나니 작고 빨간 점이 다리를 뒤덮었다. 구글에 검색해 점상출혈, 즉 모세혈관 출혈이라는 걸 알아냈다. 의학적 문제를 암시하는 증상이었다. 전에는 한번도 생긴 적 없었다. 목이며 배에 다리까지 이제 몸 곳곳에 이상한 멍과 점상출혈이 생겼다. 피로 또한 더 심해졌다. 매주 수요일이면 차를 몰고 스크립스대학으로 가는데, 깨끗하게 뻗은 주간고속도로 10호선을 달리다 그만 깜빡 졸았다.

깜짝 놀라며 깨긴 했지만, 몇 초 뒤 내 눈꺼풀은 다시 무거워졌고 차는 오른 방향으로 꺾였다. 정신이 번쩍 들며 심장이 쿵쾅댔다.

그날 수업하는 중에 전기 충격이 발생했다. 나는 강의실을 응시하며 움찔거리지 않으려고 애쓰다가, 이내 탁자 아래 다리를 몰래 문질렀다. 몸에 엄습한 충격이 사라지며 열감이 훅 올라오자, 어찌나 안도했는지 오르가슴을 느끼는 기분이었다.

학생 한 명이 말했다. "선생님?" 학생들은 호기심과 걱정어린 표정으로 나를 바라보고 있었다. "제 질문 들으셨나요?"

캘리포니아에서 내 일상은 규칙적이었다. 일찍 일어나 전망이 아름다운 엘리시안 공원에 산책하러 간다. 게스트하우스로 돌아오는 길에 고급 청과물 가게 쿡북을 찾는다. 내가 본 가운데 가장 아름다운, 자연 그대로의 식품을 파는 가게다. 이곳에서 5달러짜리 자몽이나 윤기 나고 속이 꽉 찬 대추야자 한 상자를 산다. 지속 가능한 방식으로 키운 유기농산물에 수입의 절반을 쓴다면 당연히 더 건강해지겠지. 게스트하우스에 와서는 스무디를 만들거나 치아시드와 아마 씨로 만든 수제 푸딩을 먹고 글을 써 본다. 글쓰기가 잘 안 된다. 시는 재미없고, 작업 중인 에세이는 진도가 안 나간다.

지금에 와서는 그 시절, 그 몇 달의 시간이 어땠는지 거의 기억이 나지 않는다. 그때 남긴 메모를 보고 파악한 내용이 전부다. 만나는 사람이 거의 없었고, 사람들과 대화를 나눌 생각만으로도 힘이 빠졌다.

어느 날 아침 일찍 일어났다. 뭔가 심각한 문제가 있었다. 스무디를 만들어서 억지로 먹어 보려고 했다. 산책을 위해 옷을 갈아입는데 샌드백처럼 무거운 팔다리를 마지못해 움직여야 했다. 복부에 날카로운 통증이 느껴졌다. 호흡을 가다듬으려고 소파에 앉아 브루클린의 짐에게 전화한 때가 이스트 코스트 기준으로 새벽 5시였다.

"상태가 좋지 않은 것 같아."

통증이 너무 심해 거의 기절할 뻔했다. 대신 구토했다. 휴대전화를 다시 집었고, 짐이 계속 말을 하고 있었는데 그 목소리를 들으니 머리가 아팠다. 그래서 짐에게 그냥 말없이 전화를 받아만 달라고 부탁하며, 진통제 이부프로펜을 사러 편의점으로 차를 몰고 갔다. 통증 때문에 걷기 힘들었지만 짐의 격려를 받아 앞으로 나아갔다. 약국 통로 옆 주차장을 비틀거리며 지나, 약을 사서 다시 집으로 왔다. 의사에게 전화를 걸어 진찰 약속을 잡고, 이부프로펜 두 알을 먹고 잠들었다.

깨어나니 괜찮았다. 전부 다 꿈이었는지, 어떤 징조였는지 잠시 궁금했다. 응급 진찰을 받으러 산부인과 의사를 찾았다. 화창하고 맑고 시원한 날이었으나 대체 내게 무슨 문제가 있는지 걱정이었다. 선셋 대로를 따라 달리다 작은 교차로 근처에서 녹색 불을 확인하고 시속 50킬로미터로 달렸다. 그때 빨간 폭스바겐 제타에 두 친구를 태운 젊은 운전자가 교차로에서 곧장 나를 향했고, T자형 충돌 사고가 났다. 내 머리가 앞뒤로 세게 흔들렸다. 무슨 일이 일어났는지 깨달은 순간, 차 앞부분이 완전히 부서진 광경이 눈에 들어왔다. 6센티미터만 더 갔더라도 큰일 났을 것이다. 자기 과실을 인정한 상대 운전 자와 보험 정보를 교환하고, 견인차를 부르고, 차를 빌리면서 그날의 나머지 시간을 보냈다. 나는 다치지 않았다. 그렇지만 다음 날 아침에 닥친 충격과 통증은 어느 때보다도 심했다.

2주 후 만난 의사는 내게 특별한 문제는 없으나 복부 통 증은 자궁내막증과 관련이 있을 거라고 조심스럽게 말을 꺼 냈다. 내가 임신에 더 애써야 한다고, 시간은 내 편이 아니라 고 했다. 자궁내막증 환자가 임신하는 일은 어렵고, 이유는 확 실하지 않으나 착상 과정을 방해하는 염증이 문제일 거라고 상기시켜 주었다.

의사가 말하지 않아도 시간이 내 편이 아니란 건 알았다. 나는 30대 중반이었고 아이를 원했다. 짐과 나는 2010년에 재 결합하면서 아기를 갖고자 했다. 2년이 지나자 우리 빼고 친구 들 모두 아이가 생겼다. 내 건강이 나빠지면서 덧없는 서글픔 이 밀려왔다. 임신은 가 닿을 수 없는 불가능한 일 같았다. 그렇 지만 아이를 너무나 원했으므로, 상태가 좀 괜찮아지자 짐과 함께 난임 전문가를 만났다. 보조 생식 기술의 도움을 받으라 는 조언을 들었다. 정말 그래야 할 때일까? 우리는 내가 임신 해서 무사히 출산할 만큼 건강해질 때까지 기다리고 싶었다.

의사의 말이 잔인해서 놀라기도 했다. 하지만 의사의 경 고에 담긴 실존적 부조리를 의사 본인은 몰라도 나는 안다는 쓸쓸한 자부심을 느끼기도 했다. 의사는 나처럼 고질적인 곤경에 처한 몸을 되살리느라 몇 개월이고 애쓴 경험이 없었다. 우리가 걷고 있다고 여긴 길에 맞닿아 있는 낯선 구역으로 건너간 적도 없었다. 그 구역으로 완전히 물러난 사람은 확실히 알게 된다. 길은 허구이며 목적지도 환상이다. 이런 식의 물러남은 워낙 지독한 일이라서, 아픈 사람은 사실 **자신이** 건강하고 건강한 사람들이 병을 앓고 있는 것이라고, 적어도 그들이 착각하고 있는 것이라고 느낀다.

물론 나는 내 미래며 아이에 대해 여전히 희망을 품고 있었다. 자기 운명을 알고도 계속 전진하여 오히려 더 깊은 곤경에 빠지는 소설 캐릭터처럼.

학기가 지나가는 동안 힘겹게 버텼다. 글을 쓰려고 노력했다. 채소와 닭 요리를 하고, 아마 씨와 항염 생선 기름으로 스무디를 만들고, 아늑한 긴 밤 동안 컴퓨터 모니터를 응시했다. 그렇지만 단어들은 소매 사이로 쏙 빠져나가듯, 화면에서 자꾸 흩어졌다.

고립된 마음, 나밖에 모르는 나에 좌절하고 근심했다. TV를 보고, 산책하고, 심리 치료를 받았다. 그렇게 나날들이 흘러갔다. 그러나 건전지가 다 닳듯 내 기력이 바닥났다는 느낌이 들었다. 지금쯤이면 위로 날아가리라 기대했는데, 내 몸이 처한 현실이 갈등을 빚고 있었다. ("내가 더 건강해질 것 같지는 않다. (…) 하지만 나는 언제나 이 망할 통증이 내일 아침이면 사라질 것처럼 행동한다"라고 알퐁스 도데는 썼다.[1]

어느 늦은 오후, 힐허스트에 있는 독립영화관에 영화를 보러 갔다. 어떤 이유든 간에 그날의 삶으로부터 도망쳐 온 관객 세 명과 함께 어두운 공간에 앉아, 갈등이 해결되는 진부한 장면을 보며 흐느꼈다. 영화가 그리 좋지도 않았는데 왜 울었는지 알 수 없었다. 그렇지만 집으로 돌아가는 길에 깨달았다. 주인공이 대면한 문제는 **삶**과 이어진 한편, 내 문제는 하루하루 조금씩 죽어 가는 일이었다.

표현할 수도, 참을 수도 없는 공포에 사로잡히기 시작했다. 이 감정을 어떻게 표현해야 할지 몰랐다. 보이지도 않고 소리도 나지 않으면서 사람을 납작하게 만드는 감정이었다.

모든 사람이 이런 식으로 병을 느끼지는 않는다. 아니, 모든 병이 이런 감정을 유발하지는 않는다. "우리가 아프다는 지식은 삶의 중대한 경험 가운데 하나다"라고, 아나톨 브로야드Anatole Broyard는 전립선암을 진단받아 "활력"을 얻고 심지어 "정화"까지 한 경험을 《내 병에 취해Intoxicated by My Illness》에다 털어놓았다.[2] 수전 손택은 《뉴욕타임스》에 암 진단이 "내 삶에 강렬함을 더했고, 즐거운 일이었다"라고 말했다.[3] 그러나 내 경험에는 활력이나 강렬함을 더하는 요소가 없었다. 영혼이 힘없이 늘어지고, 활력과 의지를 꾸준히 빼앗기는 경험에 가까웠다.

병이 있어도 진단을 받지 못하면 동정도 거의 받지 못한다. 흔히 친구나 가족이 아프다는 소식을 접하면, "공포와

보이지 않는 질병의 왕국

쾌감으로 온몸이 바르르 떨린다"라고 시인 크리스천 위먼 Christian Wiman이 말했다.[4] "나도 죽게 되겠구나!"라는 깨달음 때문이다. 하지만 만성질환자는 병명이 의사에게조차 모호하기에, 주변 사람들에게 이런 떨림을 줄 수가 없다. 주변인들은 아주 느슨한 수준으로 반응할 수는 있지만, 그 반응은 곧 연민이 아니라 불신으로 자리 잡는다. 청년 위먼이 암 진단을 받고 "너저분한 연민"을 겪은 상황과는 다르다.

실로 우리는 너저분한 연민의 대상일 수 있다.

그러나 주변 사람과 멀어지며, 모래 속으로 빠져들듯 천천히 미끄러지는 상황이란 끔찍하지 않은가?

우리가 존재를 잃는 순간은 갈구하는 마음을 잃을 때다. 우울증 환자는 안다. 저 아래 밑바닥으로 가라앉아 버린 나는 조지 허버트George Herbert의 시를 생각했다. 허버트는 영적 좌절을 겪은 시절을 시로 썼는데, 이 좌절은 임상적 우울과 무척 닮아 보인다.

누가 내 시든 심장이
푸르름을 되찾을 수 있으리라 생각했을까? 심장은 떠났다
저 아래 땅속 깊은 곳으로, 꽃들이 떨어지듯
만발한 꽃들은 그 모근母根을 보기 위하여 아래로 떠난다,
다들 함께 모여,
그 힘든 날씨 동안,
세상 모르게, 남들 모르게.[5]

나 또한 저 아래로 떨어졌다. 글을 쓰게 할 의지의 불꽃을 끌어내는 일이 점점 불가능하다는 사실을 깨닫고 있었다. 그 힘든 시간 동안 죽은 듯이 지냈다. 여전히 내가 나인 척 연기하고 있다는 묘한 생각에 사로잡혔다. **나는 나 자신이 아니다**, 라고 계속 생각했다. **그렇다면 나는 누구인가? '내'가 '나 자신'이 아니라는 사실을 아는 '나'는 누구인가?**

짐은 내게 충실한 파트너였으나 마음이 통한다는 느낌은 거의 들지 않았다. 병든 나는 머나먼 북쪽 왕국에 발이 묶였고, 그래서 화가 났다. 사람들 무리를 다시 찾고 싶었다.

울적했던 시절, 내가 문제라서 건강이 나쁜지 계속 생각했다. 건강이 이 모양인 것은 아마 성격 문제겠지. 정말로 그렇게 생각한 것은 아니었으나, 내 증상과 검사 결과가 대부분 맞지 않는 현실을 설명할 방법이 없었다. 잘 알려진 병을 앓는 환자들도 이런 생각을 하는지 여전히 궁금하다. 질병이 불확실하면 으레 이런 질문을 떠올리게 되나? 그리고 질문의 정도도 더 심해지나? 아니면 건강이 계속 나쁘면 이런 질문을 하게 되는 걸까? 혹은 둘 다일까?

5월이 되자 짐이 내 거처로 와서 짐을 챙겼다. 뉴욕으로 돌아가기 전에, 자동차를 타고 유타와 뉴멕시코와 애리조나에 걸쳐 있는 아나사지Anasazi(북아메리카 남서부의 초기 거주민들—옮긴이) 절벽 유적을 보러 가기로 했다. 며칠 동안 평평하고 텅 빈 길을 차로 달리는 동안 그만의 언어, 침묵과 끈기와 고요함의 언어로 말하는 듯한 근사한 암석들이 빠르게 지나갔다. 그 모습을 보고 있으니 내 병이며 특성은 거대하게 밀어닥치는 시간 속의 작은 조각에 불과한 것처럼 느껴졌다. 내 몸이 천천히 가차 없이 기대를 저버리고 있다는 사실을 내가 받아들일 수 있는지, 심지어 받아들여야 하는지 생각했다.

아나사지 유적 가운데 한 곳에서, 암석 안쪽 깊이 자리 잡은 거주지를 보기 위해 가파른 협곡 바닥으로 내려갔다. 애초에 예정보다 늦게 출발했고, 해는 이미 높이 떠올라 이글거렸다. 남서부 지역이라는 점을 감안해도 유별나게 더운 6월의 어느 건조한 날이었다. 협곡 돌벽 아래로 구불거리는 가파른 내리막길은 절벽으로 그늘이 져서 아주 힘들지는 않았다. 협곡 아래쪽, 나무들이 개울 옆에 무리 지어 자란 그곳은 현실 세계가 아닌 것만 같았다. 우리는 아나사지 문명이 협곡의 인상적인 돌벽에 지은 신비로운 거주지를 살펴보았다.

다시 협곡으로 돌아갈 때였다. 태양은 제 힘을 다 쏟아내고 있었고 그늘은 사라졌다. 차에 돌아가려면 절벽을 따라 1.2킬로미터를 쭉 올라가야 했다. 곧 근육이 화끈거리고 심장이 쿵쿵 뛰기 시작했다. 속에서 열기가 솟아 피부가 부풀어 오르는 느낌이 들었다. 햇빛에 눈이 아팠다. 매번 걸음을 멈추고 쉬면서 땀을 닦았다. 60대 후반의 나이로 보이는 어느 독일 커플이 우리를 쉽게 앞질렀다.

목표 지점의 3분의 2까지 왔을 때, 물을 다 마셔 버렸다. 머리가 띵하고 세상이 빙빙 도는 것처럼 보였다. 그늘을 드리운 어느 작은 노두露頭 아래 돌벽에 몸을 기댔다. 열기는 그만의 차원을 갖추게 되었다. 나는 그 터무니 없이 센 힘에 압도당하고 말았다.

"차까지 갈 수 있을지 모르겠어." 짐에게 이 말을 하는데, 별안간 시작점에서 1킬로미터 남겨 놓고 탈수로 죽었다는 도보 여행자들 이야기가 생각났다.

"그래, 쉬자고. 당신 그리 좋아 보이지 않아."

짐은 자기 물을 건넸다. 짐의 부축을 받으며 천천히 위로 향했다. 정상에서 다리가 떨리기 시작했다. 차에 올라타니 온몸이 마구 떨리는 걸 억누를 수가 없었다. 짐이 음료수 상자에서 물을 한 병 꺼내 주었는데, 손이 떨려서 뚜껑을 따지 못했다.

"이게 정상일까?" 내가 물었다.

줄곧 운전을 도맡아야 했던 짐은 그늘진 얼굴로 지도를 보다가 한숨을 쉬었다. 차분한 답이 돌아왔다. "아니, 그렇게 생각하지 않아."

호텔 방에 갈 때까지 내 몸은 계속 떨렸다. 수영장에 들어가서 온몸에 힘을 빼고 축 늘어졌다. 기진맥진하여 의식을 잃다시피 했다. 그날 밤 침대에 누운 나는 아기를 갖고 싶은 어리석은 바람을 생각하며 부끄러움을 느꼈다. 나는 나 자신도 제대로 돌볼 수 없었다.

그 주 후반 브루클린으로 돌아가면서 나는 짐에게 이렇게 말했다. "손목에 칩을 이식하고 싶어. 내 몸의 문제를 파악해서 정보를 보내 주는 칩 말야. 그냥 세포 단위에서 무슨 일이 벌어지는지 매일 알려 주는 장치가 있으면 좋겠어. '문제

보이지 않는 질병의 왕국

42!'라고 뜨는 거지. 그리고 그 문제가 어떤 것인지 알려 주는 설명서만 있다면 난 버틸 수 있을 거야."

짐은 웃음을 터트렸다. 몸을 전방위로 관리하고 싶은 내 욕구를 알고 있어서였다. 이윽고 진지해진 짐은 입을 열었다. "상상이 가."

8

의사는 여자의 말을
믿지 않는다

의사가 질병의 원인을 밝혀내지 못하면,

악마에 의해 발생했다는 뜻입니다.

◆ 트레이시 러프란

수전 손택의 표현을 빌자면, 우리 사회는 아픈 여성에 관해 오랫동안 가혹한 환상을 품어 왔다.[1] 그 가운데 하나가 여성의 질병이 주로 상상에 불과하다는 것이다. 아픈 여성은 엄밀히 따지자면 심리적 질환을 앓는다는 편견이 오늘날에도 이어진다.[2] 의학 논문에서 다루는 '문제 환자'의 사례는 거의 대체로 여성들이다. 만성질환자들 사이에는, 피로와 통증 같은 모호한 증상에 시달리는 젊은 여성이 그 아픔을 진짜로 믿어 주는 의사를 찾아 나선다는 이야기가 정설이다.

미국자가면역관련질환협회에서 실시한 조사에 따르면, "병의 초기 단계에 건강염려증 진단을 받은 적 있다"라고 답한 자가면역질환자가 45퍼센트를 넘었다.[3] 내가 인터뷰한 약 100명의 여성 중, 훗날 자가면역질환 진단을 받거나 다른 구체적 병 진단을 받은 사람의 90퍼센트 이상이 심리적 문제이니 불안이나 우울 치료를 받으라고 의사가 권한 적 있다고 했다.

보이지 않는 질병의 왕국

건강이 한창 나빴던 시절, 가족 모임에서 만난 내 조부모는 2000년대 초반에 세상을 떠난 대고모가 자신의 건강이 나쁜 것을 대단히 즐겼다고 이야기했다. 대고모 게르트는 허약하고 마른 예술가로 활짝 웃는 사람이었는데, 집에 찾아가면 흔히 침대에 누워 있었다. 내가 게르트를 무척 좋아했던 것, 그리고 게르트가 자기 증상에 관해 혼잣말하는 습관이 있었던 것이 기억난다. 게르트의 죽음 이후 10년 동안 고모 여러 명이 자가면역질환 진단을 받았다는 점을 고려하면, 게르트는 정말로 병을 앓았던 것 같다. 그렇지만 우리 집안 사람들 다수는 게르트가 그저 관심을 갈망했다고 믿었다.

　　여성이 원인 모를 병을 앓으면 건강염려증이라고 짐작하곤 한다. 현대 의학 기반의 의사들은 불확실성을 싫어하는 데다, 여성을 향한 사회의 무의식적 편견도 여전하다. 그리하여 오늘날 의료계 종사자들은 모호한 증상을 불안 혹은 우울의 신호로 쉽게 간주한다. 하지만 사실관계만 보면, 오락가락하는 증상을 가진 젊은 여성들에게 특별히 관심을 기울여야 한다. 연구에 따르면 자가면역질환자는 압도적으로 여성이 많다. 게다가 이 질환은 점점 흔해지고 있는데, 혈액 검사로는 초기에 거의 잡아낼 수 없다. 여성 네 명 중 한 명이 자가면역질환에 걸릴 수 있단다. 그러니 합리적 의사라면, 몸이 안 좋고 자가면역질환 가족력이 있는 환자를 맡을 때 **이 사람도 그런 환자일 수 있겠네**라고 생각할 수 있어야 한다. 그렇지만 나는 인터넷 게시판에 올라온 글과 인터뷰한 여성들을 통해, 의사가 별 문제 없으니 돌아가라고 했다는 이야기를 듣고 또 들었다.

한밤중에 심장이 쿵쿵 뛰어 어둠 속에서 깨어난 순간, 의사가 나를 믿지 않는다는 확신에 사로잡혔다. 그러니 해답과 치료법을 찾는 여정에서 결코 동반자를 찾지 못할 거라는 생각에 **정말로** 두려웠다. 아무도 내가 아프다고 생각하지 않는데, 내가 어찌 건강해질 수 있을까?

❦

아프기 전에는 의학이 나를 고쳐 줄 줄 알았다. 객관과 엄격 그 자체인 과학이라면 가능한 일이라고 생각했다. 한때 건강했던 중상류층 백인 여성, 즉 특권층 여성으로서 병원을 몇 차례 가볍게 찾은 경험에 따르면, 다르게 생각할 이유는 없었다. 그러나 의료계에 점점 깊이 발을 들여놓으면서 내 생각이 틀렸다는 사실을 깨달았다. 여성이 일급 치료를 계속 받기란 여전히 놀라울 만큼 힘들다. 의료는 남성과 여성을 다르게 대한다고 바버라 에런라이크Barbara Ehrenreich와 디어드러 잉글리시Deidre English가 《여성만을 위하여: 두 세기에 걸친 전문가들의 조언For Her Own Good: Two Centuries of the Experts Advice to Women》에서 밝힌 바 있다.[4] 현실 의료에서 성별은 여성에게 대체로 부정적인 영향을 미친다.

최근까지 의학 연구 대부분은 생물학적 성과 성 정체성이 일치하는 남성 및 수컷만을 대상으로 했다고 봐도 무방하다. 2011년의 한 연구는 의료계 실험의 5분의 4에서 수컷 쥐가 압도적으로 많이 사용되었음을 발견했다. 《뉴욕타임스》에 따르면, 연구자들은 "암컷 동물의 호르몬 주기 때문에 변수가 늘어나고 연구 결과가 왜곡될 수 있다"라는 걱정 때문에 암컷 쥐를 연구에 쓰지 않았다고 한다.[5]

그러다 보니 연구들은 남성과 여성의 생물학적 차이를 고려하지 못하게 되었다. 성별이 다르면 신진대사와 체지방 함량과 효소 활동성의 차이 때문에 의약품에도 다르게 반응하는데, 이 또한 고려하지 못했다. 저용량 아스피린은 남성의 경우 심근경색의 위험을 낮추지만, 65세 이하 여성의 심장병 위험은 줄이지 못한다. 2020년의 한 연구에 따르면 베타차단제(심장 질환 및 고혈압 치료에 쓰이는 약물—옮긴이)는 고혈압 여성에게 심근경색의 위험을 오히려 더 높일 수 있다(이 연구자들은 역사적으로 여성이 베타차단제 임상 연구에서 충분히 대표되지 못했다는 사실을 깨닫고 연구를 수행했다).[6] 여성은 마취로 인한 합병증도 더 많이 겪을 수 있다.

2001년, 미국의학연구소는 《인간 건강의 생물학적 요인 탐색하기: 성별은 중요한가?Exploring the Biological Contributions to Human Health: Does Sex Matter?》라는 제목의 연구집을 냈다. 결론은 "(성별은) 예상치 못한 측면에서 중요하다. 의심의 여지 없이, 우리가 상상하지 못한 측면에서도 중요하다"라는 것이었다.[7] 그렇지만 바뀐 것은 거의 없었다. 그 결과 지식 격차가 심해졌다. 최근으로 오자면, 2014년 국립보건원의 여성건강연구소 부국장 재닌 오스틴 클레이턴Janine Austin Clayton 박사가 《뉴욕 타임스》에 "남성 생물학에 비하면 여성 생물학의 지식은 모든 면에서 문자 그대로 모자랍니다"라고 말했다.[8]

그 결과 식품의약국이 어떤 약물을 승인해도, 그 약이 여성에게 유달리 해롭다거나 승인된 용량과는 다른 용량을 처방해야 한다는 사실이 뒤늦게 밝혀진다. 그런 사례 가운데 하나가 수면제 앰비엔Ambien이다.[9] 남성과는 달리 여성은 앰비엔 분해 속도가 무척 느려서, 복용한 다음 날 아침에 운전을 하면 차 사고가 났다. 2013년, 식품의약국은 앰비엔의 여성 권장량을 놀랍게도 50퍼센트나 줄이라고 제조사에 명했다. "1997년부터 2001년 사이 식품의약국의 승인을 받았으나 '건강상 위험'이 발견되어 시장에서 퇴출된 약은, 열에 여덟은 남성보다 여성에게 더 해로웠다"라고 《의사는 왜 여자의 말을 믿지 않는가》의 저자 마야 뒤센베리가 밝혔다.[10] 성별 차이가 약의 효과 차이로 이어지는지 아닌지 밝혀내는 연구는 현재 학계에서 거의 이루어지지 않고 있다. 생물학적 성별과 사회적 성별에 근거한 지식을 생산하지도 않고 분석하지도 않으니, 간과해 버리는 부분이 놀랄 만큼 많이 생긴다.

그런데 의학은 단순히 여성 건강 연구를 경시한 데에 그치지 않았다. 아픈 여성의 치료에도 실패했다.[11] 어느 연구에 따르면 여성이 응급실에 가면 마약성 진통제(의료계에 존재하는 가장 강력한 진통제)를 받을 확률이 남성보다 13~25퍼센트 정도 낮다고 한다.[12] 심근경색 징후가 있는 여성을 대상으로 한 연구는, 이 여성들이 심장 도관술(심장병 여부 확인에 도움이 되는 처치)을 남성들의 절반만큼만 받았다는 사실을 알아냈다 (이 연구는 인종 또한 차이의 요인임을 밝혀냈는데, 흑인 여성은 다른 어떤 집단보다도 도관 삽입을 받게 될 확률이 낮았다).[13] 2014년

보이지 않는 질병의 왕국

스웨덴의 한 연구는 여성이 응급실에서 남성보다 평균 15분 더 기다린다고 밝혔다.[14]

가장 중요한 문제는, 여성이 자신의 증상을 전달해도 의사가 타당하다고 받아들이지 않는 경향이 있다는 것이다. 여성 환자가 통증이나 불편을 호소하면, 그 증언은 객관적으로 물리적 실체가 있는 '단단한' 현실이 아니라 주관적이고 감정적인 문제의 표현으로 받아들여진다. 심지어 암 같은 중대한 질병도, 여성 환자가 과장해서 증상을 보고한다는 식이다. 의사들이 증상의 원인을 찾지 못하는 경우 어떤 일이 벌어질지 눈앞에 그려진다. 내가 인터뷰한 한 젊은 여성은 이런 말을 했다. "의사들이 그냥 내 눈을 보고 '무슨 문제가 있는지 모르겠습니다. 그렇지만 나는 환자분을 믿습니다. 언젠가는 밝혀낼 겁니다'라고 말해 주면 좋겠어요. 그럼 그 사람을 훨씬 더 신뢰했을 겁니다. 모든 걸 다 안다고 믿다니 오만해요! '환자분에게는 아무 문제가 없습니다. 그냥 우울한 겁니다'라고 말하는 의사들이 몇 명이나 되었는지, 참, 아주 모욕적이었습니다."

통계는 불충분한 치료와 오진이 유색 여성 환자에게 훨씬 적나라하게 나타남을 보여 준다. 흑인과 라틴계 환자들은 보통 백인 환자에 비해 치료를 충분히 받지 못한다고 한다.[15] 흑인 여성 환자의 호소는 대수롭지 않게 여겨지고, 끔찍한 결과로 이어진다. 높은 모성 사망률 또한 이에 해당한다. 미국 질병통제예방센터의 보건통계센터에서 2020년에 낸 보고서에 따르면, 미국 흑인 여성은 백인 여성에 비해 임신 및 출산 합병증으로 사망할 확률이 2.5배 더 높다.[16]

영국 철학자 미란다 프리커Miranda Fricker는 어느 집단에 대한 편견 때문에 그 집단에 속한 개인을 신뢰하지 못하는 부당한 상황을 "증언적 부정의testimonial injustice"라고 부른다.[17] 프리커에 따르면 이는 명백히 "인식적 부정의epistemic injustice"에 속하는 사례다. "지식의 제공자"로서 화자가 지닌 능력을 깎아내리기 때문이다. 프리커의 글을 읽다가 나는 전율했다. 의사를 만나고 나면 뭔가 문제가 있다는 느낌을 받았었는데, 그 경험에 딱 맞아떨어지는 개념이었다. 철학자 질 스타우퍼Jill Stauffer가 "윤리적 외로움ethical loneliness"이라고 동명의 책에서 명명한 개념 또한 그러한데, 이는 "(내가) 이야기를 해도 주변에서 제대로 듣지 않는 부당한 상황"을 말한다.[18] 이미 문제가 있는데 타인에게 지독히 인정받지 못하면 문제는 더욱 악화하고, 우리는 윤리적 외로움을 느낀다. 침묵을 강요당한 집단에 속하는 특별한 고통, 단지 정체성 때문에 의사소통의 가능성이 사라졌을 때 느끼는 고통을 지적하는 개념이다. 그 외로움은 이루 말할 수 없다.

퀸스에 사는 28세 콘텐츠 마케터 다이애나는 나와 인터뷰하던 무렵, 의사들이 정확히 알아내지 못한 만성질환을 겪고 있었다. 훗날 강직척추염과 뇌동정맥기형이라는 진단이 나왔다. 뇌동정맥기형은 피로와 두통을 유발하며 신경외과 수술을 몇 차례 받아야 하는 병이었다(다이애나는 이제 33세이고 시간제 환자 대변인으로 일한다). 진단에 이르기까지 다이애나는 오랜 시간 동안 의사를 적어도 열 명은 만났는데, 첫 검사에서 결과가 확실하게 나오지 않자 의사 대부분이 별것 아

보이지 않는 질병의 왕국

닌 일로 여겼다. "내가 증상을 지어내고 있다고 생각하는 의사가 그렇게나 많을 수 있다니, 정말 이해할 수가 없었어요. 거짓말한다고 인생 좋아질 일 있나요? 그들이 자료를 안 찾아본 것은 아닌데, 문제를 더 파고들진 않았습니다." 다이애나는 이런 말도 덧붙였다. "운 나쁘게도, 의사들이 내 병명으로 고려한 목록 1순위가 불안이었어요. 의사들은 한두 가지 확인해보고 아무것도 안 나오면 불안이 문제라고 하더군요. 하지만 차라리 '문제가 뭔지 잘 모르겠습니다'라고 말하는 편이 나았을 거예요. 환자들은 의사의 권위를 신뢰하도록 배웠으니까요. 의사가 '불안이 문제입니다'라고 하면 환자의 처지에서는 정말로 그렇다고 생각할 수 있겠죠." 불안 같은 감정으로 인해 아프다는 느낌을 받을 수도 있다. 그렇지만 불안이 "모든 증상을 아우르고, 몸을 쇠약하게 만들며, 침대에서 몇 달 동안 일어나지 못하게" 한다고 믿기는 어려웠다. 다이애나는 잠시 멈췄다가 다시 입을 열었다. "불안은 정말 마지막에, 다른 요인들을 다 확인한 다음에 고려할 사항입니다."

　　여성이 몸이 아파도 사실은 병을 꾸며낸 것이거나 심신증이라는 식의 사고는 역사가 길다.[19] 그런데 19세기 서유럽과 미국에서 히스테리를 의학적 문제로 간주하고, 이후 지그문트 프로이트의 무의식 이론이 인기를 끌면서 이런 생각은 새로운 명성을 얻었다. 오늘날 의사들이 프로이트의 이론을 대놓고 고려하지는 않는다고 해도(심지어 믿지 않아도) 그의 사상은 의사 교육의 뼈대 혹은 배경에 상당 부분 깔려 있다. 의학적으로 확인할 수 없는 증상을 겪는 몸이란 **심리적** 문제가 있는 몸이라는 생각이 요즘도 검사실에 숨어 있다. 의사가 환자에게 프로이트 이야기를 적극적으로 꺼내지 않더라도 말이다. 실로 우리 모두가 수용한 것이 프로이트의 사상이다.

어떻게 이런 일이 일어났을까? '히스테리'라는 단어는 고대 의사 히포크라테스가 기원전 5세기에 맨 처음 사용했다.[20] 불안과 떨림 증상, 심지어 마비까지도 일으킬 수 있는 병으로, 히포크라테스에 따르면 원인은 자궁의 이동이다. 히스테리 개념은 중세 후반의 유럽으로 전해져 자연요법으로 치료되었다. 15세기에 이르러 어떤 종교학자들은 히스테리를 악마가 유발하는 여성 질병으로 보기도 했다. 원인 모를 질병에 대처하는 그 시대의 흔한 방법이었다. 어느 학자의 표현을 빌자면, "의사가 질병의 원인을 밝혀내지 못하면, 악마에 의해 발생했다는 뜻이다."[21]

19세기 후반에는 히스테리 진단이 늘어나는 추세였다. 빅토리아 시대 의사들은 참정권 활동이나 여성의 지적 활동 때문에 히스테리가 유행한다고 생각했다. 자주 잊히곤 하는 사실이지만, 당시 의사들은 처음에 히스테리가 신경계에 과부하가 걸려 생기는 기질적(혹은 신체적) 질병이라고 믿었다. 신경계의 존재가 이제 막 발견된 참이었다. 샬럿 퍼킨스 길먼과 앨리스 제임스처럼 히스테리 진단을 받은 여성 다수는 피로와 복부 통증 같은 뚜렷한 신체 증상으로 고통받았다. 그 시대 의사와 의학자 다수는 신경계와 자궁이 밀접한 관계라고 봤다. 찰스 E. 로젠버그와 캐럴 스미스로젠버그Carroll Smith-Rosenberg의 표현처럼, 여성을 "재생산 체계의 산물이자 죄수"로 간주했고, 여성의 몸 곳곳에 영향을 미치는 재생산 체계가 신체 건강의 원천이라고 믿었다(1870년에 어떤 의사는 여성의 건강에 관해 "전능하신 신이 여성을 창조할 때 자궁을 중심에 놓고 빚어낸 것 같다"라고 썼다).[22] '두뇌 활동'은 말 그대로 여성의 자궁에서 기력을 짜내기 때문에 허약과 피로를 불러온다고 믿는 의사들이 많았다.

사일러스 위어 미첼Silas Weir Mitchell은 지금까지도 악명이 높은 휴식 치료를 개척한 의사로, 시간을 내서 휴식을 취하는 방법만으로 피로와 복부 통증 같은 신체 증상을 치료하고자 했으나 바로 실패로 돌아갔다. 환자들은 건강해지지 않았다. 치료에 저항하는 여성 환자에게 실망한 남성 의사들은 히스테리를 신체적 질병 대신 잠재된 정서적 문제가 표출된 상태로 보게 되었다. 우리 몸이 신체 증상을 통해 숨겨진 감정적 진실을 말한다는 익숙한 개념이 이렇게 등장했다.

물론 이 개념을 주류로 끌고 온 사람은 프로이트이다. 앞서 언급한 앤 해링턴의 《마음은 몸으로 말을 한다》에 따르면, 프로이트 또한 처음에는 다른 의사들처럼 히스테리 환자가 신체 질병에 시달린다고 생각했다. 그렇지만 치료해도 낫지 않자, 환자의 증상이 성폭력 같은 정신적 외상이나 억압된 리비도적 충동의 표현이라고 믿게 되었다. 프로이트가 볼 때 몸은 진실을 말하는데, 그 진실이란 환자의 무의식에 담긴 내용이었다. 해링턴은 이렇게 썼다. "이제부터 신체의 부호화된 메시지에 대한 의사의 해석은 (…) 당연히 환자의 해석을 이기게 되었다. 환자가 그 해석에 저항하거나 거부하는 상황에도 (특히) 그랬다." 정신분석은 마음이 알고 있으나 내담자가 인정하지 않는 내용을 분석가가 밝혀내는 창조적 과정이었다.[23]

그랬다. 그렇게 의사는 여성 증상의 전문가가 되었다. 여성 본인이 정말로 아프다고 주장할수록, 완고하고 부적응적인 정신상의 문제, 억압된 심리적 갈등이 있다는 증거로 보기 쉬운 체계가 완성되었다. 해링턴에 따르면, 프로이트 이후 환자는 "자기 몸이 겪는 일을 가장 잘 파악하는 존재"가 아니게 되었고, "최종 결정권을 꼭 가져야 하는 것도 아니었다."[24]

히스테리에 관한 프로이트식 사고는 더 이상 우위에 있지 않다. 그러나 그 사상적 뼈대는 오늘날에도 의학적 사고에 영향을 미치고 있다. 여성 환자의 건강이 개선되지 않으면 환자, 바로 환자의 자아가 문제라고 (무의식적으로) 생각하는 경향이 여전하다. 여성의 신체가 심리적 곤경을 표출하는 일이 흔하다는 개념은 실제로 여전히 의학적 사고로서 활개 친다.[25] 다만 이 개념은 여러 차례 이름이 바뀌었다. 처음에는 브리케 신드롬Brique's syndrome이었고, 1920년대에는 빈의 정신분석가 빌헬름 슈테켈Wilhelm Stekel이 "신체화somatization"라고 명명했으며("내적 갈등이 신체장애로 나타나는 과정"이라고 정의했다), 가장 최근에는 정신질환 진단 및 통계 매뉴얼DSM에 "신체형 장애somatoform disorders"라는 진단명으로 등장한다. 이런 명칭은 의사들이 여성 환자의 문제를 알아내지 못할 때 가져다 쓰는 소위 쓰레기통 진단명이다. 마야 뒤센베리의 지적처럼 이는 성별과 연관되어 있으므로, 의대 학생들은 "신체형 장애는 숙녀를 괴롭히고 의사를 성가시게 한다Somatization Disorder Besets Ladies and Vexes Physicians"라는 문장의 머리글자를 따서 SDBLVP라고 암기하곤 한다.[26]

이 책을 쓰는 동안, 일면식도 없는 어떤 남성 저널리스트가 병에 관한 내 에세이 몇 편을 읽고는 이메일 여러 통을 불쑥 보내왔다. 내가 아픈 이유는 사실 억압된 감정 때문인데 이를 인정할 용기가 없다고 우겼다. 존 사르노의 사상에 따르면 그렇다는 것이다. 사실 그의 의견은 존 사르노의 사상조차 왜곡한 것으로, 내게 어떤 식이든 의학적 문제가 있을 수 있다는 가능성 자체를 배제했다. 해결책은 아주 간단하다는 상대의 제안을 정중하게 거절하니, 그런 거절이야말로 본인의 생각이 옳다는 증거라고 고집을 피웠다.

일부 페미니스트 사상가는 19세기 여성이 앓은 병의 역사를 여성의 역할이 제한된 사회적 상황으로 인한 심리적 고통으로 재해석했다. 아이러니하게도 이런 작업은, 원인 불명의 질병이 애초에 심리적 문제일 때가 많다는 의학의 믿음을 굳히는 데 일조했다. 이 같은 다시 읽기 작업에서는 여성을 아프게 하는 요인으로 성적 욕망을 승화하지 못하는 억압적 가

부장제가 지목된다. 학자들의 작업은 가정과 사회 내 무력함으로 인한 정신적 외상을 심층적으로 다룬다. 그렇지만 히스테리의 사회심리적 근원을 강조하다 보니, 여성들이 사실은 생물학적 질병을 앓지 않았다는 생각에 힘을 실어 주게 된다. 심지어 이런 2세대 백인 페미니스트들 다수에게 여성의 몸은 주로 정서적이고 사회적인 트라우마의 장소일 뿐,[27] 의학이 밝히지 못한 기질적 질병을 앓을 수 있는(혹은 둘 다 해당될 수 있는) 몸이 아니었다.

나아가, 이런 식의 재구성은 여성이 제 몸에 관해 증언해도 신뢰하지 못하게 만들었다. 그리하여 오늘날에도 매끈하니 소독된 외관과 정교한 도구를 갖춘 의사의 진료실이란, 여성의 몸을 피로와 불안 같은 간헐적 증상과 심리적 문제로 인한 통증을 겪는 존재로 간주하는 공간이다. 그러니 잘 알려지지 않은 질병은 의사, 환자, 비전문가에게 으레 심리적 문제로 받아들여진다. 자가면역, 섬유근육통, 만성 라임병, 근육통성 뇌척수염/만성피로증후군 같은 질병들은 우리 시대의 히스테리에 해당한다.

"남자친구 문제인가요?" 로스앤젤레스의 한 의사가 내 친구에게 한 말이다. 친구는 세계 최고의 박물관에 작품을 전시한 적도 있는 뛰어난 시각 예술가다. 고속도로 차 사고를 겪은 후 통증이 사라지지 않아 의사를 찾은 것이었다. 그 사고로 인해 신경계에 복합 장애가 왔다. 하지만 겉보기에 상처가 없다는 이유로 의사는 내 친구의 고통이 심리적 문제라고 추정했다. 친구는 몇 달 동안 진단도 치료도 받지 못했고, 그사

보이지 않는 질병의 왕국

이 작업을 중단해야 했다. 대신 몸이 허락하는 만큼 아주 작은 그림들을 그리기 시작했다. 신경 손상으로 인한 통증 증후군이라는 진단을 내리고 치료해 준 의사를 만나기까지 1년 넘는 시간이 걸렸다. 현재 친구는 거의 다 나았고 원하는 크기의 작업을 해낼 수 있다. 최근 만났을 때는 새 프로젝트 이야기를 꺼냈다. 건강을 되찾은 기쁨을 증명하듯, 노후하고 버려진 건축물 전체를 죄다 에워싸는 거대한 프린트 작업을 진행 중이라고 했다.

9

면역, 그 우아하리만치 복잡하고 불확실한 세계

불확실성은 두려움의 원인이 아니다.

사용법을 익힐 수 있는 하나의 도구일 뿐이다.

◆ 마이클 D. 록신,《폐허가 된 탑의 왕자》

내 아픔의 객관적 원인을 찾느라 너무나 많은 시간을 보냈기에, 자가면역성 갑상샘염 진단을 받았을 때 건강 문제를 은유적으로 사고하지 말자는 생각을 했다. 그렇지만 상징 없이 면역계가 하는 일을 이해하는 것은 불가능했다.

'면역계'라는 용어 자체가 면역 세포의 활동에 대한 은유다. 현대 의학에서 면역계란 병원체를 접하면서 학습해 나가는 일종의 네트워크로, 선천면역과 후천면역 반응이 층층이 연결되어 있다. 이 같은 접근은, 네트워크 및 시스템적 사고(문제를 전체와의 관계에서 파악하는 방식—옮긴이)가 우위를 점한 1960년대 중반에 대중화되었다. 1960년, 오스트레일리아의 바이러스 학자 프랭크 맥팔레인 버넷Frank Macfarlane Burnet과 영국의 생물학자 피터 메더워Peter Medawar는 '후천적 면역 관용'을 발견한 공로로 노벨상을 받았다. 버넷과 메더워는 파울 에를리히가 제안한 개념인 신체의 '자가독성공포'가 미리 정해

보이지 않는 질병의 왕국

진 것이 아니라고 밝혔다. 오히려 면역은 '교육의 문제'로, 교육 과정에서 면역계는 심각하게 틀어질 수 있다.

자가면역 과정에 관한 자료를 읽기 시작하면서, 내가 면역계의 활동에 대해 잘 모른다는 사실을 깨달았다. 고등학교 졸업 이후 생물학을 공부한 적이 없었다. 면역학 교과서 몇 권을 주문했으나, 헤매지 않도록 도움이 필요했다. 하버드대 생물학 전공 학부생으로 면역계에 특히 관심이 많은 케일럽과, 생화학 교수인 친구 이타이에게 면역계에 관해 내가 이해할 수 있는 수준으로 설명해 달라고 부탁했다.

이들에게 배운 결과, 면역계의 구성 요소들은 아주 특이한 데가 있다는 것을 알게 되었다. 선천면역은 방어의 최전선을 맡는다. 병원체와 외부 물질에 즉시 반응하여, 병원체와 싸우도록 대식세포와 식세포, 호중구, 자연살해세포 같은 온갖 백혈구를 배치한다. 보통 위험한 물질을 잡아먹거나 집어삼키는 방식으로 싸운다. 후천면역('적응'면역이라고도 한다)은 더 복잡한 2차 방어선을 맡는다. 몸에 들어온 병원체에 특이적으로 반응한 다음, 그 병원체의 정보를 **기억한다**. 적응면역 세포에는 B세포와 T세포가 있는데, 이들은 선천면역계를 통과한 감염과의 싸움을 돕는다.

면역계의 1차 기관은 골수와 가슴샘이라고 한다. 가슴샘은 심장 위에 자리한 삼각 모양의 부드러운 회분홍색 샘이다 ('thymus'라는 이름에서 알 수 있듯 '타임thyme' 이파리를 닮았다). 사춘기 이후로 점점 작아지는 드문 기관 가운데 하나로, 우리 몸의 많은 면역 세포를 생산한다. 골수와 가슴샘에서 B세포와 T세포 무리가 자라나 학습을 하게 되며, 이들의 이름 또한 생산 기관인 골수bone narrow와 가슴샘thymus에서 각각 따왔다. 두 세포 모두 감염에 대처하고 상처를 치료하는 등의 일을 한다. B세포는 항체를 생산하는데, 테트리스 게임을 할 때처럼 특정 병원체에 딱 맞게 결합하는 Y자 모양의 단백질이 항체다. 항체 각각은 주어진 병원체에 특화되어 있다. 그래서 항체를 측정하면 신체가 이제껏 어떤 적을 맞이했는지 알 수 있다.

선생님들의 지도를 받은 덕분에, 나는 면역계를 일종의 대학으로 여기게 되었다. 성장한 면역 세포는 마치 전공을 선택하듯 특정 외부 물질에 집중하도록 훈련한다. 적응면역 세포는 최초의 항원이나 외부 물질을 만나면 구조적, 화학적 변화를 겪는다. 특정 항원에 각인되는 것이 키스하는 것과 비슷하다는 비유를 들며, 케일럽은 항원과 항체가 결합하는 그림을 그려 주었다. 그렇게 면역 세포는 항원 특이성 항체가 된다(백신 대부분의 제조 원리이기도 하다. 백신에는 변형된 형태의 바이러스가 들어 있어, 그것과 특수 결합하도록 고안된 항체를 신체가 생산하게끔 한다). '도움 T세포'라고 알려진 T세포(엄밀히 말하면 CD4+T-도움 림프구)는 신체의 면역반응이 증가하도록 돕는데, B세포를 자극하여 항체를 만들게 한다. 또한 바이러스에 감염된 세포를 죽일 수 있는 살해 T세포도 활성화한다.

자가면역과 알레르기는 면역 세포가 우리 몸에 위협적이지 않은 것들(갑상샘, 간, 꽃가루, 고양이 비듬)을 병원체로 오인하면서 발생한다. 예를 들어 병원성 엡스타인바 바이러스 단백질을 공격하려다가 인체 내의 비슷하게 생긴 분자를 공격하는 자가항체를 만들어 버리는 식이다. 그래서 '분자 모방'이라고도 알려져 있다.

　신체에는 면역 세포 무리를 원래 자리로 불러와 그 파괴적 힘을 발휘하지 못하게 하는 메커니즘이 있다. 면역학에서는 이를 '조절'이라고 한다. 이에 대해 케일럽이 쓴 표현은 다른 자료에서도 자주 본 은유였다. "T세포는 사관학교 학생과도 같아서, 바이러스를 공격하도록 보내집니다. 그렇지만 자기 통제력이 별로 없어서 '조절 T(T_{reg})세포'라고 하는 하사관의 감독을 받죠. 공격이 끝나면 하사관이 기지로 돌아갈 때라고 알려 줍니다. 조절 T세포가 활동하지 않으면 면역반응은 통제 불능이 되고, 필요 이상으로 아프게 됩니다."

　감염 시 아픈 이유는 면역계 자체가 염증 반응을 일으켜 사람들을 아프게 하기 때문이다. 전에는 이해하지 못했던 사실이다(코로나 백신을 맞으면 잠시 아픈 것도 같은 이유다. 백신은 면역반응을 일으키도록 만들어졌으니까). 바이러스나 세균을 발견한 세포는 '케모카인chemokine'과 '사이토카인'이라는 화학물질을 이용해 염증 반응을 일으키고 백혈구를 부른다. 레이더 신호가 목표 대상에 가까워질수록 더 세지고 소리도 커지는 것처럼, 이 화학물질들 또한 병원체에 가까울수록 농도가 진해지며, 면역 세포들은 이를 신호 삼아 끌려간다. 케일럽의 설명이 인상적이었다. "그것들은 감염 혹은 상처의 중심으로 불려 갑니다. '악에 맞서 싸우기를 요청하오'라고 외치는 간달프에 의해 일행이 끌려가는 상황과 비슷하죠." 《반지의 제왕》 팬이라면 누구든 이해할 수 있는 비유였다. 그 결과가 염증이다.

혈액이 해당 부위로 흘러들고, 백혈구와 다른 면역 세포도 몰려든다.

'염증inflammation'이라는 단어는 '불을 붙이다'라는 뜻의 라틴어 'inflammare'에서 유래했다. 상처를 입거나 공격당한 부위로 세포들이 몰려가면 열이 나고 붉게 변한다. 신체가 염증을 적절하게 이용하면 상처에 대한 대응으로서 유익하다. 그렇지만 만성 염증은 조직과 세포에 해롭다. 지치고 몸이 무겁다는 느낌도 들 수 있다.

케일럽의 설명을 들으면서, 나의 아침이 그토록 끔찍한 단서를 찾았다. 내 면역계는 내가 계속 감염 상태인 것처럼 활동하고 있었다. 내 몸은 염증이 세를 떨쳤다. 면역계가 전염증성pro-inflammatory(염증을 촉진하는—옮긴이) 사이토카인이며 다른 T세포를 가장 많이 생산하는 밤이면 상황이 더 나빠졌다. 그래서 아침에 일어나면 머리가 띵하고 아픈 것이다. 불가능하리만치 복잡하고 우아하기까지 하면서 여전히 수수께끼가 남아 있는 메커니즘이라니, 혀를 내두를 지경이었다. 면역에 대해 일찍 알았다면 좋았을 것이다. 또, 내 면역계를 더 **소중히 여겼다면** 좋았을 것이다. 그랬다면 지금의 나는 건강하지 않았을까? 면역계가 나를 보호해 주지 않았을까?

면역계와 자가면역질환을 공부하면 할수록 궁금한 것도 늘어났다. 라임병, 홍역, 엡스타인바 같은 감염이 소위 '면역

보이지 않는 질병의 왕국

매개 질환(면역계 자체의 기능장애가 특징이다)'을 일으키며 면역계를 좌지우지한다는 증거들이 있다.[1] 아마 코로나19도 이에 해당할 것이다. 그런데 논문을 읽으면서 나는 더욱 복잡한 세계를 알게 되었다. 연구가 덜 된 분야여서 그런 것은 아니었다. 면역계의 과학은 어디로든 길이 이어지는 지도처럼 보였다. 내가 이름이 있는 구체적 질병을 앓고 있는 것인지, 아니면 충격적일 만큼 종류가 다양한 염증 반응의 일부를 겪고 있는 것인지 궁금했다. 또한 본인이 직접 공부해서 해답을 찾았다고 말하는 환자 앞에서 의사들이 느끼는 좌절감을 알 것 같아 안쓰럽기도 했다. 새로운 느낌이었다.

방대한 자료에 압도당한 나는 제 기능을 하는 몸을 찾아가는 미로 속에서 절대 빠져나가지 못할 것만 같았다. 면역 기능장애와 자가면역의 경로에 대한 이론들은 무성하다. 자가면역질환은 바이러스가 유전자에 영향을 미쳐서 생긴다는 연구가 있는가 하면, 마이크로바이옴의 저하가 원인이라는 연구도 있고, 병원체가 면역계에 가한 손상이 쌓여서 그렇다는 연구도 나왔다. 자가면역을 유발하는 미확인 화학물질에 노출되어 그렇다거나, 비타민 D 부족이나 소금 과다 섭취가 한몫한다는 의견도 있었다.

최근에 나는 면역계 검사를 받았는데, 이 패널 검사는 내 면역반응의 이상을 여러 가지 찾아냈다. 그렇지만 이유는 무엇일까? 현대 사회의 유독함이나 결함 있는 마이크로바이옴으로 인해 면역계가 스트레스를 받아 그만 틀어져 버린 것이 근본 원인일까? 한때 활성 상태였던 세 바이러스(엡스타인바 바이러스, 거대세포바이러스, 파보바이러스)는 어떤 역할을 했을까? 내 면역계가 제거하지 못한 미지의 감염이 원인일까? 내 증상의 원인을 따로따로 분리할 수 있을까?

물론 유전적 특성이 원인인 면역 매개 질환이 많다. 모이세스 벨라스케스 마노프Moises Velasquez-Manoff가 《부재의 유행: 알레르기와 자가면역질환을 이해하는 새로운 방법An Epidemic of Absence: A New Way of Understanding Allergies and Autoimmune Diseases》에서 지적하듯, "이런 장애들을 만들어 내는 (…) 면역계의 결정적인 단일 요소를 제거하는 일"이 필요하다. 벨라스케스 마노프에 따르면, 1982년 오리건주 포틀랜드의 유아 한 명이 다발성 장기 질환으로 세상을 떠났는데 가족 내력을 보니 남자아이 17명이 이미 사망한 바 있었다. 연구자들은 사망한 아이들이 X염색체 돌연변이로 인한 자가면역질환을 앓았다고 밝혀내고, 그 유전자를 'FOXP3'이라고 명명했다. FOXP3 유전자는 조절 T세포, 혹은 부사관 세포의 생산과 기능을 돕는다.[2]

부사관 세포는 다른 면역 세포에 감염과의 싸움을 중단하라고 전하는 역할을 맡는데, 이 기능에 문제가 생기면 감염이 사라진 뒤에도 백혈구가 공격을 계속해 염증이 지속된다(이 특이한 질환은 여성보다 남성에게 더 흔하다. 태어날 때 남성으로 정해진 사람은 X염색체가 하나밖에 없어서, 변이가 생기면 변이가 없는 다른 X염색체로 상쇄할 수 없다). 연구자들은 치안 유지 활동을 맡은 백혈구(조절 T세포)를 조절하는 유전자에 달라붙어, 추후 연구에서 자가면역 장애들을 찾아낼 수 있었다.

오늘날, 루푸스와의 연관성이 확인된 유전 변이는 거의

100가지나 된다. 매사추세츠주 케임브리지대학 브로드연구소의 면역학자이자 유전학자인 니르 하코헨Nir Hacohen이 자가면역 장애와 연관된 유전자 변이를 표시한 알록달록하고 밝은 자료 화면을 보여 주었다. 변이의 수는 바로 다 셀 수 없을 만큼 많았다.

그렇지만 쌍둥이 연구에 따르면, 유전이 전부는 아니다. 유전은 기껏해야 자가면역질환의 기여 요인일 뿐이다. 다른 주요 요인은 환경이다. 의학에서 '환경'이란 병원체 노출이나 평생에 걸친 화학물질 노출 혹은 외상 병력까지 포함하는 광범위한 용어다. 1950년대 이래 자가면역질환은 (적어도 코로나 이전에는) 백신과 항생제, 위생 개선과 늘어난 부 덕분에 감염병이 줄어든 서구 선진국에서 확산했다. 개도국에서는 자가면역질환이 그만큼 많이 생기지 않았다. 예를 들어 2002년의 연구에 따르면 영국의 파키스탄계 1세대 아동을 대상으로 한 자가면역 1형 당뇨병의 비율은 파키스탄의 1형 당뇨병 비율의 거의 열 배였다.[3]

이런 연구도 그렇고 '자궁에서 무덤까지' 연구를 봐도 (넓은 의미에서) 서구적 환경의 뭔가가 우리 면역계 활동에 큰 변화를 일으키고 있는 것 같다고, 존스홉킨스대학 자가면역질환연구소의 전 국장 노엘 로즈가 말했다.[4] 그렇다면 이유는? 현재 많은 가설이 있다. 일부 연구자들은 새로운 위생 환경을 탓한다. 면역계가 할 일이 너무 없어져서 자기 자신에게 덤벼든다는 것이다. '위생 가설'은 1989년에 면역학자 데이비드 스트라칸David Strachan이 세운 이론으로, 청결 기준이 높은 소가족 내에 살며 감염에 덜 노출되면 천식 및 알레르기를 겪는 아이들이 늘어난다고 한다.[5] 스트라칸은 사람이 세균에 노출될 필요가 있다고 주장했다. 이런 식의 사고에 따르면, 인간의 면역 세포는 세균 및 바이러스와 활발하게 접촉할 준비가 되어 있다. 감염병에 걸릴 일이 없으면 면역 세포들이 그 대신 무해한 것을 쫓으며 애초에 지켜야 할 몸 자체를 공격한다는 생각은 벨라스케스 마노프의 《부재의 유행》에도 잘 설명되어 있다.[6]

물론 문제가 있다. 감염병의 쇠퇴와 자가면역질환의 부상이 단순한 상관관계인지, 아니면 원인과 결과가 있는 인과관계인지를 알아야 한다. 위생 가설은 신화를 읽은 사람이라면 누구든 도덕적으로 솔깃할 내용이다. 우리 자신을 질병으로부터 보호하려다가 오히려 우리 세계로 질병을 불러들였다는 이야기니까.

그렇지만 나와 대화를 나눈 연구자 다수는 위생 가설의 공식을 거의 신뢰하지 않았다. 뉴욕 지하철에는 농장만큼이나 많은 세균이 있으며, 감염은 사실 자가면역의 핵심 원인이라는 것이다. 폴리바이오연구재단의 설립자인 미생물학자 에이미 프롤Amy Proal은 우리 몸에 어떤 세균이 있는지는 중요하지 않다고 했다. 그 세균들이 어떤 활동에 관여하는지, 우리 삶의 어떤 다양한 측면이 그 활동을 결정짓는지가 진짜 문제라고 말했다. 분명 20세기는 우리의 마이크로바이옴에 변화를 불러왔다. 서구에서는 감기처럼 끝이 안 나는 병을 치료하려고 수십 년 동안 항생제를 썼다. 약이 장에 사는 나쁜 세균

뿐만 아니라 '좋은' 세균까지 무차별적으로 죽일 수 있는데도 그랬다. 표준 미국 식단 또한 단기간에 가공식품을 섭취하는 쪽으로 급격히 옮겨 갔다. 가공식품이 장내 균 무리를 파괴하고 장내 투과율을 증가시킬 수 있다는 증거가 늘고 있다. 장내 투과율이 증가하면 음식 분자가 혈류로 들어가게 된다. 이 상태가 소위 '새는 장leaky gut'으로, 면역계가 이 음식 분자에 반응하면 식품 민감증과 자가면역 반응이 나타날 수 있다.[7]

스탠퍼드대학의 저스틴Justin Sonnenburg과 에리카 소넨버그Erica Sonnenburg 부부는 오늘날의 식단에는 좋은 세균의 먹이인 식물성 섬유가 부족하다고 강조한다. 미국인의 채소 세척 습관 때문에 섭취가 필요한 토양 기반의 세균 일부를 놓치고 있다고도 한다. 그 결과 하부 위장관의 균 무리는 영양이 부족하다. 시간이 지나면 미생물 무리 전체가 소멸하며, 식물성 식단으로 돌아간다고 해도 완전히 복구할 수 없다.[8]

게다가 서구에서는 제왕절개 수술을 많이 하는데, 아기들이 수술로 태어나면 산모의 질을 통과하며 미생물에 노출되는 과정을 거치지 못한다.[9] 2015년《소아과학Pediatrics》에 실린 논문에 따르면, 제왕절개 아기는 "천식, 구조적 결합조직병, 소아 관절염, 염증성장질환, 면역결핍증, 백혈병에 걸릴 위험이 의미 있게 증가했다." 별안간 내가 제왕절개로 태어났다는 사실도, 청소년기와 20대 시절에 안 먹어도 되는 항생제를 감기 때문에 여러 번 복용했다는 사실도 내 병력과 관련 있어 보였다.

이와 동시에, 서구인의 면역계는 1950년대 이래로 주변 환경에서 급격히 증가한 잠재적 독성 화학물질에 광범위하게 노출되어 있다. 면역계는 하루만에도 얼굴 크림, 디젤 배기가스, 스프레이 살충제, 산불, 종이, 플라스틱의 프탈레이트phthalate에서 나오는 화학물질과 마주할 수 있다. 2005년의 한 연구는 신생아 10명의 탯줄 혈액에서 발화 지연제, 살충제, 다이옥신 등 287가지 화학물질을 찾아냈다.[10] 2021년의 연구는 임산부 모체 및 태아 혈청에서 그전에는 인간에게 한번도 나오지 않은 55가지 화학물질을 발견했다.[11] 가슴 아픈 이야기지만 모유에는 드라이클리닝 화학물질, 도료 희석제, 발화 지연제 등의 화학물질이 들어 있다고 한다.

의학 저널리스트 도나 잭슨 나카자와Donna Jackson Nakazawa는 《자가면역이라는 역병The Autoimmune Epidemic》에서 이런 화학물질 일부가 우리 몸에 "자가면역을 유발하는autogenic" 효과를 낼 수 있다고 주장한다.[12] 발암물질이 암을 유발하듯, 자기 자신을 향한 공격을 일으킨다는 것이다. 실제로 아칸소아동병원의 캐슬린 길버트Kathleen Gilbert와 닐 펌포드Neil Pumford에 따르면, 페인트와 얼룩 제거제에 함유되어 있고 이제는 지하수와 흙에도 발견되는 화학물질인 트리클로로에틸렌TCE이 유전적으로 취약한 쥐의 T세포에서 자가면역 반응을 일으킬 수 있다고 한다.[13]

하지만 화학물질이 면역 매개 질환을 유발하는지, 만일 그렇다면 어떤 과정을 거쳐 유발하는지는 놀라우리만큼 알려진 바가 거의 없다. 이런 주제로는 연구자들이 연구비 지원을 받기 어려울 수 있다(수익성이 좋을 만한 약의 경우는 상관없다).

보이지 않는 질병의 왕국

화학물질이 인간에게 미치는 환경적 영향을 연구하는 분야에는 국립보건원 전체 예산의 6퍼센트도 안 되는 금액이 배정된다. 미국의 화학물질 규제는 최악인데, 1976년에 독성 화학물질의 사용 규제를 목적으로 제정된 독성물질관리법은 6만 2000가지 화학물질에 검사도 없이 예외를 적용하고 훗날의 규제에 대비하여 기준을 아주 낮게 잡았다. 미국의 화학 회사들은 그들이 다루는 물질이 면역학적 기능장애를 유발할 수 있는지의 여부를 밝히지 않아도 된다. 2016년의 법 개정에 따라 이제 환경보호국은 새로운 화학물질이 인간 혹은 환경에 해가 될 수 있는지 여부를 밝혀야 한다.[14] 그렇지만 유럽에서는 발암 오염 물질이라고 금지한 화학물질과 살충제를 미국은 계속 사용하고 있다.[15]

면역 매개 질환이 늘어난 궁극적 원인(혹은 원인들)이 무엇이든 간에, 감염이 중대 유발 요인이라는 사실은 점점 명확해졌다. 자가면역질환 연구의 아버지로 꼽히는 노엘 로즈는 이렇게 설명했다. "유전은 총에 해당합니다. 방아쇠를 당기는 것은 바이러스의 역할입니다." 연구자들은 이제 이 방아쇠의 생체 원리를 밝히기 시작했다. 나는 신시내티아동병원 의학센터의 자가면역 유전체학 및 병인학 센터 전 국장 존 할리 John Harley에게 전화로 여러 이야기를 들었다. 할리와 그의 팀은 엡스타인바 바이러스가 루푸스와 다발경화증과 그 외 여러 자가면역질환을 어떻게 유발하는지 그 과정을 설명할 수 있는 유전적 메커니즘을 찾아냈다고 밝힌 바 있다.[16]

아프기 전에는 다음의 사실을 잘 이해하지 못했다. 어떤 바이러스는 몸 안에서 절대 사라지지 않으며, 몇 년 동안 잠복한다. 그러다 면역계가 다른 감염과 싸우느라 바쁘거나 노화로 인해 면역 세포 생산이 줄어들어 바이러스를 억제하지 못하면, 다시 활성화된다(고통스러운 발진이 나는 대상포진은 면역계가 노화와 더불어 약해지면서 수두 바이러스가 재활성화되어 생긴다). 할리의 표현에 따르면, 잠복기의 엡스타인바 바이러스는 "B세포에 자리한 채 면역계로부터 숨으려고 애쓰며 아주 조금만 모습을 드러낸다." 이는 바이러스 내 유전자가 덜 활성화된다는 뜻이다. 그러다 나중에 재활성화되며 여러 새로운 증상을 유발하기도 한다. 일반적으로 면역계가 약해진 사람들에게 일어나는 일이다. 검사 결과에 따르면 나 또한 그랬다. 나는 면역계 내의 바이러스가 얼마나 중요한지 이해하기 시작했다. 아마 반복해서 감염되고 있는 것은 아니겠지만, 내 면역계는 바이러스를 억제하지 못하고 있었다. 이유가 문제였다. 내 병의 핵심이 이런 바이러스들이라면, 자가면역 반응을 일으키고 있는 것도 이 바이러스들일까?

특정 바이러스에 자가면역이 생기는 사람도 있고 아닌 사람도 있는 이유와 원리는 아직 확실히 밝혀지지 않았다. "지금으로서는 자가면역 유발에 정말 중요한 면역계의 요소와 아닌 요소 사이의 차이를 알지 못합니다." 할리는 현재의 연구가 오래된 라디오의 주파수를 미세 조정 방식이 아니라

보이지 않는 질병의 왕국

그냥 무작정 찾고 있는 상태 같다고 비유했다. 그래도 그가 보기엔 좀 더 포괄적인 이해를 향한 연구가 진행 중이다.

확실한 것은 자가면역이 유전자 문제만은 아니라는 점이다. 유전적 위험 요인이 있다고 해서 반드시 자가면역이 생기지는 않는다. 병리적 과정을 유발하는 뭔가가 있어야 한다.

에이미 프롤은 근육통성뇌척수염/만성피로증후군과 코로나 후유증처럼 감염으로 발생하는 병을 연구했다. 프롤 본인이 조지타운대학 의예과 학생 시절에 만성피로증후군을 겪었기 때문이다. 가장 아픈 시기에는 8개월 동안 침대에 누워서 지냈고 정신과에 가 보라는 말을 들었다. 결국 회복한 프롤은 의대를 졸업하고 오스트레일리아의 머독대학에서 미생물학으로 박사 학위를 받았다. 오늘날 프롤의 관심사는 병원체가 유전자 발현과 면역에 어떻게 기능장애를 유발하는지, 그리고 마이크로바이옴이 만성 염증성 질환 발생에 어떤 영향을 미치는지다.

프롤은 강한 병원체와 '잇따른 감염'이 근육통성뇌척수염/만성피로증후군, 치료후라임병증후군, 코로나 후유증처럼 진단도 치료도 어려운 질병 발생에 일조한다고 생각한다. "모든 주요 병원체는 살아남기 위해 면역계의 기능을 저해한다"(즉 어느 정도까지 억제한다). 그래서 라임병에 걸렸는데 치료를 받지 않았다면, 다음 감염에 취약해진다. "면역 반응이 더 줄어들고, 전에는 괜찮았을 신체 부위가 감염될 수 있다"라는 뜻이다. 내 경우도 그랬던 것 같다. 비유하자면 "내리막을 굴러가는 눈덩이와 비슷한 상태다."

그런데 인체는 장기뿐만 아니라 세포 조직에도 유기체가 풍부하다. 우리는 이제 막 이 점을 이해하기 시작했고, 그래서 상황은 더 복잡해진다. 프롤의 설명에 따르면, "우리라는 존재는 일부만 인간이다." 유기체는 화학적 부산물을 방출하는데, 이 부산물은 기분이나 신체 건강처럼 내가 "나 자신"으로 존재하기 위한 여러 요소에 영향을 미칠 수 있다. 프롤은 일부 염증성 질환이 이런 유기체의 불균형이나, 불균형이 면역계에 미친 영향으로 발생한다고 본다. 또한 혈액에서 발견될 가능성이 낮으며 세포 조직을 뚫고 들어가는 병원체도 염증성 질환을 유발할 수 있다.

내가 만난 여느 연구자들과는 달리 프롤은 '좋은' 세균과 '나쁜' 세균을 따지지는 않았다. 대신, 세균은 다양한 방식으로 활동할 수 있는 유기체라고 했다. 프롤은 '초유기체 superorganism' 혹은 '전생물체holobiont(숙주와 내부 미생물 군집의 통칭—옮긴이)'로서 인간이 지닌 항상성, 세균이 유전자 발현을 변화시키고 병을 일으키게 되는 과정과 이유에 더 관심이 있다. 일반적으로 면역계와 바이옴이 같이 추는 춤이 여기에 관련되어 있다고 본다.

프롤의 표현에 따르면 마이크로바이옴(장이든 다른 기관, 세포 조직, 또는 실제로 우리 입 안 생태계든 간에)과 면역계는 유치원 교실과 선생님이 맺는 관계와 비슷하다. 교실(마이크로바이옴)은 선생님(면역계)이 존재할 때는 질서가 있다. 하지만 선생님이 바이러스를 막기 위해 자리를 비우면, 바이옴은 나쁜 짓을 저지를 수 있다. 평소에는 모범생이다가도 제멋대로

보이지 않는 질병의 왕국

굴게 된다. 모두가 나쁜 행동에 휩쓸리며, 주변을 거의 부추기는 것이나 다름없는 화학적 신호를 방출한다. 프롤은 이런 설명을 했다. "포르피로모나스 진지발리스P. gingivalis는 잇몸 질환을 유발하는 대표적 병원체입니다. 많은 사람의 입 안에 이 균이 사는데, 일단 괜찮습니다. 그렇지만 면역계 상태가 좋지 않아 감시가 이루어지지 않으면, P. 진지발리스는 생물막을 만들자고 신호하는 분자들을 생산하기 시작합니다. 인접한 유기체들은 '우리도 생물막에 낄 수 있나?' 하고 행동하게 됩니다"(생물막biofilm이란 세균이 조직적 공동체 형태로 서식하며 서로 신호를 주고받는 얇은 구조물이다. 면역계의 공격을 막아내는 데 도움이 되는, 스펀지 같은 분자 그물망을 갖추고 있다). 이제 곧 치아는 잔뜩 손상된다.

그런데 자가면역질환자의 약 80퍼센트가 여성인 이유는 무엇일까? 복제된 X염색체(유전자 변이가 두 번 일어나게 된다)나, 면역계 조절에서 에스트로겐이 맡은 역할에 답이 있다.[17] 여성은 일반적으로 감염과 백신에 남성보다 더 강한 면역 반응을 보인다(남성이 여성보다 코로나로 사망할 확률이 더 높다). 또, 연구에 따르면 에스트로겐은 적응면역계의 B세포와 T세포의 '자가반응성autoreactive(내부 세포나 조직에 반응하는 경향)'을 촉진하는 방향으로 관여한다.[18] 자가면역을 주제로 한 어느 문헌 연구에 따르면 "임신 같은 광범위한 스트레스 기간이나 호르몬이 급격하게 변화하는 기간에 여성이 많은 자가면역질환을 앓는 경향이 있다."[19] 사춘기와 임신, 폐경 같은 내분비계 전환이 일어나는 시기에 특히 루푸스, 다발경화증, 류마티스관절염, 1형 당뇨병이 증가한다고 한다. 의대에서는 여성이 가임 기간(15~49세) 동안 자가면역질환을 앓을 가능성이 있다고, 임신 및 이후의 호르몬 변화 때문일 것이라고 가르친다. 폐경 전후 시기에는 항염증성 사이토카인의 수치가 줄고 전염증성 사이토카인의 수치가 증가한다고 한다. 이 시기의 여성은 몇몇 자가면역질환을 앓을 위험이 크다.[20]

후성유전학은 사람이 살면서 겪는 유전자 발현의 변화가 자가면역질환에 일조할 수 있음을 시사한다. 예전에는 라마르크가 아니라 다윈이 진화를 제대로 설명했다고 배웠는데, 이제 와서 경험이 다음 세대의 유전학을 결정지을 수 있다니. 고등학교 생물학 시험 때 암기한 내용과 전부 어긋난다. 그렇지만 후성유전학은 DNA 염기 서열의 변화 말고, 유전자 발현 스위치를 '켜고 끄는' 변화를 연구하는 학문이다. 이런 변화는 세대에 걸쳐 **전해질 수 있다**고 한다.

흡연, 야근, 감염, 스트레스, 굶주림 등 모든 사건이 신체의 후성유전적 변화를 초래하며, 일부는 다음 세대로 전해진다고 밝혀졌다. 단백질이 유전자에 접근하는 방식 혹은 유전자를 '읽는' 방식이 달라지면서 유전자 발현에 영향을 미치는 것이다.

이렇게나 빠른 속도로 복잡해진 학문이라니. 그런데 연구자 친구가 후성유전학에 관해 가르쳐 준 어느 쌀쌀한 날 오후, 내 머릿속엔 어떤 이미지가 떠올랐다. 세상 모든 책을 소장한 광대한 도서관에서 책더미들이 DNA의 이중나선처럼 빙빙 꼬인 모양으로 돌아가는 모습이다. 책 중 일부는 책등이

보이지 않는 질병의 왕국

드러나 있어 도서관을 둘러보는 사람이 다가가기 쉽다. 나머지 다른 책도 눈에 띄도록 책더미가 회전하지 않는 한, 이런 책은 더 자주 읽히고 활용될 것이다. (DNA는 우리 몸이 언제든 사용할 정보보다 더 많은 정보를 갖고 있다고 할 수 있다.) 이 같은 메커니즘 중 하나가 '메틸화'로, 일부 유전물질이 우리 삶에서 더 큰 역할을 맡게끔 한다.[21] 메틸화 과정이 달라지면, 자가면역질환과 면역 기능 이상이 생길 수 있다.[22] 이런 일이 왜 어떻게 일어나는지는 여전히 연구 중이지만 말이다. 후성유전은 인생의 경험이 생명 현상을 빚는 여러 방식 가운데 하나다. 그 과정에 대해 더 많이 알게 된다면, 의학이 환자마다 다른 **개별적** 요인에 관심을 기울이게 되리라고 희망을 걸어 본다.

이런 기대는 트라우마와 스트레스라는 요인에 대한 생각으로 이어진다. 한창 아팠던 시절, 누군가(남성) 이런 말을 했다. "아픈 사람을 보면 꼭 유년 시절 트라우마가 있거나 과도한 스트레스를 받는 A형(마이어 프리드먼과 로이 로젠먼이 명명한, 심장병에 걸리기 쉬운 행동 유형—옮긴이) 여성이더라. 왜 그렇지?" 답은 모르겠으나, 그 사람의 말이 완전히 틀리지는 않았다. 연구자들은 스트레스와 트라우마를 구별하긴 해도(의학계에서 스트레스란 관찰이 가능하고 겉으로 드러나는 상태를 가리키는 한편, 트라우마는 심리학의 영역으로 간주하는 편이다), 둘 다 교감신경계와 부교감신경계의 관계에 영향을 주고 호르몬에도 작용하여 면역계에 관여하는데 그 복잡한 과정은 이제 막 알려지기 시작했다.[23]

호르몬이 우리 몸의 여러 체계와 기관을 연결하는 되먹

임 회로feedback loop라고 생각해 보자(정확히 현대 의료계가 취급하지 않는 전체적 관점이다). 이런 관점에서 보면, 트라우마와 스트레스로 인해 인체가 잦은 주기로 긴장 상태에 놓일 때 '자율신경기능이상'으로 보이는 일련의 증상이 나타날 수 있다. 서로 복잡하게 연결된 상태에서 작은 이탈이 일어나면, 그 증상은 순전히 심리적 원인으로 몸이 아픈 심신질환처럼 보이기도 한다.[24]

그런데 스트레스나 트라우마는 병의 생리적 특성이나 실체를 자세히 살펴보지 않을 핑계가 되곤 한다. 복합 만성질환은 실로 끔찍한데도, 건강한 사람들은 스트레스나 트라우마를 해소하면 된다는 식으로 들먹인다. 궁극적으로 병을 책임질 주체는 시스템이 아니라 병에 걸린 개인이라는 것이다.

이처럼 자가면역질환이며 알레르기, 천식, 식품 불내증이 전통 사회에 비해 현대 서구에서 증가하는 이유는 다양한 설명이 가능하다. 위의 논문들을 읽으면서 후기 자본주의 시대가 가하는 압박, 환경오염, 불안, 질 낮은 식품 산업, 항생제 남용, 끝없는 스트레스 요인, 허약한 사회 안전망(적어도 미국은 그렇다)에 관해 생각하게 되었다. 세대마다 자신의 마이크로바이옴과 환경을 해치고, 이를 다음 세대에 넘겨 준다. 다음 세대의 마이크로바이옴과 환경은 식품과 화학물질에 의해 더 손상된다.

그런데 어떤 요인들이 어떻게 합쳐지면 누구한테 이런 병이 생길까? 하루는 상태가 좋다가 다음날이면 통증이 마치 마구 날뛰어 푸닥거리해야 할 영혼처럼 곳곳에 몰아치는 이유는 무엇일까? 아직은 답을 모른다. 정형외과전문병원HSS 소속의 여성 및 류마티스병 특화 바버라볼커센터 국장 마이클 D. 록신Michael D. Lockshin은 저서 《폐허가 된 탑의 왕자: 시간, 불확실성 그리고 만성질환The Prince at the Ruined Tower: Time, Uncertainty and Chronic Illness》에 이렇게 썼다. "이제는 인정한다. 내 환자와 학생, 내가 사는 세상의 상당 부분은 불확실성으로 이루어져 있다. 불확실성을 시야에서 가릴 필요는 없다. 그것은 두려움의 원인이 아니다. 사용법을 익힐 수 있는 하나의 도구일 뿐이다."[25] 록신이 보기에, 자가면역질환 치료의 핵심은 불확실성을 포용하는 일이다.

환자로서의 내 인생은 19세기 시인 존 키츠의 편지 한 편을 다시 읽은 어느 날부터 달라졌다. 예술가를 위대하게 만드는 요소에 관한 내용이었는데, 이 편지를 쓸 당시 키츠의 어머니가 폐결핵으로 세상을 떠났다. 그때의 폐결핵은 원인도 잘 모르고 알려진 정보가 거의 없는 질병이었다. 형제 톰이 곧 어머니의 뒤를 이었고, 나중에 키츠 본인도 죽게 된다. 20대 초반의 키츠는 형제들에게 보내는 편지에다 그럭저럭 괜찮은 예술가와 위대한 예술가의 차이를 낳는 특성을 설명했다. 키츠가 말하는 "소극적 수용력Negative Capability"이란 "사실과 이성을 성마르게 따르지 않고 불확실성, 신비, 의심을 삶의 일부로 받아들이는" 능력을 말한다.[26]

폐결핵이 가족을 강타한 광경을 목격하고서 "불확실성 속에서 살기"가 필요하다고 결론을 내리다니, 내가 어찌 빠져들지 않을 수 있을까. 사실상 키츠의 소극적 수용력 이론은 고통 앞에서도 잘 살기 위한 비결처럼 보였다. 눈앞에서 벌어진 상실과 그로 인한 고통에서 도출된 심오한 깨달음이었다(만성질환자는 안다. 산다는 것은, 불확실성 속에 존재한다는 뜻이다). 나는 키츠의 글이 고마웠다. 덕분에 나 같은 환자는 인간의 경험을 기록한 기존 지도에 의지해서 살지 않는다는 사실을 새삼 떠올렸다.

사실 내 병이 남들 눈에 보이지 않는다고 느낀 것은, 미국 문화와 그 안에 자리한 미국 의료가 대체로 우리는 여전히 병에 대해 아는 바가 별로 없다는 점을 무시하려고 애쓰기 때문이란 걸 깨달았다. 어느 의사 친구는 의대 시절, 환자에게 "모릅니다"라는 말을 절대 하지 말라고 대놓고 배웠다고 했다. 의사에게 불확실성이란 법적 소송으로 가는 길로 여겨졌다. 미국인에게는 불확실성을 대체하는 구호가 있다. **그냥 해라. 너를 죽이지 못하는 것은 너를 더 강하게 만든다.** 환자로서 내가 작정하고 "사실과 이성을 성마르게 따른" 것도 놀랍지 않다. 나는 키츠가 위대한 "신비의 은밀한 속내"라고 명명한 영역에 가 닿지 못한 채, 억지로 경계의 세계에 머물렀다. 그곳은 불편하고 불만족스러운 공간이었다. 특히 미국이 역경에 맞서 거두는 승리를 높이 평가하는 문화, 회복을 고집하는 문화라서 더욱 그러했다.

이제 책을 쓰고 있으면서도, 내가 만성질환자이고 내 삶은 영원히 달라졌다는 사실을 수긍할 때면 슬픔이 파도처럼 솟구친다. 병을 앓는 동안 가장 힘들었던 경험은 내 문제가 무엇인지 알아낼 수 있을지 없을지가 불확실하다는 사실을 인정하는 일이었다. 언젠가 의사는 내 병명을 찾아낼 것이다. 그러나 그동안 나는 해답과 치료법과 치유로 가는 길을 잃어버린 사람, 지식 격차 속에서 헤매는 사람들 가운데 한 명이 될 것이다. 의학 지식의 경계에 선 사람들에게도 확실한 한 가지가 있다면, 다들 그 틈에서 함께 산다는 점이다. 키츠는 형제 톰의 죽음에 이어 감염병이 런던을 휩쓸며 고통이 번져 가는 상황을 목격하고, 그 경험에서 미적 통찰을 구했다. 키츠는 편지에 삶이란 "영혼이 만드는 계곡"이라고 쓰기도 했다.[27] "지성을 가르치고 영혼을 구하기 위해서는 고통과 고난의 세계가 얼마나 필요한지 모르시겠습니까?"

분명 우리 누구도 아픔을 선택하지는 않았다. 그렇지만 아픔을 겪는다면, 우리가 사는 해답 없는 세계를 남들도 알아주었으면 하는 마음을 품을 수 있다. 지금 내 치료를 맡은 류마티스 전문의(멘토가 마이클 D. 록신이다)를 처음 찾았을 때, 그는 내 검사 결과에 담긴 불확실성을 언급했다. 자가면역성 갑상샘염이라고 단정할 수 없을 뿐 아니라 하나의 특정 질병으로 진단할 수 없는 예외적 상태라는 것이다. 류마티스 전문의들이 아직 확실히 모르는 어떤 면역 기능장애, 확인되지 않은 결합조직병 같다고 했다(나는 여전히 항핵항체 검사에서 양성이었다). 앞으로도 계속 찾을 의사를 만났다는 생각이 들었다. 그는 검사 결과의 불확실성 앞에서 내가 아프지 않다는 결론을 내리지 않았다. 대신 나를 아프게 한 질병의 정체를 과학이 아직 다 알아내지 못했다고 판단했다.

2부

미스터리

The Invisible Kingdom

10

은유로서의 자가면역

"미안하지만 내가 누군지 설명할 수
없을 것 같아요." 앨리스가 말했다.
"보다시피 나는 나 자신이 아니거든요."

◆ 루이스 캐럴,《이상한 나라의 앨리스》

아무리 애써도 병의 윤곽이 잡히지 않고 그저 모호하기만
해서 몸서리쳤던 기억이 지금도 생생하다. 캘리포니아에서
돌아온 뒤로 세상이 안개 가득한 고원처럼 보였다.

　　대학 시절 문학 동아리에서는 흔히 자아란 단일한 존재
혹은 한결같은 존재로 경험되지 않으며, 여러 요소로 구성된
일종의 건축물이라고 말하곤 했다. 그 시절 건강했던 나는 목
판을 댄 세미나실에 앉아 의기양양한 투로 에머슨Ralph Waldo
Emerson의 표현을 빌려 "사람에겐 여러 가지 기분이 있고, 기분
끼리는 서로를 믿을 수 없어요"라고 하거나 "나는 타자다"라
는 랭보Arthur Rimbaud의 표현을 즐겨 말했다. 하지만 건강을 잃
은 나는 그때의 내가 얼마나 틀렸는지 안다. 의심의 여지 없이
자아 같은 것은 존재한다. 내가 잃어버려서 알고 있다. 사라진
그것은 이제 희미한 기억, 한때의 나는 달랐다는 직감으로나
존재했다.

　　　　　　　　　　　　　　　보이지 않는 질병의 왕국

이런 맥락에서, 내 병은 나라는 사람의 정체성에 대해 생각해 보라고 떠미는 역할을 맡았다. 학자 미리엄 베일린Miriam Bailin이 빅토리아 시대의 병실을 다룬 저서에서 "자아를 몰아붙이는 곳"이라는 표현을 썼는데, 그런 역할이었다. 베일린은 19세기에 열병이란 환자의 삶과 관련된 뭔가를 의미했다고 설명한다. 소설에서 열이 나는 장면은 주인공이 영혼의 위기에 처했다는 뜻으로, "개인적, 도덕적 혹은 사회적 회복을 향한 관습적 통과의례"를 거치는 일이었다.[1]

내 경우, 회복은 환상이나 다름없었다. 그렇지만 병을 계기로 내 자아를 따져 보게 되었다는 생각을 안 할 수가 없었는데, 나 혼자만 그런 것도 아니었다. 내가 참여한 야후나 페이스북의 그룹을 살펴보니, 흔히 환자 본인의 개인적 선택과 자가면역질환이 대립하는 양상을 띤다는 것을 알게 되었다. 이들은 병이 내면의 다툼을 은유하며, 일종의 판결이라고 받아들였다. 심지어 병의 원인이 유전적이라고 해도 말이다. 10대 시절 거식증을 앓은 어느 젊은 여성은 이런 말을 했다. "자가면역은 내 몸이 **문자 그대로** 나 자신을 파괴하는 상황을 은유한다는 느낌을 받았어요. 다른 병은 사람이 맞서 싸울 외부의 대상이죠. 암을 앓는다면 암과 싸울 수 있어요. 그렇지만 자가면역질환자는 무엇과 싸우고 있는 걸까요? 나는 나 자신의 면역계와 싸우나요? '나'는 나의 면역계일까요? 아니면 공격당하는 장기일까요? '나'는 누구일까요?" 이 여성에게 자가면역질환은 자기 몸과 벌인 싸움에서 가차 없이 자라난 존재, 내면의 갈등을 구현한 존재였다.

나와 의견을 나눈 많은 환자가 자가면역이, 19세기의 열병이 그랬듯 진짜 자기 모습을 더 자세히 들여다보게끔 밀어붙인다고 여기는 것 같았다. 내가 속한 온라인 지지 모임의 여러 여성은 자가면역질환을 계기로 가짜 인생을 사는 자기 모습을 정면으로 마주하라고 권했다. 본인 말고 주변인을 위해 모든 것을 바쳤다고 느끼는 지친 엄마와 아내, 학대받는 관계에 발이 묶인 여자들, 전근대적 시절을 향한 향수에 젖은 채 전자레인지나 사무직 직장이 미덥지 않은 남자들. 그들 모두 잘못된 개인적 선택을 내린 까닭에 자가면역질환을 앓게 되었고, 자가면역이 몰아세운 까닭에 진짜 자신이 누구인지, 어떤 존재가 되었는지 다시 생각하게 되었다고 믿었다. 20세기 후반과 21세기 초반의 대중적 서사에서 자가면역은 병 자체는 개인마다 다르게 나타나되, 몸과 마음을 함께 치유해야 하는 질환으로 그려진다. 앤더슨과 맥케이는 《과민한 몸》에서 자가면역이 정체성 위기의 계기가 된다는 점에서 "20세기 후반의 도화선 병리학"이라고 언급한다.[2]

"무슨 말을 건네려는 걸까?" 나는 베트남 해변에서 팔에 난 발진을 보며 자문했었다. 질병이 메시지를 건네려 한다니, 좀 이상해 보일 수 있다. 그렇지만 잘 알려지지 않은 질병은 다른 무언가의 상징이 된다. 자가면역 환자들은 자신의 증상을 심리적으로 해석하는데, 현대의 다른 병은 이런 식으로 해석될 일이 거의 없다. 애초에 자기 몸을 보호하도록 고안된 면역계가 바로 그 몸을 공격하니, 뭔가를 은유한다고 여기게 되는 것이다.

보이지 않는 질병의 왕국

"모든 자가면역질환은 자살이라는 은유를 불러낸다. 신체가 내부에서 자기 자신을 파괴한다"라고 시인이자 에세이작가 세라 망구소Sarah Manguso가 날카로운 통찰력이 돋보이는 회고록《두 종류의 쇠퇴The Two Kinds of Decay》에 썼다.[3]

시선을 던지는 어디에나 이런 식의 생각이 있었다. 어느 날 유기농 슈퍼마켓 홀푸드의 계산대에서《팔레오 매거진 Paleo Magazine》을 훌훌 넘겨보는데, 자가면역질환을 다룬 어느 글의 한 대목이 눈길을 끌었다.

자가면역질환은 정체성을 오해한 사건이다. 나와 나 아닌 것 사이의 선이 흐려진다. (…) 증상은 도움을 청하는 몸의 울부짖음이다. 분노를 사랑으로 대체하라는 조언은 온화한 뉴에이지 철학처럼 붕 뜬 말이 아니다. 연구에 따르면 부정적 감정으로 인해 염증이 늘어난다. 그러니 오랫동안 자기 몸에 화가 난 사람이라면, 용서하는 연습을 시작하라. 가장 큰 이득을 얻게 될 것이다.

자가면역이 신체 내부에서 벌어지는 전투라고 여긴다면, 환자는 과학이 건넨 은유를 받아들이는 셈이다. 20세기 중반의 연구자들에게 면역계란 외부에 맞서 신체를 방어할 뿐만 아니라 근본적으로 자아를 관용하도록 고안된 체계였다. 11월의 어느 비 내리는 날, 맨해튼의 보어리호텔에서《과민한 몸》의 공동 저자 워릭 앤더슨을 만났다. 앤더슨은 역사학자다운 열정으로 면역을 살피면서도, 역시나 역사학자다운 조심성으로 어떤 정보가 명확한지 확인했다. 앤더슨의 설명에 따르면, 1948년 오스트레일리아의 바이러스 학자 프랭크 맥팔레인 버넷이 면역계는 신체 내부 조직을 관용하는 법을 익힘으로써 자기와 비자기를 구별할 줄 안다는 이론을 제시했다. 나중에 버넷은 이 연구로 노벨상을 받았다. 논문에서 버넷이 결론 내렸듯, "자기와 비자기의 구별이 아마도 면역의 기본일 것이다."[4]

버넷이 마련한 기본 개념인 자아와 관용은 오늘날에도 여전히 많은 연구자가 면역계와 자가면역을 설명할 때 사용한다. 면역 세포가 보통 자신의 신체 조직을 공격하지 않는 이유를 설명하기 위해 자아라는 표현에 아직도 크게 의존하는 것이다. 앤더슨이 볼 때 버넷의 공로는 기본적으로 "면역계가 외부 물질에 맞서 신체를 방어하는 것 말고, 자기 몸을 관용하는 것이 진정 흥미로운 주제다"라고 부각했다는 점이다. 그렇지만 지금은 자아가 관용을 넘어서는 상황이 되어 버렸다고, 앤더슨이 2014년 글에서 언급한 바 있다.[5] 어쨌든 면역계는 신체 조직을 관용하는 법을 배우고, 어떤 것은 병원성이고 또 어떤 것은 병원성이 아닌지를 배운다는 설명 또한 주목해야 한다(이 역동적 과정은 배아 발생 시기에 대부분 일어난다는 것이 버넷의 생각이었다).

버넷은 사실 처음에는 '자기self'가 과학 용어가 아니어서 사용을 주저했단다. 하지만 결국에는 '자기'에 손을 들어 주었다. 그가 프로이트와 프랑스 철학자 앙리 베르그송에 관심이 많았기 때문인지도 모른다. 앤더슨은 "버넷이 철학을 염두에 두지 않았다면, 자기의 관용 같은 발상을 절대 떠올리지 못했을 겁니다"라고 말했다. 어떻게 보면, 면역학이 신체 조직을 언급하기 위해 '자기'라는 표현을 쓴 것과 보통 사람들이 개인의 정체성을 언급하기 위해 같은 표현을 쓴 것은 용어를 둘러싼 우연의 일치다.

게다가 대중문화도, 의학도 인간을 보호하는 용맹한 힘이라는 틀을 면역계에 씌웠다. 중립적으로 표현하자면 선천면역과 후천면역 모두 세포가 병원체와 독소 같은 것들에 반응하는 것이 특징이다. 큰 백혈구인 대식세포는 본디 바이러스나 독소를 마주하면 잡아먹는다. 과학자들은 이 행위를 '수색과 섬멸' 임무 수행에 비유했다. 면역 세포가 '침략'해 온 병원체를 '공격'하고 '제압'하는 것이다. 이는 우리 대부분이 면역을 상상하는 방식이기도 하다. 민족주의 군사 사업, 자연의 방어 시스템으로서의 면역계(이 부분의 글을 쓰면서 '완파'와 '방어' 같은 용어를 뺄 수가 없었다).

코미디언 조지 칼린George Carlin이 퓨렐(손 소독제 브랜드─옮긴이)이 등장하기 전의 유년 시절을 회상한 글을 보면, 이런 식의 비유가 사람들의 생각에 얼마나 깊이 뿌리내리고 있는지 알 수 있다. 칼린의 면역계는 "야간 투시 장치와 레이저 장치를 갖춘 군용 자동 돌격 소총에 맞먹는다."

나의 백혈구는 순찰을 맡는다. 혈류를 살피며 낯선 존재와 바람직하지 않은 것들을 찾는다. 무엇이든 조금이라도 의심스러워 보이는 세균을 발견하면 가만히 있지 않는다. 무기를 다급히 꺼

내어 놈들을 해치운 다음 대장에 바로 집어넣는다! 대장에! 간단하다. 미란다원칙을 고지하는 일은 없고, 스트라이크 세 번이면 아웃인 규칙도 없다. 초범이어도, 쾅! 대장으로 간다.[6]

칼린처럼 사람들은 면역을 개인의 강력한 방어 체계로 여기곤 한다. 또는 바버라 에런라이크의 표현처럼 "대개 투명한 보호 망토 같은 마법적 대상으로" 생각한다.[7] 이렇게 감정이 개입되면, 면역계는 어쩔 수 없이 뭔가 좋은 것이 되어 버린다. 그러나 에런라이크는 면역계가 "몸을 돌아다니며 새 종양을 퍼뜨려 심으려는" 암세포를 "돕는" 일도 한다고 지적한다.[8] 2008년 《사이언티픽 아메리카Scientific America》에 실린 논문에 따르면, 대식세포는 본디 병원체를 삼키는 선천면역 세포지만 암세포에 의해 "재교육"을 받아 종양을 키우는 "공장"이 될 수 있다.[9]

이렇게 우리 몸을 지키고 적을 공격하는 집단으로 백혈구를 의인화하면, (간세포와는 별개로) 면역계는 은밀한 방어자라는 특별한 입지를 더욱 다지게 된다. 자가면역질환을 앓으면 이 면역계가 몸을 방어하는 대신 공격한다. 그러니 자연히 배신감이 드는 것이다. 이런 맥락에서 환자는 배신하는 동시에 배신당하는 존재인 셈이다. 은유는 사고방식을 결정짓는다. 항체가 균의 습격에 맞서 싸우는 군인이라면, 자가면역은 아군이 실수로 포격하는 상황이 되고 만다. 이런 식으로 마음을 파고드는 은유를 어떻게 따지고 들지 않을 수 있을까?

아마 내가 이런 은유를 왜 그리 걱정하는지 감이 잘 오지 않을 것이다. 환자가 질병에 관해 **사고**하는 방식이 왜 중요한지 궁금할 수 있다. 그렇지만 이런 암시는 나에게도, 이 책을 쓰는 동안 인터뷰한 사람들에게도 깊은 영향을 미쳤다. 자기 자신을 벌하지 못한 개인적 실패의 결과 병을 앓게 되었다고 여기는 사람이 많았다.

면역계에 군대의 은유를 씌우고 개인적 의미를 중시하면, 사실 자가면역은 우연일 뿐이라거나 혹은 실로 사회적이고 구조적인 원인이 있는 문제라는 사실을 가리는 셈이다. 어떤 면에서 우리는 속고 있다. (예를 들어) 스트레스를 받는 시기에 바이러스에 감염되거나 드라이클리닝 약품에 든 자가면역 유발 화학물질을 접하는 바람에 생긴 면역의 결과를, 환자의 정체성에 관한 진지한 논평으로 해석한다면 비합리적인 일이다. 자가면역을 일종의 자살로 보는 관점 또한 비슷하다. 결국에 암 또한 자기 세포가 틀어져 통제가 안 될 만큼 마구 증식하는 질환이지만, 그래도 암은 맞서 싸우는 타자로 여긴다. 사회는 대놓고 "암과의 전쟁"을 선언했다.[10] 반면 면역계와 전쟁을 벌인다는 개념은 곧바로 이상한 느낌을 주는데, 어떤 의미에서 항체는 바로 나 자신처럼 느껴지기 때문이다.

이런 혼란은 면역학의 '자기'라는 표현에 뿌리를 두고 있긴 한데, 질병이 형이상학적 상태의 형이하학적 표현이라는 개념은 새롭지 않다. 서구 유대 기독교의 가치관에 깊이 박힌 이 개념은, 병은 죄와 얽혀 있다는 기독교적 사고까지 짚어 볼 수 있다. 성경 야고보서 5장 16절에는 "너희 죄를 서로 고하며 병 낫기를 위하여 서로 기도하라"라고 되어 있다.[11] 기독교에서 병이란 영혼이 더러워진 신호로서 죄를 은유한다. 복음서에는 아픈 사람이 믿음을 받아들이면 병이 낫는다고 나온다. 'pain(통증)'의 유래는 라틴어 'poena' 즉 'penalty(처벌)'로 거슬러 올라가는데, 이 단어는 훗날 '벌'을 뜻하는 고대 프랑스어 'peine'으로 이어진다. 20세기에 프로이트와 그 제자들은 병을 심리적 갈등의 표현으로 해석하여 이 개념을 업데이트했다. 이제 신체 증상은 죄의 신호가 아니라 터부 혹은 억압된 감정을 알리는 신호가 되었다. 이것도 여전히 은유다.

오늘날 달라진 점이 있다면, 세속적이고 개인화된 문화 속에서 정체불명의 병은 필연적으로 **진정한** 자기 모습을 찾아서 개선할 기회로 여겨진다는 것이다. 자기 자신을 찾지 못해 혼란한 사회는 여러 대상에 집착하는데, 정체불명의 병 또한 궤를 같이한다. 돌봄이 거의 없는 나라에 스스로 적응하는 서글픈 모습을 반영하는 것이기도 하다. 이렇게 개인의 깨달음을 중시할 때, 우리 자신이 아니라 사회 구조 자체가 잘못되었다는 현실은 가려진다. 지원 제도는 낙제점이고, 화학물질 규제는 부족하고, 식품 사막(식료품점이 부족하거나 멀어서 신선한 식품을 구하기 어려운 현상—옮긴이)이 생기고, 의료 제공 또한 얼기설기 이루어지는 현실을 보라. 환자는 자가면역을 궁극의 자기 관리 프로젝트로 받아들인다. 그렇지만 사실 자가면역은 사회 집단에 결함이 있음을 보여 주는 질병이다. 자가면역이 무엇이든 고발한다면, 우리의 개인성을 고발하는 것이 아니라, 사회적 문제를 지금 이곳의 시민 공동체가 지닌 집단적 결함으로 보지 않고 개인의 문제로 보려는 욕구를 고발한다.

자가면역을 사고하는 다른 길도 있다. 1990년대에 면역학자 폴리 매칭거Polly Matzinger는 자기/비자기 모델에서 면역계가 외부 물질에 거의 모든 관심을 기울인다고 보는 대목에 주목했다. 매칭거는 '위험 모델'이라는 다른 모델을 제안한다.[12] 면역계가 외부 물질 대신 무엇이 **위험한** 물질인지 밝히는 데 중점을 둔다는 이론이다(매칭거의 이론은 가장 큰 면역 미스터리 가운데 하나를 해결했다. 면역계가 태아의 존재를 관용할 수 있는 이유를 이해하게 된 것이다. 그의 이론에 따르면 태아는 위험하지 않기 때문이다). 면역계는 화학적 구조 신호에 반응할 준비가 되어 있는데, 외부 물질 말고 신체의 손상된 세포에서도 구조 신호가 올 수 있으므로 자가면역질환이 일어난다는 것이 매칭거의 생각이다. 이 모델에서 자가면역은 자기와 전투를 벌인 결과가 아니라, 몸이 생리학적으로 부정확하게 기능한 결과다. 세포 복제가 틀어지는 것처럼 말이다. 이런 의미에서 자가면역은 자기 자신에 맞선 자기의 투쟁이 아니라, 현대 사회의 화학물질과 바이러스, 트라우마, 오염이 축적된 먹이사슬을 표현하는 사건이다. 당연한 이유로, 위험이 온 사방에 있다고 확신한 신체의 표현이다.

매칭거의 이론을 어떻게 받아들이든 간에, 이 이론을 살펴보면 기존 면역학 용어의 상징적 암시가 여전히 환자와 의사 모두 비슷한 방식으로 자가면역을 받아들이게끔 유도한다는 생각이 든다. 신체가 자기 자신을 공격한다는 식의 설명 말이다. 이런 모델에서 환자는 자기 삶에 관한 양분된 감정이 증상을 만들어 냈다는 생각을 거부하지 못하게 된다.

그리하여 자가면역을 둘러싸고 현대 서구 문화 내부의 대립과 모순이 넘쳐난다. 그 핵심에는 갈등이 있다. 그런데 내 생각에 그 갈등은 개인적 갈등이 아니라 사회적 갈등이다. 내가 인터뷰한 사람들도 본인의 질환이 사회정치적 차원에서 다룰 문제임을 인식하긴 했다. 그렇지만 아이러니하게도 그들은 자기 자신에게 뭔가 문제가 있으며, 가짜 인생을 살아서 스트레스로 지치고 불행해진 만큼 그 인생을 고치는 일 또한 오롯이 자신에게 달려 있다는 관념을 내면화했다. 내가 그랬듯이 말이다.

미국인 수천만 명이 자가면역질환으로 시달리고 있는데도 미국에는 자가면역 전문 병원이 거의 없다. 화학물질을 규제하거나 도심부 저소득층 거주 지역의 식품 사막 문제를 개혁하려는 활동도 거의 없다. '흑인의 생명도 소중하다Black Lives Matter' 운동 말고는 구조적 인종차별을 타파하려는 움직임도 거의 없다. 구조적 인종차별은 신체를 소모시키는 요인으로, 이런 식의 소모를 '풍화weathering'라고 부른다. 힘들고 때로 외로운 개인들은 오히려 글루텐이나 달걀이나 드라이클리닝 한 옷이 증상을 악화시키는지의 여부를 홀로 알아내려고 애쓴다. 밤이면 그들도 나처럼 부엌에서 가족이 먹을 음식을 만든 다음 본인이 먹을 음식을 따로 만든다.

자가면역이 갈등을 겪는 자아의 표현이라고 보는 관점

은, 병의 원리를 설명하기보다는 사회의 현 상태를 강화하는 목적에 기울어져 있다고 말할 수 있다. 이런 관점의 첫 번째 문제점은, 환자 본인이 (때로 환상에 불과한) 증상을 통제하는 데 집중하고 노력할 수 있다는 이야기로 통한다는 것이다. 환자와 거의 아무런 관계없는 의사가 11분 면담에서 임상 언어로 전달하는 설명과 달리, 이 관점은 질병에 전기적biographical 의미를 부여한다. 환자는 고통스럽긴 해도 스스로에게 약간의 통제력을 허락하고, 몸과 영혼 둘 다의 치유를 약속하는 이야기를 스스로 만들어 낸다. 그렇게 병은 사회적 쟁점이 아니라 개인의 문제가 된다.

두 번째 문제점은, 이 환자들이 우리 사회가 고민할 문제가 아니라는 인상을 준다는 것이다. 병을 자초한 사람들, 질병에 **빠진** 사람들은 스스로 문제를 해결해야 한다. 그들의 병은 개인적 문제다. 부정적 사고에 빠져서 인생을 어렵게 보고 있다면, 그런 관점 또한 그들이 극복하거나 받아들여야 하는 부분이다.

신경쇠약을 앓는 민감한 모습이 19세기 병자의 대표적 이미지라면, 20세기 병자의 대표적 이미지는 건강 문제에 지나치게 개인적으로 몰두하는 모습이다. 그래서 사람들은 병자가 까다롭거나 지나치게 예민하다고 밀어내고는, 정신없이 바쁘고 끝도 없이 관계가 이어지는 생산적인 삶으로 돌아가는 것이다. 예일 의대 외과의였던 버니 S. 시겔Bernie S. Siegel은 베스트셀러 《사랑, 의학, 기적Love, Medicine and Miracles》에 "치유할 수 없는 병이란 없고, 치유할 수 없는 사람만 있을 뿐이다"

라고 썼다.[13] 이 나라의 많은 사람이 새로 출현한 코로나바이러스에 비슷한 태도로 반응했다. 놀랍지 않다. 고령이거나 기저 질환이 있어 코로나19가 치명적인 집단은 그냥 집에 있으라고, 그래야 나머지 사람들이 마스크를 안 쓸 수 있다고 많은 미국인이 주장했다. 설사 이런 전략이 이미 코로나로 사망한 사람보다 더 많은 사람을 죽게 하는 결과를 낼 수 있어도 그래야 한다고 했다.

누구든 내적 갈등을 안 겪는 사람이 있을까? 피할 수 없는 불운으로 고생하게 되면 맨 처음에 "왜 하필 나야?"라고 묻지 않을 사람이 있을까? 내가 왜 아픈지 아무도 이유를 정확히 말해 주지 않는 상황이라면, 스스로 병에 관한 이야기를 만들어 내는 일은 놀랍도록 쉽다. 왜 나일까? 나 때문이다. 환자는 병과 자기 자신을 동일시하고, 어떤 식으로든 스스로 병을 유발했다고 느낀다. 앨리스 제임스는 미진단 질환을 앓는 이유가 자기 자신에게 있다며, "나는 정말 기괴한 존재일 거야"라고 일기에 썼다.[14] 20세기 초에 다발경화증을 앓다 세상을 떠난 영국의 자연사 연구가 W. N. P 바벨리언Barbellion은 몸이 천천히 쇠락해 가는 과정을 기록했는데, 그가 남긴 탁월한 일기의 마지막 단락에도 '자기혐오'가 읽힌다.[15] 내 영혼은 그 먼지 날리는 슬픔 앞에서 전율했다.

의학 논문에는 기록되지 않았지만, 다음은 내가 아는 아픈 사람 모두에게 진실이다. 객관적 질병으로 인식되기 전 단계의 병은 심리적 문제로 보이는 불안감을 부르며, 몸과 마음을 동일시하게끔 이끈다.《환자가 이해하는 병의 해부학

Anatomy of an Illness, as Perceived by the Patient》을 쓴 작가이자 편집자인 노먼 커즌스Norman Cousins는 장애를 일으키는 결합조직병을 앓았다. 병이 급격히 악화되기 전날 밤에 러시아에서 뉴욕으로 이동했는데, 공항에서 코네티컷의 집으로 차를 몰고 가면서 "뼛속 깊이 불안감이 느껴졌다".[16] 불안unease과 편함에서 멀어진 상태dis-ease는 구별이 어렵다. 불안(혹은 편함에서 멀어짐)은 질병보다 먼저 오는 것일까? 아니면 병리적 과정 이후에 오는 것일까?

어느 날 밤 엄마와 함께하는 꿈을 꾸다 잠에서 깨어났다. 우리는 개나리가 핀 브루클린의 거리를 걸었는데, 둘 다 행복해서 울며 서로를 바라보았다. 엄마가 너무 그리운 나머지 내 몸 가운데에 구멍이 난 기분이었다. 밤거리의 오렌지 빛 조명이 작은 침실 블라인드의 널 사이로 기묘하게 새어 들었다. 짐은 편안한 얼굴로 내 곁에서 잠들어 있었다. 에어컨이 단조롭게 윙윙거렸다.

은유적 사고에 사로잡힌 나는 생각했다. 어머니의 죽음과 내 병 가운데 어느 것이 먼저 왔을까. 어머니의 죽음이 내 병의 계기가 되었나? 아니면 나는 쭉 아팠고, 그래서 어머니가 세상을 떠났을 때 내 몸이 마구 괴로워한 걸까? 다른 모습의 딸로 산 적이 있나? 걱정하는 대신 웃는 딸로?

기억한다, 기억하지 못한다. 어머니가 급작스럽게 건강

이 나빠지고 뇌에 전이된 종양으로 당혹한 가운데 병원을 오가던 2008년의 석 달 동안 내 병이 악화된 것은 사실이었다. 코네티컷에서 아버지와 어머니는 발치에 몸을 웅크리곤 했던 두 마리 개를 키우고 살았다. 몇 주 동안 나는 브루클린에서 코네티컷으로 가서 아버지를 도와 어머니를 간호했다. 그 시절의 하루가 생생하게 기억난다. 소파에서 쉬고 있던 엄마 곁에 앉으니, 엄마는 부드러운 갈색 눈을 뜨고 순간 명료하게 말했다. "난 그저 우리 딸이 언덕을 계속 오르는 삶을 살지 않았으면 좋겠어. 다르게 사는 것도 방법이야." 어머니는 2008년 크리스마스에 55세의 나이로 세상을 떠났다. 다음 날 나는 축농증을 급히 치료했다. "안타깝군요." 페어필드의 의사가 내 코와 귀를 검사하고 이렇게 말했다. "정말 심각해졌습니다. 그렇지만 항생제로 치료될 겁니다. 좀 쉬세요." 나는 항생제를 복용했고, 쉬었고, 다시는 좋아지지 않았다.

　　내가 아프다는 사실을 아주 오랫동안 몰랐으므로 더욱 답을 찾기 어려웠다. 무릎이 쑤시고 자주 탈진하던 어린 시절부터 아팠나? 아니면 적어도 대학 졸업 후 가족이 코네티컷주 라임 근처에 집을 빌리기 전까지는 아픈 것이 아니었나? 그 이후로 신경성 증상이 시작되었다. 삶이 그저 만성질환인 걸까? 언젠가 만성질환에 대한 강연을 했을 때 어느 저명한 페미니스트 역사학자가 그런 질문을 던졌다. 내가 병과 나 자신을 동일시하는 바람에 "아픈" 것은 아니냐고 은근히 묻고 있었다.("나의 인생이라는 이 긴 질병"이라는 말을 남긴 사람은 알렉산더 포프Alexander Pope다. 그런데 역사학자들은 포프가 유년 시절 이래로

포트병Pott's disease이라고 불리는 척추결핵을 줄곧 앓았다고 본다).[17]

어머니의 죽음이 내 병의 원인이라고 생각하진 않는다. 내가 안다. 그렇지만 어머니라는 보호자가 사라짐으로 나는 일종의 부재, 텅 빈 상태가 되었다. 그 빈 곳으로, 편함에서 멀어진 상태와 질병 둘 다 밀고 들어왔다. 그렇게 그때까지는 대략 존재했던 균형 상태가 깨진 것은 아닌지 궁금하다. 혹은 이런 생각도 가능하다. 어머니가 세상을 떠난 무렵 나는 그 어느 때보다도 지친 상태였다. 기력을 소진한 데다 바이러스까지 겹쳐, 한 번만 타격을 입어도 면역계가 우르르 무너지는 소위 티핑 포인트tipping point 단계에 이르렀다. 그 어떤 것이 계기가 되었든, 눈덩이가 굴러 내려가며 커지듯 멈출 수 없이 내달리기 시작한 것이다.

나 자신과 아픔은 거울처럼 서로를 반영하는 왜곡된 관계로 얽혀 버렸다. 절대 탈출하지 못할 것만 같아 두려운 유령의 집이 되었다. '내' 지식이나 영향 없이 '내'가 '나 자신'을 공격하고 있는지 아닌지 가려낼 수 없다는 사실을 깨달은 무렵이었다. 일 때문에 스트레스를 받을 때마다 혹은 짐과 싸울 때마다 '내'가 정말 '나 자신'을 아프게 만들었을까? '나'는 누구이고 '나 자신'은 누구였을까? 의도를 가진 쪽은 누구이고 가지지 않은 쪽은 누구였을까? 의도가 중요할까? 지치고 혼란스러웠다. 무거운 피로에 눌린 채 생명 활동의 작은 단편들에 반영된 나 자신을 바라보았다. 눈에 생긴 삼각형 조각(익상편), 가슴샘 자투리, 바이러스의 잔해가 남긴 파편, 여기, 저기, 모든 곳에.

11

스트레스 때문에
스트레스

나 자신을 보살피며 쉬는 사람이라니.

한번도 그렇게 산 적이 없었다.

내면의 갈등과 병에 관해 스스로 무슨 이야기를 짓든 간에, 진지한 관심을 기울이게 된 주제가 하나 있다. 바로 스트레스의 역할이다. 내가 읽은 논문은 지속적 스트레스가 얼마나 해로울 수 있는지만 언급했다. 이 스트레스는 사자로부터 달아나는 인간의 상황(책에서 언제나 등장한다)처럼 가끔 겪는 전근대적 스트레스 말고, 회복력을 깎아내리며 신체에 진짜로 손상을 입힐 수 있는 일상의 지속적 고됨이다.[1]

과학 논문을 본격적으로 파고들기 전에, 약간 세속적으로 풀어낸 대중 과학을 먼저 접했다. 내가 만난 대안 의학 치료사 몇몇은 내 야망 또한 질병에 적어도 어느 정도는 원인을 제공했다고 봤다. 야망 때문에 내가 일을 너무 많이 한다는 것이었다. 아무도 대놓고 말은 안 했으나 내가 "나 자신을 너무 밀어붙여서" "과도한 스트레스"를 겪었고, 그래서 신장이 혹사당하고 면역계가 손상되었다는 식이었다. 어느 영양사는

보이지 않는 질병의 왕국

"보살핌이 필요한 마음"을 그만 무시하라고 했다. 어느 심리 치료사는 **오른쪽** 고관절 부상은 오른쪽이 "남성적" 영역이기 때문이라고 했다. 그곳은 웅대한 노력의 영역이라는 것이다. 치료사는 차크라(원형 혹은 바퀴를 뜻하는 산스크리트어로, 인간 신체의 여러 곳에 있는 에너지 중심을 뜻한다—옮긴이) 인쇄물을 건네며 "에너지를 땅 쪽으로 보내 보세요"라고 권했다. 어느 침술사는 "생각을 너무 많이 안 하려고 노력해 보세요"라고 제안했다.

과거의 나라면 이런 제안이 뉴에이지풍이라고 생각했을 것이다. 마지막 제안은 앨리스 제임스에게 주어졌던 권고이며, 19세기의 '히스테리'에 의사가 처방한 치료법과 비슷했다. 그 시절 의사는 정신적 노력이 여성의 자궁에서 에너지를 너무 많이 가져가서 기력이 소진된다고 생각했다. 그렇지만 나는 이 제안을 마음에 새겼다. 상식적이었기 때문이다. 잘 자고, 쉬고, 자연식품을 먹는 것. 스트레스를 받으며 잠을 잘 못 자고 불규칙하게 식사한 기간이 길면 결국에는 건강한 몸이라도 고갈의 신호를 보내게 된다는 걸 알 수 있었다.

이제 나는 일을 제쳐 놓고 일찍 자러 가면서, 전반적으로 새로운 사람이 되고자 했다. 나 자신을 보살피며 쉬는 사람이라니, 한번도 그렇게 산 적이 없었다. 계속 일하고 걱정하는 삶은 내 선택이자, 나 자신을 붙드는 닻이었음을 알게 되었다(한 친구가 내게 쉬엄쉬엄 일하라고 조언했다. 내 대답은 "기를 쓰고 네 조언을 따르고 있어"였다. 친구는 '기를 쓰고'라는 부분이 목적과 어긋난다고 지적했다). 누구든 내가 내 병에 **책임이 있다**는 식으로 돌려 말할 때마다 여전히 움찔했다. 내 몸이 아니라 마음이 아프다는 추측에 손을 들어 주고 싶은 것은 아니었다. 병의 원인이 우울증이 아니라는 건 알 수 있었다. 내 증상은 너무나 다양했고, 온몸이 아파서 친구들이며 의학 논문이 말하는 주요 우울 장애의 특징과는 하나도 맞지 않았다. 오히려 나는 요령껏 대응하면서 상대의 욕구를 읽어낼 수 있었다. 그들은 자기 자신에게 거짓말을 해야 했다. 나처럼 무작위 추첨에 당첨되듯 병을 앓는 일은 없으리라고 스스로 안심하기 위해서였다. 나와는 달리 마음이 다치지도 않았고, 스트레스를 받지도 않았으며, 그 밖에 뭐든 아니니까 괜찮다는 것이다. 스트레스가 내 병에 어떤 역할을 했든 간에, 병의 **원인**은 분명 아닐 터였다. 그렇지만 나 또한 마법 같은 해결책이 있다고 상상하고 싶었다. 행동을 고치기만 하면, 자! 전례 없이 몸과 마음이 합일하는 경지에 올라선다!

순진한 소리로 들릴지 모른다. 하지만 나는 과학을 놓지 않았다. 연구에 따르면 우리가 이메일에 답을 할 때나 휴대전화를 확인할 때면 코르티솔 수치가 확 오른다고 한다.[2] 타인과의 지속적 소통이 해를 끼치는 것이다. 오늘날 많은 사람이 도시나 인구 밀집 지역에 거주하는데, 이런 곳은 교통량이 꾸준히 증가했다. 수면 부족은 알코올 섭취만큼이나 기능 손상을 부를 수 있다.[3] 17시간 동안 잠을 안 잔 사람은 알코올 농도가 음주운전에 해당하는 사람과 기능 손상 정도가 비슷하다. 만성적 수면 부족에 시달리면, 감염과 병이 슬슬 찾아온다.[4] 소음은 뇌에서 공포를 다루는 부분을 자극하며, 그렇게 혈압

보이지 않는 질병의 왕국

이 오르고 코르티솔 같은 스트레스 호르몬이 급증한다.[5] 세계보건기구는 밤에 건강하게 자려면 소음이 최대 40데시벨을 넘으면 안 된다고 권고하는데, 거리에서 트럭 한 대가 브레이크를 밟기만 해도 간단히 넘어가는 수치다.[6]

건강을 위해 어지러운 일상과 거리를 두고 쉬어야 할 사람이 많다. 세상은 하루하루 스트레스가 심해진다. 끊임없이 주어지는 정보, 지루한 관료적 업무 혹은 요청, 이메일, 텍스트 메시지. 적어도 증기기관의 발명 이후로 미국인은 실로 자극을 덜 받고픈 욕망에 시달렸다. "사람들이 바글거리는 도시에서 고투하는 오늘날의 현대인을 당혹스럽게 하는 (…) 수천 가지 복잡한 문제들"을 걱정하며, 신경과 의사 사일러스 위어 미첼은 질문을 던졌다. "우리는 너무 빨리 살아왔나?"[7] 그의 저서 《소모 혹은 과로의 징후Wear and Tear; or, Hints for the Overworked》가 출간된 때는 2021년이 아니라 1871년이다. 미첼은 19세기 미국인에게 유행한 히스테리와 신경쇠약은 현대적 삶의 자극이 원인이라고, 미국인의 신경이 혹사당했다고 진단한 바 있다.[8]

스트레스가 건강을 결정짓는다는 사상은 20세기 초 두 남성에 의해 현대적으로 변형되어 인기를 끌었다. 먼저 하버드대학의 생리학자 월터 B. 캐넌Walter B. Cannon은 감정이 인간의 생리에 영향을 미칠 수 있음을 증명했다.[9] 이 같은 사실을 발견하기 전에 그는 신기술인 엑스선을 활용해 동물의 연동운동(몸속 폐기물을 밀어내는 장의 수축)을 연구하고 있었는데, 동물이 싸우거나 괴로운 상황에 놓이면 연동운동이 느려졌다. 피를 뽑아 보니 신장 위에 자리한 부신에서 분비하는 (현재 에피네프린 혹은 아드레날린으로 불리는) 호르몬의 수치가 상승했다. 감정이 동물의 생리를 바꾼다는 증거를 찾은 캐넌은 추가 실험을 수행하여, 중요한 두 가지 의학적 발상을 제안했다. 첫 번째는 그 유명한 투쟁 혹은 도피 반응fight-or-flight이다. 인간이 위험에 처하면 신체는 소화가 느려지고(근육에서 에너지를 빼앗기 때문에), 포식자보다 더 빨리 달릴 수 있게 해 주는 에피네프린 같은 호르몬을 생산한다. 두 번째는 감지된 위협이 사라지면 신체는 기본적 안정 상태로 돌아온다는 것인데, 캐넌은 이를 '항상성'이라고 불렀다. 1936년, 캐넌은 임상의들을 대상으로 새로운 종류의 미국적 병이 나타나고 있다고 경고하는 강의를 했다. 현대성이 항상성을 파괴하고 있다는 것이다. '전염병과 역병'이 한때 사람들 대다수를 죽게 했는데, 이제는 현대적 삶의 '압박과 스트레스'가 항상성을 파괴하여 사람들을 병들게 한다. '만성적 불안 상태'는 현대적 삶이 빨라지는 만큼 심해져, 병의 새로운 원인이 되었다.

　'스트레스'라는 단어를 처음 사용한 사람이 캐넌이라면, 스트레스가 면역계를 압박할 수 있다는 사실을 발견하여 오늘날의 용어로 대중화한 사람은 헝가리 의사 한스 셀리에Hans Selye다. 젊은 교수 시절 셀리에는 내분비학, 즉 인체 내 호르몬 분야를 연구했다. 호르몬의 효과를 알기 위해 셀리에는 실험실의 쥐에 난소 추출물을 주사했다. 그런데 로버트 M. 새폴스키가 《스트레스: 당신을 병들게 하는 스트레스의 모든 것》에 썼듯이, 실험에 서투른 셀리에는 쥐들을 다 놓쳤고, 쫓아다니며 붙잡아다 주사를 놓아야 했다. 연구가 끝날 무렵 쥐들은 특이하게도 위궤양이 많이 생기고 부신이 커졌으며 "면역 조직이 쪼그라들었다". 처음에는 난소 추출물 주사 때문인 줄 알았다. 그렇지만 염분을 주사한 대조군 또한 같은 반응을 보였다. 결과를 놓고 곰곰이 생각한 끝에 셀리에는 서투른 교수에게 쫓긴 괴로운 경험이 동물을 아프게 했을 수 있다는 깨달음을 얻었고, 이 가설이 맞는지 확인하기 위해 새 실험을 고안했다. 셀리에의 생각이 맞았다.

쥐가 아프게 된 과정을 설명하기 위해 셀리에는 '스트레스'라는 단어를 사용했다.[10] 그가 말한 '전신 적응 증후군'은 스트레스 요인으로 일어나는 신체 반응을 가리킨다(지금은 '스트레스 반응'이라고 부른다). 이 선구적 연구에서 셀리에는 신체에 정서적 부담이 가해지면 스트레스를 받을 수 있을 뿐 아니라, 이런 상황이 지속되면 다양한 호르몬 기능장애와 알레르기 반응, 궤양, 고혈압, 신장 질환 등 여러 문제가 나타날 수 있다고 주장했다. 스트레스 반응은 주기적으로 닥치는 위험에서 살아남도록 돕는 적응적 기능으로, 포식자가 나타나면 달아나게끔 신체에 여분의 산소가 흐르게 한다. 하지만 현대 서구인에게는 부적응적 기능이다. 우리 몸은 돈 문제로 고민하기, 이메일에 답장 쓰기, 버스 잡으러 뛰어가기, 출퇴근 시간에 자리 잡기 등 현대적 삶이 가져다 준 온갖 잡다한 일상의 스트레스를 계속 견디도록 만들어지지 않았다. 스트레스가 지속되면 인간에게 도움이 되는 대신 상처를 입힌다.

오늘날 만성 스트레스가 우리를 병들게 한다는 생각은

상식이다. 우리의 생각과 경험이 그럴싸한 과학적 과정을 거쳐 생리를 바꾸어 놓아, 질병으로 이어지는 것이다. 만성 스트레스를 받으면 스트레스 호르몬이 계속 과다하게 분비된다. 그러면 혈압이 오르고 심혈관계 질환이 생겨 동맥경화로 이어질 수 있다.[11] 과민대장증후군 같은 장 관련 질환도 나빠질 수 있다.[12] 코르티솔 생산에 문제가 생기기도 한다.[13]

스트레스는 자가면역 및 기타 면역 관련 질환에도 영향을 미칠 수 있다고 한다. 최근 과학자들은 스트레스 반응의 핵심 단계를 간과했다는 사실을 깨달았다. 스트레스 요인이 등장하면 처음 30분 동안은 면역계의 움직임이 더 활발해진다.[14] 아주 타당한 반응으로, 신체가 상처나 감염의 가능성에 대비하는 것이다. 이후 이어지는 시간 동안 스트레스 반응은 면역 활동을 정상으로 돌린다. 백혈구 생산을 막는 스테로이드 호르몬을 분비하여 기본 상태로 돌아가게끔 하는 것이다.

그렇지만 어떤 사람은, 바이러스나 유전자 변이 때문일 텐데, 면역 활동이 활발해진 상태에서 벗어나지 못한다. 과도하게 활성화된 면역계는 그릇된 목표를 공격한다. 즉, 이런 사람들은 새폴스키의 말처럼 "오르락내리락을 반복하며 면역계의 활동성을 조금씩 올려, 결국 자가면역에 가까워진다."[15] 연구에 따르면 류마티스관절염을 앓는 사람은 면역 세포의 활동성을 꺾는 스테로이드의 수치가 증가해도 면역 세포가 이에 충분히 반응하지 않는다고 한다. 그러니 나를 포함한 많은 자가면역 환자가 스트레스를 받는 시기에 증상이 악화한 것은 당연한 일이다. 계속되는 스트레스 요인의 반복은 새폴스

보이지 않는 질병의 왕국

키의 표현에 따르면 "조절이 잘 안 되는 일이 일어날" 위험을 키워, 면역계는 과도하게 활발해지고 환자는 증상을 더 자주 겪게 된다.

가장 아팠던 시절에는, 큰 행사가 있는 날이나 그리 달갑지 않은 일정이 가득한 날이면 스트레스를 받겠다고 **예상만**해도 아침에 아픈 상태로 깨어났다. 그러니 내 아픔이 정말로 심리적인 문제 때문인가 싶어 때때로 겁이 났다. 하지만 스트레스의 원리에 관한 자료를 읽으니 이해가 갔다. 예를 들어 새폴스키는 우리가 스트레스를 예상하거나 상상할 때 신체는 마치 그 스트레스가 정말 있는 것처럼 반응한다고 지적한다. 예상과 상상의 능력으로 인해 스트레스는 신체에 손상을 가한다. 잠재의식은 의식적 공포를 진지하게 받아들이고, 그에 맞춰 생리를 조절한다.

인간이 스트레스에 반응하는 방식을 알게 되니, 기존의 공포는 누그러졌지만 또 다른 공포가 생겼다. 디캘브 가에서 머리카락은 젖고 코트는 여미지도 못한 채 버스를 잡으려고 달릴 때였다. 약속 시간을 지키자는 생각밖에 없었는데, 별안간 다른 생각이 떠올랐다. **안 돼, 나는 스트레스를 받고 있어!** 걸음을 멈추고 찬 공기를 들이마시는 동안 코르티솔은 빠르게 퍼져나갔고 심장이 쿵쿵 뛰었다. 곧 스트레스를 받지 않으려고 애쓰는 스트레스 때문에 지쳤다. 불안하고 혼란스러웠다. 어느 날 밤 짐에게 스트레스가 면역계에 변화를 불러오는 것 같다고 이야기하자, 짐은 이렇게 말했다. "당신이 아픈 여러 가지 경우 중에서 가장 힘든 경우 같은데. 아프면 당신은

스트레스를 받지. 그런데 스트레스를 받으면 당신은 더 아프
게 돼."

그날 밤, 짐의 말이 머릿속에 계속 맴돌았다. 예측과 통
제가 안 되는 상황에서 사람들은 더 스트레스를 받는다. 연구
에 따르면 스스로 진통제로 통증을 통제할 수 있는 사람은 간
호사가 통제하는 상황보다 약을 훨씬 적게 쓴다고 한다. 내 경
우는 아픈 데다 통제도 할 수 없었다. 내 병의 이름을 모르고,
치료받을 가능성도 없고, 증상이 나타나도 이유도 알 수 없었
다. 내가 영구적 스트레스 상태에 놓인 것은 이 병이 스트레스
를 유도하는 질환이기 때문이었다. 간헐적으로 여기저기 제
멋대로 통증이 찾아오는 원인 모를 병은 불확실성 그 자체였
다. 나와 처지가 비슷한 사람들처럼, 나 또한 병에 아무런 대
응도 할 수 없었다. 언제 대응해야 하는지도 몰랐다. 병은 스
트레스에 **반응**하였으나, 동시에 병 자체가 영구적 스트레스
를 불러 나를 바위처럼 짓눌렀다. 그러니 사람들이 명확한 진
단을 갈구할 수밖에 없다.

스트레스를 둘러싼 몸의 되먹임 회로를 이해하고 나
니, 미국의 사회 안전망 부재와 긴 역사를 지닌 구조적 인종
차별이 인간을 더 아프게 만든다는 생각을 피할 수 없었다.
1992년, 공공 보건 연구자 알린 제로니무스Arline T. Geronimus는
수많은 젊은 흑인 여성이 경제적으로 여유 있는 또래 백인과
비교해서 건강 문제를 더 많이 겪고 모성 건강도 나쁜 이유를
설명하기 위해 '풍화 이론weathering hypothesis'을 제안했다.[16] 풍
화 이론은 아프리카계 미국인 여성이 성인 초기에 구조적 인

종차별로 겪는 지속적 스트레스와 사회경제적 불평등으로 인한 어려움 때문에 병에 더 많이 걸린다는 내용이다. 이후 연구는 사회경제적 불평등과 구조적 불안정이 노화의 중요 척도인 텔로미어telomere를 짧게 만들고 알로스타틱 부하(스트레스에 의한 신체 소모)를 높인다고 밝혔다.[17]

　건강은 개인이 책임질 문제라고 보는 보수주의자들은 "생활양식"이라는 표현을 무기처럼 사용하지만, 제로니무스의 이론은 우리의 신체와 건강이 사회적 문제이자 서로 연결된 문제임을 짚어 준다.[18] 계급과는 별도로 인종차별이 흑인 신체의 각성을 유도하여 건강을 나쁘게 만든다는 점 또한 환기한다. 이런 각성은 눈에 띄지 않아도 비용을 치르게 한다. 이 크나큰 불행은 개인의 실패가 아니라 사회의 실패다. 구조적 인종차별은 불안한 상태를 지속시키고, 나아가 적극적으로 조장한다. 개인의 면역계는 무엇보다도 그 개인의 사회경제적 지위를, 결함 있는 사회의 시민으로 산 역사를 반영한다는 것을 비로소 이해했다.

12

웃음 치료

긍정성을 뒤집으면 (…)

개인의 책임을 가혹하리만치 고집하는

모습이 기다리고 있다.

◆ 바버라 에런라이크, 《긍정의 배신》

스트레스가 사람을 병들게 한다는 생각의 대척점에는 긍정적 사고가 병을 고친다는 생각이 있다. 노먼 커즌스는 《환자가 이해하는 병의 해부학》에서 '웃음 치료'라는 치료법을 제안했다. 척추 관절이 굳어 버리는 질환인 강직척추염 진단을 받은 커즌스는 불치병이니 주변 정리를 하라는 말을 들었다. 대신 그는 종합적인 자연 치료 계획에 착수했다. 병원은 입원 생활이 지겨운 데다 식단도 그리 좋지 않아서("식사에 가공식품이 너무 많은 데다, 일부는 방부제나 해로운 염료가 포함되어 있어서 용납할 수 없었다"[1]) 호텔로 거처를 옮겼다. 의사를 설득해 진통제 말고 다량의 비타민 C를 처방받았다. 걱정은 지우고 기쁜 상태를 일부러 유지해서 신체 활동을 조절하고자 했다. 이것이 웃음 치료다.

커즌스의 책을 읽으며 **좀 웃어 볼까?** 싶었다. "재미를 누릴" 계획을 세웠다. 커즌스처럼 치유되길 바라며 웃긴 영화를 보았다. 소파에 앉아 윌 페럴Will Ferrell이나 마야 루돌프Maya Rudolph를 보며 웃을 준비를 했다. 친구들에게 전화를 걸어 수다를 떨었고, 뜨거운 물에서 오랫동안 목욕했다. 그렇게 한동안 쉬었지만, 답장을 보내야 할 이메일과 TV를 보느라 쓰지 못한 책 때문에 근심스러울 뿐이었다. 이제는 안다. 나는 시간이 부족하다는 느낌을 싫어했다. 그건 현대인의 평일 일과의 특징인 수많은 업무와 연락 주고받기에 할애할 **생산적** 시간이 부족하다는 뜻이었다. 오후 2시가 되기까지, 나는 시간이 얼마나 흘렀나 궁금해서 몇 분마다 시계를 확인했고 뭐든 마치려고 애썼다(재미를 누리려고 **애쓰면** 시간은 흐르지 않는다).

언덕에 계속 오르지 않아도 돼, 메그. 엄마라면 이렇게 말했을 것이다.

이런 가르침을 왜 마음으로 받아들이지 못했을까? 왜 안될까? 엄마가 곁에 있다면, 엄마와 시간을 보내기 위해 모든 것을 기꺼이 내려놓았을 텐데. 창가에 앉아 이파리들이 신비로운 녹색을 마구 흩뿌리고 단풍나무가 도전적으로 불타오르는 뒤뜰의 흐릿한 풍경에 빠져들었다. 그때 초인종이 울렸다. 아래층 이웃에게 학용품 배달이 온 소리였다. 나는 연필과 공책 포장을 열심히 뜯고 신선한 시작의 향을 들이마시는 사람이 되길 원했다. 진실은, 내가 글쓰기라는 즐거운 일을 할 수 있어 운이 좋았다는 것이다. 글쓰기는 내가 나 자신을 아는 방법이었다. 어떤 의미를 찾아 그 소리에 귀를 기울이는 사람, 페이지를 채워 나가며 고통 속에서 길을 찾는 사람. 그런 내가 재미를 누리라는 아이디어를 얄팍하게 따르다가 그만 길이 막혔다.

긍정적 사고가 가장 최근에 유행한 시기는 1970년대로 거슬러 올라가는데, 암 환자의 회복력에 긍정적 사고가 보탬이 된다는 몇 안 되는 연구가 이루어졌다. 사람들은 '치유의 관계healing ties'나 '투병 의지'가 암의 치료 결과를 결정하는 요인이라고 추정하기 시작했다.[2] 스탠퍼드대학 정신의학과 교수 데이비드 스피겔David Spiegel의 기념비적 연구에 따르면, 집단치료에서 지지를 얻은 전이성 유방암 환자들은 "기분장애가 적고 (…) 공포증도 낮은 수준이었다." 이들은 대조군 여성보다 더 오래 살았는데, 평균 36.6달로 대조군 18.9달의 두 배 기간을 살았다.[3]

당시 스피겔은 긍정적 사고에 회의적이었고, 효과가 없다는 증거를 찾을 줄 알고 연구에 착수했다. 그러나 예상과 사뭇 다른 결과를 스피겔도, 미국 사회도 포용했다. 오늘날 긍정적 태도가 병이 낫는 데 도움을 준다는 생각은 어디서나 찾을 수 있다. 2004년 CBS 뉴스 프로그램 〈선데이 모닝〉에서 랜스 암스트롱Lance Armstrong은 진행성 고환암과의 싸움에서 승리를 거두었다며 "긍정적이고 낙관적 태도를 지닌 사람이 더 잘 해낸다는 사실은 부인할 수 없습니다"라고 말했다. 전 미식축구 라인배커 마크 허츨릭Mark Herzlich은 긍정적 태도가 골육종 투병에 도움이 되었다고 밝혔다. 앤 보이어는 《언다잉》에서 "핑크워싱pinkwashing"(유방암 환자를 응원하는 핑크 리본 마케팅을 상업적, 정치적으로 악용하는 것—옮긴이)은 긍정적 마음가짐의 치어리더 역할을 마다하지 않는 유방암 생존자의 말을 우리가 귀 기울여 듣는 경향이 있음을 보여 준다고 지적한다.[4]

병에 맞선 긍정적 사고는 환자에게 약간의 통제력을 되돌려 준다. 혼란스러운 세계에서 일관성을 제시한다. 다시 한 번, 의지와 의미 있는 마음가짐을 품게 한다. 설사 이런 의지가 질병에 의해 그릇된 생각이라고(적어도 과도한 의미 부여라고) 밝혀진다 해도 말이다. 너무나 많은 미국인이 여전히 긍정적 사고가 건강에 중요하다고 생각한다는 것은 놀라운 일이 아니다. 우리 문화의 긍정적 사고를 본능적으로 불신하는 나조차, 긍정적 사고가 아픔의 늪에서 나를 끌어내 주기를 바랐다. 긍정적 사고를 향한 미국인의 애착은, 깔끔한 해결책과 희망찬 도덕적 결말을 제시하는 병 이야기를 욕망하는 마음이다.

커즌스의 치료법을 따르려고 부산을 떨다 보니, 며칠도 지나지 않아 긍정성은 무거운 짐이 되어 나를 짓눌렀다. 내 공포, 어두운 생각을 어찌해야 할까? 억압해야 할까? 공포의 금속성 맛을 모르는 척해야 할까? 정해진 모양도 없고 끝도 없는 탈진을, 내 미토콘드리아가 고장 났다는 감각을 어떻게 긍정할 수 있을까? 나는 친구들을 사랑했다. 내 삶을 돌려받고 싶었다. 이건 충분히 긍정적이지 않은가?

스피겔의 연구 이후 수많은 연구가 이루어졌지만, 같은 결과가 나오진 않았다. 스피겔이 2007년에 실시한 후속 연구도 마찬가지였다.[5] 낙관주의와 암 치료 결과 사이에 관계가 있다고 밝혀내지 못했다. 펜실베이니아대학 심리학과 교수 제임스 코인James C. Coyne은 암 환자 약 1100명을 대상으로 엄격한 연구를 진행했는데 낙관주의, 긍정적 사고와 암 생존율 사이에는 아무런 상관관계가 없었다. 이후 대부분의 연구는 긍정적 사고가 유방암 환자에게 더 나은 결과를 내지 않는다고 시사했다.[6]

긍정적 사고는 지나치게 환원론적이어서 받아들이기 어려웠다. 그렇지만 뇌(혹은 마음)와 면역계가 특히 깊고 복잡한 관계를 맺고 있다는 연구 결과에는 깜짝 놀랐다. 생각이나 마음가짐, 여전히 학계에서 연구 중인 점화 효과priming effect(앞선 자극이 다음에 접한 정보의 해석과 이해에 영향을 주는 효과—옮긴이)도 이 관계에 영향을 미칠 수 있다.

나는 면역계가 일종의 독립 계약자로서 홀로 감염과 바삐 싸우는 줄 알았다. 신경계와 면역계가 서로 별 관계가 없다는 기존 과학의 설명을 받아들였다.[7] 그러나 마음과 몸의 관계에 관해 찾아보다 정신신경면역학psychoneuroimmunology을 알게 되었다. 빠르게 성장한 이 학문은 생각이나 무의식적 점화가 면역계에 영향을 미치는 과정을 살피는데, 어떤 면에서 이 영향은 스트레스의 효과보다 훨씬 크다. 연구에 따르면 두 체계는 깊이 연결되어 있고 지속적으로 소통한다. 이 발견을 계기로 과학자들은 생각을 완전히 달리하게 되었다.

보이지 않는 질병의 왕국

1975년, 로체스터대학의 심리학자 로버트 아더Robert Ader와 면역학자 니콜라스 코헨Nicholas Cohen은 행동주의적 조건 형성 실험을 통해 인간의 뇌가 면역계에 큰 영향을 줄 수 있다는 결과를 얻었다.[8] 원래 아더는 사카린 물을 먹은 쥐에게 구토를 유발하는 면역억제제 시클로포스파미드Cyclophosphamide를 투여하면, 쥐가 사카린 물을 회피하는 반응을 보일지 알아볼 참이었다. 그런데 사카린과 시클로포스파미드의 연합이 일어나자, 나중에는 시클로포스파미드를 주사하지 않아도 쥐의 실제 면역계가 영향을 받는다는 놀라운 결과가 나왔다. 아더와 코헨은 쥐 집단을 나눈 다음 일부 쥐에 사카린 물과 시클로포스파미드를 주어, 물과 약의 연합을 유도했다. 사카린 물을 가장 많이 먹은 쥐는 나중에 시클로포스파미드를 더 이상 주사하지 않아도 낮은 면역 반응을 보였다. 심지어 죽어 버린 쥐도 있었다. 즉, 쥐가 그냥 사카린 물만 마셔도 쥐의 면역계는 마치 약이 주입된 것처럼 반응했다. 쥐의 뇌에서 사카린 물과 면역억제의 연합이 조건화되었기 때문이다. 심리적 연합이 약과는 관계없이 그 자체로 면역계를 결정짓는다. 아더와 코헨은 이 실험에 관해 "중추신경계와 면역 과정 사이에는 거의 연구되지 않은 긴밀한 관계가 있을 수 있다"라고 썼다.

아더와 코헨의 발견을 계기로 뇌와 면역계의 관계를 새롭게 바라보게 되었다. 가장 매혹적인 실험을 펼쳐 보인 학자들 가운데 한 명이 노화와 질병을 연구하는 하버드대학 심리학과 교수 엘렌 랭어Ellen Langer다. 《뉴욕타임스》의 표현에 따르면, 랭어는 "사람들이 자기 자신을 치유하려면, 신체가 스스로 치유적 대응을 하도록 이끄는 심리적 '점화'가 필요하다"라는 입장이다.[9] 랭어는 면역계가 온갖 무의식적 단서에 반응한다는 사실을 증명했다. '시계 거꾸로 돌리기'라는 기념비적 실험이 있다. 이 실험은 노인을 두 집단으로 나누어 관찰한다. 한 집단에게는 20년 전처럼 살아 보라고, 예전 음악을 듣고 그 시절의 뉴스가 현재 뉴스인 것처럼 대화를 나누라고 권했다(이들은 더 젊어진 것처럼 대우받았다). 한 주가 끝날 무렵 이 노인들의 시력과 청력은 향상했으며, 더 튼튼하고 기운찬 모습을 보였다.[10] "루르드(병을 낫게 한다는 '기적의 샘물'로 유명한 프랑스 남서부의 순례지—옮긴이)의 기적 같았어요"라고 랭어는 《뉴욕타임스》에 말했다.

하늘이 구름으로 얼룩진 어느 흐린 토요일 아침, 나는 랭어 교수와 통화했다. 지금껏 해 본 가장 어려운 대화였다. 긍정적 사고를 포용할 때의 엉성한 모습은 분명 마음에 들지 않았지만, 랭어 교수의 실험을 제대로 살펴보려면 몸과 마음을 이분법적으로 나누는 기존의 사고방식을 내던져야 했다. 내가 오랜 시간 몸과 마음을 구분하기 위해 애썼다고 치면, 랭어와의 대화는 몸과 마음이 이어질 수 있다는 발상에 품은 내 반발심을 어느 정도 가라앉혀 주었다. 사실 랭어의 말은 시인으로서의 내가 이미 알고 있던 사실을 환기했다. 생각은 어떤 의미에서 몸과 연결되어 있다는 것. 문제는 이 발상을 어떻게 활용하는가다. 건강이며 몸이 전부 불확실한 상황에서 어떻게 쓸 수 있을까.

랭어는 1970년대에 몸과 마음의 관계에 관심을 갖게 되었다. 랭어의 어머니가 전이성 유방암 진단을 받은 때였다. 당시 스물아홉 살이었던 랭어는 환자에게 '희망'을 주지 않는 사람은 어머니 가까이 오지 못하게 했다. 몇 주 후 다시 검사해 보니 어머니의 암은 사라졌다. 암 전문의는 이 사례를 '의학적 미스터리'로 평가하려 했다. 그렇지만 랭어는 "그 상황은 의학적인 것과 전혀 관계가 없었습니다"라고 설명했다. 이후 랭어는 전망과 기대가 건강에 어떤 영향을 미치는지 연구하였으며 놀라운 결과를 얻었다. 생각이 실제로 건강을 바꿀 수 있다는 것이었다. 단 그 생각을 정말로 **믿어야 한다**는 조건이 붙었다.

예를 들어 랭어는 조종사가 시력이 뛰어나다는 일반 상식에 근거하여 실험을 진행했다. 사람들이 모의 비행기에 앉아 있다고 생각하는 경우 실제로 시력이 좋아졌다. 그러나 같은 상황에서도 모의 장치가 고장 나면 소용없었다.[11] 비슷하게, 랭어는 당뇨병 환자의 혈당 수치를 연구했다. 실제 시간과는 상관없이 환자가 시간을 어떻게 **경험하는지**에 따라 혈당이 오르내린다는 사실을 알아냈다. 2형 당뇨병 관리와 관련해서 깜짝 놀랄 결과였다.[12] 핵심은 단순히 결과를 상상해서는 많은 변화가 일어나지 않는다는 것이다. 뭔가를 구체적으로 느껴야 측정 가능한 변화가 일어날 수 있다.

랭어는 암으로 죽어 가는 사람이 자기 병에 책임이 있다거나, 하룻밤에 병을 낫게 하기로 마음먹을 수 있다는 식의 말은 하지 않는다고 강조했다. 하지만 랭어의 이야기는, 아마도 적절한 도구가 있으면 우리가 우리 자신을 거의 즉시 치유할 수 있다는 이야기와 비슷했다. 랭어는 우리가 지독히도 생체의학의 세계에 몸을 담근 채 살고 있다는 사실을 안다. 그래서 "건강과 안녕을 더 잘 관리하기 위해 정신력을 활용할" 방법을 찾는 일에 관심이 있다. 랭어의 방법은 마음 챙김이다. 사람들에게 '다르게' 마음먹는 법을 가르친다. "몇 년 전에 발목이 부러졌어요. 의사는 절룩이지 않고는 걸을 수 없을 거라고 했죠. 문제는 내가 그 말을 잊었다는 겁니다. 이제 나는 절룩이지 않고 걷습니다."

어떤 의미에서 랭어는 현실주의자다. 환경이나 기분처럼 눈에 잘 띄지 않는 현실의 어떤 점이 병을 악화시키는지 눈여겨보고, 그런 계기들을 통제하라고 권한다. "만일 헛간 앞에 30분 동안 서 있었는데 건초열이 악화한다면, 헛간을 피하라고 하겠습니다." 랭어는 건조한 투로 말했다(헛간에 가서 난 괜찮다고 혼잣말하라는 것이 아니다). 한편 랭어는 사회문화적 신호를 극복하기 위해 태도를 의식적으로 재조정하는 일 또한 중요하다고 본다.

나는 랭어에게 내 사례를 질문했다. 매일매일 얼마나 상태가 달라지는지 설명했다. 먼저 랭어는 고맙게도 내 증상이 진짜 존재한다고 인정했다. 그리고 나처럼 쓱 사라지다 다시 밀려드는 질병 이야기를 꺼냈다. "며칠 동안은 건강이 좋았다고 한다면, 그런 날과 아닌 날의 차이를 알아야 할 겁니다. 때로 건강이 좋다는 말은, 언제나 그 병에 걸린 상태는 아니라는 뜻입니다. 왜 그럴까요? '언제나 병에 걸린 것은 아닌' 상태를 더 자주 겪으려면 어떤 식으로 살아야 할까요?"

몸과 마음 훈련의 애호가들은 마음이 몸에 미치는 복잡한 영향을 랭어에 비해 단순하게 축소한다. 사실, 사람들 대부분은 두 부류 가운데 하나에 속하는 것 같다. 마음의 역할을 완전히 거부하거나, 마음의 역할을 지나치게 중시하여 몸이 처한 냉혹한 현실을 지워 버리는 식이다. 나는 랭어가 미스터리를 받아들여서 좋았다. 그리고 생각이 병에 어떤 식으로든 영향을 미친다면, 그 방식은 단순하지 않다고 명확한 의견을 내는 점도 좋았다.

물론, 뭔가 느끼면 좋겠다고 **기대**하는 경우, 그 기대는 실제 느낌에 한몫한다. 노스캐롤라이나대학 채플힐의 의과대학 명예교수 노틴 해들러Nortin Hadler는 소위 부정적 낙인의 영향에 관해 이야기한다. 환자가 진단명을 받으면, 미진단 때보다 더 아프거나 허약하다고 느낀다는 증거가 있다.[13] 증상에만 관심을 기울이면 그 증상을 더 심각하게 만들 수 있다고 한다. 내 경우 이런 마음을 다스리는 기술이 통증에 효과적이라는 사실을 알게 되었다. 그렇지만 현기증, 브레인 포그, 신경 문제에는 도움이 되지 않았다.

당연히 병은 마음을 훨씬 넘어서는데, 긍정적 사고 모델에서는 부인하고 싶을 이야기이다. "긍정성을 뒤집으면 (…) 개인의 책임을 가혹하리만치 고집하는 모습이 기다리고 있다"라고 바버라 에런라이크가 《긍정의 배신》에 썼다.[14] 이런 고집을 바탕으로 수십 년 동안 자기 계발 책들과 수많은 대안 의학 치료사들은 암이 억압된 스트레스로 인한 질병이라는 식으로 굴었다(암에 걸린 아들을 둔 어느 어머니는 지지 모임에서 아들이 "사랑받지 못해서" 병이 생겼다며 몰아갔다고 데이비드 스피겔에게 전했다[15]). 이런 생각은 곳곳에 만연하여, 1989년 당시 프린스턴 시장은 눈에 전이성 흑색종이 생겼다고 진단받자 암이 본인 책임이 아니라는 내용의 특별 기고를 내기로 했다. 대체 의학의 관점에서 "암세포란 우리 몸을 여기저기 돌아다니는 내면화된 분노"라며, 시장은 이렇게 썼다.[16] "너그러이 봐주십시오." 이런 사고방식은 병과 싸우는 시장의 실제 투쟁이 지닌 존엄성을 앗아간다는 문제가 있다. "내가 죽는다고 해도 패배자가 된 기분을 느끼고 싶지는 않습니다. 의사는 내가 잘 모르는 길에 나섰다고 했습니다. 의사가 알기로, 내가 선택한 특별한 화학요법을 받은 눈 흑색종 환자는 없습니다. 무섭습니다. 이런 현실이 품은 존엄성을 잃고 싶지 않습니다."

이런 현실이 품은 존엄성. 나는 내 병이 심리적 문제 때문이라고 믿지 않았고, 다른 사람도 자기 병을 그렇게 여기기를 원치 않았다. 그렇지만 여느 훌륭한 시인들이 그러듯, 몸과 마음의 얽힌 관계에 대해 생각하는 사람들을 열린 자세로 대했다. 면역계와 신경계의 관계에 관해 진정 더 알고 싶은 과학자들 또한 같은 자세로 대했다. 랭어의 접근은 그 열린 자세가 신선했다. 내 병은 마음 말고 다른 것이 원인이라고 확고하게 믿긴 했어도, 그의 생각은 생활 방식을 뜯어고치자 병의 양상이 달라졌다고 느낀 내 경험과 이어지는 구석이 있었다. 현대 의학은 여전히 이런 이야기를 거의 안 하지만 말이다. 몸과 마음에 관한 더 세심한 담론이 내겐 간절했다. 결국에 머릿속 생각이 몸에 영향을 미칠 수 있고 몸이 생각에 영향을 줄 수 있

보이지 않는 질병의 왕국

다는 발상은 그리 놀랄 만한 생각이 아니다. 문제는 너무나 많은 환자의 병이 질문을 차단하는 방식으로 이것 아니면 저것으로 축소된다는 점이다.

사람이 겪는 현실의 존엄성을 품는 일. 바로 그래서 내 이야기를 전할 방법을 알고 싶었다. 내 언어를 찾아내려고 그토록 애썼다. '극복'에 실패한 상황을 병적으로 취급하는 문화 속에서 만성질환을 심리적 문제로 치부하면, 환자에게 품위 있게 병에 대처하라고 가르치면서 오히려 그들의 품위를 앗아가게 된다는 것을 알리고 싶었다.

13

의심스러운 단서

마침내 내 문제의 이름을 찾게 되었다.

그러나 안도감은 느낄 수 없고,

대신 악몽에 빠진 기분이었다.

2013년 8월, 나는 자가면역질환으로 아픈 경험을 글로 써서 발표했다.[1] 의사들이 설명하지 못한 증상 이야기를 담았다. 그 후 전국 각지에서 편지가 왔다. 내 치아를 때운 수은이 원인이라는 사람도 있었고(말도 안 되게 많이 때우기는 했다), 와이파이 장치 때문에 전자기파에 중독되었다고 말하는 사람도 있었다. 뉴욕주 로체스터의 어느 사내는 무릎 뒤에 있어 오랫동안 무시당한 기관인 "두 번째 심장"이 작동하지 않아서라며, 수수료 1000달러만 내면 두 번째 심장을 도울 장비를 가지고 찾아오겠다고 했다. 림프계를 위한 심장박동기라고 했다. 스파에서 일하는 어느 여성은 "모데카이 기계"란 것을 써보라고 제안했는데(나는 한때 그 스파에서 관장을 받았는데 비참했다), 기계가 내 영적 에너지를 회복시켜 줄 테니 몸도 나을 거라고 했다. 거의 미친 소리 같았다.

그러다 한밤중에 불안에 시달리며 잠에서 깼다. 사실 내가 결함이 있는 두 번째 심장을 가진 사람이라면? 내 와이파이 장치가 나를 아프게 만들 수 있나? 빨간 약을 고른 〈매트릭스〉의 네오처럼 나도 세계의 작동 원리에 대한 관점 자체를 바꾸어야 할까?

그러다 내가 라임병인 것 같다는 의견을 몇몇 사람이 보내왔다. 전기 충격과 신경 문제가 진드기 감염의 전형적 증상이라는 것이다. **정말 그럴까?** 궁금했다. 나는 뉴욕시에서 자라긴 했지만, 우리 가족은 캠핑을 좋아해서 따뜻한 여름 동안 버몬트와 케이프 코드에서 몇 달씩 보냈다. 내가 알기로 라임병이 가장 많이 발생하는 지역 가운데 하나였다. 엄마는 매일 자식들에게 황소 눈 모양의 발진이 생겼나 확인했다. 유년 시절 엄마는 내 몸에서 진드기를 많이 잡아 주었다. 그렇지만 그 시절에는 발진이 없으면 감염도 없는 것이었다. 황소 눈 발진이 확실하게 생긴 적이 있는지 기억도 안 났다. 부모님이 남동부 코네티컷으로 이사한 뒤로 키우던 골든 리트리버는 거의 매년 여름이면 라임병에 걸렸다. 엄마가 죽은 후 봄이 되자 내 몸에 생긴 둥근 모양 발진은 몇 주간 사라지지 않았다. 그래도 보통의 라임병 발진과 달리 크기가 변하지는 않았다.

물론 진드기 매개 감염병 검사를 한 번 받긴 했다. 자전거를 타던 그 통합 의학 의사를 통해 검사한 결과, 음성이었다. 그래서 가능성을 지워 버렸다. 하지만 내가 방문한 대학에 왔던 어느 헤지펀드 매니저가 내 글을 읽고 편지를 보내왔는데, 본인도 처음에는 라임병 검사에 음성이었으나 나중에 양성이 나와 치료를 받았고 아주 놀라운 결과를 얻었다고 했다.

아파서 침대에만 누워 있다가 몇 달 만에 건강해졌다는 것이다. 나도 재검사를 받아야 할까 싶은 생각이 들었다.

결국에 돌고 돌아 검사를 해 줄 사람을 찾아냈다. 만성질환에 관한 온라인 자료를 찾던 초기에, 한 기능 의학 치료사를 알게 되었다. 그를 매트 갈렌Matt Galen이라고 부르겠다. 갈렌을 만나면 도움이 되겠다는 생각이 들었으나 대기 환자가 많았다. 갈렌은 20대에 세계를 여행하다 알 수 없는 병에 걸린 뒤로 건강에 관심이 생겼다. 의사를 찾아도 답을 구하지 못하자 스스로 의학을 공부하고 치유자들과 일하기 시작했다. 마침내 그는 건강을 회복했고 기능 의학 치료실을 열었다.

갈렌은 만성질환 커뮤니티에서 자주 언급되는 명사들 가운데 한 명으로, 보통 온라인 추종자 집단을 거느린 새로운 유형의 건강 지도자를 대표한다. 이들은 팔레오 식단과 신체 수양에 전념하고, 서로 상충하는 일이 흔한 영양 과학을 살펴 실용적으로 통합한다. 최첨단 과학을 강박에 가까우리만큼 따지며 갈등을 빚는 모습에 매혹된 나는 그 웹사이트에 빠져들었다. 일주기 리듬과 시각 교차 상핵(소위 생체 시계)에 관한 자료를 읽으며 오랜 시간을 보냈다. 보통 온라인의 정보는 서로 모순되고 의심스러울 때도 잦았는데, 갈렌의 뉴스레터와 웹사이트는 정확성을 따졌다. 나는 갈렌이 증거를 중시하며 어떤 정보든 확인하는 모습을 보여 좋았다(예를 들어 스테아르

보이지 않는 질병의 왕국

산 마그네슘 첨가제가 건강에 나쁘다는 말을 환자 모임에서 자주 보았는데, 그런 정보를 기꺼이 파헤치고자 한다). 명상과 영양 섭취를 통해 감염과 자가면역질환을 치유하자는 갈렌의 입장은 여러 새로운 지식을 근거로 삼았다.

기존 의사들이 어떤 답도 주지 못하는 현실에 좌절한 데다, 몇몇 통합 의사는 얼마나 믿어도 될지 확신할 수 없는 상황에서 갈렌과 원격 만남을 가지기 위해 대기 명단에 이름을 올렸다. 내 문제를 갈렌이 알아내리라 기대하지는 않았다. 다만 증상에 어떻게 대처해야 할지, 걱정을 내려놓으려면 어떻게 해야 할지, 다음에는 어디에 관심을 기울여야 할지 조언을 해 주리라 생각했다.

마침내 어느 여름날 오후 갈렌과 통화했다. 여름에는 언제나 그랬듯 건강이 약간 좋아졌다. 그래도 피로와 브레인 포그로 여전히 힘들었다. 짐과 나는 친구가 비운 그린포트의 그 집을 또 빌렸다. 시 편집자이자 작가인 친구의 서재는 벽 책장마다 시집이 가득 꽂혀 있었다. 나는 아침에 서재에 앉아 일하는 것이 좋았다. 위아래가 나누어진 문이 앞뜰을 접하고 있어, 위쪽 문을 열고 따뜻한 바닷바람이 들어오게 하곤 했다. 갈렌과 통화하는 동안, 내 검사 결과(비타민 D 부족, 철 부족, 항핵항체 검사 양성, 빈혈)를 분석하는 설명을 들으면서 친구 책장의 아름다운 책들, 나도 한번 써 보고 싶은 그런 책들을 눈으로 훑었다. 하지만 일단 뇌가 제대로 돌아가게 만드는 일이 먼저였다.

갈렌은 자가면역 팔레오 식단을 다시 해 보라고 권했다.

질 좋은 글루타티온 보충제도 제안했다. 또 프로바이오틱스를 토양 친화적 제품으로 바꾸라고, 과거 시대에 먹었을 법한 음식에 더 가까울 거라고 했다. 비타민 D 수치를 올리라고 적극적으로 권했는데, 비타민 D 부족은 자가면역 및 염증 수준의 증가와 상관관계가 있단다. 비타민 D가 면역 중재 효과를 낸다는 증거가 아주 많다고 했다.[2] 갈렌은 이런 조치를 한 번에 하나씩 하라고, 그러면 그 조치가 어떤 변화를 내는지 확인할 수 있다고 말했다.

그런데 갈렌의 핵심 권유는 통증과 염증에 저용량 날트렉손LDN 요법을 써 보자는 것이었다. 이 요법에 대해 인터넷 게시판에서 읽은 적 있었다. 날트렉손naltrexone은 아편유사제 수용체opioid receptors를 막는 약물로, 보통 알코올과 마약 중독 치료에 사용한다. 그렇지만 날트렉손을 아주 조금 쓰면, 면역 기능장애로 보이는 증상 치료에 효과가 있다는 사실을 몇몇 의사들이 알아냈다. 날트렉손은 아편유사제 수용체를 막는 한편 엔도르핀 생산도 몇 시간 동안 막는다. 그래서 신체는 엔도르핀이 더 필요하다고 여기게 된다. 옹호론자들의 주장에 따르면, 엔도르핀 분비가 급격히 늘어나면 면역계 조절에 분명 도움이 된다.[3] 여전히 실험적인 치료법이긴 하다(이제 저용량 날트렉손 요법은 통증 조절을 위해 뉴욕시 웨일코넬의료원에서 쓰인다).

갈렌은 의사가 아니어서 저용량 날트렉손을 처방할 수 없었지만, 구할 방법을 알려 주었다. 야후에는 정식 승인을 받지 않은 약을 처방해 주는 의사 이름을 공유하는 그룹이 있었다(이 그룹에 합류하면서 마치 병자의 내실로 들어가는 암호를 구한 기분이었다).

갈렌과 통화하고 며칠 후, 나는 저용량 날트렉손을 처방해 주는 감염병 전문의와 예약을 잡았다. C 의사라고 부르겠다. C 의사의 웹사이트에는 "환자의 말을 듣고 진단을 내리기 위해" 경청하는 일이 중요하다고 나와 있었다.

2013년 늦은 여름날 C 의사를 만나러 갔다. 습하면서 약간 쌀쌀한 날이어서 지하철을 타고 서둘러 진료실에 도착할 무렵에는 땀이 나고 춥기도 했다. 진료실은 적당히 흐트러진 모습이 매력적이었다. 살찐 닥스훈트 한 마리가 구석에 몸을 웅크린 채 졸다가 게으르게 눈을 떠 나를 바라보았다. 창문 밖에는 수풀이 무성한 안뜰 정원이 보였다. "불편하지 않으셨으면 좋겠네요." C 의사가 개를 가리켰다. "갑상샘 질환이 있어서 피곤해 한답니다. 제 옆에 가까이 두고 싶어요." 자세히 살펴보니 알 수 있었다. 지친 눈빛, 얼굴 뼈 주변이 부어오른 모습. **세상에, 저건 나야.** 별안간 마음이 아렸다.

C 의사는 한 시간 동안 내 병력 이야기를 참을성 있게 들어 주고 오래된 IBM 컴퓨터에 기록했다. 내가 머리를 염색했는지, 이후 증상이 더 악화했는지 물어보았고, 내 스트레스 수준에 관해서도 물었다. 그런 다음 이제껏 찾은 그 어떤 의사보다도 철저하게 검사했다. 입천장이 좁은 내 뼈 구조 때문에 수면무호흡 증상이 조금 나타날 거라고 했다. 내가 피곤한 이유 가운데 하나였다. 나는 C가 좋았다. 아주 꼼꼼하고 아는 것이 많았으며, 본인 또한 환자였다. 질문을 그만해 달라고 부탁하

자, C는 자세히 설명하는 시간을 가졌다.

예전 혈액 검사 결과를 근거로 C는 저용량 날트렉손을 마음 편히 처방해 주었다. 그리고 다양한 감염병 검사를 받아 보라고 했다. 베트남에서 발진이 생긴 후 건강이 나빠진 일도 있고, 내가 동부 해안 지역에서 자라며 라임병이 흔한 곳에서 캠핑과 하이킹을 했기 때문이었다. C는 여러 종류의 라임병 검사를 여러 검사실에서 받아야 한다고 봤다. 내 경우 일반적인 증상인 황소 눈 발진이 생긴 적은 한 번도 없다고 말했다. 의사는 라임병에 걸렸다고 해서 다 발진이 생기는 것은 아니라며, 3주 후 검사 결과가 나올 때 다시 병원에 오라고 했다.

작은 플라스틱 용기에 담긴 저용량 날트렉손을 보니 몸에 문질러 바르는 데오도란트가 떠올랐다. 날트렉손을 잠들기 전 팔 안쪽에 발라야 했다. 인체는 보통 늦은 밤에 엔도르핀을 가장 많이 생산한다. 이 중요한 시간 동안 엔도르핀 생산을 억제하면 다음 날 더 많이 생산하게 되니, 이론적으로는 내 건강이 호전될 터였다. 뉴런의 아편유사제 수용체에 작용하는 엔도르핀은 기분 좋은 느낌을 제공하며, 면역계 조절에 도움이 된다. 그렇지만 병원을 떠나기 전에 의사는 경고했다. 밤의 엔도르핀 생산을 억제하면 별나게 강렬한 꿈을 꾸는 부작용이 잠깐 올 수 있다고 했다.

그 주 후반 나는 테러리스트 무리가 브루클린을 공격하는 생생한 악몽을 꾸었다. 9월 11일의 그 사건을 다시 살아 내는 것 같았다. 나도 이 꿈에 등장했는데, 집에서 뛰쳐나와 브루클린 하이츠에서 일하는 가족을 찾으려고 애쓰는 동안 불

보이지 않는 질병의 왕국

타는 작은 종잇조각들이 땅에 떨어졌다. 회보라색 비행기 편대가 하늘에 자두처럼 떠 있고 오렌지색 로켓 연기가 지평선에 긴 흔적을 남기는 사이, 나는 좁은 자갈길에 모인 군중을 헤치고 어머니와 아버지에게 다시 가려고 애썼으나 가고자 하는 곳에 갈 수 없었다.

노동절이 있는 주말 동안, 나는 친구들과 함께 전미 오픈 테니스 선수권 대회를 보러 갔다. 친구 중 한 명이 감기에 걸린 상태였다. 우리는 경기장 위쪽에 앉아서 여름을 보낼 계획에 관해 이야기했다. 중간에 나가는 사람들이 세레나와 비너스 윌리엄스의 복식 경기를 볼 수 있도록 우리에게 코트 경계선에 가까운 자리를 넘겼다. 아래로 내려간 우리는 여기저기 흩어져 경기를 즐겼다. 친구 어맨다는 짐과 내가 여전히 아기를 가질 계획인지 물었다. 나는 여름이 끝날 무렵에는 아마도 그럴 수 있으리라 기대할 만큼 상태가 호전되었다. 건강을 되찾아 글을 쓰고 옆방의 아기들 목소리를 듣는 상상을 했다. 희망찬 감각이었다.

사흘 후 나도 친구가 걸렸던 감기를 앓았다. 침대에 2주 동안 누워 있었고, 너무 많은 앱이 작동하는 휴대전화처럼 힘을 쭉 잃어 가는 기분이었다.

그달, 나는 쭈욱 내리막길로 접어들었다.

지인들은 저용량 날트렉손으로 효과를 보았다지만, 나

는 아니었다. 어느 날 산책 후에 엔도르핀이 솟구치는 것을 느끼긴 했으나, 날트렉손은 마법의 탄환이 되어 주지 않았다. 어떤 환자들은 갑상샘 호르몬이 정상으로 돌아왔다는데, 나는 그렇지 않았다. 사실은 건강이 점점 나빠졌다. 탈진이 내 몸을 앗아 갔다. 피로로 피곤했다. 이른 아침 통증을 느끼며 깨어나면 다시 잠을 청할 수가 없었다. 눈을 뜨기 전, 통증이 진짜인지 확신하기 위해 내 정신 상태를 점검했다. 평범한 단어를 쓰지 않고는 달리 설명이 안 되는데, 두통과 통증, 독감 비슷한 증상이었다. 그렇지만 이런 증상을 종일, 심지어 일주일 내내 겪는 것은 차원이 다른 문제였다. 매일같이 아픈 와중에, 마치 악령에 쫓기기라도 하듯 이 고통에 통증 이상의 의미를 자꾸 부여하게 되었다. 내 몸의 뭔가가 나를 패배시키려 하고, 내 안의 뭔가가 나의 죽음을 바라는 것 같았다. 어느 화창한 날 아침, 눈을 뜨자마자 기쁨이 몰려왔다. 안개가 없다! 그렇지만 자리에 앉으니 그 녀석은 나를 떠밀며 나타났다.

잠에서 깬 처음 몇 시간이 너무 끔찍하게 힘들어서, 이 시간을 버틸 전략을 짜야 했다. 아직 어두운 오전 다섯 시, 어느 영양사의 추천으로 말차 우유를 한 잔 만든다. 선명한 녹색 가루를 아몬드 우유에 넣고 천천히 젓는다. 그런 다음 거실의 하얀 소파에 가만히 앉아 해가 뜨고 이 고통이 사라지기를 기다린다. 책을 읽으려고 한 적도 있으나 너무 피곤했다. 외로움을 지우려고 라디오를 듣기도 하고, 언젠가 건강을 되찾으면 시도할 요리법을 살펴보기도 했다. 어떤 때는 자리에 누워 예전에 떠났던 여행을 자세히 떠올려 보기도 했다. 버몬트의 통나무집에는 들꽃이 핀 풀밭이 있었고, 나는 남동생과 함께 구불거리는 개울에 들어갔었다. 우리가 뛰어내린 지붕 덮인 다리는 배튼킬로 이어졌다. 물이 너무 차가워 온몸이 번쩍 깨어났다.

나는 절망적으로 체념한 한편, 이 난국을 어떻게든 헤쳐나갈 수 있다는 확신도 품었다. 상태가 좋은 날과 좋지 않은 날의 차이를 알아내기만 한다면, 엘렌 랭어의 말처럼 반전이 일어나 병이 호전될 수도 있을 것이다.

가을이 되어 검사 결과를 보러 C 의사의 병원으로 갔다. 놀라운 소식이 기다리고 있었다. "환자분은 염증 수치가 아주 높습니다." C가 보여준 면역 관련 결과는 감염의 가능성을 시사했다. 그리고 엡스타인바 바이러스가 다시 활성화되었다.

"더 중요한 게 있어요." C 의사는 연구소 세 곳에 의뢰한 라임병 검사 결과를 보여 주었는데, 결과가 서로 달랐다. 하나는 음성이고, 둘은 부분 양성이었다. 나는 어리둥절했다.

"무슨 뜻이죠?"

C 의사는 이 검사들이 실제 세균이 아니라 라임병에 대한 항체를 측정하는 것이므로 다 믿을 수는 없다고 했다. 자가면역 항체를 잡아낼 때도 있었다. 이번 검사는 세균의 표면 단백질에 있는 항체를 찾아냈다. "아마도 환자분은 라임병일 겁니다. 증상과 혈액 검사가 암시하고 있어요." 그렇지만 C는 일

반적인 라임병 치료에 쓰는 항생제를 처방하고 싶지는 않다고 했다. 내가 너무 아파서 약이 해로울 수 있다고 봤다.[4]

대신 의사는 내가 저용량 날트렉손을 계속 복용하면서 염증(과 일부 단백질 흡수 장애)에 도움이 되는 생선 기름과 사과 식초를 먹고, 일부 통합 의사들이 감염 치료에 사용하는 포스파티딜콜린phosphatidylcoline[5]을 투여받으라고 했다. 효과가 없으면 다시 확인해 보기로 했다.

처음 전기 충격을 겪고 건강 상태가 나빠진 때를 시작점으로 잡으면, 어둠 속에서 15년을 보냈다고 할 수 있다. 마침내 내 문제의 이름을 찾게 되었다. 그렇지만 안도감은 느낄 수 없고, 대신 악몽에 빠진 기분이었다. 내 병이 정말 치료되지 않은 라임병인지 확신할 수 없었다. 라임병이라고 해도, 나처럼 검사 결과가 다의적이고 아주 뒤늦게 진단받은 환자를 치료하는 합의된 방법이 거의 없었다. 딱 떨어지는 증거 기반의 치료법이 보이지 않았다. 이런 경우 의사 다수가 항생제를 권하지 않았다. 몇 달에서 몇 년에 걸쳐 경구용 항생제와 정맥 투여 항생제를 처방하면 위험할 수 있고, 치료가 효과적이라는 확실한 증거도 없었다. 심지어 항생제 치료를 받은 후에 탈진으로 몸이 쇠약해지고 기억력 감퇴 문제를 겪거나, 방향 감각을 잃은 나머지 집을 찾느라 애먹었다는 내용의 인터넷 게시물을 읽기도 했다. 힘이 빠지는 이야기였다. 결국은 검사 결과로 상황이 더욱 불확실해졌다. 진단을 받으니 질문이 더 많이 생겼다. 다들 동의할 한 가지는 후기 라임병 환자에게 항생제 3주 복용은 효과가 없다는 것이었다.

이렇게 라임병 진단을 받아들이는 일은 위험한 내리막길로 들어서는 일 같았다. 몇 년 동안 아팠다가 나와 비슷한 진단을 받은 지인 한 명은 정맥 투여 약물 치료를 대여섯 차례 받았다. 인지 기능을 되살려 주는 유일한 치료법이었다. 이런 치료의 효능은 증거가 하나로 모이지 않아, "라임병 전문의"가 아직 확인 안 된 다른 문제가 있을 지도 모르는 취약한 환자들을 먹잇감으로 삼고 있다고 믿는 사람이 많다. 나 또한 항생제가 마이크로바이옴에 변화를 가져오고 자가면역질환에 일조한다는 자료들을 오랜 시간 읽으며, 이 약이 몸에 얼마나 해로울 수 있는지 알게 되었다. 내가 라임병인지 누가 알았겠는가? C 의사는 검사가 부정확한 까닭에 "라임병" 진단이 환자의 증상을 쉽게 규정해 버리는 문제가 있을 수 있다고 했다. 이해했다. 전에는 기대했었다. 전문의들이 대개 저마다 전공을 통해 내 문제를 들여다본다고 생각했다. 자가면역질환! 바이러스성 문제! 마음의 문제! 같은 식으로.

의학적으로 확실한 것이 하나도 없는데 결정해야 했다. 라임병 환자로서 몸에 해로운 항생제 치료를 몇 달 동안 받고, 아무 효과도 보지 못한 채 자가면역질환이 더 심해지는 미래를 선택할 것인가? 치료받기로 한다면 누구를 믿어야 할까? 감염 검사 양성이 확실하지 않은 상태로, 혹은 내 증상이 면역계가 아니라 세균에 의한 것인지 확실히 모르는 상태로, 몇 년 동안 항생제를 복용하며 버텨야 할까?

며칠 뒤 벌어진 사건으로 이런 질문들을 잠시 손에서 놓게 되었다. 현대 의학이 어떤 일에 잘 대처하는지를 정확히 상기시키는 사건이었다. 10월의 따뜻한 어느 날 밤, 나는 짐과 함께 친구 크리스의 60번째 생일 파티에 참석하기 위해 6번가 근처의 바에 다녀온 후, 아픈 몸으로 잠을 청했다. 꿈에서 어둡고 긴 거리를 걸었는데, 구석에서 트렌치코트를 걸친 어두운 형체가 뛰쳐나와 나를 칼로 찌르기 시작했다. 옆구리를 손으로 움켜잡으니 피가 줄줄 흘렀다.

땀에 푹 젖은 채 깨어났다. 위층 이웃은 여전히 깨어 있었고, 침실에 손님이 있는지 낮은 목소리가 들렸다. 쑤시는 느낌은 여전했다. 침대에서 비틀거리며 일어나 물 한 잔과 애드빌(해열 진통제의 일종—옮긴이)을 먹고 다시 잠을 자려고 했다. 경험상 자궁내막증 탓이었고, 보통 한 시간이면 통증이 가셨다. **그냥 통증일 뿐이야** 하고 되뇌었다. 통증에 관심을 끄려고 손을 깨물었다.

그런데 이번에는 통증이 되려 심해졌다. 짐은 다른 방에서 늦은 시간까지 일하다가 소파에서 자고 있었다. 짐의 가슴 위에서 노트북이 부드럽게 윙윙거렸다. 나는 짐을 깨웠다. 깜짝 놀라며 깬 짐은 어리둥절한 얼굴로 나를 보았다. "부탁이 있어. 나 좀 차로 병원에 데려다줘."

오른쪽 아래 복부가 특히 아팠다. 나는 작은 동전 크기의 방사선을 마음속에 그려 보았다. 그 빛이 밖으로 방출되는 것이다. 너무나 아파서 내 몸이라는 상자에 더는 살 수 없겠다고 생각했지만, 그럼에도 그곳에 살아야 했다. 의식이 혼미한 가운데 영화 〈듄〉에서 젊은 폴 아트레이드가 곰 자바gom jabbar 시험을 받는 장면을 떠올렸다. 폴은 종교 지도자에게 손을 상자에 집어넣으라는 요구를 받는다. 동물적 본능을 극복할 의지를 쓸 수 있는지 확인하는 시험으로, 상자 속 강력한 고통을 견뎌야 했다. 극복하지 못하면 죽음이 기다리고 있다. 손을 치우면, 독이 묻은 곰 자바에 찔리는 것이다.[6] 나 또한 그 고통을 피하고 싶었지만, 유일한 방법은 죽음뿐이라고 생각했다. 대신 나는 과거에 그랬던 것처럼 별안간 구토했다.

집이 차를 가져오기를 기다리는 동안, 이 통증은 내가 죽어 간다는 의미라는 생각도 들었다. 기묘하게도 차분한 가운데, 죽음을 준비하기 위해 짐에게 어떤 부탁을 할까 생각했다. 내 컴퓨터에 있는 형편없는 시 초고는 버려 주고, 대신 보관할 가치가 있다 싶은 것은 뭐든 놔두었으면 했다. 문이 열리고 짐이 방으로 뛰쳐 들어와 나를 차로 데려갔다. 차에서는 신호를 기다리는 동안 내 손을 잡아 주었다. 도로가 패여 차가 덜컹거릴 때마다 나는 날카롭게 숨을 내쉬었다.

새벽 3시의 병원 로비는 휑하니 텅 빈 모습이 꼭 버려진 절 같았다. 나는 신경 다발로 만들어진 나무 같은 상태였다. 유리 미닫이문을 지나는 순간 무릎이 꺾였다. 파스텔색 수술복 차림의 사람들이 휠체어를 챙겨 나타났다. 밝은 복도를 여러 개 지나 엘리베이터로 가면서 내게 부드럽게 말을 건넸다.

크고 차가운 방에서 누군가 내 이름을 불렀는데, 내 이름이 거의 기억나지 않았다. 바늘이 안쪽 팔을 찔렀다는 사실을 깨닫기도 전에 모르핀이 혈류를 타고 흘렀다. 통증이 약간 가셨다. 욕지기가 멈췄다. 의사가 검사를 진행하며 복부를 너무 세게 눌러서 비명이 터져 나왔다. 의사는 인턴을 불러 말했다. "여기 눌러." 또 비명이 터졌다. "멈춰 주시면 안 될까요?" 나는 쏘아붙였다.

알고 보니 나는 자궁내막낭이 있었고, 그게 터지는 바람에 골반강을 통해 출혈이 일어났다. 피를 너무 많이 흘렸다면 응급 수술을 해야 할 상황이었다. 의료진이 초음파 등 여러 검사를 신속하게 진행한 다음 나를 침대로 옮겼다. 모르핀 덕분에 두려움이 다 가셨다. 약이 효과를 내기 시작하자 흐릿한 평온이 찾아왔다. "정말 안심이 되네요." 담당 의사와 병실을 오가는 레지던트들에게 몇 번이고 말했다.

의사들은 나를 지켜보았다. 처음에는 내출혈이 멈추지 않았다. 수분을 공급하고 모르핀을 계속 주입하기 위해 정맥주사를 시작했고, 통증을 관리할 지압 전문가도 불렀다. 결국에 출혈 속도가 느려지고 혈압이 안정을 되찾았다. 이번에 현대 의학은 최상의 능력을 발휘했다. 나는 진통제가 필요했고, 관찰이 필요했다. 아무도 내 이름 말고는 어떤 질문도 하지 않았지만, 의사들은 안전하고 편안한 느낌을 주었다.

응급 수술보다는 아무래도 미리 계획한 수술이 안전한 만큼, 의료진은 크리스마스이브에 남은 낭포를 제거하는 수술을 하기로 일정을 잡고 나를 퇴원시켰다. 그날, 의사는 아주

보이지 않는 질병의 왕국

효율적으로 수술을 진행했다. 저녁에 집으로 돌아온 나는 빛나는 크리스마스트리 곁에서 친구들과 선물을 교환했다. 옥시코돈(마약성 진통제의 일종−옮긴이)을 다량 복용한 상태여서, 모든 일이 기묘한 꿈 같았다. 꿈속에서 사랑하는 사람들이 팔다리를 구부린 채 빛나는 금색 포장지를 상자에서 벗겨 내는 모습을 바라보는 듯했다.

14

최악의 순간

내가 가장 두려워했어야 할 일이

무엇인지 예상하지 못했다.

바로 희망을 잃는 일이었다.

◆ 윌리엄 스타이런,《보이는 어둠》

음울하고 매섭게 추운 2013년의 겨울, 나는 내가 죽어 가는 줄 알았다. 검사 결과에 대한 다른 진단을 받기 위해 라임병 전문의를 찾을까 고민했다. 한 시간 동안만 일해 보자고 마음먹어도 그저 침대로 돌아가 졸 뿐이었다. 날이면 날마다 눈에 들어오는 풍경은 침대가 전부였다. 침대는 평원처럼 내 주위에 펼쳐졌다. 통증과 불편이 가실 때까지 기다려야 한다는 생각밖에 없었다. 나는 광기의 어떤 부분을 더 잘 이해하게 되었다. 내면에서 의미가 흔들리면 광기가 거의 예외없이 닥친다. 이때는 주로 강의를 위해 외출했는데, 어떤 외출이든 며칠 동안은 회복의 나날이 이어짐을 뜻했다. 혈액 검사를 더 받고, 비타민 정맥주사를 더 맞고, C 의사의 치료에 따랐다. 숨어 있는 자가면역 문제에 도움이 될 수 있는 스테로이드도 복용했다. 더 아플 뿐이었다.

"끝이 날 수 없는 걸까?" 어느 날 아침 컴퓨터 화면에 대고 중얼거렸다.

어느 추운 밤, 학과 연말 파티를 끝낸 후 프린스턴대학의 몇몇 동료와 함께 차를 타고 브루클린으로 돌아가고 있었다. 옆자리 남자를 살펴보았다. 몇 년 동안 알고 지낸 소설가였는데도 누구인지 알 수가 없었다. 상대를 **안다**는 사실은 알겠는데, 그게 누구였더라? 그 사람이 내 친구이자 동료라는 기억을 떠올리기까지 한 시간이 걸렸다. 집에 와서 짐에게 이런 경험을 해 본 적 있느냐고 물었다. 짐은 고개를 저었다.

그 겨울 최악의 순간들을 글로 옮기긴 어렵다. 바로 이 점이 핵심이기도 하다. 언어의 완전한 절멸. 날이면 날마다 마주한 그 공백을 전할 이야기를 찾을 수 없었다. 나와 다른 사람들 사이에 있는 깊은 틈. 심지어 지금도, 그 몇 개월은 너무나 견디기 어려웠던 만큼 어떤 말을 해야 할지 모르겠다. '피로'와 '통증'은 거의 들어맞지 않는다. 전혀 심각한 느낌이 안 들고, 일반적이며 추상적인 표현이다. 그런데 쓸 만한 다른 단어가 없다. 어쨌든 바닥에 고인 피의 악취, 못쓰게 된 팔다리, 고열로 창백해진 얼굴 같은 이미지는 내게 맞지 않았다. 대신 잿빛이 나를 뒤덮었다. 내 생명력이 천천히 빨려 나갔다. 루드비히 베멀먼즈Ludwig Bemelmans의 《런던의 마들린느Madeline in London》에 나오는 페티토와 닮았다. 열두 명의 소녀 친구들을 떠나온 뒤 향수병을 심하게 앓은 페티토는 점점 "마르고" "말라 간다".

다시 궁금해졌다. 이 증상이 그저 심각한 우울증의 징후라면 나는 완전히 속은 게 아닐까. 그렇지만 내면의 작은 점화용 불꽃이 외쳤다. **난 여기 있고, 건강해지고 싶어.**

C 의사의 치료 가운데 포스파티딜콜린 정맥주사는 잠시 효과를 보였다. 하지만 전체 궤적은 아래로 내려가고 있었다. 그런데도 나는 내가 후기 라임병일 수 있다는 생각을 여전히 받아들이지 못했다. 죽어 가고 있다는 생각에 사로잡힌 사람이 약간의 항생제를 복용하지 않겠다니 믿기 어려울지 모른다. 온갖 실험적 치료를 다 받아 본 사람이 말이다. 그렇지만 그 시절로 다시 돌아간다 해도, 항생제 복용으로 자가면역 문제가 더 심해질 것이라고 확신할 수 있다. 라임병 진단에도 여전히 회의적이리라. 나처럼 라임병 검사를 받은 여성의 이야기를 알고 있었다. 그 여성은 검사 결과가 애매모호하게 나왔고, 비싸고 정교한 치료를 받았다. 그러다 통증과 피로가 특징인 전신 자가면역질환을 앓고 있었다는 사실을 나중에야 알게 되었다. 의사는 잡아 내지 못한 질환이었다.

오랫동안 내게 문제가 있어도 고칠 수 있다고, 답은 바로 앞에 있지만 아무도 찾지 못하고 있다는 생각에 사로잡혔다.

하지만 내가 가장 두려워했어야 할 일이 무엇인지 예상하지 못했다. 바로 희망을 잃는 일이었다.

윌리엄 스타이런은 《보이는 어둠: 우울증에 대한 회고》에서 남들에게 보여 주고 싶지 않았던 일기 이야기를 한다. 스타이런은 "일기를 없애기로 결심한다면 그 순간은 필연적으로 내 인생에 종지부를 찍겠다고 결심할 때"임을 언제나 알고 있었다.[1] 그 겨울의 어느 날 아침, 일찍 일어나 소파에 앉아서 아직은 만들 기력이 없는 요리법들을 클릭하다가 내 원고 파일을 지워야 한다는 절박한 생각에 끌렸다. 생의 마지막이 다가오기 전에 누구든 보지 말았으면 하는 원고를 다 삭제하자고 늘 다짐했었다.

나도 잘 모르는 사이, 스타이런의 표현에 따르면 "희망의 모든 감각이 미래를 향한 생각과 함께 소멸한" 장소로 미끄러져 내려갔다. 건강이 왜 이리 나쁜지 알아내려는 일도 점차 시도하지 않게 되었고, 결국 그만두었다. 죽음에 대한 불안이 나를 감쌌다. 몇 년 뒤 스타이런의 책을 다시 읽으며 주요 우울장애의 경험이 내가 겪기 시작한 고통과 아주 유사하다는 사실을 깨달았으나 많이 놀라지는 않았다. 스타이런은 오후가 되면 "유독한 바다 안개 같은 두려움이 밀려들며 나를 침대로 보내는 것 같았다. 여섯 시간이나 망연자실한 가운데 사실상 마비 상태로 누워 천장만 바라보았다"라고 썼다.

나도 안개 같은 절망이 밀려드는 경험을 했다. 그래도 이 괴로움은 신체의 고통이 원인이었다. 그렇지만 유독한 바다 안개라니, 나를 휘감은 울적한 기운을 떠올리게 했다. 망연자실한 시간, 하루 또 하루 내가 앉은 하얀 소파 쿠션은 청바지와 닿아 점차 회색으로 변해 갔다. 한때는 머릿속 안개가 가신 늦은 오전에는 일하거나 책을 읽을 수 있었다. 좋은 시간이었다. 하지만 더는 그렇지 못했다. 오전 11시에 놀라울 만큼 진득한 피로가 내 몸을 밀고 올라왔다. 침대로 가서 한 번에 서너 시간씩 자면서, 수업에 가는 일이나 낭독하기로 되어 있는 자리를 까먹는 꿈을 꾸었다.

그 겨울은 드물게 추웠고 1월 후반에는 거의 어둠침침했다. 새로운 TV 쇼를 알리는 거대한 지하철 광고판에 "내가 정말로 죽었나?"라고 쓰여 있었다. **정말 죽었어**, 라고 생각했다. 어느 아침에는 소파에 앉아 차를 마시다 창밖을 보는데, 눈앞이 빙빙 돌았다. 창밖의 짙은 색 뒤틀린 나뭇가지가 스스로 제 몸을 묶은 고통스러운 존재로 불길하게 변신했다.

나는 몸과 마음에 관해 생각했다. 철학자들은 "어려운 문제"라고 했다. 의식이란 무엇일까? 나는 나 자신이 아닌데, 만일 그렇다면 이 사실을 어떻게 **알았을까**? 예전의 나, 진짜 내가 내 몸 안에 도사린 힘에서 벗어나려고 애쓰는 것 같았다. 내부의 유령.

아마도 나는 유령이었다.

하지만 그냥 멍한 것이 아니라 유령이라는 기분이 든다는 사실이 실낱같은 희망이 되었다.

유령 생각이 유령의 뇌리에서 떠나지 않으며 유령을 만들어낸다.

2014년 1월의 어느 주, 비타민 정맥주사 치료를 받고 난후 짐과 싸웠다. 절망 속에서 희망을 찾고 병명과 도움을 구하고 싶은 마음에, 추천받은 모든 치료사를 만났고 그 과정에서 내가 치를 수 없는 금액을 썼다. 보험이 적용되지 않는 최상급 의사를 여럿 찾아 치료비를 잔뜩 내고 나니 빈털터리가 되었고 스트레스도 받았다. 신용카드 결제 금액이 점점 쌓이고 있었다. "프리랜서 일을 더 해야 할 것 같은데." 짐이 말했다. 나는 짐을 멍하니 바라보았다.

"정말 이해 못 하는 거야? 옛날에는 며칠이면 끝냈던 글을 쓰는 데 이제는 몇 주가 걸려."

"그냥…… 당신은 말도 안 되는 일을 하고 있고 그 일에 많은 돈을 쓰고 있어." 짜증과 불만에 사로잡힌 짐은 말을 이었다. "어떻게 그게 도움이 된다고 생각해? 왜 그렇게 돈을 닥치는 대로 쓰는 거지? 우린 감당이 안 돼."

나는 화가 치민 나머지 차갑게 식었다. 눈 뒤쪽에서 흰빛이 번쩍였다. 짐의 말은 맞았지만 심하게 틀리기도 했다.

"내가 어떻게 해야 할지 과학이 알려 주면 좋겠어. 하지만 그렇지 않아. 나만큼 내가 좋아지길 원하는 사람도 없고. 내가 필사적이라는 걸 몰라? 내 인생은 끝난 것 같아. 아무도 나를 도와주지 않아."

"그렇다고 아무거나 할 수는 없어. 그런 물질들을 몸에 주입해도 안전한지 모른다고."

"가 버려." 나는 더 이상 짐의 말을 들을 수 없었다.

짐에게 화가 난 까닭은 화를 낼 다른 사람이 없어서였다. 짐과 있으면 화가 난다는 사실에 화가 났다. 이 끔찍한 경험을 함께할 동료가 없는 것 같아 화가 났다. 그렇지만 몸이 아프면 연민을 바라게 되지 않나? 짐은 내게 문제가 있다는 사실 자체는 이해했다. 하지만 짐이 내가 겪는 일을 조금이나마 안다 해도, 짐과의 대화는 냉혹하게 현실을 환기했다. 내 대처가 실은 필사적인 계산의 결과임에도 비합리적으로 보이는 현실.

짐은 어깨를 으쓱한 다음 다른 데로 가더니, 텔레비전을 바쁘게 만지작거렸다.

눈물이 쏟아졌다. 내 일에 관해 분석적 태도를 유지하고 싶었다. 그러나 선택지가 너무 없어서, 잘 될 가능성이 거의 없는 일을 기꺼이 하고 있었다.

잘 기억나진 않지만 어떤 계기로 우리는 화해했다. 그렇지만 병 문제로 우리 사이에 생긴 틈은 점점 크게 벌어지고 있었다.

그날 늦은 밤, 짐에게 이 이야기를 하자 짐이 말했다.

"곁에서 계속 지켜보면서 아무것도 할 수 없고 도와줄 수 없는 현실도 힘들어. 당신은 잘 모르겠지만." 짐은 잠시 말을 멈추었다. "당신을 살피면서, 당신이 아픈 모습을 보면서 정말 하나도 도와줄 수 없다니 내 처지가 정말 이상하다고."

도널드 트럼프는 코로나 환자에게 살균제 주입을 권했다. 그래도 나는 내 혈관에 소독제를 투여하지는 않았다. 하지만 내가 새로운 종류의 위험에 노출되어 있다는 짐의 지적은 맞았다. 사실 이 이야기는 안 하고 싶다. 예전에 어느 통합 의사가 오존과 자외선 요법을 권했는데, 피를 뽑아서 자외선에 쬐고 산소 분자와 섞은 다음 다시 몸에 주입하는 요법이었다. 그때는 흠칫 놀랐지만, 그 겨울 너무 지친 나는 소파에 누워 생각했다. **내가 잃을 게 뭐가 있지?**

보이지 않는 질병의 왕국

그렇게, 덜 허약한 상태라면 안 믿을 사람들에게 내 건강 문제를 맡기게 되었다. 흔히 환자가 쉽게 속아서, 세상 물정을 몰라서 벌어지는 일이라고들 한다. 하지만 사실은 좋은 선택지가 주어지지 않은 상황이라 다수가 믿지도 않는 상대에게 도움을 받기로 결정하는 것이다.

　　G 의사의 병원이 자리한 고층 빌딩은 데스크가 멋지고 눈에 띄는 보안 장치는 없었다. 노란색으로 칠한 병원 내부의 벽은 명랑하다기보다는 메스꺼운 느낌이 났다. 간호사가 나를 진료실로 재빨리 데려가더니 소심하게 말했다. "환자분 왔습니다." 의사는 책상 위의 거대한 컴퓨터 뒤에 앉아 있다가 벌떡 일어났다.

　　어쨌든 G 의사는 학위가 있는 사람이었다. 멋대로 뻗친 곱슬머리를 한 G는 내가 자리에 앉자마자 책상 서랍에서 사진을 한 장 꺼냈다. "이 멍이 보이십니까?" 의사가 사진을 건넸다. "환자가 제게 치료받아 생긴 것입니다."

　　20대 초반에 슬라브계로 보이는 젊은 여성의 폴라로이드 사진이었다. 어두운 머리칼에 마른 체격을 지녔고 아주 울적한 분위기가 감돌았다. 팔에 멍 자국이 가득했다.

　　"숨어 있던 외상이 원인이었습니다." G 의사는 열성적으로 말했다. "남편이 환자를 때렸는데 환자는 누구에게도 말하지 않고 있었습니다. 내가 오존 치료를 하자 환자의 팔에 멍이 나타났죠. 환자는 사정을 털어놓았고, 이제 건강해졌습니다."

　　사진 속 여성은 너무 어려서 투표권도 없을 것 같았다. 의사가 그 환자의 사진을 내게 보여 주었다는 사실, 책상에 그 사진을 계속 보관해 두었다는 사실이 나를 불편하게 했다. 의자를 뒤로 밀다 움찔했다. 며칠 전에 또 겪은 목뼈 디스크 부분 파열로 보조기를 찬 상태였다. 의사는 나를 위아래로 살피더니 소리쳤다.

"환자분은 퇴행 목 질환이군요!"

"'퇴행성'이라는 말인가요?"

"환자분이 걸린 만성 퇴행성 질병은 원인이 충치입니다!" 의사는 뮤지컬에서 노래 부르듯 말했다. 네 문장 중 세 문장이 감탄문이었다.

"신경 치료를 받은 적 있으신가요?"

나는 고개를 끄덕였다.

"근관, 즉 치아의 뿌리에는 악성 세균이 숨어 있습니다! 치아 치료를 받은 사람 중에 놀라울 만큼 많은 사람이 심장병을 앓고 있죠. 저수준의 감염이 몸을 압박하기 때문입니다. 그렇지만" 그는 몸을 가까이 숙였다. "나는 환자분을 도울 방법을 알고 있습니다. 바로 오존이죠!"

의사는 나를 응시하며 반응을 기다렸다. 겁에 질린 나는 아무 반응도 보이지 않았고, 의사는 점점 엄숙해졌다. "그리고! 환자분은 신경 치료를 받은 모든 치아를 뽑고 새 이로 바꿔야 합니다."

"정말요?"

"물론이죠." 의사는 확신에 차 있었다. 컴퓨터 모니터 쪽으로 몸을 구부리며 말했다. "보여드리겠습니다. 웨스턴 프라이스라는 남자가 발견하기를, 근관에 숨은 세균이 역겹게도 축적되어 많은 병이 생긴다고……."

나는 의사의 말을 잘랐다. "후속 연구가 그 이론의 신빙성을 없앴을 텐데요. 현대적 방법으로 근관을 조사한 연구자들은 근관에서 끔찍하리만치 많은 병원성 세균이 자란다는 증거를 찾지 못했습니다."

얼굴이 벌게진 G 의사는 모니터 속 웨스턴 프라이스의 얼굴 옆쪽을 가리켰다.

"음, 내가 직접 그 치료를 받았고 지금 아주 좋습니다. 내 아내는 내가 그렇게 하라고 해도 안 하겠지만. 아내는 온갖 문제에 시달린답니다."

과학이 궁극적으로 오존과 자외선 요법에 관해 무엇을 밝혀내든 간에, 그때의 일이 괴로운 까닭은 내가 그 의사를 신뢰하지 않으면서도 그의 치료를 받아들였다는 사실 때문이다. 내가 찾은 통합 의사 가운데 대놓고 돌팔이로 보이는 사람은 G 의사가 처음이었다. 일단 G는 내가 자신을 신뢰해야 한다고 희한하리만치 고집을 부렸다. 내 믿음을 얻으려는 그의 욕망은 아주 강렬했다. 나를 맡은 다른 의사들도, 증상을 믿어주기를 바라는 내 욕망을 그만큼 강렬히 느꼈을 것이다(불현듯 그 의사들을 향한 연민이 솟구쳤다). G는 이 치료법을 개척했단다. 독일에서는 국가 보건 시스템의 지원을 받아 활용되었다고 했다. 미국 의사들은 너무 시야가 좁거나 제약 회사에 의지하고 있어서 이 치료법을 받아들이지 못한다고 돌려 말하는 것이었다. 오존과 자외선은 약물이 아니기 때문에 효능 연구를 후원할 거대 제약 회사가 없다고 했다. 그럴듯한 소리 같

다. 그렇지만 독일 보험 또한 오존 치료를 받아 주지 않는다.[2]

G 의사와 나는 치료실로 향했다. 치료 과정은 다음과 같다. 한 컵의 절반쯤 되는 100시시의 피를 뽑아 자외선을 쪼인다. 감염을 유발하는 세균과 바이러스를 죽이고 면역계를 강화하기 위해서다. 보통 산소 치료도 함께 하는데, 오존이나 과산화수소를 혈액에 주입한다. 에너지 생산에 쓰이는 강력한 '옥시던트(산화제)'는 백혈구가 감염과 싸우도록 도울 것이다. 또한 몸에 약간의 스트레스를 주어, 더 많은 옥시던트를 생산하게 될 것이라고 의사가 말했다.

여러 통합 치료법이 그렇듯 자외선과 오존 요법은 은유의 힘이 있다. 여러 전문가를 찾고 많은 약을 시도하고 수술도 받은 후에는, 햇빛과 신선한 산소를 농축해서 혈관에 투여하는 치료만으로 충분하다는 생각이 근사하게 다가온다. 그리고 피부에 자외선을 직접 쪼이는 치료법은 특정 질병에 도움이 된다는 사실도 알고 있었다.

너무 좁아 옷장 같은 공간에서 G 의사의 권고로 나는 사과 주스를 마셨다. 그다음 G는 빈티지 IBM 셀렉트릭 타자기처럼 생긴 기계에 튜브로 이어진 정맥 주사기를 내게 달았다. 기계는 짙은 색에 크고 반듯한 직사각형 모양의 못생긴 장치로, 튜브들이 꼬여 있었다. 의사는 그 튜브 뭉치를 들어 올려 기계 주위로 휘감은 다음, 바늘로 내 팔꿈치 혈관을 찔렀다. 곧 내 피가 튜브를 타고 흘러 나가기 시작했다.

"자외선을 쪼일 겁니다. 산소도 주입하고요. 환자분의 피는 자외선으로 깨끗해지고 산소도 공급받아서, 감염과의 싸움에 도움이 될 겁니다."

기계는 이상하고 고풍스럽게 윙윙 돌았다. 몸에서 빠져나간 짙은 색 피가 자외선과 산소를 거쳐 팩에 모였다.

"피가 정말 시커멓군요. 아프다는 뜻입니다."

의사는 차가운 손으로 내 팔을 잡더니 손가락을 살폈다. 내 손톱이 창백하다고 했다.

"발도 아픈가요? 무좀 증상 같은 것이 있나요?"

나는 고개를 저으며 최대한 그를 무시하려고 했다. 기계가 딸깍 소리를 냈다.

"좋아요. 그럼 다시 피를 주입합시다." G는 스위치를 누르고 내 혈관에 꽂힌 정맥 주사기를 매만졌다. 밝은색 피가 튜브를 통해 돌아왔다. 내 피는 오존으로 거품이 생겼다. 피가 다시 주입되자 구역질이 났다.

G는 피가 든 주머니를 흔들었다. "바이러스 제거에 도움이 될 겁니다."

"이 치료법이 동료 평가를 제대로 받은 적 있나요?"

"기절할 것 같나요?" 의사는 내 얼굴을 유심히 보았다. 메스꺼웠다. 머릿속에는 들쭉날쭉한 회색 선이 가득했다.

"피부가 빛나고 있군요! 이걸 마셔요. 치료에 반응이 나오고 있습니다."

나는 눈을 감고 사과 주스를 물리쳤다.

밖에서 구급차 소리가 울렸다. 기계가 곁에서 삐삐거렸다. 비행기 엔진이 윙윙대는 소리가 들렸다. 눈을 떴다. 또 다른 환자가 복도에서 휠체어를 타고 이동하고 있었다. 팔에 정맥

주사기를 단 건장한 체격의 50대 남자로, 나를 향해 윙크했다.

"비타민 주사요!" 남자가 외쳤다.

G 의사의 치료를 받은 후 24시간 동안 좀 아팠다. 어떤 식의 개입이든 치료를 받고 나면 거의 이랬다. 하지만 그러고 나니 몸이 좋아졌다. 약 3주 동안 기력을 되찾아, 방치한 마음 속 구석구석까지 활기가 넘쳤다. 머릿속은 말끔했다. 그러나 선택지가 없다는 이유로 신뢰가 안 가는 사람의 처치를 받았다는 씁쓸하고 실망스러운 감각은 사라지지 않았다. 나중에 다른 통합 진료실에서 만난 간호사는 오존 치료는 절대 안 받을 거라고, 너무 위험한 부분이 많다고 말했다.

2014년 2월 후반, 두통과 브레인 포그와 관절 통증이 더 심해지고 팔다리 전체에 작은 멍이 생겼다. 여러 번 기절했다. 검은 바다가 나를 덮쳐 숨을 쉴 수 없을 것만 같았다. 더 이상 인생의 오랜 기쁨에 가 닿을 수 없었다. 단지에 갇힌 반딧불이가 저 너머의 세상에 가 닿지 못하는 상황과 비슷했다. 나는 아직 서른일곱 살이었다.

이런 식으로 살아야 한다니 끔찍했다. 건강을 회복하는 대가로 어떤 일에도 기쁨이나 흥미를 느끼지 못하게 된다면? 아프기 전에는 일에서 삶의 의미를 찾았다. 나는 제니 오필의 소설 《사색의 부서》에 나오는 "예술 괴물" 같은 존재가 되고 싶었다.[3] 예술에 집착적으로 몰두하여 여성의 인생에 주어지는 관습적 현실을 저버리는 여성 말이다. 몸이 아프고 나니 예술을 향한 갈망은 온전히 남아 있긴 해도, 글을 쓰고 읽는 일에 뇌가 협력하지 않았다.

최근까지도 시와 예술은 내가 아픈 만큼이나 여전히 제 빛을 품고 있었다. 그렇지만 2월이 되자 한때 내 변연계를 전율케 했던 시는, 더는 내가 합류할 수 없는 세상의 소식처럼 다가왔다. 어느 날 아침 존 애쉬베리John Ashbery의 시 〈전화위복 A Blessing in Disguise〉을 다시 읽었다. 욕망이 우리를 세상에서 살아 있게 하는 방식을 짚은 시로, 언제나 내 마음을 뒤흔들었다.

(…) 나 또한, 영혼이 살아 있어.
나는 노래하고 춤추어야 할 것 같아, 어떻게든 말하고 싶어서
당신을 알고 싶은 마음이 생긴 것 같다고.

그래서 나는 절망과 고독 속에서 노래하지
당신을 알 기회, 당신이라는 나를
노래할 기회에 관해서. 당신도 알겠지만,
어떤 의미에서 당신은 빛을 향해 나를 들어 올렸어

나는 전혀 기대하지도 의심하지도 말았어야 했어, 아마도
당신이 언제나 내가 당신이라고 말하기 때문이겠지
그리고 그 말이 맞아 (…)[4]

하지만 이제는 이 말들이 멀게 느껴졌다.

다음 날, 원고 파일을 지우기 시작했다. 온라인 금융 계좌에 접속해서 예전에 정해 둔 수령인을 확인했다. 컴퓨터 앞에 앉아 파일을 하나씩 찾아, 안 쓰는 파일을 삭제했다. 내 일기를 보관해 둔 캐비닛으로 갔다. 주저하다 그것들을 사무실 선반에 쌓아 두고, 나중에 쓰레기통에 버리기로 작정했다.

이 시기에 관해 글을 쓰려니 힘들다. 그렇지만 2년 반 동안 매일같이 독감에 걸린 듯한 상태에 시달리며, 적어도 남들이 내 고통을 알아볼 거라는 전망조차 없는 상황에서, 앞으로 계속 나아갈 수 있을지 몰라 절망했다고 털어놓지 않는다면 그 또한 거짓이리라. 몇 주 동안 우울했는데, 여러 만성질환자가 병을 앓다 어느 순간 이런 우울한 상태에 처한다(연구에 따르면 중증 환자의 대략 3분의 1이 우울 증상을 경험한다). 그렇다고 우울이 내 증상 혹은 고통의 **근본** 원인이라는 뜻은 아니다. 그렇게 생각하지 않는다. 하지만 내 병이 **보이지 않는** 현실이 가장 힘든 부분 가운데 하나였음을 꼭 말하고 싶다. 돌이켜보면 고통스러우리만큼 명백했다. 나는 언제나 타인과 깊은 관계를 맺고 싶은 사교적 인간이었다. A형 행동 유형의 학생이 으레 그렇듯 나 또한 열심히 일하고 고통에도 적응할 뜻이 있었다. 의사가 대처법과 전망을 말해 주기만 한다면, 혹은 내 병이 의미 있게 다뤄지고 있는지 알기만 한다면. 그러나 내가 얼마나 아픈지 거의 알아주지 않는 상황이라 당혹스러웠다. 내가 겪는 고통은 의미 없는 일이 되어 버렸다.

최근 이 시기 아이폰에 끄적인 이야기 조각을 찾았다. 이렇게 시작했다. "깨어나니 그들이 내 기억을 또 지웠다는 사

　　　　　　　　　　　　　보이지 않는 질병의 왕국

실을 알 수 있었다. 그들의 얼굴이 앞으로 다가왔다 물러났다. 그들의 눈이 무엇을 말하는지 나는 알 수 없었다." 한때 그토록 해답을 찾았건만, 그 겨울 내가 얼마나 희망에서 동떨어져 버렸는지 보여 주는 이야기였다. 형태 모를 '그들'이 내 기억을 지우는 이미지가 무슨 뜻인지 지금은 쉽게 알 수 있다. 내질병이 남들 눈에 띄지 않는 상태를 내가 어떻게 느끼는지 보여 주는 이미지였다. 보이지 않아서 의미가 텅 비어 버린 상태를 은유했다. 기억이 없는 사람은 의미가 없는 사람이다.

몇 안 되는 친구만이 이 무렵 내 신체적 고통이 얼마나 심각한지 알고 있었다. 확실한 단서와 증거가 없으면 인간은 타인의 고통을 잘 알아보지 못한다. 그리하여 보이지 않는 병은 대개 인정받지 못하는 반면, 덜 심각해도 눈에 띄면 관심을 받는다.

몇 년 후 첫 아이를 가진 나는 복용하던 약에 심각한 알레르기 반응이 생겨, 얼굴부터 발끝까지 피부가 벗겨지고 염증이 생겼다. 그 모습을 본 모두가 말했다. "너무 안쓰러워." 의사는 내 아픔을 얼른 덜어 주었다.

"정말 불편하겠군요."

"안타까워요."

여기저기서 먼저 말을 건넸다.

그렇지만 이 발진은 끔찍하긴 했어도 내가 가장 아팠던 시절에 비하면 아무것도 아니었다. 차이는 그 시절 증상이 전혀 티가 안 난다는 거였다. 병은 심각했으나 보이지 않았다. 보이지 않는 현실이 모든 차이를 만들어 냈다. 내가 보이지 않는다는 것, 그 자체로 나는 거의 죽을 뻔했다.

❧

　3월의 어느 날, 엄마가 된 친구 케이티를 만났다. 케이티는 커피숍에서 폭이 좁은 나무 의자(콘도로 바뀐 교회에서 가지고 왔단다)에 앉아 나를 기다리고 있었다. 밖에는 차가운 눈이 내려 땅을 아리게 했다. 친구 곁 유아차에서 담요로 감싸인 채 잠든 아기의 모습은 어른에게서 찾아보기 어려운 평화로움이 가득했다. 우리는 자리에 앉아 아기 이야기며 친구가 쓰고 있는 소설, 이혼에 관한 이야기를 나누었다. 손님들이 모이자 커피숍은 포근하고 따뜻한 공간으로 변했고, 창문에는 김이 서렸다. 노란 조명은 고치처럼 변했다. 별안간 아기가 깨어나자 친구는 미소를 지으며 아기를 안아 올렸는데, 그 미소가 내 마음에 쿡 박혔다.

　내가 잃은 기쁨에 대해 생각했다. 라즈베리와 커스터드 타르트의 맛있는 즐거움, 근육이 불타듯 운동하며 나 자신을 잊어버리는 경험, 문밖으로 뛰쳐나갈 때 느끼는 활력, 회의에서의 흥분. 그런데 나는 이런 바쿠스풍 쾌락뿐만 아니라 형이상학적 쾌락도 잃었다. 엄마가 되고 싶은 내게는 아이가 없었다. 한때 야망을 품었고 글쓰기를 열망했으나 이제는 통증과 안개가 가시기만을 바랄 뿐이었다. 근본적으로 앞날이 가로막혔고 너무 늦어 버렸다. 회색 털실 같은 궤적을 그린 내 인생은, 엄마로서의 삶도 놓치고 의미 있는 작업도 놓쳤다. 나를

　　　　　　　　　　　　보이지 않는 질병의 왕국

가장 아프게 한 부분이었다.

케이티가 웃음을 터트린 덕분에 이런 생각의 흐름에서 빠져나왔다. 아기는 웃으면서 뭔가 중얼거렸다. 머리칼이 부드럽게 위로 옆으로 흩날렸고 피부는 티 없이 맑았다.

몇 주 동안 경험하지 못한 삶을 향한 갈망이 몰아쳤다. **나는 정말로 건강해지고 싶어. 아니, '건강'이 아니야. 이 병과 함께 쭉 살아갈 의지가 필요해.**

다시금 희망이 솟구쳤다. 이제 나는 라임병의 복잡한 실태에 관해 더 알아야 하고, 알려진 정보와 아닌 정보를 분류하는 거의 불가능에 가까운 일을 해내야 한다는 생각이 들었다. 과학 저술가 친구의 추천으로 라임병 전문의, 즉 라임병에 특화된 내과 전문의 리처드 호로위츠Richard Horowitz의 진찰을 받기 위해 뉴욕 북쪽 병원에 가기로 했다.

그런데 이때 내가 몰랐던 사실이 있다. 치료하지 않은 라임병이 내 질환의 원인인가 살피기만 해도 '라임병 광인Lyme loony'으로 몰릴 위험이 있었다. '라임병 광인'이란 오래전 진드기에 한번 물린 일 때문에 장기간 고통받게 되었다고 믿는 환자들을 가리키는 말이다. 2007년 국립보건원의 라임병 보조금 감독을 맡은 담당자가 쓴 이메일에 나온 표현이었다.[5] 이제는 악명 높은 문구가 된 "의학계의 가장 큰 논란 가운데 하나"라는 말은 라임병을 두고 얼마나 맹렬한 논쟁이 오갔는지 보여 준다고, 의사이자 존스홉킨스대학 라임병연구소장 존 오코트John Aucott가 나중에 내게 말했다. 나는 논쟁의 중심으로 직진하고 있는 셈이었다.

15

라임병 광인

해결할 수 없는 문제를 앓는 환자보다 더

(의사의) 정체성에 위협이 되는 존재는 없다.

◆ 아툴 가완디, 《어떻게 죽을 것인가》

호로위츠 박사를 만나려고 기차를 탔다. 짙은 푸른색 허드슨강을 따라가는 길이었다. 포킵시에서 택시를 타고 바로 도착한 진료실은 예상보다 더 조용했다. 휠체어를 탄 10대 소녀와 어머니가 내 근처에 앉아 있었다. 접수 담당자 뒤에 놓인 파일 보관함에는 라임병에 관한 신랄한 농담이 적힌 스티커가 붙어 있었다. 바닥의 리놀륨 타일은 만다라 모양이었다.[1]

이제 호로위츠 박사를 H 박사라고 부르겠다. 맡은 환자가 많은 H 박사는 밝은 푸른 눈에 열정적인 모습의 불교 신자다. H는 최근 보건복지부에서 만든 진드기매개질병위원회 소속으로 일했다. 위원회는 2018년 라임병 환자의 진단과 치료 문제를 다룬 국회 보고서를 발표한 바 있다.

H 박사에게 내가 정말 라임병인지 잘 모르겠다고 말했다. 두께가 15센티쯤 되는 검사 결과 뭉치도 같이 가지고 갔다. 많은 의사를 겁나게 할 뭉치였다. 자리에 앉아 있으니 내가 바

보이지 않는 질병의 왕국

보처럼 느껴졌다. 분명 나는 멍청한 짓을 하고 있고, 사실 라임병이 아니리라. 하지만 H는 내가 가져온 검사 결과지를 한 장씩 다 살펴보고 질문을 던지고 메모를 했다. 한 시간쯤 지나 마침내 박사는 한숨을 쉰 다음 내 쪽을 바라보았다.

"검사 결과도 그렇고 환자분의 증상이나 수년간에 걸친 다양한 상태를 볼 때 라임병일 가능성이 아주 크다고 생각합니다. 여기 보시겠어요?" 박사는 스토니브룩대학 검사실의 검사 결과지 위로 몸을 숙였다. "라임병 특화 검사입니다."

"하지만 결과가 엇갈리는 것 같은데 어떻게 생각하세요?"

박사는 다시 한숨을 쉬었다. "검사에 대해 설명을 좀 할게요."

그날 H 박사의 병원에 도착하기 전에는 어떤 상황을 맞이할지 몰랐다. 박사의 설명을 들어 보니, 불완전한 라임병 진단이 전체 논쟁의 핵심이었다. 표준 라임병 검사는 거짓 양성을 최소화하기 위해 2단계로 이루어지는데, 감염 초기에는 병을 확실히 잡아내지 못하며 감염이 완전히 사라졌는지도 확인해 주지 못한다. 라임병을 유발하는 원인인 스피로헤타spirocheta(나선상균)의 혈액 내 존재 여부를 신뢰할 만한 수준으로 밝혀낼 검사가 없기 때문이다. 대신 현존 검사들은 세균에 대응하여 생산된 항체(감염과 싸우기 위해 인체가 만들어 내는 작은 단백질)를 찾는다. 그런데 항체 생산에는 시간이 걸리므로, 검사를 통한 조기 발견이 어렵다(심지어 황소 눈 발진이 생긴 사람도 검사에서 음성이 나올 수 있다). 그리고 항체가 한 번 생산되면 몇 년 동안 계속 남아 있으므로 감염이 사라졌는지, 심지어 새로 감염이 되었는지도 알기 어렵다. 게다가 자가 면역과 바이러스성 질환으로 생긴 항체는 라임병에 반응해서 만들어진 항체와 비슷하게 보일 수 있다.

결과를 철저하게 분석하기 위해 혈액을 여러 연구소에 보내는 의사들도 있는데, 서로 일치하지는 않는 결과가 나오기도 한다. 미국 질병통제예방센터는 1994년 전문가들이 합의한 특정 패턴의 항체만 양성 반응으로 간주할 것을 권고한다. 그러나 필요한 경우에는 검사 결과와 더불어 증상 및 노출 가능성에 근거하여 의사가 임상적 진단을 내릴 수 있어야 한다고도 제안한다.[2]

내 경우, 두 가지 검사에서 라임병 관련 항체들이 있다는 결과가 나왔다. 그렇지만 지속적인 감염 상태였다고 알려 주는, 단기간 내 만들어진 항체는 없었다.

H 박사의 진료 대기실에서, 여러 가지 병을 앓는 환자 가운데 라임병 환자를 선별하도록 고안된 정교한 설문지를 작성했다(이 선별 도구는 효과가 실증적으로 입증되었다). 이어 H 박사는 건강검진을 했다. 그리고 갑상샘 문제며 당뇨병, 그리고 내 증상의 원인일 수 있는 다른 문제들을 더 확인하기 위해 여러 검사를 했다. 박사는 지속적인 라임병 증상을 보이는 사람은 '동시 감염co-infection' 상태일 수 있다고 말했다.[3] 동시 감염이란 여러 병원체에 동시에 감염되는 상황으로, 예를 들면 진드기에 의해 바르토넬라균bartonella에도 감염될 수 있다. 나는 밤에 자면서 식은땀을 흘리고 폐에 공기가 충분하지 않은 느낌을 받았는데('공기 부족' 증상), 박사는 내가 바베시아

babesia에 동시 감염된 상태일 수 있다고 했다. 바베시아 또한 진드기에 의해 감염되는, 말라리아와 비슷한 원충이다. 나는 더 알고 싶어져서, 언제나 라임병이 주로 관절염 질환이라고 생각해 왔고, 내 경우 신경성 증상과 인지적 증상에 시달렸다는 이야기를 꺼냈다. 박사는 요즘에는 라임병 균의 계통이 다양하고, 그로 인한 질환 또한 다양하다고 설명했다.

H 박사는 라임병으로 심하게 아픈 사람들이 식품 민감증과 장내 미생물 불균형, 자가면역질환, 곰팡이 노출 증상, 유전 문제, 갑상샘 질환, 신경계 문제 등에도 시달린다고 했다. 체위성기립빈맥증후군POTS 증상을 겪는 환자도 많은데, 나도 이 증상에 관한 자료를 읽은 적 있었다.[4] 여러 불수의적 과정을 관리하는 자율신경계에 이상이 생겨 혈압 조절이나 소화 촉진, 뇌의 혈액 공급에 애먹는 상황을 뜻한다.

"재미있는 점은, 제가 볼 때 환자분은 실제로는 아주 튼튼하고 건강한 사람이라는 겁니다. 그러니 그렇게 오랫동안 괜찮았던 겁니다." 박사는 말을 이었다. "이제 환자분의 몸은 도움이 필요합니다."

H 박사는 한 달 치 독시사이클린doxycycline을 처방하며, 항생제를 먹기 시작하면 처음에는 더 나빠질 수 있다고 알려 주었다. 전에 온라인에서 본 이야기였다. 병균이 죽으면서 독소를 방출하면, 야리슈 헤르크스하이머Jarisch-Herxheimer 반응이라고 하는 독감 비슷한 증상이 나타난다. 라임병 환자들은 보통 '헤르크싱'이라고 부른다. 하지만 시간이 지나면 좋아질 거라고 했다. 그렇지 않다면 치료 방향을 잘못 잡은 것이었다.

그날 밤 저녁 식사 후, 갈피를 잡을 수 없는 내 마음을 짐에게 털어놓았다. 호로위츠 박사가 강력히 권했으나 아직도 항생제 복용을 결심할 수 없다고 말했다. 라임병 검사에서 양성 반응이 확실히 나오지 않았고, 항생제는 마이크로바이옴에 아주 해로울 것이었다. "잃을 게 더 있어?" 믿을 수 없다는 듯 짐이 말했다. "당신은 아프고, 고통받고 있어. 그리고 안 해본 치료법이 없지."

오늘날 나 또한 짐의 반응에 공감한다. 지금 와서 돌이켜 보면 나의 망설임은 분명 기이하게 보였을 것이다. 이상한 치료를 수없이 받았고 아무리 작은 가능성이라도 붙잡으려고 애썼다. 그러다 별안간 단서를 찾았는데 왜 항생제를 거부하려는 걸까. 항생제는 현대 의학의 기본이고, 과거 여러 차례 복용했다. 그렇지만 일단 나는 유년 시절의 불필요한 항생제 복용이 내 자가면역질환에 일조했으리라고 봤다. 그리고 지금에서야 알고 있지만 당시 나는 희망을 잃은 상태였다. 새로운 길로 나아가는 일 자체가 너무 힘겨웠다.

"그냥 먹어 봐." 짐은 절박했다. "항생제를 먹는다고 해도 지금보다 더 나빠지기는 힘들걸." 그렇게 나는 첫 알약을 먹기 위해 물 한잔을 챙겼다.

라임병은 1970년대 중반 코네티컷주에서 발견되었다. 오늘날에는 동부 해안 발생지를 훨씬 넘어선 주요 건강 위협

보이지 않는 질병의 왕국

문제가 되었고 점점 늘어나고 있다. 감염자는 보고된 사례만 확인해도 1992년부터 2017년까지 다섯 배쯤 증가했고, 질병통제예방센터는 연간 발생이 30만 건을 넘었다고 추정한다.[5] "라임병이 증가 추세라는 사실은 의심의 여지가 거의 없습니다." 캐리생태연구소의 질병 생태학자 리처드 오스트펠드 Richard Ostfeld가 내게 설명했다. 내가 동시 감염일 수 있다고 호로위츠가 추정한 바베시아는 국가적 차원으로 수혈에 문제를 일으킨 골칫거리였다.[6]

매사추세츠종합병원의 어느 콘퍼런스에서 병이 시간의 흐름에 따라 퍼져 나가는 지도를 보았는데, 붉은색이 1976년 롱아일랜드와 코네티컷 해안과 마서스비니어드에서 시작해서 서쪽과 북쪽, 남쪽으로 꾸준히 확산하다 결국 북동부 해안을 불안하리만치 새빨간 색으로 물들였다. 라임병을 비롯한 진드기 매개 질병은 이제 북캘리포니아와 미네소타주, 위스콘신주, 남부의 버지니아주 같은 곳에도 널리 퍼져 있다.[7] 미국의 모든 주에서 발생할 뿐만 아니라 유럽 여러 지역에서도 나타난다. 라임병을 옮기는 진드기를 조심하라는 불길한 경고판은 메인주 해안만이 아니라 파리 공원에서도 볼 수 있다. 미국 동부에서는 내가 아는 많은 부모가 여름에 숲속 하이킹을 할 때나 풀이 자란 놀이터에 놀러 갈 때면 덥든 말든 머리부터 발끝까지 아이들을 싸맨다.

요즘은 거의 누구나 주변에 라임병 진단을 받은 사람이 있다. 숨길 수 없는 발진(황소 눈 모양이라고 하는데, 많은 라임 발진은 단색 병변이다)을 확인하면 신속히 항생제를 먹어야 한다는 사실도 다들 안다. 진단을 빨리 받고 바로 치료받는 경우는 거기서 이야기가 끝날 것이다. 그렇지만 항생제를 복용해도 호전되지 않거나, 발진이 나타나지 않아서 뒤늦게 진단을 받았는데 이미 심한 손상을 입었다는 이야기도 전해진다. 피부에서 사슴 진드기를 발견하여 의사를 찾아도, 의사가 과잉 진단과 항생제 남용을 걱정하며 약 처방을 주저하는 상황을 겪는 사람도 많다.

이토록 오랫동안 공공 보건을 위협한 문제임에도 여전히 걱정과 혼란이 가득하다니 보기 드문 상황이다. 스티븐 앤드 알렉산드라 코헨 재단의 라임병 및 진드기 매개 질병 위원회를 맡은 전 컬럼비아대학의 역학자 베넷 넴서Bennet Nemser의 표현을 빌자면, 이제 라임병은 코로나19 유행을 제외하고는 "미국인의 일상에 거의 견줄 데가 없는 위협"이 되었다고 해도 과언이 아니다. 넴서는 이렇게 설명했다. "실제로 나이와 성별, 정치적 성향, 재산과 상관없이 누구든 풀을 좀 건드렸다 하면 진드기에 물릴 수 있는 겁니다."

심지어 기후와 토지 이용의 변화까지도 라임병을 비롯한 진드기 매개 질병의 급격한 증가에 일조하고 있는 상황인데, 이 순간에도 미국 의학계는 설왕설래하기 바쁘다. 라임병이라고 볼 수 있는 경우는 무엇인지, 라임병이 만성질환이 될 수 있는지, 만일 그렇다면 이유는 무엇인지를 두고 논쟁에 진전이 없다. 이 같은 교착상태로 인해, 교활한 세균과 동시 감염이 인체에 어떤 영향을 미칠 수 있는지 알아내는 연구 또한 길이 막혔다. 공공 보건 문제로 관심을 받은 지 어언 40년이 지났어도, 여전히 신뢰할 만한 검사가 없고 백신도 개발되지 않았으며(제약사 발네바와 화이자가 백신을 연구하고 있고, 2025년에는 상용화를 기대한다[8]), 환자는 의사와 맞서고 연구자는 다른 연구자와 맞선다. 결론이 안 나는 진단을 받았을 때, 금방 나으리라 꿈꿀 만큼 어리석지는 않았다. 하지만 이 불확실성의 롤러코스터가 얼마나 극단적으로 내달릴지는 몰랐다.

라임병은 코네티컷주 라임 지역 아이들에게 류마티스관절염 증상이 나타나기 시작하면서 널리 알려졌다. 당시 보스턴 메사추세츠종합병원에서 연구 중이던 예일대학의 젊은 류마티스 학자 앨런 스티어Allen Steere가 이 아이들을 조사했다. 1976년, 스티어는 이 수수께끼 같은 병에 지역명을 딴 이름을 붙이고 주요 증상을 세세하게 설명했다. 황소 눈 발진, 열, 동통, 벨 마비(안면 부분 마비), 기타 신경성 문제, 무릎이 붓는 등의 류마티스 징후. 많은 연구를 거친 후 스티어는 특히 쥐와 사슴에 있는 검은 다리 진드기에 병의 원인이 되는 병원체가 숨어 있을 가능성을 알아냈다.[9] 1981년, 의료 곤충학자 윌리 버그도퍼Willy Burgdorfer가 라임병의 원인 균을 찾아냈고, 그의 이름을 따서 보렐리아 부르그도르페리Borellia burgdorferi라고 부르게 되었다.

B. 부르그도르페리는 코르크 따개처럼 생긴 세균(나선상균)으로, 숙주의 세포 조직에 깊이 파고들면서 해를 입힐 수

있다. 적어도 연구실 환경에서는, 상황에 따라 코르크 따개 모양에서 낭포 모양이나 끈적한 생물막 모양으로도 변할 수 있다. 이런 능력 때문에 연구자들은 B. 부르그도르페리를 "면역 기피자"라고 부른다.[10] 이 균은 인간의 혈류에 들어오면, 면역 반응을 피하기 위해 겉모습을 바꾸어 가며 혈액에서 조직으로 재빨리 이동한다. 그래서 조기 발견이 어렵다(혈류나 다른 조직의 체액에서도 찾기 어려울 뿐 아니라 배양도 어려운데, 감염 확진을 위해서는 혈액 배양이 필요하다). 만일 치료가 안 되면 B. 부르그도그페리는 체액을 통해 관절로, 척수로, 심지어 뇌와 심장으로도 옮겨 간다.[11] 그래서 때로는 치명적인 라임병성 심장염이 발생하기도 한다.

1990년대 중반까지 주류 의학계의 입장은 라임병이 눈에 띄는 발진과 독감 유사 증상 때문에 상대적으로 진단도 치료도 쉽다는 것이었다. 감염병은 보통 현대 의학계가 잘 다루는 깔끔한 병에 속한다. 그런데 초기에 진단된 라임병 환자는 독시사이클린 같은 항생제를 몇 주간 복용하는 기존 치료법으로 대부분 치료할 수 있지만, 말기 라임병의 경우(감염 치료를 받지 않은 상황에서 균이 온몸으로 퍼진 상황)는 항생제 정맥투여가 한 달까지도 필요할 수 있다고 한다. 미국감염병학회의 이 같은 평가는 2006년부터 최근까지도 감염병학회 치료지침의 기반이 되었다. 2019년 6월 후반의 수정안에는 초기 라임병 환자에게 독시사이클린을 처방하는 기간을 10일로 줄이라는 내용이 포함되었다.[12]

그렇지만 라임병을 직접 치료하는 현장의 풍경은 훨씬

보이지 않는 질병의 왕국

어두워 보였다. 라임병 증상을 겪었고 나중에 검사 결과 양성이 나온 환자들 상당수는 발진이 한번도 나지 않았다. 라임병의 특징적 증상이 많이 나타났으나 검사에서는 음성이 나왔고, 어떤 치료도 안 받은 사람들도 있었다. 라임병 확진을 바로 받고 독시사이클린으로 표준 치료를 받았으나 좋아지지 않은 환자도 일부 존재했다. 완전히 회복하지 못한 사람들은 자신의 상태를 "만성 라임병"이라고 부르게 되었고, 어떤 경우는 세균이 여전히 몸속 깊이 숨어 있다고 믿었다.

환자를 도울 능력이 없어 보이는 의료계에 화가 난 사람들은 행동가로 나섰고, 치료가 어려운 환자를 당국이 제대로 인식하지 못하고 있다고 주장했다.[13] 라임병이 풍토병인 지역에서 일하는 가정의들은 계속 아픈 환자들에게 다른 치료법을 시도했다. 장기간에 걸친 항생제 경구투여와 정맥주사도 그중 하나로, 때로는 몇 달 혹은 몇 년에 걸쳐 이루어졌다. 진드기 매개 동시 감염 검사도 열심히 시행했는데, 심하게 아픈 일부 환자가 동시 감염 상태였다. 많은 의사가 효과적인 치료법을 찾으려고 약을 돌려가며 써 보았다. 반응이 좋은 환자도 있었고 그렇지 않은 환자도 있었다. 1999년, 이 의사들이 힘을 합쳐 국제라임병및연관질환협회ILADS를 만들었다. 협회는 라임병 검사의 문제점을 조명하고, 라임병에 걸린 동물과 사람을 치료한 후에도 병균이 남아 있을 수 있다는 초기 증거를 인용했다. 협회가 제시한 대안적 치료 표준은 라임병을 폭넓게 정의하고, 광범위한 치료를 제시하며, 라임병 환자가 오랫동안 아플 수 있음을 인정하자는 내용이었다.[14]

그러나 유명한 라임병 학자 몇몇은 병균이 몸에 남아 치료 후에도 감염이 지속될 수 있다는 주장에 회의적이었다. 많은 만성 라임병 환자가 더는 감염 상태가 아닌데도 치료를 받고 있으며, 애당초 라임병에 걸린 적이 없는데도 다른 원인을 쉽게 찾을 수 있는 증상을 가지고 라임병 감염으로 우긴 사례도 있다고 주장했다. 감염병학회가 볼 때 만성 라임병이란 유사 과학적 진단으로, 생물학적 현실이 아니라 의학적 증거가 뒷받침되지 않은 이데올로기였다.[15] 이 이데올로기의 영향 아래, 잘 속는 환자들이 무책임한 의사들에게 위험한 항생제 정맥주사 치료를 불필요하게 받고 있다는 것이다(이 입장은 30대 라임병 환자가 정맥주사 관련 감염으로 사망하면서 힘을 얻었다[16]). 환자가 호소하는 지속적 증상의 원인이 병균이 아니라고 증명하기 위해, 감염병학회는 그런 증상을 항생제로 장기 치료해도 위약과 다름없는 효과가 날 뿐이라는 몇 안 되는 연구를 인용했다.

증상에 계속 시달리는 환자에게 열정과 관심을 쏟아도 모자란 판에, 환자의 증언을 불신하기만 하는 의사들이 많았다. 감염병학회는 지속적 피로와 브레인 포그와 관절 통증이 만성 라임병 증상으로 흔히 보고되나, 사실 일반인에게나 라임병 환자에게나 비슷한 비율로 나타난다는 통계를 강조했다. 학회의 전문가들은 라임병으로 오랜 기간 쭉 아팠다고 믿는 환자들이 속았거나 정신적 문제가 있다는 의견을 언론에다 넌지시 비쳤다.[17]

이 같은 적대감은 "냉혹했고 환자를 멀리하는 일"이었다

보이지 않는 질병의 왕국

고 컬럼비아대학 어빙의학센터의 라임병 및 진드기 매개 질병 연구소장 브라이언 팰런Brian Fallon이 내게 말했다. 환자와 전문가 사이에서만이 아니라 지역사회 의사와 학계 의사 사이에도 적대감이 커졌다. 2006년, 미국감염병학회가 제시한 환자와 의사를 위한 지침에는 "많은 환자의 경우, 치료 후 증상은 라임병이나 진드기 매개 동시 감염이 아니라 일상의 동통 및 통증과 관련된 것으로 보인다"라고 경고하는 내용도 들어가 있었다.[18]

그렇지만 이런 말은 환자들에게 공허하게 다가올 뿐이었다. 팰런이 말했다. "연구자들은 '당신의 증상은 라임병과 아무 관련이 없습니다. 만성피로증후군이거나 섬유근육통이거나 우울증입니다'라고 말하죠. 하지만 이해가 안 갑니다. 환자들은 라임병으로 아프기 전까지는 건강했거든요."

당국의 적의로 인해, 지속적 증상에 관한 연구도 늦게 이루어졌고 한 세대 전체 환자가 도움을 받지 못했다.

호로위츠의 병원에 다녀온 다음 날 아침, 독시사이클린 1회분을 또 복용했다. 플라케닐Plaquenil과 함께였다. 플라케닐은 항생제가 세포로 더 잘 침투하게 해 준다고 한다. 그날 밤 저녁 식사와 함께 세 번째 복용을 마쳤다. 다음 날 일어나니 몸 상태가 너무 안 좋았다. 목 안이 부었고 불타는 철근처럼 느껴졌다. 머리는 띵했다. 매우 메스꺼웠다.

이틀 뒤 짐과 점심을 먹으러 나갔다. 나는 여전히 몸을 잘 가누지 못했고 불편했다. 울적한 잿빛 하늘에는 구름이 낮게 깔려 있었다. 집으로 돌아오는 길에, 맨살이 드러난 팔에 빗방울이 떨어지는 느낌이 났다. 짐에게 서두르자고 했다.

"왜?"

"비가 오니까."

"비는 아니야. 그냥 구름이 낀 거야."

나는 팔을 들어 짐에게 빗방울을 보여 주었다. 팔에 차가운 점이 여러 개 솟았다. 그렇지만 비는 아니었다. 집에 가는 동안 온몸에 차가운 점이 마구 솟아났다. 이질적인 느낌의 거센 물결이 피부를 씻어 내리기라도 하는 것처럼 근질거렸다.

그래도 건강이 계속 안 좋으면 어쩌나 걱정하느라 힘을 잃지는 않았다. 시카고에서 콘퍼런스에 참석할 계획으로 신이 났다. H 박사가 처방한 약과 보충제를 3주 더 복용했다. 독시사이클린은 피부 알레르기 반응을 일으켰다. 늦봄의 어느 흐린 아침, 선크림을 오른손에 바르는 일을 깜박 잊고 케이티와 커피를 마시며 산책했다. 집에 돌아올 때가 되자 팔이 쓰라린 느낌이 들었다. 며칠 동안 햇볕에 탄 부분이 2도 화상으로 진행되더니 물집이 터졌다.

한 달 동안 항생제를 복용한 뒤 H 박사의 병원으로 가는 기차를 탔다. 질문지를 받은 나는 증상이 한 달 전보다는 심하지 않다고 답했으나, 전체 답변 점수는 여전히 높았다. 박사는 항생제 처방을 바꾸고 항말리리아약인 메프론Mepron을 추가했다. 내가 밤에 계속 식은땀을 흘리고 공기 부족 증상을 겪는 것이 걱정된다고 했다.

내가 여전히 현기증을 자주 느낀다고 하자, H 박사는 체위성기립빈맥증후군 검사를 하기로 했다. 이 병원을 찾는 많은 환자가 이 증후군을 겪었다. 체위성기립빈맥증후군은 자율신경기능이상의 아형이다('자율신경기능이상'은 앞서 언급했듯이 여러 다양한 질환을 포괄하는 용어로, 원인이 아직 확실하게 밝혀지지 않았다). 보통 자율신경계가 신체의 격한 활동이나 자세 변경, 체온 변화에 대응하여 심장을 제대로 조절하지 못해서 투쟁-도피 반응이 부적절하게 일어나는 증상이다. 어떤 환자들은 혈압 조절이나 피를 뇌로 보내기 위한 혈관 수축에 어려움을 겪는다. 피가 다리나 신체 말단에 고이기도 한다. 이를 보상하기 위해 심박수가 증가할 수 있는 한편, 신체는 문제를 바로잡기 위해 아드레날린을 잔뜩 분비하지만 헛된 일이다. 그 결과 환자는 피로와 두통, 소화불량, 두근거림에다 브레인 포그 같은 인지 문제까지 겪을 수 있다(체위성기립빈맥증후군은 최근에 많이 알려졌는데, 코로나19가 상당수 환자에게 이 증후군 혹은 그와 아주 유사한 증상을 일으키는 것으로 보이기 때문이다[19]).

내가 반복해서 실신을 겪는 까닭에, H 박사는 능동 기립 검사를 선택했다. 이 검사는 환자가 앉아 있는 동안 기본 심박수를 확인한 다음, 환자가 서 있을 때 일정 시간을 두고 심박수와 혈압을 잰다. 혈압이 안정되어 있어도 심박수가 시간에 따라 계속 증가한다면, 특히 분당 30회 이상 올라가면 체위성기립빈맥증후군이다. 이는 무엇보다도 신경계가 혈액을 머리로 잘 보내지 못한다는 뜻이다. 그렇다면 피로와 현기증이 어느 정도 설명된다.

간호사가 혈압을 재려고 검사용 탁자에 앉은 내 팔에 커프를 감았다. 긴장을 풀라는 말을 들었다. 내가 주먹을 꽉 쥐고 있었던 것이다. 신경질적으로 웃음을 터트렸다. 내 심박수는 분당 63회였고 혈압은 90/60이었다. 자리에서 일어나자 간호사는 다시 심박수와 혈압을 재고 잠시 기다리라고 했다. 1분 단위로 심박수와 혈압을 계속 측정했다. 점점 불편해진 나는 무게중심을 옮겼다가 한 소리 들었다. "움직이지 마세요." 10분이 경과했다. 심박수는 94회였고 혈압은 같았다. H 박사가 와서 결과를 확인하더니 체위성기립빈맥증후군 같다고 했다. 물을 더 마시고, 소금을 더 먹고, 압박 스타킹을 신으라고 권고했다. 혈액순환과 혈액 고임 방지에 도움이 된다고 했다. 박사의 설명에 따르면 체위성기립빈맥증후군은 보통 완전히 낫지는 않는다. 그래도 저렇게 대응하면 증상이 완화될 수 있고, 삶의 질도 상당히 개선된다고 한다. "약을 고민하기 전에 상태가 어떻게 되는지 살펴봅시다."

(훗날 나는 호텔 방에서 정신을 잃고 쓰러지는 바람에 머리를 욕조에 부딪혀 중증 뇌진탕 진단을 받았다. 그때 마운트시나이병원의 심장병 전문의 에이미 콘토로비치Amy Kontorovich도 체위성기립빈맥증후군 진단을 내렸다. 능동 기립 검사를 해 보니 내 심박수가 분당 40회 이상 증가했다. "확실히 체위성기립빈맥증후군이군요. 현기증과 실신이 설명되죠. 내 생각에 이 증후군이 환자분의 증상에 큰 역할을 하는 것 같아요." 친절하게 설명해 준 콘토로비치는 내심 놀란

눈치였다. 어쨌든 측정이 가능한 증상인데 공식 진단을 받기까지 너무나 오랜 시간이 걸렸기 때문이다. 또 콘토로비치는 엘러스단로스증후군이라는 유전성 질환이 있다는 진단도 내렸다. 엘러스단로스증후군 환자는 보통 체위성기립빈맥증후군을 겪고 피로와 만성 통증에 시달린다고 한다. 그렇다면 내 고질적 증상을 설명할 수 있다.)

병원을 나온 나는 망연자실했다. 수년 동안 그토록 많은 증상을 설명하는 답을 찾지 못했는데, 이제 별안간 여러 설명이 등장했을 뿐 아니라 진짜로 병을 앓고 있다고 인정받았다. 내 몸을 구성하는 여러 체계에서 많은 부분이 정말 나빠지고 있었다. 이런 날이 올 줄 정말 몰랐다. 그날 밤 의사가 해 준 설명을 친구에게 전했다. "충격받았을 것 같아." 친구의 말이 맞았다. 그렇지만 문제를 알기만 해도, 문제에 이름이 주어진 것만으로도 안도할 수 있었다.

동시에 내 증상에 **하나**의 설명, **하나**의 병명, **하나**의 진단이 맞지 않는 이유를 이해했다. 불확실성을 안고 사는 삶이 내 운명임을 알 만큼 이해하게 되었다. 하시모토병, 자궁내막증, 라임병, 체위성기립빈맥증후군에다 훗날 진단받은 엘러스단로스증후군까지 각각 고유한 증상이 있었고, 그 자체만으로 병이 되었다. 진단이 더는 내 여정의 종점으로 다가오진 않았어도, 중요한 조각인 것은 분명했다. 서로 관련 없어 보이는, 총체적 미스터리였던 일련의 증상들을 설명할 수 있게 되어 나는 위안을 느꼈다.

2014년 6월, 나는 새로운 항생제와 메프론을 함께 복용하기 시작했고 체위성기립빈맥증후군에 대응하는 차원에서 소금도 먹게 되었다. 그전과 거의 다를 바 없이 아팠다. 뉴욕대학의 여름 글쓰기 강의를 위해 파리로 떠났다. 이틀 만에 파리에 도착했는데 거의 걸을 수가 없었다. 심한 전기 충격이 피부에 상처를 냈고, 타는 듯한 통증과 마비된 듯한 감각이 목 군데군데 퍼졌다. 몸이 벌벌 떨렸다. 증상이 지속된 닷새 동안 통증과 뒤섞인 두려움에 몸부림쳤다. 이 상태가 약이 세균과 기생충을 죽이면서 나타나는 긍정적 반응인 '헤르크싱'인지, 아니면 그냥 병인지 어찌 알까? 또는 몇 주 동안 복용한 항생제와 항말라리아 약 자체가 문제를 일으키고 있다면?

어느 동료가 근심하며 말을 건넸다. "그 길이 맞다고 생각해서 그러는 거겠지만, 그냥 자기 자신을 더 아프게 하고 있는 것 같은데?"

엿새째 되는 날, 숙소로 구한 아파트 소파에 앉아 있는데 팔뚝과 허벅지를 타고 너무나 심한 전기 충격이 일었다. 열려 있는 키 큰 창문으로 햇빛이 흘러들고 있었다. 그걸 바라보고 있자니, 그냥 밖으로 뛰어내리면 쉴 수 있겠다는 생각마저 들었다.

다음 날 아침, 전날처럼 밝은 태양을 맞이하며 깨어났다. 한참 힘들었던 몸 상태가 좋아졌다. 되찾은 기력에 놀란 나는 달리기를 하러 밖으로 나갔다. 인도를 따라 똑바로 달린 것은 아니었지만, 나이 들고서 처음으로 40분 동안 5킬로미터를 뛰었다. 몇 주 동안 몸은 좋아지고 또 좋아졌다. 밤에 식은땀을 잔뜩 흘리는 증상이 사라졌다. 공기 부족도 가셨다. 활력이 넘쳤다.

내가 치료를 시작한 시점에는, 라임병으로 어떤 환자들은 지속적 증상을 겪는다는 사실이 더 이상 상상으로만 받아들여지지 않았다(코로나19를 겪은 지금은, 어떤 경우 감염이 몇 달 동안 계속 사람을 아프게 할 수 있다는 생각이 그리 낯설지 않다). 존스홉킨스대학의 존 오코트가 수행한 잘 설계된 종적 연구에 따르면, 이상적 치료 집단, 즉 발진이 생겨서 권고대로 항생제를 복용한 환자도 10퍼센트 정도는 지속적인 브레인 포그와 관절 통증 및 관련 문제를 겪는다. 이 비율이 20퍼센트까지 올라가는 연구들도 있다. 이런 상태를 치료후라임병증후군Post-Treatment Lyme Disease Syndrome, PTLDS이라고 하며, 이제는 질병통제예방센터에서도 인정한다.

그럼에도 논쟁은 계속되고 있으며, 감염병학회뿐만 아니라 현장의 고위급 인물들도 여전히 공식 진단으로 받아들이려 하지 않고 있다(이 문제에 대해 많은 이야기를 들은 후에도, 나는 여전히 그 이유를 잘 이해하지 못한 상태다. 원인이 무엇이든 간에 치료후라임병증후군은 실제로 존재하는 질환이 분명해 보인다).

아마도 지속적 증상의 원인이 무엇인가 하는 결정적 질문에 여전히 답이 없어서 그럴 것이고, 라임병이 왜 어떻게 만성질환이 되는지에 관한 논쟁이 수십 년 동안 교착상태였던 것도 부분적 원인일 것이다. 질병통제예방센터 매개감염질병부서의 부국장 수 비서Sue Visser는 이런 상황을 인지하고 있다. "수십 년이 지났는데도 여전히 답을 찾아 주지 못하고 있으니, 많은 환자가 좌절하는 것도 당연합니다."[20]

수십 년 동안 라임병 연구에는 연방 정부의 지원이 거의 없었다.[21] 그렇지만 최근에는 스티븐 앤드 알렉산드라 코헨 재단, 국제라임연합, 베이지역라임재단 등 민간 재단의 지원으로 새로운 연구들이 진행 중이다. 이 연구들은 여러 질문을 새롭게 고민한다. 왜 라임병 증상은 일부 환자에게만 지속되는가? 환자의 다양한 반응을 설명할 수 있는 B. 부르그도르페리균의 행동에서 어떤 부분이 아직 알려지지 않았는가?

사실, 치료후라임병증후군(혹은 만성 라임병)은 오랜 '씨앗과 토양' 모델을 다시 끌어온다. 명확한 감염으로 인해 병이 유발된다 해도 그 양상은 자가면역과 비슷한 점이 많아 보인다. 과학자들이 다 알아내지 못한 어떤 이유로 인해, 어떤 사람은 B. 부르그도르페리에 감염되면 다른 사람들보다 더 아프다. 이는 딱 떨어지는 여느 감염성 질병과는 다르다. "세균에 노출되어, 병을 얻고, 약으로 치료한다"라는 친숙한 모델이 맞지 않는다. 오히려 진드기 매개 질병은 사람마다 온갖 다양한 면역반응을 유발한다고 볼 수 있는데, 코로나19도 비슷하다.

보이지 않는 질병의 왕국

코헨 재단의 베넷 넘서는 현재 탐구 중인 가설 몇 가지를 알려 주었다. 복잡한 병이라 참 쉽지 않다. 증상이 지속되는 환자는 라임병 감염 상태이거나 진단받은 적 없는 다른 진드기 매개 질병을 앓고 있을 가능성이 있고, 둘 다에 해당할 수도 있다. 아니면 최초 감염이 구조적 손상을 일으켜서 신경 통증과 만성 염증 같은 증상이 재발하는 상태일 수 있다. 마지막으로, 아직 연구자들이 밝히지 못한 유발 요인에 의해 위의 세 가지가 결합된 상태일 수도 있다.

어느 쪽이든, 새로운 연구에 따르면 증상이 호전되지 않는 환자에게는 감염과 면역계의 복잡한 상호작용이 나타난다. 코로나 후유증처럼 말이다. 그러니 의학에 새로운 질병 모델이 필요하다는 생각을 다시 떠올리지 않을 수 없다. 감염과 환경적 스트레스 요인에 대한 개인별 반응을 설명할 수 있는 모델이 있어야 한다. 라임병 감염의 면역반응은 "가변성이 아주 높다"라고 존 오코트가 설명했다. 예를 들어, 라임병에 대처하는 면역계의 지나친 활성화 때문에 증상이 지속된다는 연구가 있다. 그러나 최근 스탠퍼드대학에서 오코트가 치료후라임병증후군 환자들을 대상으로 공동 연구한 결과에 따르면, 라임병 균은 면역반응을 억제했다(이렇게 되면 세균이 인체에 계속 잔존할 가능성이 커진다).[22] 이런 점에서 라임병 연구자들 또한 새로운 통찰의 최전선에 있다. 이들은 감염, 혹은 최초의 감염으로 몸이 쇠약해져서 쉽게 후속 감염이 일어나는 상태(에이미 프롤은 이를 '연속 감염'이라고 불렀다)가 때로는 신경계를 불안정하게 만들고 자율신경기능이상을 유발하여 만성 염증성 질환을 활성화하는 과정을 파악한다.

그동안 포유류를 대상으로 이루어진 많은 실험을 통해, 라임병 균이 항생제 치료 후에도 살아남을 수 있다는 증거들이 모였다. 2012년, 국립영장류연구소의 미생물학자 모니카 엠버스Monica Embers가 이끈 팀은 붉은털원숭이에서 치료 후에도 몇 달 동안 온전하게 남은 B. 부르그도르페리를 발견했다. 또 엠버스는 원숭이들이 감염에 가지각색의 면역반응을 보였다며, 활성 세균이 일부 동물에 남아 있는 이유를 설명할 수 있다고 밝혔다.[23] 면역반응이 병원체를 해치우기에 충분하지 않은 원숭이도 있었던 것이다. 이 연구는 미국감염병학회의 고위층 인사로부터 비판받았는데, 세균이 활성화 상태인지 밝히지 못했기 때문이다. 그렇지만 엠버스와 연구팀은 독시사이클린으로 한 차례 치료받은 쥐에서 B. 부르그도르페리를 배양해 냈다. 치료 후에도 세균이 동물의 몸에서 생존 가능한 상태임을 보여 주는 결과였다.

2021년 5월, 모니카 엠버스와 브라이언 팰런은 학술지 《프론티어스 인 메디슨Frontiers in Medicine》에 놀라운 부검 연구를 실었다. 심각한 신경인지 문제를 겪다 69세의 나이로 사망한 여성의 뇌와 중추신경계에서 온전한 보렐리아 나선상균을 발견했다는 내용이었다.[24] 그 여성은 사망 15년 전에 라임병 진단을 받고 공격적인 항생제 치료를 했다. 미국감염병학회의 관점에 따르면 세균은 완전히 박멸되었어야 했다. 그러나 부검 결과는 그 반대를 시사했다.

세균은 어떻게 항생제의 맹공격을 받고도 살아남을 수

있었을까? B. 부르그도르페리는 면역반응을 억제하기도 하지만, 소위 '존속성 세균' 형태로 변할 수 있는 것 같다. 이런 형태는 치료가 어려운 포도알균 감염 등에서 나타나는데, 라임병의 경우에는 존재하지 않는다는 의견이 쭉 이어졌다. 존스홉킨스 블룸버그공중보건대학의 장잉Ying Zhang과 노스이스턴대학의 킴 루이스Kim Lewis 등의 연구자들은 라임병에서 이런 존속성 세균이 휴지 상태에 들어갈 수 있으며, 그러면 항생제의 치명적 포위에도 살아남을 수 있다고 본다. 이해가 가는 설명이다. 독시사이클린은 세균을 직접 죽일 뿐 아니라 복제를 억제한다. 그러나 휴지 상태의 균 말고 활발하게 분열하는 균에만 영향력을 발휘한다. 남은 B. 부르그도르페리는 건강한 면역계가 처리해야 한다. 이것이 장잉과의 대화에서 비로소 이해하게 된 내용이다. 장의 모델은 라임병에서 회복하는 사람도 있고, 세균을 다 죽이지 못하는 사람도 있는 이유를 설명한다.

이 어마어마한 발견은 장잉의 연구팀이 세 종류의 항생제 칵테일로 쥐를 치료하다가 얻게 된 것이었다. 항생제 칵테일에는 존속성 포도알균 감염에 효과가 있다고 알려진 약도 포함되어 있었다. 치료받은 쥐는 존속성 B. 부르그도그페리 감염이 말끔히 사라졌다. 장은 이렇게 말했다. "이제 이치에 맞는 설명뿐만 아니라, 항생제 하나만 쓰는 표준 치료로 해결되지 않는 존속성 라임병으로 고생하는 환자들을 위한 잠재적 해결책도 찾았습니다."[25]

물론 일부 라임병 환자에게 활성 세균이 계속 남아 있다고 해도, 이게 증상의 원인은 아닐 수 있다. 존스홉킨스의과대학의 감염병 임상국장이자 미국감염병학회의 전 학회장이었던 폴 오워터Paul Auwaerter는 라임병 균이 남기는 DNA 파편이 지속적인 '저등급 염증 반응'을 유발할 수 있다고 지적했다. 2019년, 킴 루이스는 본인 생각으로는 아직 풀리지 않은 중대한 질문이 있다고 했다. "병원체가 계속 남아서 천천히 손상을 일으키는 것인지, 아니면 면역계를 망가뜨리고 이미 사라진 상태인지" 알 수 없다는 것이다. 하지만 "우리도 그렇고 사람들이 치료후라임병증후군의 치료법을 찾아내리라 낙관하고 있습니다"라는 말을 남겼다.

3월의 어느 상쾌한 날, 나는 매사추세츠종합병원의 연구소를 방문했다. 연구소장은 라임병을 발견한 류마티스 학자이자 라임병 검사의 매개 변수 정립을 도운 앨런 스티어였다. 호리호리한 체격에 회색 머리, 진지한 눈빛을 지닌 스티어는 라임병에 대한 의학계의 무관심을 대표하는 학자였다. 일부 만성 라임병 환자가 오진을 받았다고 오랫동안 주장한 것이다. 스티어는 콘퍼런스 자리에서 사람들의 거친 항의를 받아 말이 막히기도 했고, 인터뷰 기자라고 주장하는 사람들의 습격을 받기도 했다. 스티어의 입장에 동의하지 않는 과학자들은 그럼에도 그가 라임병을 헌신적으로 연구해 왔다며 내게 만남을 권했다. 나는 라임병 및 만성 라임병 논쟁에 관한 스티어의 생각을 들어 보고 싶었다.

스티어는 의학이 고개를 숙일 수도 있어야 하고, 또 라임병이 복잡하다고도 강조했으나 그 차분한 태도에는 절대 꺾을 수 없는 고집이 어려 있었다. 먼저 라임병은 많은 사람에게서 항생제 없이 저절로 낫는다고 말했다. 그리고 치료받지 않을 경우, 초기에 발진과 열로 시작해서 신경성 증상이 뒤따르고 염증성 관절염으로 끝나는 경우가 있다고 구체적 과정을 주의 깊게 설명했다. 관절의 염증은 항생제 치료를 받아도 몇 달 혹은 몇 년 동안 지속될 수 있는데, 세균이 계속 남아서 그렇다고 믿지는 않는다고 했다. 관절염 증상이 계속되는 환자를 연구해 보니, 지속적 염증 반응에 대해 유전적으로 취약한 경우였다는 것이다. 이 발견을 통해 소위 '항류마티스제'를 사용하여, 라임병성 관절염으로 장기간 고생한 환자를 효과적으로 치료하게 되었단다. 이는 감염과 유전이 충돌하여 지속적 염증성 질환을 일으키는 방식을 증명한 중요한 연구이기도 하다.

내 상황에 대해 약간 이야기를 꺼내자, 스티어는 나를 걱정하면서도 흔들리지 않았다. 본인이 볼 때, (내가 진단받은) 후기 라임병은 보통 나처럼 피로와 브레인 포그 같은 많은 전신 증상을 유발하지는 않는다고 했다. "라임병 이데올로기에서 벗어나길 바랍니다. 항생제 치료는 확실히 도움이 되었네요. 그렇지만 나선상균 감염이었다는 생각은 받아들이기 어렵군요. 당연히 다른 감염체가 있을 겁니다." 스티어는 일부 감염체가 복잡한 면역반응을 유발할 수 있다고 했다.

힘이 빠진 나는 스티어의 연구실을 떠났다. 2014년에 스티어와 비슷한 생각을 가진 의사를 만났다면, 절대 독시사이클린 치료를 시작하지 않았을 것이고 좋아지지도 않았을 것이다. 그래도 라임병 말고 다른 질환이 항생제에 반응했으리라는 스티어의 생각에 열린 자세를 견지했다.

그날 밤 나는 호텔 방 컴퓨터 앞에 몸을 웅크리고 앉아 1976년 《뉴욕타임스》에 실린 라임병 발견에 관한 기사를 다시 읽었다. 새로운 부분이 눈에 들어왔다. 당시 스티어는 라임병이 세균성 질환이 아닌 것 같다며(사실은 맞다), 라임병을 일으키는 미생물이 세균처럼 행동하지 않는다는 이유를 댔다. "관절염을 유발한다고 알려진 세균성 감염은 영구적 관절 손상을 남기며, 세균은 체액에서 관찰하기 쉽고 시험관에서도 잘 자란다. (라임병) 환자의 체액과 조직에서 세균을 배양해 보려고 노력했으나 모두 실패로 돌아갔다." 스티어는 새로운 가능성으로 옮겨갔다. "바이러스가 가장 가능성이 큰 후보자다."[26] 《타임스》에 이런 말도 했다. "우리가 아직 발견하지 못했다고 해서 존재하지 않는다는 말은 아니다. 우리는 계속 지켜볼 것이다."

나는 스티어에게 이메일을 보내, 1970년대에는 라임병에 속았느냐고 물었다. 그러자 스티어는 본인을 비롯한 사람들이 새로운 감염에 관해 단 몇 년 만에 얼마나 많은 정보를 알아냈는지 내게 상기시켰다. 과학의 특징에 대해서도 짚어주었다. "(과학은) 막다른 길에 이어 또 다른 막다른 길로 인도할 수 있습니다. 우리는 이런 막다른 길로부터 배워야 하고 계

보이지 않는 질병의 왕국

속 노력해야 합니다."

"현재 진행 중인 증상의 병리학을 진짜 이해한다고 말하는 사람은 누구든 상황을 어느 정도 단순화하는 셈"이라고, 미국감염병학회의 회원이자 라임병에 특히 열린 태도를 견지하는 내과의로 유명한 람지 애스포어Ramzi Asfour가 말했다. 나는 베이 지역 병원에 있는 애스포어와 전화로 이야기를 나누었다. 그는 현장에서 직접 환자들을 치료해 보니, 누구에게나 적용되는 라임병 진단과 치료는 잘 안 맞는다는 사실을 알게 되었다. 면역계가 비정상적으로 기능하는 질병에 관해서 아직은 알려진 내용이 충분하지 않다. 그렇지만 보통의 표준 치료 말고도 환자 개인별 맞춤 치료가 필요하다는 것은 분명하다. 면역계가 너무 복잡하고 사람마다 다르기 때문이다. 환자의 말을 경청하는 일이 아주 중대하다. "곰팡이가 핀 곳에 살았나요? 만성 스트레스를 받고 있나요?" 애스포어가 환자들에게 던지는 질문이다. "1, 2년 치료한 환자들 다수가 결국에는 건강을 되찾았습니다. 신경계에 관심을 기울일 필요가 있다고 깨닫자마자 그렇게 되었죠." 면역계의 복잡성은 기존 현대 의학에서 문젯거리다.

"감염병 의사로 살기란 전통적 의미에서는 아주 보람찬 일입니다. 환자는 집중 치료실에 있어요. 세균이 자라는 것을 본 다음, 마법의 약을 씁니다. 그럼 환자는 병이 다 나아 걸어서 집으로 갑니다. 아주 만족스럽죠." 라임병 환자의 증상은 이 모델을 바꾸고 있다. "기존 의사들은 맡은 일에 아주 유능합니다. 그렇지만 진단에 딱 들어맞지 않는 증상을 다발로 지닌 환자는 그들이 맡고 싶은 환자가 아닙니다." 외과 의사 아툴 가완디Atul Gawande는 의사라는 직업에 관해 이런 말을 남겼다. "해결할 수 없는 문제를 앓는 환자보다 더 (의사의) 정체성에 위협이 되는 존재는 없다."[27]

8개월 동안 간헐적으로 치료를 받았다. H 박사는 이제 항생제 복용을 그만해도 된다고 결정했다. 2015년 봄이었다. 이 책의 흰 여백에는 말로 옮길 수 없는 침묵이 깃들어 있다. 내 감각을 의심했던 시절 동안 놓친 삶을 별안간 **깨달았다**. 아직 체위성기립빈맥증후군으로 피로와 현기증이 일부 남아 있고 갑상샘 질환도 여전하지만, 그래도 다시 사람이 된 기분이었다. 이런 증상들은 라임병으로 인한 심각한 인지 기능 손상에 비하면 감당할 만했다.

슬픔이 밀려오고 또 밀려들었다.

오랜 시간 무시한 감정들로 짠 자그만 천이, 활짝 열린 마음속 바람을 맞아 나부꼈다.

16

다시 쓰는 미래

아마도 내 몸은, 삶을 뒤바꾼 심각한

감염에도 불구하고 나를 지킬 능력이 있었고

그렇게 쭉 나를 지켜 왔다.

나는 새로운 이야기를 찾아야 했다.

항생제가 내게 삶을 돌려주었다. 현대 의학이 이토록 고마울 수가 없었다. 그렇지만 항생제가 장을 망가뜨리고 세균의 균형을 망쳤다는 사실도 알고 있었다. 그런 이유로 2015년 가을, 계절에 맞지 않게 유난히 더웠던 9월 어느 아침에 런던 킹스크로스역에서 30분 거리의 도시 히친으로 향했다. 가게들이 즐비한 그곳 중심가에 테이마운트병원이 있었다(이후 병원은 다음 기차역 근처로 이전했다). 2003년에 문을 연 이 병원은 소화불량과 만성질환 문제를 겪는 환자를 위한 곳이다. 나는 접수를 하고 크림색 인조가죽 소파에 앉아 기다렸다. 미국 병원과는 하나도 닮은 점이 없어 보이는 어수선하고 어두운 공간을 불안한 마음으로 살폈다. 구석에는 콜라겐 바와 방탄 커피를 둔 수납장이 놓여 있었다.[1]

내 몸에 타인의 대변을 주입해 주는 병원을 찾아, 비행기로 대서양을 건넜고 기차도 탔고 수천 달러를 지불했다. 그렇다. 소위 분변 미생물 이식FMT을 받으려고 온 것이다. 옛날이라면 누가 돈을 준다 해도 그런 시술은 받지 않았을 것이다 (심지어 생각도 못 할 일이었다). 그러나 나는 임신을 원했다. 자료를 찾아본 결과, 몇 개월 동안 항생제 복용으로 입은 손상을 복구하고 다음 단계로 나아가려면 분변 미생물 이식이 도움이 되겠다는 생각이 들었다. 하지만 막상 병원에 앉아 현실을 맞닥뜨리니 뇌는 뒤로 물러날 변명을 찾고 있었다. **이렇게 할 필요까진 없어. 이제는 그리 아프지 않아.**

진드기에게 물려 황소 눈 발진이 생기고 항생제를 바로 처방받는 식으로 진단에서 치료까지 빠르게 끝났다면 영국에 올 일도 없었으리라. 그렇지만 끝도 없이 아픈 내 몸의 해답을 구하는 사이, 의학에 관해서나 내 몸에 관해서나 생각이 근본적으로 바뀌었다. 건강의 핵심인 마이크로바이옴에 손상을 입으면, 자가면역질환부터 악성 종양까지 온갖 질병이 발생할 수 있으며 우울과 불안 증상에도 영향을 미친다는 증거가 늘어나고 있다. 내 가족력을 보면 자가면역질환의 유전적 소인이 있을 법한데, 그렇다면 질병 요인으로 마이크로바이옴에 관심을 둘 필요가 있다.[2]

이제는 안다. 나는 여러 요인이 복잡하게 얽힌 결과 병을 앓게 되었고, 라임병 감염은 그중 하나일 뿐이었다. 그리고 그냥 약을 먹거나 빠른 치료법을 찾기보다는, 몸을 보호하고 질병을 예방하는 방향으로 나아가야 한다는 생각에 이르렀다. 그래서 몇 년 동안 발효 야채, 요구르트, 자연식품 등 마이크로바이옴 건강의 회복에 도움이 될 음식들로 식단을 짰다. 하지만 8개월의 항생제 복용으로 대부분 허사가 되었다. 소화력이 예전 같지 않았다. 심지어 김치와 요구르트를 쌓아 놓고 먹어도 항생제로 인한 손상을 돌려놓기에는 충분하지 않다는 생각이 들었다.

테이마운트병원은 사실 매트 갈렌이 알려 주었다. 라임병으로 항생제를 복용할지 아니면 허브로 감염을 치료할지 결정을 내려야 할 무렵, 갈렌을 찾았다. 갈렌은 이렇게 말했다. "라임병은 끔찍한 질병입니다. 항생제가 필요하니 복용하세요. 그리고 다 먹고 나면, 영국에 있는 테이마운트병원에서 분변 미생물 이식을 받으세요. 그러면 새사람이 된 것처럼 좋아질 겁니다." 갈렌은 병원 연락처를 주면서 분변 미생물 이식을 과학적 근거가 있는 작업으로 보는 이유를 설명했다. 가격이 싸지는 않았지만, 자료 조사를 한 끝에 짐과 나는 확실한 이득이 있으니 해 볼 만하다는 결론을 내렸다. 항생제 복용 말고 내가 받은 모든 치료법 중에 분변 미생물 이식이 가장 의미 있어 보였다(물론 가장 거부감이 드는 치료법이기도 하다).

큰 갈색 눈을 지닌 40대 여성이 대기실에 들어와서 따뜻한 태도로 인사를 건네고 지오바나라고 이름을 알려 주었다. "메건이군요! 치료실로 들어오세요." 지오바나는 멋진 함박웃음을 지어 보였는데 환자의 불안을 달래 주려고 연마한 웃음 같았다. 싱크대와 마사지용 탁자가 놓여 있는 작은 치료실에서 지오바나는 레일라라는 이름의 젊은 간호조무사를 소개했다.

그들은 치료 절차를 설명했다. 나는 앞으로 2주 동안 병원을 여덟 번 찾게 된다. 일군의 기증자들에게 받은 '샘플'(어떤 샘플인지 너무 열심히 생각하지 않으려고 애썼다)을 관장으로 주입받는다. 기증자들은 건강한 장내 미생물을 지녔다고 판정받은 사람들로, 감염 및 병원체 관련 검사도 꼼꼼히 받아서 선별되었다. 그들은 선별 과정이 허술하지 않다며, 기증자는 건강한 상태로 자연식품 식단을 따랐다고 강조했다.

"샘플은 여과 과정을 거친 세균 용액일 뿐입니다. 음식 문제도 없고 질병도 없어요. 깨끗하고 질이 좋습니다." 레일라가 말했다.

"매번 다른 기증자의 샘플을 받게 되나요?" 내가 물었다.

"기증자 몇 명의 샘플이 혼합된 상태입니다. 환자분은 매번 다른 샘플을 받게 될 겁니다. 미생물군의 다양성을 위해서지요." 지오바나가 대답했다.

시술을 받기 전에 장을 비워야 했다. 충분히 빈 상태여야 새로운 미생물군이 기존의 면역력 약한 마이크로바이옴의 거부 없이 자리 잡을 수 있기 때문이다. 시술을 시작하면서 지오바나는 여행 계획에 대해 수다를 떨고 내가 어디서 머무는지 질문도 던지며 긴장을 풀어 주었다. 수압이 증가하자 장 속의 쓰레기들이 (지오바나의 섬세한 표현에 따르면) "풀려나기" 시작했다. 처음에는 부끄러웠다. 나는 잠깐 변명을 늘어놓았다.

"우린 더러운 관을 좋아해요!" 지오바나가 웃으면서 나를 안심시켰다.

"네, 아주 잘 풀려나고 있어요." 레일라가 붙임성 좋게 맞장구쳤다. "우리가 딱 원하는 거예요. 묵은 덩어리들이 전부 나오는 거죠."

불편한 가운데 눈을 감았다. 대변이 빠져나가는 장면을 남들이 옆에서 지켜보고 있으면 시간이 느리게 흘러간다. 지오바나와 레일라는 비 오는 날 '짐잼스'(영국에서 잠옷을 지칭하는 표현)를 입고 있으면 정말 좋다며 유쾌하고 일상적 대화를 했다. 나는 천장을 노려보며 아무 일 없는 척했다. 마침내 그들이 물 스위치를 내렸다. 샘플을 주입받을 때가 되었다.

탁자에서 말없이 기다렸다. 엉덩이 맨살에 딱 붙은 가운의 감촉이며 허벅지에 돋은 소름을 한껏 느꼈다.

"여기 왔어요!" 지오바나가 문을 열며 외쳤다. "보고 싶나요?" 지오바나는 스포이드 같은 것을 들고 있었다. 너무 자세히 들여다보고 싶지는 않았다.

"와, 대단하네요." 나는 겨우 힘을 내어 대꾸했다.

지오바나는 스포이드 같은 것을 흔들며 다가왔다. 레일라는 내게 옆으로 누우라고 했다. 그다음 약간의 압력과 더불어 물이 흘러드는 묘한 감각이 느껴졌다. 적응하기 어려운 감각이었다. 그랬다.

"이제 30분 동안 무릎을 당긴 자세로 쉬세요. 10분마다 자세를 바꿀 겁니다. 시간을 알려드릴게요. 이식이 더 잘되도록 해 줍니다."

그들은 나를 남겨두고 떠났다. 나는 휑한 방을 둘러보았다. 진찰대 옆의 벽에는 브리스톨 대변 도표(대변의 굳기를 분류한 도표—옮긴이)가 붙어 있었다. 창가 선반에 놓인 골상학용 자기 장식품 두 개가 고요한 방에 준엄한 시선을 보내고 있었다.

사람의 대변을 주사기를 통해 다른 사람에게 이식하면 난치성 질환을 앓는 환자를 낫게 할 수 있다니. 이런 발상은 내가 유년 시절 세균과 위생에 관해 배웠던 모든 내용과 어긋난다. 그렇지만 앞서 살펴보았듯이 오늘날에는 세균이 우리에게 해로운 동시에 유익하며, 그들 사이의 균형이 깨지면 크론병이나 궤양성대장염 같은 병이 날 수 있다는 사실이 알려져 있다(다양한 유발 요인이 세균들 사이의 '공생적' 혹은 '유익한' 관계를 날려 버릴 수 있다). 이식은 이런 병의 치료에 도움이 되는데, 소화관에 다양한 세균이 다시 살게 하여 마이크로바이옴의 균형을 찾아 준다는 이론이다.

인간의 건강은 세균과 밀접한 관련을 맺고 있으며, 마이크로바이옴이 변하면 면역계도 변한다(혹은 반대의 경우도 가능하다). 우리 각각은 수조 마리의 세균이 모여 사는 집락의 주인이며, 그들 대부분은 소화관에서 산다(스탠퍼드대학의 미생물학자 저스틴과 에리카 소넨버그에 따르면 "우리의 장은 세균 수백조 마리의 집이다."[3]). 인간은 어머니의 질관을 통해 태어나는 과정에서 어머니로부터 일부 마이크로바이옴을 물려받으며, 어려서 바닥을 기고 입안에 이것저것 집어넣는 과정에서도 마이크로바이옴을 얻는다. 나머지 대부분은 음식에서 얻는데, 예를 들면 채소와 과일에 붙어 있는 흙에서 취한다.

바나나와 고구마 같은 식품은 프리바이오틱스prebiotics를 다량 함유하고 있다. 프리바이오틱스는 장내 세균의 먹이가 되는 탄수화물로 프로바이오틱스probiotics의 식량이라고 볼 수 있으며, 좋은 세균이 잘 자라 병원체를 몰아내도록 돕는다. 항생제를 복용하고 가공식품을 다량 섭취하는 서구식 식생활로 인해, 시간이 지나며 장에서 미생물군 전체 종이 사라진 사람들이 많다(어느 연구에 따르면 일주일 동안 항생제를 복용한 건강한 지원자들이 이후 2년까지 미생물군 계통의 다양성이 상당히 줄어드는 등 마이크로바이옴의 중대한 변화를 겪었다. 또 다른 연구에 따르면, 유아 시절 항생제에 노출되면 천식 비율이 증가하고 면역반응이 약해진다고 한다[4]). 미생물군의 계통이 줄면 미생물이 만드는 화학적 부산물도 줄어든다.[5] 이 부산물의 역할은 이제 막 알려지기 시작했는데, 면역을 통제하는 사이토카인 신호를 끄고 켜며 유전자 발현에 영향을 미치는 등 면역계를 조절하는 일을 맡고 있다. "그것들이 없으면 우리 면역계는 멋대로 날뛰는 교통 체계처럼 돌아갈 겁니다." 어느 연구자가 이렇게 설명했다.

맨 처음 아팠을 무렵, 분변 이식으로 다양한 장 질환을 고쳤다는 기적 같은 이야기를 여기저기서 듣긴 했다. 그런데 이 시술은 2013년, 심한 설사를 유발하는 클로스트리듐 디피실레균Clostridum difficile 감염 치료에 처음으로 분변 미생물 이식을 시도한 무작위 배정 임상 시험 결과가 《뉴잉글랜드 저널 오브 메디슨》에 실린 이후 엄청나게 유명해졌다. 분변 미생물 이식의 효과가 너무 좋아서, 연구자들은 모든 참가자가 시술받을 수 있도록 임상 시험을 중단했다.[6] 같은 해, 메사추세츠

공과대학의 대학원생들은 오픈바이옴OpenBiome이라는 이름의 비영리 "분변 은행"을 만들었다. 기증자의 분변을 선별하고 냉동하여, 의사와 병원 측에 분변 미생물 이식 용도로 쓰라고 보낸다.[7] 곧 식품의약국이 나서서 분변을 임상 시험용 약으로 분류했다. 이렇게 되면 클로스트리듐 디피실레균의 경우에만 시술을 적용하도록 제한하여, 빈틈없이 규제할 수 있다. 분변 미생물 이식은 아주 성공적이어서 2014년 클리블랜드의료센터에서 그해 의학계 최고 혁신 가운데 하나로 꼽기도 했다.

당시 대안 의학계와 주류 의학계는 쭉 갈등하는 상태였다. 분변 미생물 이식은 만성질환자에게 온갖 자가면역질환이며 우울증과 불안 장애까지 고치는, 인공적 현대 생활의 부정적 효과를 자연적으로 치유하는 기적의 치료로 발돋움했다. 몇몇 만성질환자는 자가면역과 소화불량을 해결하기 위해, 건강한 친구를 기증자로 골라 집에서 이 시술을 시도했다(매우 위험한 일인데, 보통 이런 경우 친구는 질병 검사를 받지 않았다).

분변 미생물 이식이 클로스트리듐 디피실레 감염 말고도 유용할 수 있다는 증거가 늘어났다. 장-뇌 연결축gut-brain axis 개념을 2012년에 처음 접했을 때는 아주 색다른 인상을 받았는데, 이제는 이 개념이 건강의 비결임을 다들 알고 있다. 장내 세균이 세로토닌 및 다른 신경전달물질에 영향을 미친다는 사실이 알려지면서, 갖가지 질환에 취약한 성향과 마이크로바이옴의 관계에 관심이 쏠렸다(세로토닌의 90퍼센트는 장에서 만들어진다). 2010년 《뉴로사이언스Neuroscience》에 실린 한 연구에 따르면, 어미와 분리된 후 비피두스균(건강에 중요하며, 소화를 돕는 세균)을 투여한 쥐들은 선택적 세로토닌 재흡수 억제제SSRI를 투여한 쥐들보다 물에서 더 오랫동안 헤엄쳤으며 스트레스 호르몬 수준도 낮았다.

인간의 경우 훨씬 더 인상적인 결과가 나왔다.[8] 옥스퍼드대학의 어느 신경생리학자가, 사람에게 프리바이오틱스를 투여하면 스트레스 수준을 조절할 수 있는지 실험했다. 좋은 세균이 장에 살도록 돕는 갈락토올리고당을 일부 실험 대상자에게 주고, 나머지는 위약을 주었다. 갈락토올리고당을 먹은 실험 대상자는 코르티솔 수치가 낮았고, 화면에 단어가 빠르게 나타나는 검사에서 부정 정보보다 긍정 정보에 더 집중했다.[9] 캘리포니아대학교 로스앤젤레스캠퍼스의 한 연구에 따르면, 4주 동안 하루에 두 번씩 요구르트(프로바이오틱스가 들어 있다)를 섭취한 여성 실험 대상자 36명은, 대조군에 비해 화난 얼굴 이미지에 더 침착하게 반응했다는 사실이 뇌 촬영 검사를 통해 밝혀졌다. 우리가 먹는 세균과 뇌 기능 사이에 관계가 있음을 입증한 첫 연구였다.[10] 부분적인 연구일 수 있어도, 이 연구들은 미생물군이 우리의 안녕에 큰 영향력을 미친다는 사실을 지적하고 있다.

수요일 오후, 거친 뇌우가 마침내 폭염을 밀어낸 날이었다. 나는 두 번 남은 시술 가운데 한 번을 받은 다음, 테이마운트병원 설립자인 글렌Glenn Taylor과 에니드 테일러Enid Taylor를

보이지 않는 질병의 왕국

만났다. 비가 창문을 두들기는 동안, 우리는 서류가 펼쳐진 책상 두 개와 오렌지색 카펫이 놓인 큰 방에서 대화를 나누었다. 검은 치마 차림의 에니드는 책상 맞은편 자리에 앉았고, 이따금 코미디언처럼 적기에 끼어들어 재미있는 말을 했다. 활발하고 카리스마 있는 성격의 글렌은 마른 체격에 밝은 푸른 눈과 부스스한 회색 머리를 지닌 60대 남성이었다. 대화 초반에 자기 자신을 가리켜 "변절자"라고 평했다(글렌은 대단한 업적을 쌓았지만 원래 엔지니어링을 전공했고, 미생물학은 대부분 독학했다).

"먼저, 치료는 어떻게 되어 가나요?" 소파에 앉은 내게 글렌이 질문했다. 나는 아프다고 대답했다. 글렌은 좋은 신호 같다고, 그의 표현에 따르면 미생물이 대량 서식하는 과정이라고 했다.

글렌과 에니드는 병원에서 분변 미생물 이식을 하게 된 배경을 알려 주었다. 2003년 테이마운트병원의 문을 연 당시, 테일러 부부는 장내 미생물 불균형을 겪는 환자들을 치료했다. 글렌이 보기에 위장병 전문의들은 환자들의 실제 경험에 큰 관심이 없는 상태였다. "위장병 전문의라면 분명 해부학적 구조는 잘 알겠지요. 그렇지만 바다의 깊이는 알지 못합니다." 그들과는 달리 글렌은 마이크로바이옴과 마이크로바이옴이 환자들에게 미치는 영향에 관심이 쏠렸다. 장내 불균형이 마이크로바이옴 문제로 일어난다는 사실을 파악하고, 장에 미생물이 다시 서식할 수 있도록 관장과 프로바이오틱스 좌약을 활용해 보았다. 그러나 기대만큼의 효과는 없었다. 실험실에서 키운 프로바이오틱스는 장에 잘 서식하지 못했다. 이제 어찌해야 할지 알 수 없었다.

"이 모든 일은 사실상 한 남자가 이니드를 찾으면서 시작되었습니다." 글렌은 이니드에게 고개를 돌렸다.

"그렇지, 정말 그랬어요. 한 남자가 전화를 걸어 와서는 대뜸 분변 이식을 해 달라고 요구했어요. 역겨운 도착증이 아닐까 생각했죠. 전화를 안 받을 방법을 수도 없이 찾아봤어요. '내가 무슨 부탁을 받았는지 절대 못 맞출 걸'이라고 글렌에게 말했지요."

글렌에게 그 전화는 아르키메데스가 유레카를 외친 순간과도 같았다. "제가 말했어요. '맞아, 바로 그게 우리가 할 일이야. 부탁인데, 내가 통화하게 해 줘!"

글렌은 그동안 찾던 해결책이 분변 이식임을 깨달았다. 글렌의 설명에 따르면, 세균은 수명이 매우 짧고 연구실을 포함해 어떤 환경이든 빠르게 적응한다. 그런데 인간의 장에는 세균이 소화관 벽에 붙어 서식하게끔 도와줄 고리가 거의 없다. 배양 접시에서는 아예 벽에 붙어 있을 필요조차 없다. 따라서 글렌은 세균이 소화관에 잘 붙도록 적응하는 것과는 멀어지는 방향으로 진화했다고, 프로바이오틱스도 마찬가지로 '생착engraftment'이 안 된다고 봤다. 핵심은, 세균이 장에 서식해서 더 많은 균주들이 자라나기 전에 환자가 대변을 내보낸다는 것이었다.

나는 프로바이오틱스를 사들이느라 쓴 돈이 생각나서, 프로바이오틱스가 사기냐고 물었다. 글렌은 아니라고 했다. "프

보이지 않는 질병의 왕국

로바이오틱스는 사실 아주 도움이 됩니다. 유익균 균주가 존재하게 되면, 장내 서식하는 균주에 긍정적인 영향을 미칩니다. 병원성 균주와 경쟁해서 그것들을 밖으로 밀어내는 일을 돕죠. 그렇지만 프로바이오틱스를 계속 먹어야 한다는 말은 훌륭한 사업 모델인 겁니다." 프로바이오틱스를 복용해도 장기적으로는 마이크로바이옴이 달라지지 않는다. 즉 유익한 종을 일시적으로 도입하여 단기간에만 도움이 된다는 말이다.

그 남자의 전화를 받은 후, 글렌은 건강한 사람으로부터 아픈 사람에게로 분변 미생물을 이식한다는 발상이 흥미롭게 다가왔다. 그는 수여자에게 위험하지 않게 이식할 방법을 연구했다. 회의적인 관점에 맞서, 헬리코박터 파일로리균이 위염과 궤양을 일으킨다는 사실을 증명하기 위해 직접 균을 마셔 버린 배리 마셜의 일화를 짚어 보았다. 그리고 글렌 자신도 직접 이식을 받아 보기로 결심했다. 부작용이 없다는 걸 확인하자, 2010년에 이 방식으로 환자들을 치료하기 시작했다. 2021년까지 병원은 3250명에게 분변 미생물 이식을 시행했다.

"마이크로바이옴은 아직 알려진 정보가 많지 않습니다." 글렌이 설명했다. "그렇지만 바이옴의 악화는 우리 건강에 큰 영향을 미친다고 볼 수 있습니다." 세균들은 상호의존적 관계를 맺고 있으며 여덟 종의 균주 가운데 독립적으로 생존할 수 있는 균주는 하나밖에 없다. 그래서 공생하는 생태계를 잃게 되면 장내 불균형이 생긴다. 항생제의 문제는 나쁜 균주만이 아니라 전체를 맹폭하는 폭넓은 공격을 가한다는 점이다. 나쁜 녀석만 죽이려고 했으나 공생하는 종도 같이 죽여 버리게 되면 장내 힘의 균형이 달라진다. "의학계가 잘 몰라서 그런 겁니다. 설사 진단이 틀렸다고 해도 항생제를 쓰면 병원성 균주를 처리하게 되니, 폭넓은 항생제 투여가 언제나 합리적이라고 본 거죠."

　세균은 사람마다 활동이 다른데, 차이는 그 군집의 특성에 달려 있다. 내가 만난 연구자들은 이를 세균의 '정족수 감지quorum sensing'라고 설명한다. 특정 균주가 사라지면, 다른 균주의 유전자 발현이 양성에서 악성으로 바뀐다는 것이다. 세균의 변화는 소화관 장벽의 밀착연접(이웃하는 세포들의 막이 단단하게 밀착한 상태—옮긴이)에도 손상을 가져올 수 있다. 소화관 장벽은 병원체와 음식 분자가 혈류로 들어가는 것을 막으면서 영양분을 흡수하는 점막이다. 장내 불균형으로 인해 이 장벽이 손상되고 염증 반응이 일어날 수 있다. 음식 분자가 혈류로 들어가면, 면역계가 그 분자에 반응하면서 민감성이 생긴다. 이것이 앞서 언급한 소위 새는 장 증후군이다. 병이 나으려면 장벽의 느슨해진 밀착연접을 회복해야 하는데, 여기에 분변 미생물 이식이 도움이 된다.

　이식을 통해 건강한 바이옴을 회복하면 효과가 아주 좋다. 그래서 특정 감염과 소화 문제의 경우 효과가 느리더라도 항생제 말고 분변 미생물 이식을 통해 장벽을 재건하는 방향으로 가야 한다고 생각하는 위장병 전문의들도 있다(시술 후 4개월에서 2년 사이에 효과가 극대화되는 것 같다고 어느 전문가가 말했다). 분변 미생물 이식을 받으면 사소한 동반질병(두 가지 이상의 질병이 공존하는 상태—옮긴이)이 사라지며, 잠재된 병

보이지 않는 질병의 왕국

의 원인이 드러날 수 있다고 말하는 치료사도 있었다.

글렌은 면역 매개 질환의 증가에는 식생활 변화와 항생제도 원인을 제공한다고 말했다. "수백만 년 동안, 아주 최근까지도 장내 환경은 대체로 수렵 채집인의 식생활을 기반으로 안정되어 있었습니다. 인간이 섭취하는 음식은 지역마다, 계절마다 관리 가능한 속도로 바뀌었지요. 그런데 19세기에 너무나 갑작스럽게 식품 산업화가 닥친 겁니다. 20세기가 되자 '이제는 음식도 필요 없다. 화학물질로 해결할 수 있다'라고 말하는 수준에 이르렀죠." 이런 변화가 인간의 마이크로바이옴을 뒤엎어 버렸는데, 세균은 인간보다 훨씬 빠르게 진화하기 때문이다. 어떤 종은 6분마다 한 번씩 분열한다. 그래서 글렌은 이렇게 말했다. "우리는 새로운 마이크로바이옴을 따라잡을 수 없습니다."

오늘날 마이크로바이옴의 역할에 관해서는 여전히 가려진 부분이 많다. "면역계와 세균이 어떻게 다방면으로 상호작용하는지 아직 잘 모릅니다. 인간의 면역계가 부분적으로 마이크로바이옴과의 소통으로 돌아가는 시스템이라면 어떻게 될까요? 미생물이 면역계의 **교섭 담당자**라면?" 별안간 글렌은 손가락을 좌우로 흔들며 말했다. "그들이 우리의 교섭 담당자인데, 대화는 엉망이 되어 버렸죠."

나는 분변 미생물 이식을 펀드는 몇 가지 주장을 알고 있다. 분변 미생물 이식이 새로운 의학을 개척하며, 온갖 만성 건강 문제를 해결할 수 있다는 내용이었다. 이 이야기를 꺼내자, 글렌은 신중한 태도를 보였다. "우리는 오랜 세월 마이크로바이옴에 관심이 없었습니다. 그러다 이제 인간의 장을 정상화하기 위해 활용하려고 하죠. 그런데 정상이란 무엇일까요?" 글렌은 부드러운 흰 머리를 헝클더니 미소를 지었다.

"우리가 아는 사실은 우리가 잘 **모른다**는 것입니다. 그게 핵심이죠." 글렌은 입을 다물었다가 다시 말했다. "분변 미생물 이식이 모든 병을 고치는 21세기의 만병통치약인가 하면 꼭 그렇다고 할 수는 없습니다."[11]

병원에서는 나중에 내가 피곤할 수 있고 독감 유사 증상도 겪을 수 있다고 미리 알려 주었다. 하지만 부작용이 그렇게 심할 줄은 몰랐다. 첫 주가 지날 무렵, 이제껏 앓은 가운데 가장 심한 독감을 앓는 것처럼 아팠다. 기력이 바닥났다. 네 번째 시술 날에는 병원에서 기차를 타러 걸어갈 수도 없었다. 여섯 번째 시술 날, 즉 두 번째 주의 첫날에는 동통에 시달리고 열이 나기 시작했다. 엉덩이가 욱신거렸다.

병원의 영양사 애니가 분변 미생물 이식 후의 식단을 알려 주었다. 프리바이오틱스를 많이 섭취하고(내 안의 새로운 세균들에 먹이를 공급하기 위해), 목초로 사육한 소고기 같은 질 좋은 고기도 많이 먹으라고 했다. 가공식품과 설탕과 커피는 피해야 하는데, 곰팡이가 있거나 농약을 써서 재배했기 때문이다(커피가 꼭 필요하다면, 곰팡이 없는 원두를 쓰는 데이브 아스프리Dave Asprey의 방탄 커피를 마시라고 했다. 당연히 필요하다!).

보이지 않는 질병의 왕국

새로운 미생물이 서서히 내 장에 서식하게 될 것이고, 장기간에 걸쳐 변화가 일어날 거라고 영양사는 말했다. 한때 못 먹었던 음식을 먹게 되는 환자도 있지만, 흔한 경우는 아니니 너무 기대하진 말라고 했다. 그렇지만 활력이 생기고, 덜 붓고, 염증 반응이 덜 생길 것이라는 희망찬 이야기도 전해 주었다.

다음 날에는 한기가 들고 열이 났다. 미국에 있는 영양사에게 전화해 너무 아프다고 했다. 걱정할 일일까? 영양사의 답은 이러했다. "그럴 수밖에 없겠죠. 이식이 잘 됐으니까."

애니에게 이메일을 보내 치료를 마칠 수 있을지 잘 모르겠다고, 강한 면역반응이 나타나고 있다고 했다. 애니는 걱정하지 말라고, 시술을 다섯 번밖에 받지 못하는 사람이 많다고 했다. 나머지는 나중에 받으러 와도 된다고, 행운을 빈다고.

런던에서 공항으로 기차를 타고 가는 동안, 거대한 쌍무지개가 하늘에 나타나 교외 지역으로 큰 궤적을 그렸다. 나는 집으로 돌아가 임신을 시도할 생각이었다. 저 무지개가 청신호라고 믿기로 했다.

이후 8주가 지나자 근래 없이 힘이 생겼고, 임신했다. 내나이 서른아홉 살이었다. 한동안 시도와 실패를 거듭한 끝에 최초로 임신에 성공한 것이다. 어지럼증을 느낀 처음 몇 주 동안은 갖가지 형이상학적 기쁨에 푹 빠졌다. 그러나 내게 임신이란 마음에 새겨 두고 만들어 가야 할 이야기였다. 그렇게 하지 않으면 이 이야기는, 아침에 깨어나면 기억나지 않는 꿈처럼 시들어 버리리라.

밤이면 명상 음악을 틀어 놓고 내 몸으로 하얀빛이 들어오는 모습을 상상하며 면역계를 달랬다. 내 몸이 뭐든 제대로 돌아갈 거라고 믿지 않았으니까. 밤이면 유년 시절에 본 광경 같은 것들을 꿈꾸었다. 그 이미지는 언어 습득 전 단계의 기억이자 몸에 깊이 남은 감각이었다. 붉은 방들, 공작 깃털 모양이 그려진 베개, 갈색 야자나무 무늬의 벨벳 벽지. 적갈색 벽돌로 지은 건물에 자리한, 인생 최초 소아과 병원의 풍경이었다(을 것이)다. 엄마도 보였는데, 소파에 앉은 엄마의 배가 동생을 임신하여 불룩했다. 땀에 젖은 채 잠에서 깨어나면 어둠 속에서 엄마 얼굴이 곁으로 흘러오는 것 같았다. 근거는 없지만, 내 아기가 안착의 순간을 기다리며 엄마와 함께 계속 숨어 있었을지도 모른다는 생각이 떠올랐다.

내겐 항인지질 항체(신체 세포막 인지질에 대한 자가항체—옮긴이)가 있었는데, 류마티스 전문의 마이클 록신에 따르면 이런 경우 유산이 일어날 수 있었다.[12] 임신 관련 면역 합병증의 가능성을 가리키는 다른 자가면역 지표도 있었다. 면역계의 기능 이상으로 뜻하지 않게 태아가 해를 입지 않도록 담당 의사는 내게 스테로이드를 처방하고, 타인의 혈액에서 추출해 처리 과정을 거친 항체인 '정맥 내 면역글로불린'을 투여했다.[13]

이런 치료들 말고는 특별한 사건 없는 임신이었다. 여느 아기가 으레 그렇듯 나의 아기도 그저 자라고 또 자랐다. 마

보이지 않는 질병의 왕국

침내 아기를 품고 살게 되니 경이로웠다. 치료후라임병증후군과 자가면역질환을 앓는 여성은 사실 임신 동안 훨씬 건강할 수 있다. 나도 그랬다. 여전히 확신이 들지 않고 불안했으나 달이 차면서 기분이 바뀌었다. 내 몸은 이제껏 나를 저버렸지만, 이제는 그러지 않고 있었다. 계속 버림받으리라는 내 생각이 그릇된 모양이었다. 아마도 내 몸은, 삶을 뒤바꾼 심각한 감염에도 불구하고 나를 지킬 능력이 있었고 그렇게 쭉 나를 지켜 왔다. 나는 새로운 이야기를 찾아야 했다. 정체성과 건강과 희망이 우연히 만나는 이야기. 어떤 종류의 생존이든 그 안에 힘이 있다고 보는 이야기. 내 경험은 삶 그 자체였다. 불리한 가능성에도 불구하고 살아남기 위해 안간힘을 쓰는 몸 그 자체였다.

2016년 여름, 나는 남자아이 C를 낳았다. 알파벳 C처럼 몸을 웅크린 채 이 땅에 도착한 C는 비명을 지르며 호기심을 드러냈다. C는 내 삶에 들어오며 기쁨과 탈진을 함께 선물했다.

17

남겨진 질문들

아픈 사람은 인정받고 싶다.

과학이 입을 다문 자리에

서사가 몰래 숨어든다.

라임병과 기타 진드기 매개 질환을 둘러싼 논쟁 너머 현실에는 진짜 위험이 도사리고 있다. C가 태어난 여름, 아버지는 밤에 식은땀을 쏟고 피로와 동통을 겪기 시작했다. 검사 결과 라임병은 음성이었으나 다른 진드기 매개 감염증인 에를리키아ehrlichiosis일 가능성이 있었다. 라임병 고장의 중심에서, 의사는 그럴듯한 원인이자 동시 감염으로 보이는 이 병을 치료하기로 결정했다. 아버지는 독시사이클린을 처방받았다. 그런데 거의 즉시 효과를 보았던 나와 달리 아버지는 놀랍게도 차도가 없었다. C가 태어난 지 두 달이 된 10월 후반의 어느 날, 쓰러지기 직전의 아버지를 남동생이 집에서 발견하고는 응급실로 데려갔다. 수많은 검사 끝에 아버지의 진짜 문제가 밝혀졌다. 아버지는 호지킨병 4기였다. 아닐 수도 있는 감염증을 치료하는 사이 호지킨병이 은밀히 진행된 것이다.

　　입원한 아버지는 너무나 쇠약했고 나는 망연자실했다.

암이 진행되어 약해진 아버지의 모습을 보니, 치료를 놓친 그 몇 개월 동안 얼마나 많은 것을 잃었나 생각하지 않을 수 없었다. 라임병이라는 설명이 그럴듯했기 때문이었는데, 사실 진드기 매개 질환의 유무를 가릴 신뢰할 만한 진단 기술은 아직도 없다.

혼자 지낼 수 없었던 아버지는 화학요법을 받는 동안 브루클린의 우리 집에 머물렀다. 추수감사절 며칠 후부터 아버지와 함께 생활했는데, 그 몇 개월 동안 정말 힘들었다. 병원 예약을 바삐 잡고, 보험 회사에 전화하고, 세심한 주의가 필요한 환자에게 알맞은 음식을 찾았다. 혼자 앉아서 쉬지도 못한 채 몇 주가 이어졌다. 아버지를 돌보거나 아이를 돌보아야 했다. C는 밤에 잠을 자지 않았고, 아버지도 마찬가지였다. 아버지는 집에 도착한 첫날 밤에 욕실을 쓰려다 심하게 넘어졌다. 선잠이 든 상태로, 나는 둘 중 누군가 내는 울음소리에 신경 썼다. 위 세대와 아래 세대를 동시에 돌보는 간병인이 되니, 몸이 아프고 너무나 지쳤다. 화학요법을 시작하자 암은 서서히 물러났고, 아버지는 코네티컷으로 돌아갈 만큼 건강이 호전되었다. 코네티컷에서 아버지에게 요리를 해 주고 두 번 남은 화학요법을 받도록 병원에 데리고 가 줄 간병인을 남동생들과 함께 구했다.

수십 년간 라임병은 진단 기준을 비롯하여 여러 모로 불확실한 병이었다. 연구가 제한적이었고 연구비 지원도 부족했다. 이로 인해 얼마나 큰 희생을 치르게 되는지, 아버지의 사례가 입증했다. 아버지의 경우, 라임병 진단이 진행암이라는 더 심각한 문제를 때맞춰 진단받지 못하게 막았다. 내 경우는 라임병에 중요한 치료를 한참 늦게야 받았다. 그러나 라임병만이 아픔의 원인이라고 상황을 축소할 수는 없었다. 의학적으로 설명할 수 없는 증상을 겪다가 결국에 라임병 진단을 받은 사례 가운데 나 같은 사람들이 종종 있다. 내게 라임병 진단을 내린 의사는 체위성기립빈맥증후군과 자가면역질환 같은 다른 문제도 있다고 처음으로 알려 준 사람이었다. 또한 모든 증상을 진드기 매개 질환 탓으로 돌리지 않았다. 그런 의사를 만나다니 운이 좋았다.

감염 이후의 면역에 대해 의학이 아직 아는 바가 거의 없다고 열린 마음으로 인정해야 한다. 이 같은 태도는 진드기 매개 질환뿐만 아니라, 코로나 후유증이나 근육통성뇌척수염/만성피로증후군, 자가면역질환 같은 병을 생각할 때도 아주 중요하다. 그래야 이런 병들 각각의 원인을 밝히고, 궁극적으로 치료법을 개발할 수 있다.

만성 라임병의 진실이 무엇이든 간에, 환자를 무시하는 미국감염병학회의 태도는 병의 원인을 밝히는 일에 도움이 되지 않았고, 어떤 의미에서는 만성 라임병을 둘러싼 논쟁이 펼쳐지도록 무대를 마련해 준 셈이 되었다. 환자들이 증상을 호소해도 협회는 보통 사람들에게도 그런 증상이 흔하다는 식으로 대응했다. 그런 태도는 증상을 없는 현실로 치부하고 환자의 증언을 막아 버렸다. 감염병학회가 오랫동안 인정하지 않으려 한 것은 환자들이 스스로 알아낸 지식이었다. 사실 증상이 흔하고 주관적이라고 해서, 환자가 일반적 증상과 병리적 증상을 구분 못 하는 것은 아니다. 증상이 심한 정도에 따라 일반 감기와 독감이 다르다는 걸 경험으로 아는 것과 비슷하다.

나는 보통의 피로와 병리적 피로 둘 다 겪었다. 둘은 피로나 신체의 기력 소진 측면에서 다르다. 병리적 피로를 겪으면, 몸에 활력을 공급하는 핵심 기능이 끽 하고 멈추는 기분이다. 병을 연구하는 사람들보다 내가 병의 언어를 더 긴밀하게 이해하고 있다고 생각한다. 나는 일종의 모국어 화자다. 나를 비롯해 심하게 아팠던 많은 사람이 일상의 평범한 통증을 이런 심각한 증상과 헷갈릴 수 있다니 터무니없다. 정말 아팠을 때는 거의 걸을 수가 없고 피로로 종일 의식을 잃었다. 몸이 모래로 만들어진 기분이었고, 당밀이 머릿속에 침투한 것 같았다.

반대로 이 글을 쓰는 지금은, 관절이 아프고 머릿속이 살짝 띵하며 피곤하긴 하다. 그러나 이런 상태는 일상의 흔한 통증에 가깝다. 질병예방센터와 감염병학회가 흔하다고 간주하는 바로 그 주관적 증상에 해당한다. 이런 아픔이 집중을 방해하긴 하지만, 자리에 앉아서 글을 쓸 수 있고 아이들에게 점심을 만들어 줄 수 있으며 삶을 **경험**하고 즐길 수 있다. 나는 현실에 존재한다. 나는 대략 나라는 존재다. 아팠던 시절과는 다르다. 가장 아팠던 30대 중반에는, 아직 젊은 내 삶의 가능성을 실현하는 것만이 유일한 내 바람이었음을 누가 알까. 이는 잘 알지 못하는 병을 심리적 문제로 해석하는 문화의 비극이다. 그렇게 병을 등한시하면 환자는 홀로 남겨져 안 보이게 되고, 그들의 병은 성격적 결함으로 취급된다.

몇 달 동안 항생제를 복용하자 사람들은 내 건강이 '호전'되었는지 물었다. 사실 상태가 나아졌으나 그들이 생각하는 그런 방향은 아니었다. 건강 문제로 여전히 매일 씨름하고 있었다. 기묘한 발진은 계속 생기고 이유 없는 피로에 시달렸다. 글루텐과 달걀 같은 음식을 먹으면 예전처럼 두통이 생기고 종일 몸을 가누기 힘들었다. 하지만 그런 질문을 받아도 대체로 고개를 끄덕이며 미소를 지어 보였다. 라임병의 만성질환적 측면을 이야기한다면, 자기 경험을 믿음직하게 전달하는 화자라는 내 위치가 위태로워질 터였다. 내가 아는 것은 그저 항생제 복용으로 건강의 전환점을 맞이했다는 사실뿐이었다.

그럼에도 내 병에 관해 몰랐던 내용들이 머릿속에서 떠나지 않았다. 항생제의 효과를 알고 나니 내 병의 서사를 또 바꾸어야 했다. 정말 희한했다. 처음에는 아무 문제가 없다고 생각했다. 나는 그냥 민감한 사람이었다. 그러다 갑상샘 질환 진단이 나왔고, 약을 먹으면 될 줄 알았다. 그러다 다시 자가면역질환이라는 진단을 받고 그동안 이 병 때문에 계속 아팠다고 생각했다. 지금은 라임병 때문에 일부 증상이 생겼다는 결론에 이르렀다. **이제는** 결정을 내려야 했다. 내가 계속 아픈 이유가 활성화된 감염인지, 아니면 면역 기능장애의 여파인지, 혹은 둘 다인지. 이렇게 보면, 오랜 시간 진단은 받지 않

보이지 않는 질병의 왕국

앉아도 내가 진드기 매개 질환을 앓고 있었던 것인지 그 답은 더욱 모호해질 뿐이었다.

내 병의 원인에 대해 더 많이 알아냈으나, 치료후라임병증후군(만성 라임병)은 자가면역과 증상이 비슷하기도 하다. 어떻게 보면 자가면역질환을 치료하며 정보를 수집한 일은 시간 낭비가 아니었다. 물론 검사 결과를 보면 내겐 여전히 많은 자가면역 지표가 있다. 항생제는 모든 것을 해결해 주지 않았다. 피로와 브레인 포그와 기억력 감퇴도 계속 겪었다. H 박사에게 진찰받으며 이런 말을 들었다. "환자분이 진드기에 물린 적 없다면, 자가면역이 라임병을 더 악화시켰는지 혹은 라임병 때문에 자가면역질환이 더 빨리 진행되었는지 절대 답을 찾을 수 없을 겁니다."

이런 의미에서 치료후라임병증후군, 자가면역, 근육통성 뇌척수염/만성피로증후군, 코로나 후유증 같은 질병은 우리 시대의 병이다. 이제는 특정한 질병을 확실한 해결책으로 고친다는 의학적 모델을 바꾸어야 한다. 감염만이 아니라 사회 역사 전체의 문제로 비롯된, 누구도 아직 다 알지 못하는 혼란스러운 현실을 반영한 모델이 필요하다. 그 무엇도 확실하지 않은 가운데, 의학은 여전히 어떤 이야기를 전해야 할지 결정하지 못하고 있다. 환자의 이야기를 경청하지 않고 거리를 두는 일이 아직도 너무나 잦다. 환자의 이야기는 직선을 그리지 않는다. 이야기는 시작했다가도 걸음을 멈추고, 온 길을 두 배의 거리로 되돌아가는 그런 길고 혼란스러운 궤적을 그린다. 어느 날 별안간 솟아오른 발진, 통증을 유발한 차 사고, 혹은 모든 것을 바꾼 죽음에서 의미를 찾는 식이다.

라임병이라고 주장하는 사람들은 정말 라임병일 수도 있고 아닐 수도 있다. 그렇지만 설명이 안 되는 증상에 만성 라임병 진단을 받으려고 애쓰는 한 가지 이유는, 인간미 없는 현대 의학이 더 나은 설명을 해 주지 않기 때문이다. 최소한 서사의 차원에서 더 나은 설명이 없다. 아픈 사람은 인정받고 싶다. 과학이 입을 다문 자리에 서사가 몰래 숨어든다.

3부

치유

The Invisible Kingdom

18

누구도 섬은 아니다

아픈 것이 가장 큰 불행이고,

아픔의 가장 큰 불행은 고독이다.

◆ 존 던,《비상시의 기도문》

만성질환자에게 치유란 어떤 의미일까? 병이 호전되거나 사라진 '관해'를 의미하기도 하지만, 환자가 어느 정도 온전한 상태로 병을 관리할 수 있음을 뜻하기도 한다. 내 병과 라임병 진단에 관한 진짜 이야기를 하려면, 뒤로 물러나야 할 때도 있고 아프다 말았다 부침을 겪은 사정도 전해야 한다.

C가 태어난 지 8개월이 된 2017년 봄, 대체로 증상 없이 활력이 넘치던 짧은 시절이 별안간 끝났다. 4월 초, 모자는 바이러스 감염으로 같이 아팠는데 나는 회복하지 못했다. 다시 비슷한 증상이 찾아왔다. 몸이 아프고 머리가 띵했다. C가 여전히 밤에 깨곤 해서 나도 잠이 부족했지만, 내 피로는 수면 부족 이상의 원인이 있었다. 전기 충격이 다시 다리에 일었다. 세상에! 의사는 엡스타인바 바이러스가 또 활성화되었고 자가면역 수치도 높다고 했다. 힘이 하나도 없고 불편하고 골이 났다. 강의나 글쓰기는 다시 또 어려운 일이 되었다.

보이지 않는 질병의 왕국

6월이 되자 아버지는 암에서 거의 회복했다. 혹은 회복한 것처럼 보였다. 알고 보니 화학요법을 받다가 심장이 깊은 손상을 입었다. 그런데 내 건강은 돌아오지 않았다. 허약한 아버지, 한 살 난 아이, 아직 회복 중인 나. 진 빠지는 상황이었다. 8월에 다시 호로위츠 박사를 찾아갔다. 검사 결과를 확인한 H는 라임병 감염이 재발했고 항생제를 한 차례 더 복용해야 한다고 했다. 나는 주저했다. 몇 달 동안 항생제를 먹었는데도 내 몸에 세균이 남아 있다는 사실을 믿어야 할지 확신할 수 없었다. 건강이 나빠진 건 자가면역이 갑자기 또 나타나서, 혹은 바이러스 감염 후의 피로 탓이라고 생각했다. 그달 말에는 일 때문에 시애틀에 가기로 되어 있었다. 짐의 강력한 권고로, 짧은 휴식이 건강 회복에 도움이 되길 바라며 워싱턴의 올림픽국립공원에 들르는 일정도 추가했다.

워싱턴주 해안에 자리한 올림픽국립공원은 폭 144킬로미터, 길이 96킬로미터나 되는 올림픽반도를 차지하고 있다. 동쪽 시애틀에서 차로 세 시간쯤 걸리는 거리로 무척 멀게 느껴진다. 국립공원 안에는 거대한 가문비나무가 드문드문 남아 있는 화산암 해변, 상록수가 빽빽이 자란 산, 넓고 평평한 계곡, 호 우림Hoh Rain Forest이 있다. 호 우림에는 빙하로 형성된 호강이 흐르며, 20킬로미터 길이의 하이킹 길도 있다. 미국에서 가장 고요한 장소 가운데 한 곳이자, 가장 복합적인 생태계의 고향이다.

내가 도착한 8월의 국립공원은 평소와는 달리 따뜻하고 화창했다. 우림에서 차로 한 시간 가는 칼라로크 해변에 숙소를 잡았다. 호텔 주변을 걷고 있는데 어떤 투숙객이 외쳤다. "고래 볼 생각 있어요?"

나는 정자로 올라가서 그 투숙객이 가리키는 곳을 바라보았다. 자세히 보니 광활한 바다 위 공기 중으로 미세한 물줄기가 분출되고 있었다. 이윽고 범고래의 지느러미가 파도 사이로 둥근 궤적을 그렸다.

"저 녀석들은 종일 먹지요." 투숙객이 말했다.

해안가로 내려갔다. 진회색 모래는 벨벳처럼 부드럽고 따뜻했다. 죽은 해파리와 굴 껍데기와 가느다란 갈매기 뼈를 지나쳤다. 내 앞에는 배도, 비행기도, 건물도 없고 그저 바다만이 있었다. 바다의 소리는 너무나 거대하고 멈춤이 없어 그 자체로 거대한 침묵처럼 느껴졌다. 고래가 물 밖으로 솟구치며 매끈한 등을 드러낸 순간, 그 육중한 무게가 내게 내려앉는 기분이었다.

혼자 있으니 지난 2년간 천천히 회복하는 과정에서 얼마나 많은 일이 일어났는지 되짚어 볼 수 있었다. 기쁨과 가능성이 다시 돌아왔지만, 전통적 의미에서의 '호전'은 아니었다. 해변은 해가 뜨거워졌어도 여전히 안개가 멀리 깔려 있어서 에밀리 브론테의 소설 속 풍경 같았다. 침묵이 에워싸니, 그간 소음이 가로막았던 모든 생각이 몰려들었다. 그 생각들은 내가 아버지의 병으로 충격을 받았고, 양육이라는 끈덕진 현실

보이지 않는 질병의 왕국

앞에 탈진했다고 소리치고 있었다. 그리고 거의 10년 전에 세상을 떠나 내 아들의 존재를 절대 알지 못하는 어머니에게 어찌할 수 없는 슬픔도 느꼈다. 할머니를 몰라서 내 아이가 놓친 많은 것을 생각했다. 해변의 통나무 무더기 위에 올랐다. 어마어마한 가문비나무로 길이가 15미터나 되는 것도 있었는데, 성난 바다 옆에 성냥개비처럼 차곡차곡 쌓여 있었다. 유목流木 하나가 내 발을 데웠다. 귓가에 침묵이 고이고 슬픔이 곁에 앉았다. 내 문제가 무엇인지 답을 찾으려고 걸어온 길은 표준적 진료와는 거리가 멀었다. 삶은 어떠해야 하는지, 상처는 어떻게 나을 수 있는지, 나을 수 없을 때는 어찌 해야 하는지 숙고하게 되었다.

우리는 침묵을 원하는 만큼, 침묵을 지우려고 공들인다. 소음과 부산함 속에서 표류하며, 형이상학적이고 존재론적인 것과 맞서는 일을 피한다. 사이가 멀어진 옛 친구를 어떻게 대했었는지 후회가 계속 일어도 밀어낸다. 금실로 짠 비단에 좀이 쓰는 양, 삶이 사실은 자기 자신을 기만하는 프로젝트가 되어 버린 건 아닌지 두려워도 무시한다. 누가 정말로 이 모든 것들을 생각하고 싶을까?

하지만 어떤 치유란 거의 눈치채지 못할 만큼 서서히 이루어질 수 있다는 생각에도 잠겼다.

"물리적 공간이 치유에 도움이 된다는 발상은 과학적 근거가 있다"라고 에스더 M. 스턴버그가 《힐링 스페이스》에서 언급했다. 1984년 《사이언스》에 실린 한 연구에 따르면 창문으로 자연 풍경이 보이는 병실에 입원한 환자들은 그렇지 않은 환자들보다 더 빨리 나았다. 환경 심리학자 로저 울리히Roger Ulrich는 1972년부터 1981년 사이 담낭 수술을 받은 환자 46명의 진료 기록과 그들이 입원한 병실의 전망을 조사했다. 창문으로 숲이 보이는 그룹과 벽돌 담이 보이는 그룹으로 나누어 보았다. 숲이 보이는 병실 그룹은 다른 그룹보다 거의 하루 일찍 퇴원했고, 진통제도 덜 필요했다.[1]

20세기의 기술 진보를 이루기 전에 의학계는 환경이 치유에 도움이 된다고 믿었다. 고대 그리스에서 치유의 신전은 붐비는 시내와는 멀리 떨어져 있었고, 바다가 보이는 곳에 위치하기도 했다. 중세와 르네상스 시대 또한 치료소는 보통 아름다웠다. 예를 들어 프랑스 본의 빈자들을 위한 병원인 오스피스 드 본Hospices de Beaune은 가장 멋진 건축물 가운데 하나였다. 19세기 결핵 요양원은 깨끗하고 건조한 공기를 중시하여 고도가 높고 볕이 잘 드는 곳에 자리했다. 19세기의 여러 진료소와 병원은 환자들이 앉아서 햇빛을 받으며 치유할 수 있도록 커다란 일광욕실을 마련했다.

19세기 후반, 덴마크 과학자 닐스 핀센Niels Finsen은 햇빛이 건강과 치유에 보탬이 되며, 특히 피부 결핵의 일종인 보통 루푸스 같은 만성질환에 도움이 된다고 보았다. 핀센은 유년 시절에 성장이 더디다는 평을 받았는데, 학교 교장은 "닐스는 아주 훌륭한 소년이지만 물려받은 재능이 얼마 안 되고 활력

보이지 않는 질병의 왕국

이 아주 부족하다"라고 평가했다. 핀센은 결국 선천성 대사장애의 일종인 니만피크병 진단을 받았다. 훗날 그는 자신의 병이 연구의 "동기"가 되었다고 밝혔다. "나는 빈혈과 피로에 시달렸고, 북향집에 산 이래로 햇빛을 받으면 건강에 좋을지도 모른다고 생각하게 되었다. 그래서 햇빛 쬐는 시간을 가능한 한 늘렸다. 열정적인 의학인으로서 태양이 실제로 **어떤 이득**을 주는지 당연히 관심이 갔다. (…) 이 유용한 효과가 실재하는지는 알아낼 수 없었다."

핀센은 천연두와 결핵으로 인한 피부 병변에 광선요법을 시행하면 피부 세포 자극 효과(아마 살균 효과도) 덕분에 개선된다는 사실을 밝혀냈다. 보통루푸스를 연구한 핀센은 집중 자외선을 이용한 새로운 치료법을 개발한 공로로 1903년 노벨상을 받았다.[2] 핀센의 영향을 받은 의사 오귀스트 롤리에 Auguste Rollier가 일광요법을 공개적으로 옹호하면서 햇빛 치료가 인기를 얻었다. 롤리에는 1903년에 최초로 햇빛 병원을 열고, 환자들이 건강해질 때까지 볕을 더 많이 쬐도록 했다.

이처럼 햇빛은 20세기 초기에 병원에 도입되었다가 20세기가 끝날 무렵에 밀려났다. "20세기 후반, 최첨단 병원이란 보통 최첨단 설비를 제공하는 곳으로, 흔히 환자 돌봄보다는 장비 관리 최적화의 목적으로 공간이 구성되었다. (…) 20세기 중반 들어 기술에 더 의존하고 경탄하면서 환자의 안위는 옆으로 밀려났다"라고 스턴버그가 《힐링 스페이스》에서 지적했다.[3] "장비 관리 최적화"라는 표현에 눈길이 갔다. 자궁내막증 수술을 받을 당시, 수술을 기다리며 꽁꽁 얼어 버릴 만큼 한기가 도는 방에서 휠체어에 앉아 몇 시간이고 배고픔에 시달리며 덜덜 떨었다. "이 온도에서 기계가 잘 작동합니다"라고 어느 간호사가 따뜻한 담요를 가져다주며 말했다.

❦

세계보건기구에서는 치유를 단순히 병이 나은 상태 이상으로 본다. 건강이란 "질병을 앓지 않거나 허약하지 않은 상태를 넘어서서 신체적, 정신적, 사회적으로 온전히 안녕한 상태"다. 의학이 더 좋은 방향으로 나아가고자 한다면, 이 정의를 생각할 필요가 있다. 특히 만성질환의 경우 그러하다. 의사들이 환자의 치유를 돕고 싶다면, 환자가 온전함을 느낄 수 있도록 해 주는 요소들을 고려해야 한다. 햇빛이든 고요함이든 자연이든, 혹은 완전히 다른 것이든 상관없다. 스턴버그는 언젠가 미국 국립보건원 임상연구센터의 통증 및 완화 치료 서비스 국장 앤 버거Ann Berger에게 치유를 어떻게 보느냐고 물었다. "완화 치료에서 치유란 온전함을 뜻합니다. 병이 꼭 낫지는 않더라도 환자가 온전함을 느끼는 것이지요."[4] 버거의 대답처럼, 환자는 스테로이드나 항생제로만 병이 낫는 것이 아니라 자연, 신나는 대화, 접촉, 공감처럼 온전함을 느끼게 해주는 요소로도 치유된다. 이는 의사의 진찰을 받고 나올 때처럼 심란한 경험과는 거리가 먼 것들이다.

모순적인 이야기지만, 나는 아팠던 시절에 "흔히 알려진 것보다는 내면에 관심을 덜 쏟게" 되었다. 조지 프로흐니크가

보이지 않는 질병의 왕국

《침묵의 추구》에서 한때 참석한 퀘이커교 예배 모임이 미친 영향에 관해 쓴 표현이다.[5] 원인 불명의 병을 앓으며 산 시간은, 나라는 개인에게 씌워진 고립의 마스크를 벗겨 냈다. 종은 모두를 위해 울리며, 나의 곤경이 곧 당신의 곤경이고, 당신의 곤경이 곧 나의 곤경이라는 것을 깨닫게 되었다. 내가 그 안에 속해 있기 때문이다.

"누구도 섬은 아니다No man is an island"라는 문장으로 유명한 시인 존 던John Donne은 1623년에 겪은 발진열로 거의 죽을 뻔했다(발진티푸스로 추측된다). 쉰한 살의 던은 세인트폴대성당의 주임 사제였다.[6] 던이 심하게 병을 앓는 상황에서 딸이 약혼했다. 병상의 던은 딸에게 결혼하라고, 그러면 딸을 챙겨 줄 사람이 있으니 안심할 수 있다고 채근했다. 한편 병원에는 종소리가 들려왔는데, 결혼식을 알리는 종소리도 있고 역병이 돌아 사망한 사람들의 장례식을 알리는 종소리도 있었다.

던은 23개 장으로 이루어진 묵상집 《비상시의 기도문 Devotions upon Emergent Occasions》에 투병하는 동안 육체적으로 혼자라는 느낌을 받았다고 썼다. "병이 다채로워 비참하다! 잠깐 좋았다가 또 아프다." 던은 병이라는 불확실한 밤의 왕국에 관해 명상한다. "갑작스러운 변화, 나빠진 증상에 놀랐으나 그 어떤 것도 탓할 수 없고 병의 이름조차 명명할 수 없다." 이 불확실성은 처음에는 거의 견딜 수 없는 고립감을 불러온다. "아픈 것이 가장 큰 불행이고, 아픔의 가장 큰 불행은 고독이다." 그렇지만 던은 외로움에 시달리면서도 장례식과 결혼식 종소리를 들으며, 인간이 서로 정신적으로 이어져 있다는 통찰을 구했다. "누구도 그 자체로 온전한 섬은 아니다. 모든 인간은 대륙의 한 조각이며 본토의 일부다. (…) 누구의 죽음이든 나를 작아지게 한다. 나는 인류 전체에 속해 있기 때문이다. 그러니 누구를 위하여 종이 울리는지 알고자 사람을 보내지 말라. 종은 그대를 위해 울린다."[7]

기독교 신자가 아니라도 던의 말이 얼마나 적절한지 알 수 있다. 아프다는 것은 상호 연결성을 인식하는 일이고, 우리가 "본토의 일부"임을 이해하는 일이다. 그러나 오늘날 미국에서 병을 앓으면, 이를 부인하는 문화의 병리학에 직면하게 된다. 가장 아팠던 시절, 병을 고치기 위한 일은 무엇이든 공동체가 아니라 당사자의 몫이라고 다들 믿고 있어서 외로웠다.

몇 달 뒤, 항생제를 복용하니 며칠 만에 최악의 증상이 사라졌고 두 번째 아들을 임신하게 되었다. 임신에 뒤따른 입덧이나 불편감으로 힘들기는 했어도, 그 증상들은 평범한 아픔이었다. 내가 빈혈이 심한 탓이었다. 임신 중반에 의사가 철분을 세 차례 정맥 투여하도록 처방한 덕분에, 이후에는 몸 상태가 좋았다. 어떻게 보면 그 어느 때보다도 활력이 넘쳤다. 혈액순환이 더 잘되면서 기운이 생긴 것 같았다. 어느 날 밤에 짐은 말했다. "마침내 혈색을 되찾은 것 같아."

그해 7월, 나는 둘째 아들 R을 낳았다. 아이들이 둘 다 두 살이 안 된 상황이라 탈진과 기쁨, 구토와 침침한 시야가 뒤섞

보이지 않는 질병의 왕국

인 밤낮이 이어졌다. 브레인 포그, 동통, 피로 같은 예전 증상이 돌아왔다. 강의는 또 내가 해내기 힘든 일이 되었다. 그렇지만 이제는 어떻게든 길이 있다는 사실을 알고 있었다. 3년 전만 해도 이런 증상들은 아이들을 키우고 일을 하며 작가로 살고 싶은 내 삶의 가능성 자체를 위협했다. 오늘날에는 기운이 꺾이긴 해도 원인이 무엇인지 안다. 내 몸이 제대로 기능하도록 해 주는 것들, 혹은 막는 것들이 무엇인지 안다.

게다가, 이제는 내 곁에 내가 원한 미래가 있다. 나를 안으며 내 눈을 살피는 아기의 짙은 눈, 내 새끼손가락을 감싸 쥐는 통통하고 부드러운 손. 그 옆에서는 맏아이가 자석 블록으로 성과 탑, 뾰족한 모양을 잔뜩 만들고 있다. 피로로 몸이 허약해지고 통증에 시달리며 제약을 겪을 때가 또 올 것이다. 그래도 이만큼 회복하다니 얼마나 운이 좋은가. 뼈저리게 알았다. 아이들이 한때 해변을 같이 달릴 수 있었던 엄마로 나를 기억하도록 오랫동안 버틸 수 있기를 바랐다.

19

희망의 이유

인간으로서 가장 지키기 힘든

의무 가운데 하나는 투병하는 사람들의

목소리를 경청하는 일이다.

◆ 아서 프랭크,《몸의 증언》

"네 병은 부담스러워."

1월의 어느 추운 월요일 밤 저녁 식사 자리에서 도덕과 법을 연구하는 철학자 친구 J가 말했다. 그날은 내 생일이었다. 역사에 남을 만한 눈보라가 북동부를 강타할 참이었다. TV 뉴스 진행자들은 눈보라가 적어도 이틀 내내 계속되며 기록적인 대설이 내릴 것이라고 경고하고 있었다. 지인들과 나는 폭설로 집에 갇히기 전에 조명과 배터리와 와인을 구해 왔다. 이미 빠르게 쏟아지는 눈이 창밖 세상을 부드럽고 고요하게 덮고 있었다.

J와 나는 이야기를 나누다 모든 사람이 흔히 겪는 유형의 일상적 불평등을 논하게 되었다. 내 질문은 아픈 사람이 정말로 아픈지 의사나 친구가 믿지 못하는 상황도 불평등이 될 수 있느냐는 것이었다. 인간의 어떤 점 때문에 의사가 (그리고 나머지 사람들도) 이름 모를 병을 인정하기 어려워하는지 J의 생

각이 궁금했다. 어떤 사람이 병을 과장하거나 속인다고 그토록 빨리 판단 내리는 이유는 뭘까? 병을 인정하지 않으려는 이런 행위에 내재한 것은 무엇일까?

"의사들이 치료법을 잘 모른다고 해도, 검사 결과가 하나의 결론으로 모이지 않는다고 해도, 환자의 증언을 받아들일 수도 있지 않아? 의료계는 자신들이 치료해야 할 바로 그 대상을 왜 그토록 빠르게 불신하고 마는 걸까?"

"음, 네 병을 인식하는 일이 내겐 부담이 돼."

"그렇지만 나는 오로지 인식 이야기를 하는 거야. 치료 단계 말고. 그러니까, 의학적 결과를 말하는 게 아니라고."

"생각해 보자. 네가 아프다는 사실을 인식하는 **행위**만으로도 내겐 어떤 입장을 요구하는 일이야. 안 그래? 나는 대응해야 해. 공감해야 하고. 힘든 일이지. 그리고 공감해야 할 사람들이 늘어날수록 공감은 더 힘들어져. 내 앞에 앉아 있는 사람이 아프다면…… 꼭 네 이야기를 하는 건 아니야." J는 이미 내가 이야기를 개인적으로 받아들이기 시작했음을 알아챈 것 같았다. "너 말고 누구라도, 병을 알아달라는 주장은 입장을 정해달라는 뜻이 되거든."

인식처럼 단순한 행위마저도 부담이 될 수 있다는 것이 J의 주장이었다. 병의 증인이 될 준비가 되지 않았다면, 그러니까 병을 목격해도 해 줄 수 있는 것이 없거나 감정적으로 소진된 상태라면 말이다.

인식의 행위에도 진정으로 에너지가 필요하다. 그리고 그 사실이 아픈 사람을 힘들게 한다. 문학비평가 허마이오니리Hermione Lee는 버지니아 울프의 《아픈 것에 관하여》 서문에 이렇게 썼다. "세상은 일상적으로 공감을 해 줄 여유가 없다. 공감은 근무시간 전부를 써야 할 일이다."[1] 울프는 문학이 마음에 관해 그토록 많이 이야기하는 이유를 설명한다. "침실의 고독 속에서 열병의 공격이나 우울의 도래에 맞서 몸이, 몸을 노예 삼은 마음과 벌이는 거대한 전쟁들은 무시된다. 이유는 명백하다. 이런 상황을 똑바로 보려면 사자 조련사의 용기가, 튼튼한 철학이, 땅속 깊은 곳에 뿌리내린 이성이 필요하다."[2]

하지만 이런 것들이 우리에겐 필요하다. 현재 의료계가 만성질환자들에게 일반적으로 제공하는 것을 넘어서서 전인적으로 접근해야 한다. 구조적 개혁과 헌신적 연구가 있어야 한다.

어느 포근한 가을날, 나는 하버드대학 경제학과 건물에서 의료 개혁 전문 경제학자 데이비드 커틀러를 만났다. 위엄찬 대리석 건물 복도에는 유명한 경제학자들의 흑백 사진이 쭉 걸려 있었다. 우리는 만성질환 치료에 얽힌 구조적이고 경제적인 어려움에 관해 이야기를 나누었다. "의사가 환자와 가까운 관계를 맺어야 치료 결과가 더 좋다고 하죠. 예를 들어 당뇨병 환자가 (3개월 동안의 혈당 평균치를 측정하는) 당화혈색소 검사나 콜레스테롤 검사 같은 것을 받지 않은 상황일 때, 간호사가 이 사실을 전화로 알려 준다고 해 봅시다. '데이비드 씨, 석 달에 한 번씩 병원에 와야 하는데 넉 달이 지났어요. 화요일 오후에 진찰 예약을 잡을까요?' 그러면 사람들은 병원에 올 겁니다. 어려운 일이 아니죠. 환자를 이끌어 내는 지원 활

보이지 않는 질병의 왕국

동입니다."

그렇다면 의료계가 이런 활동을 하도록 어떻게 장려할 수 있을까. "그런 적합한 활동이 기본값이 되도록 하면 더 잘하게 되겠지요." 커틀러는 미국 의료계에는 필요한 기반 시설 대부분이 없는 상태라고 지적했다. "나는 만성질환을 재무 계획 분야와 비교하는 편입니다. 사람들은 피델리티나 뱅가드 같은 자산운용사에 많은 돈을 씁니다. 은퇴 자금을 모으기 쉽게 해 주기 때문이죠. 그렇지만 만성질환 같은 경우, 실제로 건강 계획을 짜 주는 회사를 만든 사람은 아무도 없습니다. 재무 계획이 더 쉽다는 사실이 밝혀졌으니까요."

그렇다면 돌봄을 관리하고 조직하며, 수면과 식생활 등을 조절해 병을 관리할 방법을 조언해 주는 사람이 왜 없는지 물어보았다.

"의사들은 이런 기술을 배우지 않았습니다. 의사는 상인처럼 훈련받았어요. 외과 의사는 사람의 몸을 가르는 법을 배우고, 배관공은 파이프를 고치는 법을 배우고, 피부과 의사는 피부를 살피는 법을 배우죠. 환자를 관리하는 법은 배우지 않았습니다. 그러니 누군가 이 일을 시작해야 합니다. 의료계에서 가장 비어 있는 부분인데, 경제적으로 효과가 없거나 혹은 지금까지 효과를 내지 못했기 때문이기도 해요. 늘 생각하는 질문이 있습니다. 미식축구팀에서 가장 많은 연봉을 받는 선수 세 명은 누구일까요? 쿼터백, 블라인드 사이드(쿼터백이 볼수 없는 구역—옮긴이)를 맡아 쿼터백을 보호해 주는 레프트 태클, 그리고 감독. 감독은 대체 왜 그렇게 돈을 많이 받는 걸까요? 게임 내내 공을 건드리지도 않고, 체격이 좋은 것도 아니죠. 하지만 모든 것을 한데 그러모으는 역할을 합니다. 그렇게 모으는 역할 덕분에 **돈을 받는 겁니다.**

당신의 건강을 위해 이런 일을 해 주는 사람은 없습니다. 고양이를 키우던 시절, 수의사가 전화를 걸거나 메모를 보내왔어요. '고양이를 데려올 때가 되었습니다.' 치과의사도 그렇게 하죠. 그렇지만 나머지 의사들은 아닙니다. 환자에게 그럴 필요가 없다고 생각하는 것 같아요.

그렇다면 의사들이 이런 일을 훈련받지 않은 상황에서 어떻게 할 수 있을까요? 관리도 경제도 영업도 배우지 않는 상황인데 말입니다."

하버드대학 교수이자 완화 의료 개척자인 수전 블럭은 의학계의 의사소통 기술 훈련이 "원시적"이라고 여러 차례 지적했다. 그러나 성공한 사례도 있다. 최근 노인의학과 완화 치료 분야의 발전은, 미국 의학계가 (문제를 자초할 수 있는) 첨단 기술 중심에서 방향을 틀어 환자가 병과 **함께 살아가도록** 돕는 쪽으로 가면 어떻게 달라질 수 있는지 보여 주는 사례다. 이 분야의 의사들은 환자 스스로 어떤 문제가 중요한지 생각하도록 이끄는 법을 배운다. 의과대학은 환자 탓하기를 근절하기 위해 사용하는 언어를 바꾸려고 한다. 블럭에 따르면, 아직 소수이긴 해도 몇몇 사람들이 중요한 의사소통 기술을 학생들에게 가르치려고 노력을 기울이고 있다.

그래도 의사소통 기술로는 분명 충분하지 않다. 많은 자가면역질환자는 자가면역 임상 센터가 생기기를 바라고 있다. 그러면 암 센터처럼 의사 한 명이 환자의 치료를 통합할 수 있다. 이런 입장을 널리 알린 결과, 성과를 거두기 시작했다. 이스라엘의 시바종합병원Sheba Medical Center은 자가면역질환센터를 세웠다. 이곳 의사들은 미국의 여느 모델과는 달리 기능 의학적이고 통합적인 치료 모델을 지향한다. 더 많은 변화가 이어지길 바라는 마음이다.

미국의 경우 펜실베이니아주 피츠버그의 웨스트펜병원이 미국자가면역관련질환협회와 협력하여 2018년 앨리게니헬스네트워크Allegheny Health Network, AHN 자가면역연구소를 열었다. 이 연구소는 자가면역 통합 치료를 위한 센터로, 연구소장은 루푸스 전문 류마티스 전문의 조지프 아헌Joseph Ahearn이 맡았고 총괄은 AHN의 루푸스전문센터 이사이자 자가면역연구소 설립을 생각해 낸 수전 만지Susan Manzi가 맡았다. 자가면역연구소는 이제 여러 센터를 포괄하는 우산 역할을 맡고 있다. 아헌은 이렇게 말했다. "원래는 루푸스 치료 모델을 가져다 모든 자가면역질환에 적용하는 것이 목표였습니다. 그런데 여러 질병을 하나의 전문 센터가 맡을 수 있고, 그러면 개별 질병을 따로 다룰 필요가 없다는 것을 알게 되었습니다. 팀하나가 다양한 자가면역질환을 다룰 수 있죠."

자가면역연구소는 포부를 품고 있다. 이 분야에서 "전 세계 최초"라고 스스로 소개하며 "자가면역질환에 새로운 방식의 치료"를 시도하고자 한다. 환자는 하루에 17가지 전문 분야 중 필요한 의사들을 만나 심도 있는 진료를 받을 수 있으며, 병원은 이러한 능률적인 통합 치료에 자부심이 있다. 의사들은 환자나 동료 의사와 이야기하는 데 많은 시간을 할애할 수 있다. 연구소를 계획하며 아헌은 의사와 간호사가 환자를 진찰한 후 '회의'를 할 수 있도록 개방형 작업 공간을 마련하자고 했다. 회의에서 의사와 간호사는 실시간으로 서로의 생각을 나누고 치료 계획에 관해 소통할 수 있다. 연구소는 매주 다학제multidisciplinary 콘퍼런스를 여는데, 아헌의 말에 따르면 "논문에서 찾을 수 없는 아주 드문 사례들"을 다룬다. 이를테면 루푸스 자가항체가 있는 데다 "피부경화증이 의심되며 엑스선 사진상 폐에 병변도 있는" 환자의 사례를 의논하는 것이다. 연구 부문에서는 더 나은 진단 도구를 개발하기 위해 최첨단 방식에 투자하는 한편(아헌이 든 예는 '액체 생검[혈액을 통해 암 등의 질병을 진단하는 기술—옮긴이]'이다), "환자들을 정해진 진단 틀에 집어넣지 않는 것"을 임상 목표로 삼았다. "우리는 현재의 진단 기준이 불완전하다는 것을 알고 있습니다. 언젠가는 이렇게 말할 겁니다. '우리는 당신이 겪는 문제를 알지 못하고, 꼬리표를 붙이지도 않을 겁니다. 그렇지만 우리가 본 것을 근거로 당신을 치료하겠습니다.'" 내가 심하게 아팠던 무렵에는 이런 상황을 그저 꿈으로나 상상할 수 있었다. 대신 나는 힘겹게 예약을 잡아 이 병원 저 병원 돌아다녔고, 병원들이 내 정보를 공유하여 치료할 수 있게끔 직접 조정했다.

힘이 나는 소식이 더 있다. 새로운 기술 덕분에 혁신적인 연구자로 구성된 소규모 그룹들이 전에는 가능하지 않았던 답을 찾을 수 있게 되었다. 대학 시절 근육통성뇌척수염/만성피로증후군에 걸렸던 당사자인 미생물학자 에이미 프롤은 근

보이지 않는 질병의 왕국

육통성뇌척수염/만성피로증후군이나 코로나 후유증, 다른 감염 관련 질환 연구의 미래에 조심스럽게 희망을 품고 있다.

"근육통성 뇌척수염/만성피로증후군의 경우, 병이 감염으로 인해 발생하거나 악화한다는 사실을 알아냈으니 연구가 더욱 발전하리라 봅니다. 환자에게서 병원체를 확인하는 기술과 도구는 이제껏 매우 제한적이었죠. 지금은 병원체가 체액 속에 드물게 살아남을 수도 있다는 사실을 파악하기 시작했습니다. 제 생각에, 이제 환자의 혈액과 **조직** 내 유기체를 찾는 방법이 개선되고 있으니 이 분야의 연구는 폭발적으로 성장할 겁니다. 이런 유형의 감염은 신경을 우선적으로 감염시키는 유기체에 의한 경우가 많아요. 병원체가 가장 많이 파괴하는 영역인 환자의 조직과 뇌와 중추신경계를 살피는 검사가 시행되기 시작했습니다.

여기서 두 가지가 중요합니다. 우리는 지금 병원체가 실제로 있으리라 예상되는 영역에서 주요 병원체를 찾습니다. 그리고 5년 전보다 훨씬 더 우수한 기술을 씁니다."

혁신적 연구를 통해, 면역계와 병원체와 미생물이 상호작용하며 움직이는 방식이 신진대사와 기분, 심지어 악성 종양의 발생에도 영향을 미칠 수 있다는 새로운 통찰도 얻게 되었다. 근육통성뇌척수염/만성피로증후군, 섬유근육통, 치료 후라임병증후군 같은 오랫동안 낙인찍힌 질병을 새롭게 사고하는 길이 열리고 있다. 이제는 이런 질병의 원인을 알고자 하는 의지가 있는지, 그것이 문제다.

나 같은 환자가 어쩌면 곧 의미 있는 변화가 일어날지도 모른다고 희망을 품는 이유가 있다. 만일 코로나바이러스 팬데믹으로 희망이 생겼다고 한다면 그 희망은 코로나 후유증의 범위가 넓다는 점, 그리고 수많은 의료 전문가가 코로나 후유증을 앓고 있다는 점에서 찾을 수 있다. 이를 계기로 우리는 기존 의료계가 취급하지 않던 만성적인 면역 매개 질환을 완전히 다른 패러다임에서 바라보기 시작했다. 코로나가 세상을 휩쓸고 지나간 영향 가운데 하나로 만성질환이 새롭게 조명되면서, 너무나 오랫동안 무시당했던 사람들이 도움을 받게 된 것이다.

코로나 19는 워낙 심각한 감염병이다 보니 병의 장기적 효과 또한 무시할 수 없는 수준이었다. 연구가 명백히 필요한 상황이라 새로운 지원이 이루어졌다. 여러 대학 병원에서 센터를 세워 포스트코로나증후군 혹은 코로나 후유증을 앓는 환자들의 증가에 대처하게 되었다. 여러 측면에서 놀라울 만큼 빠른 변화가 일어났다. 가장 낙관적으로 보자면, 현대 의학이 결국 코로나 후유증을 비롯해 비슷한 논쟁적인 질병들을 받아들일 수 있다는 신호다. 물론 우리가 직면한 위기는, 아직 그 규모는 몰라도 미국인 수백만의 미래를 바꿀지도 모르는 어마어마한 상황이긴 하다.

마운트시나이병원은 미국에서 맨 처음 코로나후유증치

보이지 않는 질병의 왕국

료센터를 연 곳 가운데 하나로, 당시 미스터리 같은 상황이 벌어졌다.[3] 2020년 봄 뉴욕시에서 코로나바이러스가 1차 확산기를 거치는 동안, 내분비학자 지지안 첸Zijian Chen은 첫 감염 후 한 달이 지나도 여전히 증상을 겪고 있는 코로나 환자를 대상으로 온라인 조사를 했다. 그때만 해도 코로나는 증상이 2주 동안 이어지는 호흡기 질환으로 통했기에, 첸은 조사 대상이 많지 않으리라 생각했다. 하지만 상황은 예상과 달랐다. "데이터베이스를 확인하니 환자가 1800명이나 되더군요. 깜짝 놀랐습니다. **세상에, 이렇게 많은 환자가 아직도 증상을 겪고 있다니.**" 그에게 어떤 깨달음이 왔다. 백 년에 한 번 찾아오는 감염병 대유행을 막는 일만이 전부가 아니었다. 많은 환자가 알 수 없는 이유로 회복하지 못하고 있었다. 놀랍게도 그들 대부분은 코로나 경증이었다. 그렇지만 무시하기 힘든 증상이 지속되고 있었다. "호흡이 가쁘고, 심장이 두근거리고, 가슴에 통증이 있고, 피로와 브레인 포그를 겪는다고 했습니다."

첸은 지속적 전신 증상에 시달리는 환자들을 위해 코로나후유증치료센터에서 여러 분야의 의사들을 소집해 회의를 열었다. 또 마운트시나이병원의 재활 혁신 책임자 데이비드 퍼트리노David Putrino와도 협업했다. 퍼트리노는 보통 의사들이 관심을 두지 않는 문제를 평생에 걸쳐 자유롭게 연구했다. "측정하기 어려운 것을 측정하는 방법" 또한 관심사라고 내게 말한 바 있다. 마운트시나이병원에서 퍼트리노의 역할은 고정관념에서 벗어난 재활의학 치료법을 탐구하는 일이었다. 퍼트리노는 종종 전문의 모임을 여는데, "모든 것은 아주 세

분화되어 있고 전문가들은 서로 대화하지 않는다"라는 미국 의료계의 속성과 맞서기 위해서다.

센터는 증상이 지속되는 환자들을 분류하고 전문의들에게 의뢰하여 원인을 찾았다. 몇몇 환자는 심하게 아팠는데, 보통 심장이나 폐 같은 기관에 측정 가능한 손상을 입었다. 코로나로 인한 손상의 규모는 호흡기 바이러스로서는 아주 특이했으며 아주 우려되는 수준이었다. 그렇지만 "이 환자들은 맞춤 치료를 받았다는 점에서 사실 운이 좋은 경우입니다"라고 첸은 말했다. 운 나쁘게도 90퍼센트 넘는 환자들이 "무슨 문제인지 알 수 없는" 상황이라 의사들은 당혹스러웠다.[4] 대개 급성 코로나로 심한 타격을 입는 쪽은 남성인 반면, 원인 모를 후유증을 앓는 집단은 거의 대체로 여성이었다('급성 코로나'는 면역계가 바이러스와 싸우는 감염 기간을 뜻하며, 급성 단계는 경증에서 중증까지 정도가 다양하다). 그리고 보통 20세에서 50세 사이였다. 의사들 생각으로는 이렇게 젊은 사람들은 코로나를 가장 심하게 앓는 집단이 아니었다. 환자 대부분은 백인으로 상대적으로 부유했다. 의사들은 많은 유색인종 환자가 똑같이 증상이 지속되어도 치료를 받지 못하는 상황일 수 있다고 걱정하기 시작했다.

코로나 후유증 환자들은 대개 검사 결과가 아무것도 확실하지 않았다. 이는 많은 면역 매개 질환자들에게는 익숙한 상황으로, 이제는 독자 여러분에게도 익숙할 것이다. "검사 결과는 전부 음성이었습니다. 그러니 현대 의학 입장에서는 당연히 '괜찮습니다'라고 말하고 싶겠지요." 재활의학 의사이자 센터의 저명한 임상의인 데이나 맥카시Dayna McCarthy가 말했다.

그렇지만 환자 본인은 안다. 분명 괜찮지 않다. 내가 그랬듯이 말이다. 지속되는 문제들에 관심을 기울이는 단체인 환자주도연구협력Patient-Led Research Collaborative은 코로나19 감염 후에도 증상이 사라지지 않는 약 3800명의 환자를 대상으로 조사를 진행했다. 최초 감염 후에도 몇 개월 내에 격렬한 신체 활동이나 정신 활동을 계기로 증상이 재발했다고 보고한 사람이 85.9퍼센트나 되었다.[5] 심한 피로와 브레인 포그를 겪는 환자가 많았다. 일어서거나 걸을 때 흉부 압박이나 빈맥(심박수가 분당 100회 이상으로 빨리 뛰는 상태)을 겪는 환자도 있었다. 코로나 후유증 환자 모임이 페이스북을 비롯하여 온라인 공간에 생겨나, 자료를 모으고 의견을 교환했다. 2020년 봄, 나는 이런 게시판들을 살피기 시작했다. 예전에는 건강했던 청년 수천 명이 내겐 소름 끼치도록 친숙한 만성 증상으로 심한 아픔을 호소하는 모습을 실시간으로 목격하며 몸서리쳤다.

초기에는 많은 의사가 이런 사례를 불안이나 건강염려증 탓이라며 무시했다. 예측 가능한 상황이다. 하지만 마운트시나이병원의 첸과 동료들, 퍼트리노 같은 전문가는 제대로 알아보고자 했다. 단지 학술적인 관심에서만은 아니었다. 개인의 삶이 큰 타격을 입었다는 것 말고도, 코로나 후유증의 영향은 전문가들을 놀라게 할 만큼 어마어마했다. "경제적 차원에서 보자면 20세에서 40세 사이의 노동인구 중 지금 일을 할 수 없는 사람이 엄청나게 많다는 뜻입니다." 맥카시의 설명이었다. 비공식적 수치에 따르면 코로나바이러스에 감염된 환자 가운데 10~30퍼센트가 장기간에 걸쳐 후유증을 앓고 있다(치료후라임병증후군과 비슷하다).[6] 이게 과장된 수치라고 밝혀진다 해도 코로나 후유증 환자의 수는 여전히 놀랍도록 많다. "사람들은 감염병 대유행으로 인한 희생자 수가 생각보다 훨씬 크리라는 점을 알 필요가 있습니다." 컬럼비아대학 어빙메디컬센터 응급의학과의 크레이그 스펜서가 말했다. "관심을 기울여야 할 다급한 사안입니다. 팬데믹이 끝나도 코로나 후유증을 안고 사는 사람들이 있을 겁니다. 지어낸 병이 아니고, 병약한 사람들의 상상에 불과한 병도 아닙니다. 실제로 존재합니다."

예비 연구 결과를 근거로 몇몇 이론은 바이러스가 강한 면역반응을 일으켜 신체에 광범위한 손상을 입히는 바람에 코로나 후유증이 생긴다고 추정한다. 바이러스에 대한 면역반응이 자가면역질환을 유발한다고 보는 이론이 있는가 하면, 바이러스 그 자체가 신경계와 인체의 다른 부분에 관찰이 어려운 손상을 입힌다고 보는 이론이 있다. 또, 바이러스가 몸속 숨겨진 저장소에 남아서 지속적 면역반응을 일으킨다는 이론도 있다. 아니면 이런 상황들이 환자마다 다르게 합쳐져서 후유증을 일으킨다고 볼 수도 있다(흥미롭게도 환자 가운데 상당수가 백신을 맞고 증상이 사라졌다고 보고했다[7]).

"지금 우리 앞에 있는 것은 확실한 하나의 증후군입니다." 데이비드 퍼트리노는 다른 유사한 증후군들보다 코로나 후유증이 "몸을 훨씬 더 쇠약하게 하고 증상도 심한" 경향이

보이지 않는 질병의 왕국

있지만, 알려진 바가 별로 없다는 점은 비슷하다고 말했다. 퍼트리노에 따르면 많은 환자가 분명 자율신경기능이상으로 보이는 증상을 앓고 있었다. 그렇다고 해도 환자들의 증상은 너무 다양하여 기존 병명을 붙이기 어려웠다. 어떻게 보면 자율신경기능이상, 특히 체위성기립빈맥증후군과 증상이 비슷했으나 꼭 그런 것은 아니었다(일부 의사들은 이를 두고 치료 후 코로나 체위성기립빈맥증후군이라고 부르기 시작했다). 또 어떤 점에서는 근육통성뇌척수염/만성피로증후군과 닮았는데, 운동불내성exercise intolerance(신체 운동을 수행할 능력이 없거나 감소한 상태―옮긴이)과 심한 피로가 나타난다는 점이 그러했다. 그렇지만 이 또한 전형적이지는 않았다. 자가면역질환의 경우도 마찬가지였다. 연구자들을 인터뷰해 보니, 연구 결과에 공통점이 있었다. 알려진 바가 거의 없긴 해도 인체가 감염에 대응한 결과 나타날 수 있는 전신 증상으로, 서로 관련 있는 증상들이 하나의 병명으로 묶인다.

우연히 퍼트리노는 마운트시나이병원의 에이미 콘토로비치와 함께 자율신경기능이상 환자들에 대한 프로젝트를 진행한 적이 있었다. 전문의 콘토로비치는 유전성 심장병을 연구하며 환자 수백 명을 치료했다(이후 콘토로비치는 퍼트리노의 아내를 진단하고 치료했는데, 퍼트리노의 아내는 신체 결합조직에 영향을 미치는 유전성 질환인 엘러스단로스증후군을 앓고 있었다). 연구팀이 제시한 사례들을 보며 퍼트리노는 새로운 인식으로 도약했다. "어떤 깨달음이 왔습니다. 에이미에게 연락해서 말했죠. '도움이 필요합니다.'" 콘토로비치는 코로나 후유증에 관해 알아보다 가슴이 철렁했다. "만일 많은 사람이 이런 일을 겪고 있다면 정말 큰일이라고 생각했어요. 자율신경 기능이상이 실제 존재하는 병이라고 받아들이지 않는 의사들이 많으니까요."

코로나 후유증이 점점 증가하는 상황에서 희망을 품을 어떤 이유라도 있다면, 대학 병원들이 이 사태를 진지하게 다루고 있다는 점을 꼽을 수 있다. 어쨌든 의학의 역사를 살펴보면 원인 불명에 환자가 주로 여성인 만성질환은 잘 다루어지지 않았다. 그렇지만 이번에는 환자 활동가 집단이 병을 인정받으려고 나섰고, 학계 저명인사들이 열린 자세를 보이고 있다. 국립보건원과 세계보건기구가 코로나 후유증은 연구가 더 필요한 병이라고 공식적으로 인정했다.[8]

상황이 달라진 이유는 무엇일까? 규모가 어마어마하다는 점이 한 가지 이유다. 어떻게 보면 코로나와 그 후유증에 몰린 전 세계적 관심은 라임병이나 근육통성뇌척수염/만성피로증후군이 절대 받지 못한 수준이다. 그러나 환자 집단이 코로나 후유증에 관심을 촉구하면서, 그들의 말에 귀를 기울일 의향이 있는 의사들과 접촉했다는 점 또한 이유로 작용했다. 맨 처음 증상의 재발이나 지속을 알린 환자의 다수가 의료인이었다. 코로나 후유증으로 고생한 데이나 맥카시도 그런 경우다. "이 환자들은 함께 일하는 의사들입니다. 거짓말을 할 사람들이 아니죠. 긴밀하게 함께 일하는 동료 의사가 생각을 제대로 할 수 없어서 하루를 견디기 힘들다고 한다면, 그 말을 믿어야겠지요." 첸의 설명이다.

코로나 후유증 환자를 치료하는 사람들은 이미 만성질환을 새롭게 바라볼 줄 아는 전문가들이다. 예를 들어 에이미 콘토로비치는 자율신경기능이상 환자를 약 10년간 치료했으며, 이들의 병이 무시당하는 현실에서 열정적으로 옹호 활동을 해 왔다. "내 환자 대부분은 20세에서 45세 사이의 젊은 여성들입니다. 보통 진단을 받기 위해 기나긴 여정을 거쳐 왔죠. 증상을 머릿속에서 지어냈다거나, 순전히 불안 때문에 아프다는 말을 들어 왔습니다." 콘토로비치의 환자들은 의학계가 돕지 못한 숱한 사람들을 대변한다. 병의 존재 여부를 놓고 논쟁하고, 이런저런 전문의를 찾게 하고, 근본 원인은 건드리지 못한 채 약만 많이 주는 방식은 이미 익숙하다. 그러나 병원 윗선에서 콘토로비치 같은 의사들의 의견을 경청한다면, 병원은 새롭게 열린 자세로 환자들을 대하게 된다.

예를 들어 마운트시나이병원에서 퍼트리노의 연구팀은 계속 아픈 환자들이 무시할 존재가 아니라, 코로나 후유증이라는 수수께끼를 풀 수 있는 핵심 조각임을 깨달았다. 그 핵심은 바로 호흡 기능장애다. 코로나 후유증 환자는 코를 통해 횡격막 깊숙이 숨을 쉬는 대신 입과 흉부 상부를 통해 얕게 숨을 쉬는데, 이 과정에서 심장박동과 자율신경계 조절을 돕는 미주신경이 자극을 받는다. 이런 경우 환자의 호흡은 "완전히 빗나간다"고 맥카시가 말했다. 첸과 퍼트리노의 연구팀은 과학적 근거가 있는 일주일 단위의 시험용 호흡 요법 프로그램을 도입했다. 스타시스Stasis라는 회사가 만든 프로그램으로, 환자들이 정상적인 호흡 패턴을 되찾게 하는 것이 목표였다. 일주일 후 프로그램의 모든 참가자가 호흡 곤란과 피로 같은 증상이 개선되었다고 했다.

❦

내가 갑자기 아팠던 2012년만 해도, 주류 의료기관이 급성 바이러스 감염 후 증상이 지속되는 상황에 조직적으로 대응해야 한다고 보고 신속하게 행동에 나서는 일 같은 것은 상상조차 할 수 없었다. 2020년, 그 일이 일어났다. 마운트시나이병원뿐만 아니라 전국 곳곳의 병원에서 나섰다. 마운트시나이병원은 통합 치료의 영향 아래 '질병만이 아니라 사람을 전인적 관점에서 치료하기'를 목표로 삼고, 환자에게 시간을 충분히 들이고 증상을 다면적으로 살피고자 한다. 완전한 회복, 혹은 적어도 더 나은 건강 상태로 돌아갈 수 있는 최상의 기회를 환자에게 선사하고자 한다.

이 같은 의학계의 신속한 대처는 코로나 후유증 환자에게 중요하다. 포스트코로나증후군에 성공적으로 대처하려면, 구체적 원인이 무엇이든 간에 적절한 시간 내에 치료해야 하는 것으로 보인다. 퍼트리노는 이렇게 말했다. "그런 상태에서 관리 없이 증상을 계속 안고 가면 훗날 재활에 더 오랜 시간이 필요할 겁니다." 치료를 바로 받은 사람들은 더 빨리 회복하는 경향을 보였다.

나는 케이틀린 바버라는 환자와 이야기를 나누었는데, 코로나 후유증을 9개월 동안 계속 앓다가 페이스북 환자 그룹 게시판에서 정보를 찾아 2020년 9월 중순에야 마운트시나이병원 코로나후유증치료센터를 찾은 사례였다. 나와 맨 처음 대화할 때만 해도 바버는 자율신경기능이상이 아주 심했다. 집으로 가는 계단을 오르내릴 수 없었고, 침대 밖으로 거의 나가지 못하는 상황이었다. 브레인 포그로 일을 할 수도 없었다. 자리에서 일어나면 심박수가 분당 180회까지 뛰었다(일반적인 심박수는 분당 60~100회다). "의사들은 나를 무시하고 퇴짜 놓았고, 증상이 별일 아니라고 생각하게끔 깎아내렸어요." 그 시절 바버의 상태는 점점 악화했다. 마운트시나이병원을 찾은 바버는 의사의 문진을 거쳐 심장 검사를 받았다. 의사들은 바버의 말을 믿는다고, 회복을 위해 어떤 치료를 해야 할지 아직은 잘 모르지만 돕겠다고 했다. 병원은 바버의 치료를 통합적으로 조정했고, 호흡 요법과 부담되지 않는 운동 훈련을 안내했다. 바버의 증상을 평가하고 걱정을 알아주었다. 바버는 병원이 제시한 프로그램을 따랐고, 시간이 지나자 증상이 호전되어 계단을 오르내릴 수 있게 되었다. 이제는 **계획**을 세울 수 있기에 계속 나아갈 수 있다고 바버는 말했다.

케이틀린 바버가 마운트시나이병원에서 받은 치료는 코

로나 후유증만이 아니라 이 책에서 설명한 유형의 질환을 앓는 환자들에게도 적용할 수 있다. 조직적으로 빠르게 대응에 나서야 한다고 판단한 첸이나 관습적 사고를 벗어던진 퍼트리노가 보여 주듯, 마운트시나이병원은 앨리게니헬스네트워크처럼 전신 증상의 만성질환을 앓는 환자를 위한 모델을 세웠다. 더 많은 기관이 이 모델을 따를 수 있고, 그래야 한다. 면역 매개 질환, 자가면역질환, 치료후라임병증후군, 근육통성 뇌척수염/만성피로증후군, 코로나 후유증 같은 병을 앓는 환자들을 무시하지 않고, 근본 원인을 찾고, 흔한 동반 질환을 치료하는 병원들이 더 많다면 얼마나 좋을까. 앨리게니헬스네트워크처럼 이런 병원들도 치료후라임병증후군 같은 질환에 흔히 동반되는 다양한 중복 요인을 연구하고, 치료도 함께 진행할 수 있을 것이다.[9]

이 같은 모델이 중요한 것은 치료에 대한 접근성과 공감이 만성질환자에게 의미 있기 때문이다. 케이틀린 바버가 받은 통합 치료는 서로 정보를 공유하지 않는 전문의들이 10분 동안 별 내용 없이 진찰하는 방식과는 완전히 달랐다. 미국 대다수 지역에서 찾기 어려운 고급 치료다. 주민들이 주로 시골에 거주하거나, 소득이 낮거나, 유색인종인 지역사회는 역사적으로 소외되었고, 이런 치료에도 접근성이 떨어졌다(코로나 후유증이 여러 인종과 사회경제 집단에 미친 영향을 포괄적으로 다룬 통계 자료는 아직 모이지 않았다). 그래서 질문을 던지게 된다. 우리 사회가 도움이 필요한 모든 사람을 치료할 자원을 마련할 수 있을까? 어떻게 마련할까?

병원은 더 많은 환자가 진료실을 들락거리게 해서 돈을 번다. 그런데 이런 유형의 만성질환 치료는 최첨단 기술이 필요하지 않을 수는 있어도, 시간과 관심이 많이 필요하다. 그렇다면 의사들이 진료 방식을 조정할 필요가 있는데, 데이나 맥카시의 표현에 따르면 "미국 의료계는 이런 방식에 아직 준비되지 않았다(마운트시나이병원의 치료 대기자가 엄청나게 늘어난 이유 중 하나다)." 의료계는 빠르게 병을 고치는 방식에 익숙하다. 알약 하나로 치료할 수 없고 간단한 치료법에 완강히 저항하는 이런 유형의 증후군은 "의사들이 치료하기 선호하는 병은 아니"라고, 어느 의사가 말했다. 마운트시나이병원을 찾은 코로나 후유증 환자들에 관해 퍼트리노는 이렇게 말했다. "(많은 환자가) 회복의 여정에 올랐습니다. 그렇지만 환자들 중 한 명이라도 아프기 전 상태로 완전히 돌아갔다고 말하진 않겠습니다."

아마도 이번에는 의료계가 달라질 것이다. 감염병 대유행이 의사와 연구자 한 세대에 전례 없는 충격을 안겼기 때문이다. 코로나19로 인해 자율신경기능이상을 겪고 있는 어느 의사 환자는 이 병이 실제로 아주 흔한 질환인데도 대학 시절에 거의 배운 바가 없어 충격을 받았다고 이야기했다. 직접 아파 보니 만성질환자의 치료를 달리 보게 되었다고도 했다. 편협한 분류와 치료법에 맞지 않는 병을 앓는 환자들을 위해 시계가 움직이고 있다. "많은 의사가 알고리즘을 원하지만, 그런 알고리즘은 없습니다. 환자의 말을 경청하고, 증상을 확인하고, 증상이 심한 정도를 측정할 방법을 찾고, 치료법을 쓴 다음 증상이 해결되는지 보아야 합니다. 의학이 가야 할 길입니다."
퍼트리노의 말이다. 그러는 동안, 이 같은 병을 앓으며 사는
우리 모두를 위해 인류가 치르는 대가는 점점 커지고 있다.

20

지혜 서사

가장 아팠던 시절에도 나는 내 경험에
관해 글을 쓸 만큼 건강해진다면
남을 안심시키는 거짓말은 쓰지 않겠다고
다짐했다.

병에 관한 이야기는 거의 다 병의 극복을 다룬다. 극복할 수 없는 경우에는 투병 끝에 더 지혜로워졌다는 식이다. 내가 병을 앓았던 시절, 사람들은 그래도 병으로 좋은 일도 생겼다며 내 아픔을 덜어내길 원했다. 병을 앓아 몸이 피폐해져도 그 과정에서 구한 영적 깨달음이 아픔을 상쇄해 준다는 서사는 우리 문화에서 친숙하다. 내 주변 사람들도 이 친숙한 위로의 서사를 받아들였다. 아파도 그 고통을 계기로 변화를 맞이하게 되니 견딜 만하다는 식이다.

　가장 심하게 아팠던 시절의 봄, 친한 친구가 브루클린의 아파트를 찾아와 내 곁 소파 자리에 앉았다. 내가 거의 종일 시간을 보내는 그 소파에서 친구는 허브차를 마시며 내 병이 어떤 가르침을 주었는지 진지하게 이야기했다. 그런 가르침은 확실히 가치가 있다고 했다. 나는 고개를 들고 딱 잘라 말했다. "솔직히 그런 식으로는 아무것도 배우고 싶지 않아."

　　　　　　　　　　　　보이지 않는 질병의 왕국

미국의 영적 대중문화에서 병은 자기 수양의 수단이자 얻기 힘든 인정을 받는 수단으로, 아픈 사람이라면 이런 사고의 흐름을 어디서나 바로 발견할 수 있다. 만성질환자 앨리스 제임스의 이야기를 담은 수전 손택의 희곡《앨리스, 깨어나지 않는 영혼》에도 나온다. 너무나 심하게 아픈 앨리스에게 친구 한 명이 "할 수 있는 일을 해 보라"고, 나머지는 무시하라고 속 편하게 격려한다. 앨리스는 "삶은 단순히 용기의 문제가 아니야"라고 톡 쏘아붙인다.[1] 인류학자 아서 클라인먼은《우리의 아픔엔 서사가 있다》에서 병을 "품위" 있게 관리하는 환자들을 칭송한다.[2] 구경꾼들은 흔히 만성질환자의 경험을 접하면 긍정적으로 보이는 측면에 관심을 갖는다. 그래야 구경꾼으로서 병을 지켜보는 고통이 견딜 만해지기 때문이다. 물론 영적 변화의 수단으로 병을 바라보는 관점은, 인간의 고통이란 유익하고 심지어 성스럽다고 보는 유대 기독교의 전통에 뿌리내리고 있다.

병은 분명 우리의 삶을 검증하고 다시 세우도록 떠민다. 병이 불러온 파괴로부터 재창조의 공간이 생겨난다. 아서 프랭크가《몸의 증언》에 쓴 표현에 따르면 "파괴는 생성의 과정일 수 있다. 부서진 것은 다시 만들어질 것이다."[3] 그렇지만 건강한 친구가 병에 수반되는 '영적 성장'에 관심을 기울이는 모습이 참 낙관적으로 느껴진다고 토로하는 투병자의 편지와 일기를 너무 많이 봤다. 병의 아픔을 보상해 줄 만한 유용한 점을 찾는 행위와, 아픔의 본질에 관해 우리 자신에게 거짓을 말하는 행위는 한 끗 차이다. 병으로 잃은 것들을 진정으로 애도할 수 있는 순간, 그리고 의료계가 환자의 투병을 진지하게 받아들이는 순간이 와야 병으로 얻은 지혜도 찬양할 수 있다.

여러 순간(가장 아팠을 무렵과 회복하기 시작한 무렵), 만성질환을 앓으며 뭐든 좋은 것을 얻었다고 말할 수 있는지 고민했다. 병이 지혜를 가져다줄까? 투병은 어떤 의미일까? 여기에 답하려면 환자는 자신의 병을 어떤 유형의 이야기에 담을 것인지 깊이 생각해 봐야 한다. 그리고 어떤 병이든 그 의미는 변할 수 있고 쉽게 규정할 수 없으며 사람마다 다르다는 것을 받아들여야 한다.

표준적인 병의 서사는 한때 아팠고, 악화했다가, 좋아졌다는 식이다. 그런데 내 경우, 병이 어떻게 혹은 언제 시작되었는지 딱 집어 말할 수 없다. 마찬가지로 병이 사라졌다고 말할 수도 없다. 내 서사는 깔끔하게 떨어지는 이야기가 아니다. 심하게 아팠던 2012년에는 지금처럼 호전하리라 생각하지도 못했으니, 다행스럽다. 어떤 병인지 설명도 듣지 못하고 치료받을 가능성도 없이 투병하다가 진드기 매개 질환 치료를 받아서 어느 정도 나았다. '봄' 같은 기본적인 단어도 생각해 내지 못할 지경에 몰린 침대 생활자 신세를 벗어나, 제 생활을 할 수 있고 대체로 활기찬 모습을 보이는 서른여덟 살이 된 것이다. 나는 회복했다. 그러나, 관심을 두지 않으려고 애쓰긴 하지만, 여전히 아프다.

나는 여전히 엘러스단로스증후군과 체위성기립빈맥증후군을 앓고 있고, 자가면역 항체가 양성이다. 피로와 브레인 포그를 계속 겪고 있으며, 신경 문제와 결합조직 문제도 있다.

대체로 관리 가능한 수준이긴 하지만 아닐 때도 있다. 내 병은 몇 월인지, 무슨 요일인지, 심지어 하루 중 어느 때인지에 따라 이야기가 달라진다. 증상이 배경에 있는지 아니면 전면에 나서는지에 따라 다르기도 하다. 최근 어느 날은 아침에 깨어나니 몸이 안 좋았다. 날카로운 전기 충격이 팔다리를 타고 흘렀다. 싱크대 옆에 섰으나 설거지를 할 수 없었고 근육이 씰룩거려 아팠다. 첫째가 아침을 먹다가 나를 쳐다보았다. "어디 아파요, 엄마?" 병을 숨기려고 무척 애써 왔으나 네 살 아들은 이미 엄마가 종종 아프다는 사실을 알고 있었다. 아이가 나를 걱정하면 나는 마음이 아프다.

육체적 고통이 드리운 그림자를 똑바로 바라보는 일은 어렵다. 그랬다가는 우울해지거나 세상이 고통으로 가득하다는 무서운 생각으로 불안에 휩싸일 수 있다. 그렇지만 가장 아팠던 시절에도 나는 내 경험에 관해 글을 쓸 만큼 건강해진다면 남을 안심시키는 거짓말은 쓰지 않겠다고 다짐했다. 이제 건강이 어느 정도 좋아졌으니 진실을 말할 수 있다. 정말 아팠던 시절에는 삶이 완전히 위태로웠고 나 자신에 대한 감각 자체가 사라졌다. 한동안 병세가 호전하여 안도하곤 했는데, 그 때는 병에서 비켜나 침대 옆 창문으로 보이는 선명한 푸른 하늘을 보며 즐거움을 느낄 수 있었다. 하지만 거짓말을 하지는 않을 것이다. 병만이 지혜와 성장을 얻는 수단이었다고 말하지 않을 것이다. 그건 다른 방식으로도 가능한 일이었다.

만성질환이든 암 같은 중대한 병이든 병을 심하게 앓으면 이야기를 만드는 감각이 막혀 버린다. 아서 프랭크의 표현처럼, "병이 옛이야기를 가로막는 때가 오면, 몸은 새 이야기가 필요하다고 시동을 걸면서" 환자가 "다른 방식으로 생각하도록" 이끈다. 프랭크는 환자가 새 이야기를 만드는 일이 중요하다고 보는데, 그래야 병으로 인해 (환자의 삶이 망가지진 않았더라도) 망가진 자기 인식을 "복구"할 수 있기 때문이다.[4]

프랭크에 따르면 병 이야기에는 세 종류의 서사가 있다. 복원 서사, 혼돈 서사, 탐구 서사가 그것이다. 복원 서사는 아픈 사람이 **결국에는 건강해진다**고 믿는 이야기다. 그래서 병은 견딜 만하다. 복원 서사는 병을 앓는 현실에 맞서 회복을 강조한다. 사실 복원 서사는 후기 자본주의 질병 서사의 지배적 유형이라 할 수 있다. 프랭크가 지적했듯이 "현대 문화에서 건강이란 사람들이 마땅히 회복하여 되찾는 정상적 상태다." 프랭크 본인은 암에 걸렸다. 암 치료를 받는 동안, 의료계 종사자들이 자신의 경험을 "건강 회복을 향해 나아가는 서사로" 해석한다는 사실을 깨달았다.[5]

그렇지만 만성질환은 복원 서사로 설명하기 어렵다. 병이 그리는 궤적이 절대 사라질 일이 없으므로 당연히 극복의 이야기가 될 수 없다. 그래서 아주 많은 환자가 두 번째 서사인 혼돈 서사에서 제 이야기를 찾는다. 이런 이야기들은 들어 주기 힘들다. 프랭크가 언급하듯 "연속성도, 확실한 원인과 결과도 없이, 이야기꾼이 경험한 대로 사건을 말한다."[6] 복원의 경우 본디 서사적(처음에 아팠으나 나중에 나았다)인 반면, 혼돈은 "비非서사"적이다. 그래서 경청이 힘들다. 병원에서 끝이 보이지 않는 검사에 시달리며 해답을 찾느라, 아픈 사람들은 보통 폭풍우에 난파당한 배처럼 "서사가 망가진다". 프랭크가 법철학자 로널드 드워킨Ronald Dworkin에게서 따온 표현이다.[7]

마지막 유형은 탐구 서사로, 환자가 자기 경험을 다 그러모아 어떤 의미를 도출할 수 있다는 이야기 형식이다. 다만 그 의미는 처음 아팠을 때 기대한 의미(회복)와는 보통 다르다. 탐구 서사의 본질은 "아픈 삶의 대안을 찾아 나서는" 이야기라는 것이다.[8] 아픈 사람이 병의 세계에 발을 들이면서, 그로 인해 자기 자신이 달라진 모습을 알아본 후에야 서사가 명확해진다. 탐구 서사의 화자는 이야기를 말하는 그 자체가 그간 잃어버린 통제력이며 의미의 감각을 일정 부분 회복해 주는 **행위**임을 알게 된다. 견디기 어려운 두통에 시달린 프리드리히 니체는 "내 통증을 이제 '개'라고 부르겠다. (…) 사람들이 개나 하인이나 아내에게 그러듯 나도 내 통증을 야단칠 수 있고 분풀이도 할 수 있다"라고 썼다.[9]

아픈 사람과 이야기를 나눌수록 알게 된 사실이 있다. 많은 사람에게 가장 속상한 일은 품위가 병의 도덕적 필요조건이라는 점이다. **정말 아프다면, 적어도 병을 계기로 나아진 모습을 보여라.** 그러나 품위를 동반할 수 있는 병이란 존재하지 않을지도 모른다. 우선, 의료계부터 병을 인정하지 않아 아파도 병명을 얻지 못하거나 그냥 심리적 문제라는 소리를 듣는 상황이다. 그러니 환자가 새로운 정체성에 적응하기란 거의 불가능하다. 또, 미국에서는 의료를 인권으로 간주하지 않으며 아픈 사람을 존중하지도 않는다. 나와 내 아이의 생계가 달린 직장에서 잘리는 판국에 어찌 품위 있게 굴까? 또는, 내가 사랑하는 사람들이 돈 문제로 힘들어한다는 기분이 들 때 어떻게 품위를 찾을 수 있을까?

모든 역경을 딛고 건강을 되찾는 서사는 대중의 시선을 사로잡는다. 아툴 가완디는 《어떻게 죽을 것인가》에서 "죽음과의 싸움이란 자기 삶의 온전함을 유지하기 위한 싸움이다. 그냥 소멸하는 일을 피하기 위한 것이다. (…) 한때의 우리 자신 혹은 우리가 되고 싶었던 존재와 단절되는 일 말이다"라고 썼다.[10]

그렇지만 소멸은 피할 수 없는 일이다. 나는 나 자신을 유지할 수 없었고, 소멸을 경험했다. 절대 들어가고 싶지 않았던 터널, 너무나 무서운 지하 배수로, 살아남을 수 없을 것 같은 위협. 알퐁스 도데는 매독을 앓으며 "견딜 만한 것이지만 **나는 견딜 수가 없다**"라고 썼다.[11] 마음속에서 이 문장을 고쳐보았다. "견딜 수 없지만 **그래도 나는 견딘다**."

나는 살아남았다. 하지만 병의 본질은 내게서 나 자신을 앗아가는 것이었다.

투병을 일종의 탐구로 보려는 현대적 갈망을 간파한 프랭크의 통찰을 살피자니, 철학자 알래스데어 매킨타이어

Alasdair Macintyre가 덕에 관해 쓴 에세이의 한 대목이 떠올랐다. 요지는 간단하다. 탐구자가 탐구의 목표라고 생각한 것은 결코 진짜 목표가 아니라는 것이다. 중세의 전통적 탐구는 "광부가 금을 찾거나 지질학자가 석유를 찾듯 확실하고 적합한 대상을 찾는 과정이 아니다." 오히려 "해가 되거나 위험하고 유혹적이고 다른 데로 정신을 팔게 하는 여러 사건을 마주하고 대처하는 과정을 겪고 나서야" "마침내 탐구의 목적을 이해하게 된다." 탐구는 "언제나 배움의 과정으로 (…) 자기 자신을 알아 가는 일이다."[12] 탐구의 여정에서는 탐구자 본인이 선호하지 않는 일이 벌어질 수도 있고, 그것이 반드시 승리로 이어지지도 않는다. 내 경우 마음 한구석에 늘 승리를 거두었다는 생각을 품고 있긴 했지만 말이다. 대신 탐구는 발견을 동반한다. 탐구자는 상황을 잘 파악하지 못하고 감상적인 기대를 품는 형편없는 독자였다가, 인생의 보이지 않는 국면을 경계하는 훌륭한 독자로 변신한다. 병을 탐구하는 목적이 단순히 건강의 호전이라면, 당사자는 아직 탐구에 발을 깊이 들이지 않은 것이다.

유년 시절, 여름에 찾은 오두막집의 소파에 누워 《아서왕과 원탁의 기사》를 읽고 또 읽은 적 있다. 환상이 살아 숨 쉬는 곳에 푹 빠져들자, 방에 드리운 그늘은 위대한 모험으로 가는 입구처럼 보였다. 결말을 향해 가는 대목에서, 가장 위대한 기사가 되리라는 예언을 받은 바 있는 갤러해드는 성배를 찾으러 길을 떠난다. 갤러해드는 성배를 찾지만, 캐멀롯으로 가는 대신 순결한 영혼으로 죽음을 맞이하는 쪽을 택한다. 돌아가면 다시 세속적 근심을 품은 사람이 될 것이기 때문이다. 갤러해드의 여정은 귀향에서 영적 변화의 성취로 목표가 옮겨 갔다. 이 이야기를 처음 읽은 유년 시절에는 갤러해드의 결정이 마음 아팠다. 그전에 읽은 어린이 책들은 영웅이 언제나 고향으로 돌아온다는 생각을 심어 주었기 때문이다. 아서 왕 이야기를 다시 읽을 때마다 갤러해드가 성배를 찾는 대목이 나오기 전에 멈추고는 다른 결말을 상상하곤 했다.

돌이켜보면 나는 시작부터 쉬운 결말, 해결책을 찾는 나쁜 독자였다. 도피성 독서를 했다. 몸 여기저기 생긴 멍을 외면했다. 탐구의 거짓된 목표로 계속 되돌아갔다.

아픈 사람으로서 내겐 그런 선택지가 없었다. 나는 새로운 유형의 독자가 되어야 했다. 이런 독자라면 모든 이야기가 탐구 서사는 아니라는 사실을 인정해야 한다. 병이 너무나 끔찍하고 힘들어서 혼돈 외에는 아무것도 얻지 못하는 사람도 있다. 아마도 **이런** 사실을 알게 되는 일 자체가 병이 가져다주는 지혜일 것이다.

생각을 많이 할수록, 지혜 서사에 대해 더 많이 이해하게 되었다. 지혜 서사는 여러 가지가 뒤엉킨 산물로, 분석할 만한 가치가 있다. 첫째, 지혜 서사는 병 이야기를 듣는 사람이 느끼는 불안감을 완화한다. 병이 성장을 동반한다면, 비극이나 감옥처럼 두려운 대상이 아닌 것이다. 오히려 마라톤이나 해독 요법처럼, 병 또한 때로 힘들어도 궁극적으로는 겪을 만한 도전이 된다. 둘째, 너무나 많은 사람이 죽을 만큼 바쁘고 문화는 점점 얄팍해지는 이 시대에 내가 병에 관해 품은 질문들은 우리 삶에서 다른 방식으로는 찾을 수 없는 어떤 갈망을 드러냈다(그랬나?). 사람들은 뜻하지 않은 영적 조우를 갈망하고, 인생의 속도가 느려지며 어떤 결론이 주어지기를 갈망한다. 대화 상대가 내게 던진 질문들을 경청하다 깨달았다. 상대가 원한 것은 병에 영적 향기를 입히고 체계를 부여하는 일, 곤도 마리에가 지저분한 공간을 정리하듯 병을 다루는 일이었다. 사람들은 언젠가 겪을 수도 있는 자기만의 전망 좋은 병을 기대했다. 삶에 과격하게 끼어들어 이로움을 가져다줄 수 있는 병 말이다. 그 기대 속에는 정처 없이 떠돌다 어느 날 이 시대의 심오한 현실에 직면하는 일 따윈 없다. 역사가 제니퍼 래트너로젠하겐Jennifer Ratner-Rosenhagen의 표현을 빌자면 "지혜 담론이 미국에서 거대한 사업"인 이유가 있다.[13] 탄탄한 영적 전통이 없는 상황에서 질 낮은 대중적 지혜 문화가 생겨난다. 카발라 팔찌나 명상 앱, 긍정적 사고를 떠올려 보자. 자가면역이 현대 사회의 곤경을 나타내는 상태라고 유행 따라 해석하는 것도 이런 맥락이다. 여기에 비싼 강황 라테 파우더가 약으로 처방된다(나는 이 파우더를 직접 샀고 아직도 쓴다).

병을 통해 성장하는 이야기가 인기 있는 경향은 그저 미국 사회에 병에 관해 더 깊이 대화를 나눌 장이, 아픈 사람이 마침내 제 목소리를 찾을 공간이 필요하다는 뜻으로 볼 수도 있다. 하지만 아이러니다. 아픈 사람이 얻은 지혜는, 애초에 작금의 문화 속에서 병을 앓는 일이 왜 그토록 문제인지 알기 위해 탐구한 결과다. 이런 관점에서 보면 문제를 건너뛰어 병의 긍정적 측면에 바로 가 닿고 싶었던 내 친구의 욕망은, 내가 말하고자 하는 왜곡을 보여 주는 현실 사례 그 자체다. 우리 문화가 탐구의 목표에 도달하려고 지름길을 택하는 모습을 그대로 반영한다. 물론 당연한 충동이다. 나도 그런 충동이 있었다. "인간으로서 가장 지키기 힘든 의무 가운데 하나는 투병하는 사람들의 목소리를 경청하는 일이다."[14] 프랭크는 한마디 덧붙인다. "이들의 목소리는 사람들 대부분이 자기 자신의 약점을 잊는 쪽을 택하는 전형적인 현실을 시사한다. 경청은 힘든 일이지만, 근본적으로 도덕적인 행위이기도 하다."

병은 분명 환자를 달라지게 한다.

'지혜wisdom'는 옛말 wis(지식, 배움)와 doom(파멸)에서 왔다. 어떻게 보면 아픈 사람들은 파멸의 운명을 조우하여 현명해지고, 그 결과 새로운 자기 자신으로 거듭난다는 뜻이리라. 존 애쉬베리가 말하는 "어려운 순간들이 베푼 자비"를 경험하는 것이다. 이런 조우 앞에서 나 자신과 나의 도덕성을 명확하게 볼 수 있을 것이다.

그렇지만 이런 지식이 체념과 상실에서 탄생한다는 사실을 말하지 않으면 거짓이 될 것이다. 발전하길 바랐던 자신의 어떤 측면들을 병 때문에 어쩔 수 없이 포기하면서 생겨나는 지식이라는 뜻이다. 그러므로 지혜는 파멸과의 조우에서 입은 상처와 이어진 지식이다.

존 던은 아프다는 것이 사회적 경험임을 깨달았다. 프랭

보이지 않는 질병의 왕국

크는 "쌍방향으로" 존재한다는 표현을 썼는데, 자기 자신과 타인의 관계를 생각하지 않고서는 아픈 경험을 이해할 수 없다는 뜻이다.[15] 그러나 현대 의료 문화는 병을 고립된 대상으로 다룬다. 모든 치료 과정이 고립성을 심화한다. 병원에 묶인 환자들은 익명의 존재로 따로 떨어져 소외될 뿐, 서로 연결된 가운데 인간적 포용과 통합을 누릴 일이 없다. 아픈 구성원의 정체성을 인정하지 않는 문화 속에서 환자의 정체성은 어긋나고, 침묵하고, 뒤틀린다. 아팠던 시간 동안 나는 중요한 깨달음을 얻었다. 홀로 분투하는 미국식 개인주의 습관은 근본적으로 삶의 가장 강력한 특성, 즉 인간의 상호 연결성과 타인의 필요성을 위축시킨다. 나는 어린 아들들을 보며, 그들에겐 내가 필요하다는 것을 안다. 결국에 가장 의미 있는 것은 우리 사이의 유대감이다.

매사추세츠에 머무르는 동안 책을 다 썼다. 겨울이 끝날 무렵 일주일 동안 몰아친 눈보라는 뉴잉글랜드 역사상 가장 많은 눈을 뿌렸다. 온 세상이 지독히 고요한 가운데 작은 소리가 들려오면, 이내 과거가 되어 버리고 마는 현재의 순간을 느꼈다. 검은 얼음이 인도 위에 얼어붙었다. 오후에는 방호복 같은 하얀 패딩 코트를 입은 남자들이 눈을 쓸면서 떠도는 눈 사이로 정처 없이 걸었다. 곧 주차 요금 징수기마저 덮어 버릴 백색 세상을 헛되이 밀어내는 시도였다. 눈으로 뒤덮인 울적한 세상 풍경으로 끝나는 제임스 조이스의 단편 〈죽은 자The Dead〉가 생각났다. "그는 졸린 눈으로 가로등에 비스듬히 떨어지는 어두운 은빛 눈송이를 보았다. (…) 온 세상에 살며시, 모

든 산 자와 죽은 자에게 살며시, 그들에게 죽음이 내려오듯 눈
이 떨어지는 소리를 들으며 그의 영혼은 천천히 꺼져 갔다."[16]

　창문의 버팀목이 눈으로 뒤덮였다. 제설차 소리와 뒤로
물러나는 트럭의 경적, 지금 순간을 살아가는 사람들의 소리
만이 예외였을 뿐, 세상은 침묵했다. 눈송이와 세상의 먼지 아
래 함께 얽힌 산 자와 죽은 자를 차분히 생각했다. 이 차분함
에는 고통이 묻어났다. 사람이 자기 인생에서 통제할 수 있는
부분은 거의 없음을, 때로는 병을 장악하다가 또 병에 굴복당
하기도 하면서 깊이 깨달았다. 그 결과 차분한 태도를 얻었다.
사실 이런 차분함이 있다고 해서 세상을 꼭 폭넓게 바라본다
고 할 수는 없으나, 마음을 달래 주는 효과는 있었다. 유방암
을 앓았던 시인 오드리 로드Audre Lorde의 표현을 빌리자면 "나
를 가로막은 현실의 한계에서 얻은 교훈으로 내가 꿈꾸는 미
래의 전망을 다듬었다."[17]

　그렇지만 잊지 않고 있다. 예전만큼 아프지 않기 때문에
이런 생각도 할 수 있다. 정말 아팠을 때는 상황을 이해할 여
유가 없었고, 그저 내가 처한 곤경만이 전부였다.

　내 병은 나를 바꾸어 놓았다. 어떤 구체적인 경험들이 모
여 인생을 이루는지 예전보다는 더 잘 알게 되었다. 마음 한구
석에서는 이 앎이 자랑스럽다. 종종 쓴 맛 나는 씨앗을 먹듯 입
에 갖다 댄다. 인생이란 일상의 가식, 새 차, 학교의 노래 모임,
계절별 맞춤 장식, 답장 없이 쌓여 가는 이메일, 청구서, 통통
한 팔다리에 폭신한 방한복을 입은 아이들과의 달콤한 포옹
뒤에 숨어 있는 것이라고, 진정 그러하다고 기억하기 위해서.

2013년의 데스 벨리 여행길에서, 짐과 나는 배드워터 분지의 소금 깔린 땅을 찾았다. 이미 아침이 한참 지나 해가 하늘 높이 떠 있었다. 진흙 분지를 뒤덮은 어마어마한 양의 깨진 소금 결정이 우리 앞에 광대하게 펼쳐졌다. 지표면이 눈부신 흰색으로 빛났다. 너무나 더워 열기가 피부 위에 파도치며 쏟아지는 것 같았다. 전망 좋은 곳으로 가는 길이 있어, 그 길을 따라 걸었다. 번쩍이는 땅과 쏟아지는 햇빛이 피부를 달구었다. 나는 차에서 내리자마자 현기증에 시달렸으나 이정표에 집중했다. 점점 어지럽고 한기가 밀려오는 가운데 별안간 제논의 역설처럼, 살아서는 목표 지점에 절대 못 가겠다는 생각이 들었다. 몇 걸음 걷지도 않았는데 몇 킬로미터를 이동한 것 같았다. 팔다리에 땀이 가득하고 심장이 고동치며 녹아내렸다. 녹은 심장이 몸으로 스며들어 나를 호수로 바꾸어 놓을 것만 같았다.

가장 아픈 시절에는 병이 절대 잦아들지 않을 기세였다. 하루하루 지옥 같은 투병 속에서 그저 살아남는 일만이 내가 할 일이었다. 그러다 이제는 병이 수그러든 상태가 자연스럽다. 그래서 그때 나를 사로잡은 공포를 걷어낸 채 소금 땅을 걸었던 이야기를 꺼낼 수 있는 것이다.

그렇지만 오드리 로드의 말처럼 "상실에 관해서도 말하지 않는다면 거짓이 될 것이다."[18]

만성질환을 앓는다는 것은 매 순간 "위장된 슬픔" 속에서 사는 일이라고, 역사가 제니퍼 스팃Jennifer Stitt이 말했다.[19] 병으로 얻은 좋은 것들을 생각하라고 친구가 조언했을 때, 바로 이 늘 곁에 있는 슬픔이 러그 밑으로 쓸려 들어가는 기분이 들었다. 병으로 무언가 얻기는 했으니 친구의 말이 틀리지는 않았으나, 슬픔을 짚지 않고 지름길로만 가는 충고는 탐구 서사가 얼마나 복잡한지 가리는 효과를 냈다.

심지어 환자 본인도 제 경험을 남들 입맛에 맞게끔 왜곡하는 실수를 저지른다. 1886년, 앨리스 제임스는 사망하기 6년 전 친구 패니 모스에게 희망찬 편지를 보냈다. "패니, 부디 나를 처량한 실패자로 보지 말아 줘. 대신 마땅히 누릴 것을 제한 없이 누린 행복한 사람이라고 생각해 줘. 알다시피 병을 앓든 건강하든 사람은 원래 대표해야 할 것을 대표하는 힘을 빼앗기지 않아. 삶이 더 이상 무얼 줄 수 있겠어?" 비평가 루스 예젤Ruth Yeazell은 대놓고 지적한다. "설령 상대를 형식적으로 위로하는 말일 뿐이라도 해도, 놀라울 만큼 내용이 텅 비어 있다." 결국에 "원래 대표해야 할 것을 대표하는 힘"은 예젤의 지적처럼 "순전히 수사적인 표현으로, 끝이 텅 비어 있는 힘일 뿐이다".[20]

병이 탐구의 여정이라면, 원래 갈 줄 알았던 장소와는 아주 다른 곳으로 가게 된다. 현실에서 병이 할퀴어대는 상처를 거짓된 경건함으로 대충 가려, 병 때문에 치르는 진짜 대가를 외면하게 될까 걱정이다.

병은 어떤 식으로든 교훈일까? 병은 모조품이고, 쓰레기다. 아픈 사람이 병을 통해 구원받는 일도 있겠지만, 그런 특별한 경우를 제외하면 병은 구원이 될 수 없다. 그런 일은 반복되지 않으며, 반복될 수 있다고 말해서도 안 되기 때문이다 (대개는 투병하는 사람이 아픈 와중에 가 닿은 어떤 곳에서 구원이 일어나, 예전보다 병을 견딜 만하게 해 준다). 아팠던 시절 어두운 방에서 느닷없이 변해 버린 삶을 돌아보며, 나는 나라는 존재의 일부를 영원히 놓아 버렸다.

병은 중요한 사건이었고, 지금도 내 삶에서 계속되는 일이다. 내 인생이 직선을 그리며 뻗어간다 싶을 때 곁에서 빙글빙글 돈다.

건강을 좀 회복하자마자 슬픔이 밀려왔다. 몇 년이 지나고 두 아들이 건강하게 자라는 모습을 지켜보는 지금은 슬픔이 가득 차다 못해 밖으로 흘러나온다. 잃어버린 것들이 검은 구멍을 남긴 기분이다. 나의 30대는 병이 아니었다면 인생 최고의 시간이 되었으리라. 그렇게도 가능성과 기회가 많았는데. 왜일까? 통증과 분노는 여전히 내 안에 자리한다. 내가 기대보다 일찍 인생을 뒤로 하고 서서히 떠나는 중이라고 느꼈었는데, 지금도 그 감각이 번뜩인다.

내가 배운 것은 요약이 안 되고, 뻔하고 유용한 말로도 바꿀 수 없다. 오히려 땅 위의 반짝임, 햇빛을 받은 암석의 운모를 닮았다. 나는 언제나 그 해를 바라보려 한다. 흰 눈처럼 반짝이는 빛 속을 떠돌며, 통제할 수 없는 경외감에 빠지려 한다. 그렇다고 이런 마음가짐이 병의 선물이라는 말은 아니다. 병은 선물일 수 없다. 병은 그렇게 구체적이고 단단하지 않다.

하지만 이것이 병의 현실일 수는 있다. 병이 몰고 오는 날씨, 발밑이 흔들리는 그 느낌은 바다 여행을 다녀와서 단단한 땅을 다시 밟아 본 사람만이 온전히 알 수 있을 법하다.

이 책의 독자들은 어떤 결론을 바랄 것이다. 사실 나 또한 아픈 적이 없었다면, 이야기가 희망찬 결말을 맞이하길 원했을 것이고 심지어 그렇게 되리라 예상했을 것이다.

그렇지만 나는 사람들이 원하는 방식으로 누구든 격려할 수가 없다. 야채 주스 혹은 항생제 덕분에 건강을 회복했다고 말할 수는 없다. 내가 라임병이었다고 단언할 수도 없다(내 생각은 그렇긴 하다). 어쩌면 보렐리아 부르그도르페리균이 여전히 남아 있어, 때가 되면 신경 증상을 유발하여 또 항생제를 먹게 될 수도 있다. 최근 의사의 진단은 유전성 결합조직병으로 불안정한 관절과 통증과 피로가 특징인 엘러스단로스증후군이 있다는 것인데, 여전히 지속되는 내 증상에 이 병이 얼마나 원인을 제공하는지 알 수 없다. 결합조직과 중추신경계를 노리는 병원체가 내 유전성 결합조직병과 충돌하여 나를 그토록 아프게 했을 수도 있지만(아마 그럴 것이다), 사실 여부는 절대 확인하지 못할지도 모른다. 어디가 아픈지 언제든 정확히 알려 주는 계기판을 팔에 붙이고 싶은 마음이 여전히 간절한 만큼이나, 내가 절대 알지 못할 것들이 많다. 그저 병에 관해 질문을 던지고 답하는 방식이 달라졌다는 것만 알 뿐이다. 인생을 구해 주고, 기쁨까지 돌려준 항생제 치료를 어쩌면 결코 받지 못했을 수도 있다고 생각하면 너무나 무섭다.

나는 여전히 체위성기립빈맥증후군과 엘러스단로스증

후군 치료를 받고 있다. 개인 지도를 받으며 운동한다. 신경 문제와 통증이 끈질기게 괴롭히긴 해도, 피로는 가실 때도 있다. 의료계에서 인정하지 않는 병을 앓는 운 나쁜 환자들 생각을 자주 한다. 나를 가장 비통하게 한 일이었다. 나는 병으로 힘들었을 뿐 아니라 너무나 오랫동안 내 증언을 신뢰하지 않는 의료계에 휘둘려 힘들었다. 병으로 고통스러운 가운데 과거의 삶과는 단절되고 미래의 삶은 도둑맞았다는 두려움에 떨 때, 그저 지켜보는 일 말고 무슨 일을 할 수 있을까? **그런 것이다. 부디 경청해 주길. 그러면 언젠가 도움을 줄 수 있을지도 모른다.**

가장 아팠던 시절, 지혜는 목표가 아니라 과정이라는 생각이 들기 시작했다. 과정은 언제든 허물어질 수 있다. 의사가 환자가 처한 현실을 인정하지 않거나 환자의 고통과 현실을 등한시하면 지혜가 바로 무너진다는 말이다. 이유 없이 병이 재발해도 무너질 수 있다. 다르게 말하면, 내 병의 의미란 내가 글로 쓰기 시작하면서 비로소 출현할 수 있었다. 책의 시작에서, 나는 팔에 생긴 발진을 발견했고 그 의미를 알고 싶었다. 당시에는 발진의 의미가 서로 뒤얽힌 면역계에 깃들어 있고, 나중에야 그것을 깨닫게 되리라는 것을 전혀 알지 못했다. 이후 나의 면역계는 여러 증상으로 제 상태를 드러냈고, 오랜 시간에 걸쳐 나를 지금의 생각에 이르게 했다. 내가 조금이라도 이해할 수 있었던 모든 것들로부터 깨달음을 얻었다. 병의 운명은 나의 운명이었고, 나의 운명은 병의 운명이었으며, '나'와 '그것'은 아주 색다른 관계를 맺었다.

미국 의료계는 나를 진단하는 일에 실패했을 뿐 아니라 수년간 내 탐구를 가로막았다. 내 병을 인정하는 대신, 내 몸을 의료계가 아는 확실한 질병을 앓는 순종적인 그릇처럼 다루고자 했다. 복잡한 병이 깃든 내 몸은 생물학적 요소뿐 아니라 생애적 요소로 구성된 장소인데 말이다.

만성질환을 앓으면, 병을 관리하며 살아야 할 뿐 아니라 자기 자신에 관한 새로운 이야기, 많이들 듣기를 꺼리는 이야기를 만들어야 한다. 아주 못마땅한 내용에 진행은 가다 서다 하고, 분노와 억울함이 배어 있으며, 감당 안 되는 난국에 처하기도 하니 듣고 싶지 않을 수밖에 없다. 내 질병 서사는 목적지가 없다. 그보다는 나를 힘들게 하고, 놀라게 한 것들의 총합이다. 어렵게 만난 모든 사람, 내 몸에 대한 적응, 신체의 제약으로 선택하게 된 삶, 투병하며 얻은 앎, 버티고 인내하여 결국 진단을 받았기에 간간이 느끼는 자부심, 임신 전 아이를 고대하며 보낸 시간, 그 모든 것들. 지금은 아이가 있지만, 그 긴 갈망의 시간은 몸에 쓰여 있고 영혼에 칼로 새겨져 있다. 대단한 일은 아니지만 그렇다. 둘째 아이의 침대에서 울음이 들릴 때마다, 아이가 도톰하고 보드랍고 통통한 팔을 내밀 때마다 그 간절했던 마음이 곁에 있다. 정말 가망이 없다고 생각했는데 이 세상에 나타나다니, 죄책감과 거센 사랑의 파도가 밀려온다.

보이지 않는 질병의 왕국

때로 여전히 어린 R을 보며 내가 이들과 따로 떨어진 존재라는 생각을 한다. 나는 거짓된 현실, 나를 견디게 하는 도피의 환상 속에서 떠다닌다. 내가 사실은 아이가 없고, 아들은 오랜 꿈속 존재이자 혹시라도 빼앗길까 너무 많이 좋아하지도 못하는 혹은 좋아함을 멈추지 못하는 감미로운 존재라는 상상에 빠진다.

그렇지만 현실의 나는 이 세상에 발을 디디고 아이의 밝은 모습을 바라보고 있다. 무엇보다도 잘 자라기를 원하는 아이의 몸을 바라본다.

아이 몸속 가슴샘은 교육기관이다. T세포는 '세균' 꼬리표를 붙일 대상과 관용해야 할 대상을 배우는 중이다. 대식세포는 아이의 피부와 음식과 호흡을 통해 들어오는 독소를 게걸스럽게 먹어 치운다. 골수 깊은 곳에서는 B세포가 교육받고 있다.

나는 아이를 바라본다. 아이의 심장 근처에 귀를 대고, 면역성과 취약성을 안고 흘러가는 혈류의 소리를 듣는다.

내 병은 언제고 무엇이든 올라올 수 있는 열린 창문으로 남았다.

감사의 말

구겐하임재단과 하버드대학의 래드클리프연구소, 화이팅재단의 연구비 지원이 없었다면 이 책을 쓸 수 없었을 것이다. 이 기관들 덕분에 자료를 읽고 생각도 하고 글을 쓸 시간과 공간을 마련할 수 있었다. 특히 에드워드 허시Edward Hirsch, 코트니 호델Courtney Hodell, 샤론 브롬버그린Sharon Bromberg-Lin, 그리고 더는 이 세상에 없는 주디스 비크니악Judith Vichniac에게 감사를 전한다. 래드클리프연구소에서 함께한 학자들과 작가들은 귀중한 대화 상대였다. ZZ 패커Packer, 제니퍼 래트너로젠하겐Jennifer Ratner-Rosenhagen, 존 타시울라스John Tasioulas, 이타이 야나이Itai Yanai의 마음 씀에 어떻게 고마움을 표현해야 할지 모르겠다. 하버드대학은 고맙게도 연구 보조원을 배정해 주었다. 카베 다네시Kaveh Danesh, 포레스트 브라운Forrest Brown, 케일럽 루이스Caleb Lewis, 아크리티 프라사이Aakriti Prasai, 엘레니 아포스토라토Eleni Apostolatos가 자료를 찾아 주지 않았다면, 이

보이지 않는 질병의 왕국

책은 지금과는 사뭇 다른 모습이 되었을 것이다. 이들의 노고에 감사를 전한다. 헌터 브레이스웨이트Hunter Braithwaite, 미셸 시아로카Michelle Ciarrocca, 이자벨 로렌지Isabelle Laurenzi, 션 린치Sean Lynch, 스테파니 켈리Stephanie Kelley는 사실관계를 확인하고 책을 편집하는 과정에 말로 다할 수 없는 도움을 주었다. 켈리는 빠른 시간 내에 참고 문헌을 모으고 출처를 확인했다. 이사벨 로렌지는 내가 계속 실수를 저지르지 않게 막아 주었다.

이 책의 시작점은 《뉴요커》에 기고한 에세이 〈내게 무슨 문제가 있는 것일까?What's Wrong with Me?〉다. 이 글을 실어 준 헨리 핀더Henry Finder와 데이비드 렘닉David Remnick에게 고마움을 전한다. 이 책의 몇몇 장으로 발전한 글을 나와 함께 작업한 앤 헐버트Ann Hulbert와 《애틀랜틱》 팀에도 고마움을 전한다. 책의 초반부를 읽어 주고 계속 격려해 준 캐시 박 홍Cathy Park Hong에게 고맙다. 필요한 때 공간을 제공한 조너선 사프란 포어Jonathan Safran Foer에게도 고맙다. 데버라 란다우Deborah Landau와 뉴욕대학 창의적 글쓰기 프로그램의 동료들이 보여 준 우정과 지지에도 감사를 전한다. 《예일리뷰》 팀, 특히 내가 이 책을 끝낼 시간을 내도록 도와준 질 헌터 펠레티에리Jill Hunter Pellettieri와 윌리엄 프레이저William Frazier에게 깊은 감사를 전한다.

제임스 서로위키James Surowiecki는 셀 수 없을 만큼 여러 번 이 책을 읽어 주었고, 거의 10년 동안 이어진 책 이야기를 경청했다. 메리 서로위키Mary Surowiecki가 아침에 자주 손주들을 돌봐 준 덕분에 독서와 원고 수정 시간을 더 가질 수 있었다. 내가 일하는 동안 아이를 돌봐 준 수니타 자그나스Sunita Jagnath

와 사르투리나 쿠퍼Saturnina Cooper에게도 감사를 전한다. 그들의 노고가 없었다면 내 책은 존재하지 않았다.

편집자 새러 맥그레스Sarah McGrath에게도 큰 빚을 졌다. 초고를 쓰는 동안 끈기 있고 현명하게 나를 이끌어 주었다. 책을 작업하는 내내 도움을 준 제프 클로스케Geoff Kloske와 델리아 테일러Delia Taylor에게도 감사를 전한다. 리버헤드북스Riverhead Books의 멋진 팀원들에게도 감사를 전한다. 최고의 편집자들이었다. 매건 린치Megan Lynch는 내 글이 책으로 탄생하리라 믿어 주었고, 에이전트 크리스 칼훈Chris Calhoun은 쉬지 않고 조언을 건넸다.

마지막으로 내가 이 책에서 미국 의료계에 필요하다고 외친 윤리를 완벽하게 재현하는 내 담당 의사와 전문의들에게 감사를 전한다. 이 책은 의료계에 비판적이긴 하나, 그들의 노고와 통찰이 없었다면 나는 결코 책을 쓸 수 없었을 것이다. 그들은 내게 앞으로 나아갈 길을 보여 준다.

서문

1   Hemingway, 2014, 109.

2   이런 질환으로 아픈 사람들은, 역시 잘 알려지지 않은 질환인 두개경추
     불안정, 곰팡이 민감증, 엘러스단로스증후군 등의 병을 동시에 앓기도
     한다.

3   정확한 수치는 알기 어렵다. 국립보건원 자가면역통합위원회에서 낸
     보고서(National Institutes of Health Autoimmune Diseases Coordinating
     Committee, 2005)에 따르면, 1470만 명에서 2350만 명으로 추산하고
     있다. 국립보건원의 2012년 자료에 따르면, "미국에는 3200만 명이 자
     가항체를 가지고 있다. 자가항체란 신체 내부 조직을 공격하도록 면역
     계가 생산한 단백질로, 이런 상태를 가리켜 자가면역이라고 한다." 오
     늘날 미국 자가면역관련질환협회에서는 유병률과 인구를 근거로 환자
     가 약 5000만 명에 달할 것이라고 본다. American Autoimmune Related
     Diseases Association and National Coalition of Autoimmune Patient
     Groups, 2011, 2.

4   Sontag, 2003, 57.

5   Talley, 2005, 383-395.

6   Sontag, 2003, 24-36; Barnes, 1995.

7   이 책에서는 '만성질환'이 '거의 알려지지 않은 질환'을 통칭하는 표현
     으로 쓰인다. 물론 둘 사이에 커다란 차이가 있다는 사실은 알고 있다.
     예를 들어 만성폐쇄폐질환과 자가면역질환은 다르다. 그렇지만 잘 알
     려진 병이든 아니든 끝나지 않는 병에 계속 시달리는 다수의 경험과 내
     경험이 통하리라는 생각이 든다(어떤 병이든 당사자에게는 혼란스럽게 다
     가오는 편이다). 자가면역질환자의 경험을 통해 만성질환을 앓는 사람
     의 삶이 어떤지 알릴 수 있다면 좋겠다. 자가면역질환자는 전체 만성질
     환자에서 차지하는 비율이 상대적으로 얼마 안 되지만 말이다. 진단이
     어려운 내 병의 특성상 생기는 문제들도 그렇고 내 경험에 대해 숙고하
     다 보니 만성이라는 속성 자체, 그 끝없음에 대해 생각하게 되었다.

1   서서히, 그러다 갑자기

1   자궁내막증 진단을 받기까지 14년이 걸렸고, 그동안 건강 문제로 고생했다. 자궁내막증은 자궁내막 조직이 자궁 밖에서 발견되는 질환으로, 극심한 복부 통증을 일으키며 일부 환자는 임신이 어려워진다. 현재 자가면역질환으로 분류되지는 않으나, 염증으로 촉발되는 이 병은 자가면역질환일 가능성이 커 보인다. García-Gómez et al. (2020)을 보라. 자궁내막증은 현대 의학이 여성 환자의 치료 및 연구에 실패한 대표적인 예다. 2011년의 어느 연구에 따르면 각국 여성들이 평균 6.7년 이상의 진단 지연을 겪었고, 삶의 질 저하와 업무 능력 손상으로 애먹었다. 개인적으로는 침술 치료를 받고 글루텐 섭취를 피하니 도움이 되었다. Nnoaham et al., 2011, 366-373.

2   내 경우 부계와 모계 모두 광범위한 자가면역 가족력이 있었다. 사실 자가면역은 집안 내력인 경우가 흔한데, 병원에서 환자에게 주는 질문지에는 가족력을 물어보는 항목은 있어도 자가면역질환까지 묻는 경우는 많지 않다. 가족력을 알면 의사와 환자 모두 자가면역 증상에 영향을 미칠 만한 단서를 찾기 쉬워진다. E 의사는 내 가족력을 확인한 첫 의사였다.

3   '갑상샘염'은 T4와 T3 호르몬을 통해 신진대사를 관리하는 갑상샘에 생긴 염증을 말한다. 자가면역성 갑상샘염의 경우, 염증의 원인이 면역계에 있다. 면역계는 갑상샘을 활발히 공격하며 손상을 가한다. 질환 초기에는 염증이 (드물지만) 호르몬의 과다 분비를 유도할 수 있다. 손상이 축적되어 갑상샘이 '타 버리면' 더 이상 갑상샘 호르몬을 충분히 생산할 수 없고, 환자는 복잡한 증상에 이리저리 휘둘린다. 몸이 무겁고 불안에 시달리며 땀을 쏟는 증상이 나타날 수 있고, 탈모를 겪거나 한기에 시달릴 수도 있다. 오늘날 의학계는 뇌하수체에서 분비하는 '갑상샘자극호르몬'의 농도를 측정하여 갑상샘 질환을 찾는다. 갑상샘자극호르몬은 T3과 T4의 농도가 떨어지면 분비된다. 내 경우 호르몬 농도가 정상이었는데, 훗날 검사를 통해 뇌하수체에 문제가 있어 그렇다는 것을 알게 되었다. E 의사는 갑상샘 호르몬 관련 검사를 모두 실시하여, 내가 갑상샘자극호르몬 농도가 정상이어도 T3과 T4의 농도가 낮다는 사실을 확인했다.

2 자가면역이라는 미스터리

1 Anderson and Mackay (2014)와 Paul (2015)을 보라. 이 책 전체가 자가면역에 관한 앤더슨과 맥케이의 중대한 작업에 많이 기대고 있다. 또, 이 대목에 소개된 정보는 존스홉킨스 자가면역질환연구소 설립자이자 소장인 노엘 로즈와 2013년 5월, 2015년 2월에 진행한 인터뷰에 근거하고 있기도 하다.

2 Silverstein, 2001, 279-281.

3 로즈와의 인터뷰.

4 2021년 7월 1일, 현재,미국자가면역관련질환협회 웹사이트에는 100종이 넘는 자가면역질환 종류가 소개되어 있다. https://www.aarda.org/diseaselist/.

5 Dinse et al., 2020, 1026-1035.

6 앞의 글.

7 Angum et al., 2020, e8094.

8 Anderson and Mackay, 2014, 1.

9 American Autoimmune Related Diseases Association and National Coalition of Autoimmune Patient Groups, 2011, 5.

10 다음 사이트를 보라. https://medicalresearch.com/author-interviews/survey-finds-autoimmune-diseases-are-misunderstood-common-and-underfunded/44986/. 자가면역질환 진단에 드는 시간은 줄어드는 것으로 보인다. 내가 2013년 《뉴요커》에 글을 쓸 때, 당시 미국자가면역관련질환협회장이었던 버지니아 T. 래드Virginia T. Ladd는 평균 진단 시간이 5년이고 그동안 의사 다섯 명을 거친다고 말했다.

11 로즈와의 인터뷰.

12 옥스퍼드영어사전에 따르면, '건강염려증'은 1970년 시드니 가필드라는 내과의의 《사이언티픽 아메리칸》 논문에 등장한다. 그의 환자 분류 기준은 다음과 같다. "건강한 사람" "건강한데 병이 있다고 의심하는 사람" "가볍게 아픈 사람" "아픈 사람". "건강한데 병이 있다고 의심하는 사람"은 자료에서 자주 본 반면, 아마도 2007년의 내게 정확히 들어맞을 표현인 "가볍게 아픈 사람"은 가필드의 논문에서 처음 발견했다. 이런 어긋남은 환자의 주관적 증상을 아직은 측정이 안 되거나 잘 알려지지 않은 질병으로 간주하기보다는 마음의 문제로 보는 쪽을 선호하는 문화적 현실을 보여 준다. Garfield, 1970, 15-23.

13 Sontag, 2003, 3.

14 Wahls, 2014.

15 마이크로바이옴은 인간의 소화관과 신체 곳곳에 사는 미생물계를 뜻한다. 연구에 따르면 마이크로바이옴은 소화를 도울 뿐 아니라 유전자 발현에도 영향을 미친다. 가공식품이 심한 염증과 '새는 장'을 유발할 수 있다고 한다. 보통 밀착된 소화관 벽에 염증이 생기고 가스가 가득 차 그 사이로 작은 분자들이 통과하는 현상이다. 이 분자들은 혈류에 존재하면 안 되므로, 면역계는 이 분자들을 공격하게 된다. '분자 모방' 때문에 면역계가 착각한 것이다. 예를 들어 글루텐 분자는 갑상샘 기관의 분자와 비슷하다. 그래서 유전적으로 취약한 사람이 글루텐을 섭취하면 갑상샘에 면역반응이 일어나서 염증 증상이 느껴지고 몸이 편치 않다. Fasano, 2012, 71-78; Benvenga and Guarneri, 2016, 485-498.

16 내 의사는 이런 식으로 기꺼이 처방을 바꾸어 주었는데 내 갑상샘 호르몬이 비정상적 패턴을 보였기 때문이다. T4와 T3의 농도가 약간 낮았는데 갑상샘자극호르몬이 높지도 않았다. 사실 수치가 1 아래였다. E 의사는 내 검사 결과에 바로 대응했다.

17 Lowell, 1967.

3 의사도 모르는 병

1 Sheng et al., 2021, 1-21. 시상하부-뇌하수체-부신 축에 대해 더 알고 싶다면 다음을 보라. https://www.neuroscientificallychallenged.com/blog/2014/5/31/what-is-the-hpa-axis.

2 예를 들면, Wilson, 2001.

3 Kaptchuk, 2000, 6.

4 Anderson and Mackay, 2014, xi.

5 Shaw, 1987.

6 Rosenberg, 2007, loc. 47, kindle.

7 Anderson and Mackay, 2014, 17에서 인용.

8 Harley et al., 2018, 699-707.

9 Chang, Koplewicz, and Steingard, 2015, 1-2. 감염이 정신질환을 유발하는 과정을 연구하는 최신 과학에 대해 더 알고 싶다면 Washington (2015)을 보라.

10 Deen, Broutet, Xu, et al., 2017, 1428-1437.

11 이 책에 쓴 위궤양의 역사는 다음 글을 많이 참고했다. Monmaney,

1993, 64-72; Specter, 2012, 32-39.

12 제멜바이스 반사는 패러다임의 전환을 이끌 발상을 의학계가 관습적
    으로 거부하는 현상을 지칭하는 표현으로, 산부인과 의사 이그나스 제
    멜바이스의 이름을 따왔다. 19세기 중반, 제멜바이스는 산욕열로 많은
    여성이 사망한 까닭은 바로 의사가 세균을 옮겨서라고 생각했다. 신생
    아를 받기 전에 의료진이 염소로 손을 소독하게 했더니 사망률이 감소
    했다. 제멜바이스가 훗날 밝히기를, 의대 동료들은 소독이 필요하다는
    발상을 "공격"하고 "무시"했다. 산욕열 문제에 점점 집착하게 된 제멜
    바이스는 급기야 미쳐 버리고 말았다. 제멜바이스에 관해 더 알고 싶다
    면 Obenchain (2016)을 보라. 제멜바이스 반사에 해당하는 최근의 사
    례는, 코로나19가 공기 매개 감염이 가능하다는 증거가 넘쳐나는데도
    연구자들이 한참 지나서야 이를 받아들인 사건을 꼽을 수 있다. 다음
    의 두 자료를 참고하라. https://deepdive.tips/index.php/2021/06/21/017-
    airborne-transmission-and-the-semmelweis-reflex-with-dr-david-
    fisman/. Zeynep Tufekci, "Why Did It Take so Long to Accept the Facts
    About COVID?," *The New York Times*, May 7, 2021, https://www.
    nytimes.com/2021/05/07/opinion/coronavirus-airborne-transmission.
    html.

13 Specter, 2012.

14 이 과정에 대해서는 여전히 알려진 바가 거의 없다. 바이러스가 자가면
    역질환을 언제 어떻게 유발하는지를 다룬 연구를 살펴보고 싶다면 다
    음을 참고하라. Smatti et al., 2019, 762.

15 Anderson and Mackay, 2014, xi.

16 McEwen and Stellar, 1993, 2093-2101; McEwen, 1998, 33-44.

17 Sontag, 2013, 5.

18 Lewis, 2011, 274.

4   내가 나인 척

1 Daudet, 2003.

2 예를 들면, 마음이 질병에 영향을 미치는 현상은 만성폐쇄폐질환에서
   많이 관찰되었다. Bailey, 2004, 760-778.

3 Charmaz, 1983, 168-195.

4 Daudet, 2003, 31.

5   Woolf, 2002, 6-7.

6   Scarry, 1987, 4.

7   Sarno, 1991과 1998을 참고하라.

8   Crosby, 2016, 19.

9   Gilman, 1999, 166.

10   James, 1964, 206.

11   앨리스 제임스의 일기 외에도, 진 스트라우스가 쓴 엘리스 제임스 전기
     (Jean Strouse, 2011)는 제임스의 곤경을 이해하는 데 큰 도움이 되었다.

5   차트 위 숫자에 갇힌 환자들

1   Kayser and Dalmau, 2011, 90-97.

2   환자가 의료 기록에 접근해도 되는가를 둘러싼 논쟁은 결국 비용 편익
     문제다. 역사적으로 의사는 환자가 기록에 접근하지 않는 쪽을 선호했
     는데, 전문적인 내용을 적절하게 분석하려면 환자에겐 없는 숙련된 기
     술이 필요했기 때문이다. 인터넷 시대의 환자들은 의사 없이 검사 결과
     를 검색했다가 깜짝 놀라 전화를 걸어대며 불안에 빠지기도 한다. 이런
     문제에도 불구하고 내가 볼 때 더 중요한 점은, 환자가 자기 몸에 무슨
     문제가 있는지 마땅히 정보를 구할 수 있어야 한다는 것이다. 역시 의
     사와 환자가 힘을 모아 솔직하게 소통하는 방향이 적절할 것이다.

3   The 21st Century Cures Act, Pub. L. No. 114-255, 533 Stat, 2016.

4   Rosenberg, 2007, loc. 46, kindle.

5   Holt, 2014, 126.

6   Bhatt and Bathija, 2018, 1271-1275.

7   2014년에 환자와 의사의 편치 않은 관계를 밝힌 책들이 많이 출간되
     었는데, 그중 여러 권이 의사가 환자를 어떻게 부르는지를 폭로했다.
     Jauhar, 2014; Lerner, 2014; Cochran and Kenney, 2014; Holt, 2014.

8   관련 자료가 많은데, 특히 다음을 참고하라. Park, 2017, 545-578;
     Waxman, 2017.

9   터스키기 실험은 의사 집단에 대한 미국 흑인 남성의 신뢰에 직접적 타
     격을 준 것으로 보인다. Alsan and Wanamaker, 2018, 407-455.

10   O'Dowd, 1988, 528-530.

11   Levy, 2019, loc. 94, kindle.

12   Singh Ospina, Phillips, Rodriguez-Gutierrez et al., 2019, 36-40.

13 Campbell and McGauley, 2005, 667-670.

14 Catherine Hoffman and Dorothy Rice, *Chronic Conditions: Making the Case for Ongoing Care*, The Partnership for Solutions at Johns Hopkins University and the Robert Wood Johnson Foundation, 1996; updated September 2004, http://www.partnershipforsolutions.org/DMS/files/chronicbook2004.pdf.

15 Main, 1957, 129-145.

16 2007년의 연구는 진료 시간을 분석하여 평균 125.7분이라고 추정했다. Tai-Seale et al., 2007, 1871-1894. 의사들의 진료 시간이 그렇게 짧은 이유를 잘 설명한 자료는 다음 사이트에 있다. https://www.kevinmd.com/blog/2014/05/10-minutes-doctor.html. Stephen C. Schimpff가 이 블로그 포스트에 설명한 상황은, 내가 만난 많은 의사가 보험을 받지 않는 이유를 알려 준다.

17 다음 책들을 참고로 미국 의료 역사를 이해했다. Starr, 2017; Rosenberg, 2014.

18 연구들에 따르면, 오늘날 의사들이나 종합병원 전문의들은 하루 일과 가운데 12~17퍼센트만을 환자에게 할애한다. 나머지 시간은 서류 양식을 처리하고 검사 결과를 검토하고 전자 의료 기록을 관리하고 다른 종사자들을 살피는 데 쓴다. 미국 내과의는 "비임상 행정 업무에 쓰는 시간이 캐나다 의사의 10배"라고 한다. Ofri, 2014.

19 Schulte, 2013, 1-2.

20 Woolf, Aron, Dubay, et al., 2015.

21 *The Lancet* 395 (June 2020), https://www.thelancet.com/journals/lancet/issue/vol395no10239/PIIS0140-6736(20)X0023-7. 다음의 자료도 함께 참고하라. https://www.thelancet.com/series/america-equity-equality-in-health.

22 Peterson, 2014.

23 Hojat et al., 2004, 934-941; Chen et al., 2012, 305-311. 다음의 자료도 참고하라. Hojat et al., 2009, 1182-1191.

24 Derksen et al., 2013, e76-84. 다음의 자료도 참고하라. Del Canale et al., 2012, 1243-1249.

25 Ofri, 2014, 57.

26 Kaptchuk et al., 2008, 999-1003.

27 Johnson, 2013.

28 비슷한 사례가 많다. 배스 이스라엘 다코네스 병원의 어느 방사선 전

문의가 개발한 '공감 대화'는 유방 생검과 다른 침습 시술의 고통을 줄여 준다고 임상적으로 입증되었다. 또한 막힌 심혈관을 뚫기 위한 혈관 도관 삽입술을 시술할 때도 진통제와 마취 사용을 50퍼센트나 줄여 주며, 환자의 불안 또한 감소한다고 한다. 환자가 수술실에 머무르는 시간도 17분 줄고, 밀실 공포증 때문에 MRI 촬영을 완료하지 못하는 일도 40퍼센트나 감소하는 장점이 있어, 비용과 시간을 아껴 준다(이런 변화로 비용을 절약하게 되는 쪽이 병원이 아니라 환자와 보험 회사라는 점은 의사와 병원이 공감 기술을 받아들이는 데 더딘 이유와 관련이 있는 것 같다). Lang et al., 2006, 155-164.

29   Moseley et al., 2002, 81-88.

30   환자 권리 운동을 이해하기 위해 Starr (2017)와 Lerner (2014)의 연구를 참고했다. 환자의 수술 동의서에 관해 더 알고 싶다면 다음을 보라. Beauchamp, 2011, 515-523.

31   Ofri, 2012.

32   Shah and Fried, 2016, 40-44. 의학계는 언어 개혁에 애써 왔다. 이 책을 쓰기 시작한 2014년에 비하면 2021년에는 "환자가 치료에 실패했다"보다는 "치료가 실패했다"라는 표현이 더 익숙해졌다.

33   Gunderman, 2000, 7-11.

34   Peabody, 1927, 877–882.

35   Frank, 2013, loc. 710, kindle. "이런 쌍방향의 관계는, 상대가 내 몸 바깥에 존재하는 몸이라고 해도 (…) 나와 관계를 맺는다. 내가 상대와 관계를 맺듯이."

6   대체 의학을 대하는 자세

1   Harrington, 2009, 18.

2   다음의 2016년 국립보건원 연구 보도자료를 보라. https://www.nccih. nih.gov/news/press-releases/americans-spent-302-billion-outofpocket-on-complementary-health-approaches. 다음의 자료도 참조하라. https://www.cdc.gov/nchs/data/nhsr/nhsr095.pdf.

3   Biss, 2014, loc. 467, kindle.

4   Hoet, Haufroid, and Lison, 2020, 2893–2896.

5   미국 소아과학회 웹사이트를 보라. "Treatment of Lead Poisoning", https://www.aap.org/en/patient-care/lead-exposure/treatment-of-lead-

poisoning/.

6 Rabin, 2013.

7 다형성은 돌연변이보다 더 흔한 DNA 변이다(의학에서는 인구의 1퍼
   센트 이하에서만 나타나는 변이에 '돌연변이'라는 표현을 쓴다). MTHFR
   유전자 다형성에 관해 더 알고 싶다면 다음 사이트를 보라. https://
   medlineplus.gov/genetics/gene/mthfr/#conditions.

8 Lavine, 2012, 666-668.

9 3년 후 항글리아딘 항체 검사에서 양성이 나왔는데, 이는 셀리악병을
   앓고 있다는 뜻이거나 셀리악병을 앓지 않아도 글루텐에 반응하는 경
   우를 가리킬 수 있다.

10 Philpott, 2015.

11 Freedman, 2011.

12 Makary and Daniel, 2016, i2139.

13 Li et al., 2013, 267959.

7 점점 소용돌이의 바닥으로

1 Daudet, 2003, 79.

2 Broyard, 1993, 37, 41.

3 "Susan Sontag Found Crisis of Cancer Added a Fierce Intensity to Life,"
   The New York Times, January 30, 1978, https://archive.nytimes.com/
   www.nytimes.com/books/00/03/12/specials/sontag-cancer.html.

4 Wiman, 2018, 11.

5 Herbert, 1886. 시학 재단 웹사이트에서 볼 수 있다. https://www.poetry
   foundation.org/poems/50700/the-flower-56d22df9112c4.

8 의사는 여자의 말을 믿지 않는다

1 Sontag, 1997, 197.

2 2021년 5월 에이미 프롤과의 인터뷰.

3 출처는 미국자가면역관련질환협회 뉴스레터 *InFocus* 22, no. 1
   (March 2014), https://www.aarda.org/wp-content/uploads/2017/02/
   InFocus-03-2014.pdf.

4   Ehrenreich and English, 2005. 에런라이크와 잉글리시의 작업은 찰스 로젠버그와 캐럴 스미스로젠버그의 작업이 그랬듯 여성 환자를 대하는 의료의 역사를 이해하는 시작점이 되었다.

5   Rabin, 2014.

6   Bugiardini et al., 2020, 819-826, https://doi.org/10.1161/HYPERTENSIONAHA.120.15323.

7   Institute of Medicine (U.S.) Committee on Understanding the Biology of Sex and Gender Differences, *Exploring the Biological Contributions to Human Health: Does Sex Matter?* ed. T. M. Wizemann and M. L. Pardue (Washington, DC: National Academies Press, 2001), x. 다음 사이트에서 찾아볼 수 있다. https://www.ncbi.nlm.nih.gov/books/NBK222288/.

8   Rabin, 2014.

9   미국 식품의약국 공식 웹사이트를 보라. https://www.fda.gov/drugs/drug-safety-and-availability/questions-and-answers-risk-next-morning-impairment-after-use-insomnia-drugs-fda-requires-lower.

10   Dusenbery, 2018, 35.

11   Hoffmann and Tarzian, 2001, 13-27.

12   Chen et al., 2008, 414-418, https://doi.org/10.1111/j.1553-2712.2008.00100.x.

13   Schulman et al., 1999, 618-626.

14   Josefina Robertson의 석사학위 논문 "Waiting Time at the Emergency Department from a Gender Equity Perspective"를 참고했다. https://gupea.ub.gu.se/bitstream/2077/39196/1/gupea_2077_39196_1.pdf.

15   Todd et al., 2000, 11-16; Ng et al., 2019, 3025-3035, https://doi.org/10.2147/JPR.S217866.

16   2018년의 결과로, 세부 항목 전체는 다음을 보라. https://www.cdc.gov/nchs/maternal-mortality/index.htm.

17   Fricker, 2008.

18   Stauffer, 2015.

19   Ehrenreich and English, "The Sexual Politics of Sickness," chapter 4 in *For Her Own Good*; Harrington, "The Body That Speaks," chapter 2 in *The Cure Within*.

20   Sigerist, 1951.

21   Tracey Loughran, "Hysteria and neurasthenia in pre-1914 British medical discourse and in histories of shell-shock," History of Psychiatry, vol. 19, no. 1 (2008): 25-46, doi:10.1177/0957154X07077749.

22 Smith-Rosenberg and Rosenberg, 1973, 335.

23 물론 프로이트 또한 히스테리와 성별을 분리해서 보려고 했다는 점을 언급해야 할 것이다. 프로이트는 〈남성 히스테리에 관하여On Male Hysteria〉라는 제목의 논문을 썼고, 전쟁 신경증 같은 정신적 외상의 근원을 파헤쳤다.

24 Harrington, 2009, 76.

25 다음 세 권의 책을 보라. Ehrenreich and English, 2005; Harrington, 2009; Dusenbery, 2018.

26 Dusenbery, 2018.

27 간추린 역사를 알고 싶다면 Showalter (1993)를 보라.

9 면역, 그 우아하리만치 복잡하고 불확실한 세계

1 Singh and Girschick, 2004, 598-614.

2 Lu, Barbi, and Pan, 2017, 703-717. 다음 책을 보라. Velasquez-Manoff, 2012, 14.

3 Feltbower et al., 2002, 162-166.

4 자료를 보면 자가면역질환만 증가하는 것이 아니라 알레르기와 아토피 또한 증가하는데, 이들 모두 면역 기능 이상으로 발생한다. Okada et al., 2010, 1-9; Qin, 2007, 1306-1307; Hopkin, 1997, 788-792; Von Hertzen et al., 2004, 124-137; Bach, 2002, 911-920.

5 Strachan, 1989, 1259-1260.

6 Velasquez-Manoff, 2012, 7-8. 벨라스케스 마노프는 자가면역질환이 늘어난 주요 원인이 감염병의 감소라는 주장을 뒷받침하는 증거를 모았다. 책에서는 "이 같은 질병 유병률이 증가하는 주요 요인은 지난 30년 동안 해당 국가의 감염병 발생률이 감소한 탓이다"라고 2002년에 주장한 프랑스 과학자 장프랑소와 바흐Jean-François Bach의 이론을 소개했다. 바흐가 공개한 놀라운 이분 그래프는 선진국에서 (백신으로 인해) 홍역, 유행성이하선염, 결핵, A형간염 같은 감염병이 줄어드는 반면 자가면역과 알레르기 질환이 증가하는 모습을 보여 준다. 1950년대에는 수천 명이 홍역과 유행성이하선염을 앓았으나, 1980년에는 감염자가 거의 없다. 대신 수천 명이 별안간 다발경화증을 앓게 되었다. 감염이 염증성 질환을 억제하게 된 이유는 무엇일까? 과거에 위험한 바이러스와 세균성 감염은 돌연변이로 인해 면역계가 특별히 활성화되어 그 질병

과 싸울 수 있는 소수를 **제외한** 거의 모든 사람을 죽일 수 있었다. 아마도 조부모가 돌연변이 덕분에 위험한 감염에 특별히 공격적이고 적응적인 면역반응을 보인 덕분에, 지금의 우리가 존재할 것이다. 이런 관점에서 보면, 우리 조상의 유전자는 전염증성일 가능성이 있다. 한편 19세기 후반에서 20세기 초반에 위생 혁명이 일어나고 항생제와 백신이 도래했다. 바이러스와 기생충을 대하는 인간의 경험이 급격히 변화했다. 짧은 시간 동안 서구인들은 감염병에 걸리거나 감염병에 걸린 채 사는 일이 줄어들기 시작했다. 그러나 우리 면역계는 이런 급격한 변화에 대응하여 진화할 시간이 거의 없었다. 그래서 서구인들은 자가면역과 알레르기 질환에 걸릴 가능성이 커졌다. 이 이론에 따르자면 그렇다.

7 가공식품과 패스트푸드의 출현 또한 소금을 다량 섭취하게 만들었다는 점에서 한몫했을 가능성이 있다. 2013년 예일대학의 연구에 따르면, 패스트푸드처럼 소금을 많이 첨가한 음식은 과도한 면역반응을 부를 수 있다(전염성 사이토카인을 생산하는 면역 도움 세포인 TH17 세포가 너무 많아진다). 지나친 소금 섭취는 다발경화증 유발 요인이 될 수 있다. Kleinewietfeldet al., 2013.

8 Sonnenburg and Sonnenburg, 2015.

9 Sevelsted et al., 2015, e92–98.

10 탯줄에 들어 있는 산업 화학물질, 오염 물질, 살충제에 대한 The Environmental Working Group (2005)의 연구.

11 Wang et al., 2021, 5037–5049.

12 Nakazawa, 2008, ch. 2, loc. 201, kindle.

13 Gilbert, Pumford, and Blossom, 2006, 263–267.

14 The Frank R. Lautenberg Chemical Safety for the 21st Century Act, Pub. L. No. 114-182, 130 Stat (2016).

15 "US cosmetics are full of chemicals banned by Europe- why?," *The Guardian*, May 22, 2019, https://www.theguardian.com/us-news/2019/may/22/chemicals-in-cosmetics-us-restricted-eu.

16 Harley et al., 2018, 699–707.

17 Brooks and Renaudineau, 2015.

18 Grimaldi et al., 2002, 1625–1633. 에스트로겐이 보통은 제거될 B세포를 살려서 자가면역 활성화를 유도한다는 증거도 있다.

19 Angum et al., 2020, e8094.

20 Desai and Brinton, 2019.

21   Jin et al., 2011, 607-617.

22   Zhang and Zhang, 2015, 854-863.

23   Dube et al., 2009, 243-250.

24   Williamson et al., 2015, 1571.

25   Lockshin, 2017, loc. 10, kindle.

26   Keats, 2015.

27   앞의 책.

10   은유로서의 자가면역

1   Bailin, 1994, 5-47.

2   Anderson and Mackay, 2014, 8.

3   Manguso, 2008, 1.

4   Burnet, 1948, 30.

5   Anderson, 2014.

6   Carlin, 1999.

7   Ehrenreich, 2018, loc. 45, kindle.

8   앞의 책, loc. 60, kindle.

9   Stix, 2008.

10   1971년, 리처드 닉슨 대통령은 국가 암 퇴치 법안에 서명하고 "암과의
      전쟁"을 선언하며 연구를 촉구했다. 아마도 암은 발암물질, 흡연, 가공
      육, 햇빛 같은 우리 외부의 대상에 의해 발생한다고 생각하기 때문에
      이런 표현이 나왔을 것이다. 흥미롭게도, 미국에서 암과의 전쟁이 대두
      하자 뒤이어 화학물질에 의한 환경오염을 걱정하는 흐름이 나타났다.
      닉슨의 암 퇴치 법안 이후 9년이 지나 레이철 카슨의 《침묵의 봄》이 베
      스트셀러가 되었다. 암 또한 치료법이 있으나 환자의 신체를 무척 애먹
      이기 때문에, 환자에게 힘을 북돋우는 방법으로 전쟁이란 용어가 나왔
      을 수 있다. 더 알고 싶다면 DeVita (2004)를 보라.

11   James 5:16 (AV). The Bible: Authorized King James Version (Oxford:
      Oxford World's Classics, 2008).

12   Matzinger, 2002, 301-305.

13   Siegel, 1986, 99.

14   James, 1964, 48.

15   Barbellion, 1919, https://www.gutenberg.org/files/39585/39585-

h/39585-h.htm.

16   Cousins, 2005.

17   Pope, 1993, 336-350, line 1734.

11   스트레스 때문에 스트레스

1   만성 스트레스와 시상하부-뇌하수체-부신 축에 관한 통찰력이 돋보이
     는 글을 읽고 싶다면 Harvard Health Publishing (2020)을 보라.

2   Chun et al., 2018.

3   Williamson and Feyer, 2000, 649-655.

4   Mullington et al., 2009, 294-302.

5   Spreng, 2000, 59-64.

6   European Commission DG ENV News Alert, 2020.

7   Mitchell, 1871.

8   Beck, 2016.

9   스트레스를 바라보는 현대적 관점은 Sapolsky (2004)를 일부 참고했다.

10   훗날 셀리에는 영어를 더 잘 알았다면, 신체가 외부 요구에 반응하여
     "strain(긴장, 불안)"을 받는다고 표현했을 것이라고, 신체에 가해지는
     모든 스트레스가 부정적인 것은 아니라고 말했다.

11   Steptoe and Kivimäki, 2012, 360-370.

12   Bennett et al., 1998, 256-261, https:// www.nlm.nih.gov/pmc/articles/
     PMC1727204/pdf/v043p00256.pdf.

13   Hannibal and Bishop, 2014, 1816-1825.

14   스트레스 때문에 사람들 대부분의 면역력이 떨어지게 된다는 셀리에
     의 말이 맞았다. 스트레스는 면역 세포의 생산을 막는다. 그로 인해 항
     체 생산이 어려워지고, 상처 혹은 감염 장소에 면역 세포를 호출하는
     신호를 주고받는 일에도 문제가 생긴다. 어떻게 이런 일이 일어날까?
     부신은 '글루코코티코이드glucocorticoid'라는 화학물질을 분비하는데, 이
     는 코르티솔도 위시하여 인체에서 생산하는 스테로이드 호르몬이다.
     글루코코티코이드는 T세포가 생산되는 가슴샘의 수축을 유도하고, 순
     환하는 림프구와 소통하는 화학물질의 방출을 억제하여 면역 세포 생
     산을 막는다. 그러면 백혈구는 감염이 있다는 '경고'를 듣기 어려워진
     다. 그런데 실험에 따르면 "이 같은 경로와 관련된 글루코코티코이드
     분비와는 상관없이" 면역계가 억제될 수 있다고 새폴스키가 언급하기

도 했다. 교감신경계와 뇌하수체 또한 면역계 억제에 영향을 미치는 것으로 보인다. 장기간의 주요 스트레스는 면역계에 상당한 부담을 주는 한편, 간헐적 스트레스는 면역계의 상승과 하강 패턴으로 이어진다.

15 Sapolsky, 2004, 159. 확장된 논의가 궁금하다면 8장 "Immunity, Stress, and Disease"를 보라.

16 Geronimus, 1992, 207-221, PMID 1467758.

17 텔로미어는 염색체의 말단에 있는 반복 서열로, 구두끈 끝에 붙은 보호 덮개와 비슷한 기능을 맡고 있다. 세포분열이 일어날 때마다 DNA 사슬은 짧아지지만, 텔로미어가 중요한 유전 정보의 소실을 막아 준다. 연구에 따르면 텔로미어가 짧아지는 것이 노화의 핵심이다. 생활양식에 따라 텔로미어가 짧아지는 속도가 빨라질 수도 있고 느려질 수도 있다(흡연과 자외선 노출 같은 요인은 텔로미어를 더 빨리 짧아지게 한다).

18 Geronimus et al., 2006, 826-833.

12 웃음 치료

1 Cousins, 2005, 31.

2 Harrington, 2009, 198-204; Sapolsky, 2004, 175-178.

3 Spiegel et al., 1989, 888-891.

4 Boyer, 2019.

5 Spiegel et al., 2007, 1130-1138. 《스트레스》에서 로버트 새폴스키는 스피겔의 실험 결과에 관해 가능성 있는 한 가지 설명을 제시한다. 스피겔의 첫 실험이 이루어진 시대에는 암 진단을 다들 쉬쉬했으므로 집단 지지를 받으면 병원에서 권하는 대로 화학요법을 다 받고 약물도 복용하게 될 가능성이 컸다는 것이다. 증거에 따르면, 환자 가운데 25퍼센트가 화학요법을 놓치거나 약물을 복용하지 않았는데, 치료가 너무 힘들어서 그랬다. 집단의 지지를 받으면 치료에 순응할 가능성이 높고, 치료 결과도 좋아진다는 것이다(새폴스키는 오늘날 환자 거의 대부분이 사회적 지지의 도움을 받고 있으며, 병원 자체적으로 치료 프로그램을 지원하고 있거니와, 암 진단이 더 이상 비밀로 여겨지지 않기 때문에 같은 실험 결과를 얻기 어렵다고 지적한다).

6 Coyne and Tennen, 2010, 16-26.

7 Steinberg et al., 2014, 2131-2133, https://www.nejm.org/doi/10.1056/NEJMcibr1412003.

8   아더의 실험에 대한 논의는 다음의 책들에서 따왔다. Harrington, 2009,
    126-127 (chapter 3, "The Power of Positive Thinking"); Sapolsky, 2004,
    143-144 (chapter 8, "Immunity, Stress, and Disease").

9   Grierson, 2014.

10 Langer, 2009.

11 Langer et al., 2010, 661-666.

12 Park et al., 2016, 8168-8170.

13 Hadler, 2008, 39.

14 Ehrenreich, 2009, 8.

15 Harrington, 2009, 198.

16 Sigmund, 1989.

13   의심스러운 단서

1   내 경험을 담은 글은 O'Rourke, 2013을 보라.

2   루푸스와 다발경화증을 비롯해 여러 자가면역질환의 특징 가운데 하
    나가 비타민 D 혈중농도가 낮다는 것이다. 환경 요인과 유전 요인 모두
    관련될 수 있다(아픈 사람들은 외출을 덜 한다는 증거가 있다. 그렇지만 유
    전자 다형성 혹은 돌연변이 또한 낮은 비타민 D 수치의 원인이자 자가면역질
    환의 원인이 될 수 있다). Yang et al., 2013, 217-226.

3   저용량 날트렉손 요법의 증거에 관해 알고 싶다면 다음을 보라. Young-
    er, 2014, 451-459; Wybran, 1985, 92-94.

4   미국 질병통제예방센터의 표준검사에 관한 2020년 보고서를 보라.
    https://www.lymedisease.org/study-cdcs-two-tier-lyme-testing-was-
    inaccurate-in-more-than-70-of-cases/.

5   "Phosphatidylcholine," RxList, reviewed June 11, 2021. 포스파티딜
    콜린에 관해 더 알고 싶다면 다음을 보라. https://www.rxlist.com/
    phosphatidylcholine/supplements.htm.

6   Herbert, 2003, 10-15.

14   최악의 순간

1   Styron, 1992, 59.

2 오존과 자외선 치료에 관해 더 알고 싶다면 다음을 보라. Hamblin, 2017, 295-309.

3 Offill, 2014.

4 Ashbery, 1966.

5 다음을 보라. Pfeiffer, 2014.

15 라임병 광인

1 이 장은 내가 쓴 다음의 글에 기대고 있다. "Lyme Disease Is Baffling, Even to Experts," *The Atlantic*, September 2019. 이 글을 쓰기 위해 폭넓은 조사와 인터뷰를 진행했다. 미국 질병통제예방센터, 앨런 스티어, 브라이언 팰런, 모니카 엠버스, 폴 오워터, 킴 루이스, 리처드 호로위츠, 리처드 오스트펠드를 비롯한 많은 협회와 인물들을 만났고, 자료도 확인했다.

2 다음을 보라. "Lyme Disease: Diagnosis and Testing," Centers for Disease Control and Prevention, https://www.cdc.gov/lyme/diagnosistesting/index.html; Mead, Petersen, and Hinkley, 2019, 703. 라임병 검사에 대한 질병통제예방센터의 진전된 권고를 알고 싶다면 다음을 보라. https://www.cdc.gov/mmwr/volumes/68/wr/mm6832a4.htm?s_cid=mm6832a4_w. 또한 다음의 자료도 참고하라. Moore, Nelson, Molins, et al., 2016, 1169-1177. 라임병 검사 지침 및 1994년 합의에 관해 알고 싶다면 다음을 보라. https://wwwnc.cdc.gov/eid/article/22/7/15-1694. 1994년 이후로 진전된 권고에 관해 알고 싶다면 다음을 보라. Centers for Disease Control and Prevention, 1995, 590-591.

3 치료후라임병증후군 혹은 만성 라임병에서의 동시 감염은 학계에서 중요하게 다루어지지 않았는데, 예를 들면 바베시아증일 위험 또한 높다는 연구가 있음에도 그렇다. 다음의 연구들을 보라. Hersh et al., 2014; Wormser et al., 2019, 748-752.

4 몇몇 연구는 체위성기립빈맥증후군이 자가면역질환과 관련이 있고, 감염병 유발 요인과도 관련이 있다고 본다. 예를 들면 다음을 보라. Gunning III et al., 2019.

5 "Lyme Disease: Data and Surveillance," Centers for Disease Control and Prevention, https://www.cdc.gov/lyme/datasurveillance/index.html; "Lyme Disease Data Tables: Historical Data," Centers for Disease Control

and Prevention, https://www.cdc.gov/lyme/stats/tables.html.

6   "Babesiosis and the U.S. blood supply," https://www.cdc.gov/parasites/
     babesiosis/resources/babesiosis_policy_brief.pdf.

7   다음을 보라. "Lyme Disease Maps: Most Recent Year," Centers
     for Disease Control and Prevention, https://www.cdc.gov/lyme/
     datasurveillance/maps-recent.html; "Lyme Borreliosis in Europe,"
     European Centre for Disease Prevention and Control, https://www.ecdc.
     europa.eu/sites/portal/files/media/en/healthtopics/vectors/world-health-
     day-2014/Documents/factsheet-lyme-borreliosis.pdf.

8   더 알고 싶다면 다음을 보라. "Valneva and Pfizer Announce Initiation of
     Phase 2 Study for Lyme Disease Vaccine Candidate," Valneva, March 8,
     2021, https://valneva.com/press-release/valneva-and-pfizer-announce-
     initiation-of-phase-2-study-for-lyme-disease-vaccine-candidate/.

9   2019년 3월과 4월에 진행한 앨런 스티어와의 인터뷰 및 이메일.

10   보렐리아균의 "면역 회피" 및 "면역 탈출" 전략에 관한 논문은 다음을
     보라. Aslam et al., 2017, 1219-1237.

11   Scheffold et al., 2015, 202-208. 질병통제예방센터 웹사이트에서도 심장
     염을 다룬다. https://www.cdc.gov/lyme/treatment/lymecarditis.html. 신
     경성 라임병 정보는 다음을 보라. https://www.cdc.gov/lyme/treatment/
     NeurologicLyme.html.

12   2019년 개정된 미국감염병협회의 지침은 다음을 보라. https://www.
     idsociety.org/practice-guideline/lyme-disease/. 2006년 지침은 다음을
     보라. Wormser et al., 2006, 1089-1134.

13   이 부분은 2016년과 2019년의 인터뷰를 통해 얻은 생각이다. 브라이
     언 팰런, 진드기질병교육협회장 엘리자베스 멀로니Elizabeth Maloney, 국제
     라임병및관련질환협회 회원들, 폴 오워터, 앨런 스티어와 인터뷰했다.
     1979년 이후에 나온, 동시대의 새로운 라임병 자료들 또한 반영했다.

14   엘리자베스 멀로니와의 2019년 7월 인터뷰. 2014년 국제라임병및관련
     질환협회 지침은 다음에서 찾을 수 있다. Cameron, 2014, 1103-1135.

15   앨런 스티어와 개인적으로 인터뷰를 진행하고 이메일을 주고받았다. 스
     티어는 치료후라임병증후군으로 전신 증상을 앓았으나 항생제로 개선
     된 많은 환자의 경우 다른 의학적 질환이 있었을 텐데 "라임병 이데올로
     기"에 사로잡혀 있다고 했다. 항생제가 도움이 된다면 위약 효과거나, 라
     임병이 "본"을 보일 수 있는(의학이 존재 여부를 알기 몇 년 전부터 존재했다
     는 맥락에서) 비슷한 세균 감염 때문일 것이라고 했다.

16   Marzec et al., 2017, 607-609.

17   예를 들어, Grann (2001)을 보라.

18   Wormser et al., 2006, 1115. 2006년 미국감염병학회의 지침은 이러했
      다. "많은 환자가 보고하는 치료 후 증후군은 라임병이나 진드기 매개
      감염보다는 일상의 통증과 더 관련 있어 보인다. 간단히 말해서, '건강
      한' 사람들의 경우에도 동일한 증상이 상대적으로 자주 발생한다. 예
      를 들어 성인의 20~30퍼센트는 만성피로를 호소하며, 2003년 국민건
      강설문조사에서는 성인 가운데 의사에게 관절염 진단을 받은 비율이
      21.5퍼센트였다. 잉글랜드의 어느 연구에서는 성인 가운데 만성적으로
      전신 통증을 앓으며 우울과 불안, 피로, 심신 증상도 자주 겪는다고 보
      고한 비율이 11.2퍼센트였다. 최근 미국 성인을 대상으로 한 연구에 따
      르면, 심한 통증(강도 3)이 나타난다고 보고한 비율은 측정 도구에 따
      라 3.75~12.10퍼센트에 이른다고 한다. 강도 3의 정서 혹은 인지 기능
      저하는 2.17~3.42퍼센트라고 한다. 미국의 인구 기반 감시 체계에 따르
      면, 지난 달 가운데 건강이 좋지 않았던 날로 자진 보고된 일수가 평균
      6.1일로 나타났다. 따라서 라임병 치료 후 나타나는 근육통이나 관절통,
      피로, 그 외 주관적 증상은 일반 인구 집단에서 나타나는 상당한 비율
      을 감안해서 평가해야 한다."

19   체위성기립빈맥증후군은 여러 자료를 참고하였는데, 2020년 11월과
      12월 마운트시나이병원의 유전성 심장병 전문의 에이미 콘토로비치,
      코로나 감염 후의 기립성체위빈맥증후군을 전문으로 치료하는 심장
      병 전문의 루완디 티타노Ruwanthi Titano와의 인터뷰가 주요 자료가 되어
      주었다. 존스홉킨스병원 홈페이지에 유용한 안내가 실려 있다. https://
      www.hopkinsmedicine.org/health/conditions-and-diseases/postural-
      orthostatic-tachycardia-syndrome-pots. 존스홉킨스병원은 기립성체
      위빈맥증후군을 전문으로 치료하는 몇 안 되는 병원 가운데 한 곳이
      다. https://www.hopkinsmedicine.org/physical_medicine_rehabilitation/
      services/programs/pots/.

20   만성 라임병 및 치료 후 라임병 증후군에 관해 더 알고 싶다면 다음
      을 보라. Adriana Marques, "Chronic Lyme Disease: A Review," *Infectious
      Disease Clinics of North America* 22, no. 2 (2008): 341–360, https://www.
      sciencedirect.com/science/article/abs/pii/S0891552007001274?via%3Di-
      hub. 다음의 자료도 보라. Rebman et al., 2017.

21   2019년, 국립보건원은 새롭게 확인된 라임병 각 사례에 768달러밖에
      쓰지 않은 반면, C형 간염의 경우 3만 6063달러를 썼다. 다음을 보라.

Tick-Borne Disease Working Group, 2018, 3. 그래도 상황은 마침내 달라지고 있다. 2021년 회계연도에 따르면, 연방 정부는 라임병 연구에 9500만 달러를 지원하였는데 전해의 5500만 달러에 비해 증가한 것이다. 다음을 보라. https://www.lymedisease.org/historic-increase-in-lyme-funding/. 치료후라임병증후군 연구 지원금은 이 글에 나와 있듯이 사립 재단에 상당 부분 의지해 왔다. 2019년 질병통제예방센터와 국립보건원이 이런 재단들과 접촉했는데, 2018년에 진드기매개질환활동단체가 라임병의 과학적 이해에 관한 인식 차가 너무 큰 현실을 국회에 알린 덕분이기도 하다고 관계자로부터 전해 들었다(2019년 질병통제예방센터와의 인터뷰).

22 존 오코트와의 개인적인 인터뷰. 다음의 자료도 보라. Blum et al., 2018; Oosting et al., 2016, 822-833.

23 Embers et al., 2012, e29914.

24 Gadila et al., 2021, 707; https://news.tulane.edu/pr/study-finds-evidence-persistent-lyme-infection-brain-despite-aggressive-antibiotic-therapy.

25 Feng et al., 2019, 125-138.

26 Rensberger, 1976.

27 Gawande, 2014, 4.

16 다시 쓰는 미래

1 다음은 테이마운트병원 웹사이트다. https://taymount.com.

2 Xu et al., 2019; Luca and Shoenfeld, 2019, 74-85.

3 Sonnenburg and Sonnenburg, 2015.

4 Becattini, Taur, and Palmer, 2016, 458-478; Jernberg et al., 2007, 56-66; Neuman et al., 2018, 489-499.

5 Schirmer et al., 2016, 1125-1136, e8.

6 van Nood et al., 2013, 407-415.

7 "OpenBiome," Center for Microbiome Informatics and Therapeutics, https://microbiome.mit.edu/our-ecosystem/openbiome/. 2019년에 한 남성이 골수이식을 받기 전 분변 미생물 이식을 받았다가 클로스트리듐 디피실레균 감염증으로 사망했다. 이 사례가 보여 주듯 분변 미생물 이식도 위험이 없는 시술은 아니다.

8 Desbonnet et al., 2010, 1179-1188.

보이지 않는 질병의 왕국

9   Schmidt et al., 2015, 1793-1801.

10   Tillisch et al., 2013, 1394-1401, 1401.e1-4.

11   애니드 테일러가 조심스럽게 지적하듯, 분변 미생물 이식 또한 단기간
     의 염증을 유발할 수 있다. 염증성 장 질환이 있는 사람은 질환이 관해
     상태거나 약물로 관리 가능한 상태일 때만 분변 미생물 이식을 받아야
     한다.

12   Lockshin, 1998, 86-89.

13   자가면역질환과 유산을 대상으로 이루어지는 '정맥 내 면역글로불린'
     치료가 주는 이득에 관해 더 알고 싶다면 다음을 보라. Sapir et al., 2005,
     415-453, 454; Kiprov et al., 1996, 228-234.

18   누구도 섬은 아니다

1   Ulrich, 1984, 420-421. 다음 책도 보라. Sternberg, 2009, loc. 19, kindle.
     이 장의 공간 치유에 대한 논의는 스턴버그의 책에 상당 부분 기댔다.

2   Nobel Lectures, Physiology or Medicine 1901-1921, 1967. Niels Ryberg
     Finsen-Biographical, Nobel Prize Outreach AB 2021, https://www.
     nobelprize.org/prizes/medicine/1903/finsen/biographical.

3   Sternberg, 2009, loc. 39, kindle.

4   앞의 책, loc. 3195, kindle.

5   Prochnik, 2010, loc. 68, kindle.

6   존 던과 그가 앓은 질병에 대한 설명은 다음을 참고했다. Stubbs, 2008,
     399-405.

7   Donne, 1999.

19   희망의 이유

1   Woolf, 2002, xxviii.

2   앞의 책, 5.

3   "Center for Post-COVID Care," Mount Sinai, https://www.mountsinai.
     org/about/covid19/center-post-covid-care. 코로나 후유증에 관한 자료
     몇 가지는 코로나 후유증 전문 센터 설립에 관해 《애틀랜틱》에 실은 내
     글을 바탕으로 했다. 코로나 후유증을 파악하고 치료하려는 의사들과

환자들을 만나 가며 작성한 글이다. "Unlocking the Mysteries of Long COVID," *The Atlantic*, April 2021.

4 이 대목의 자료는 2020년 11월부터 2021년 1월 사이 지지안 첸, 데이비드 퍼트리노, 데이나 맥카시, 루완디 티타노 등과 진행한 인터뷰에서 따왔다.

5 Hannah E. Davis et al., "Characterizing Long COVID in an International Cohort: 7 Months of Symptoms and Their Impact," medRxiv (2020), https://www.medrxiv.org/content/10.1101/2020.12.24.20248802v2; EClinicalMedicine, 101019 (2021). 이 그룹의 몇몇 환자는 한 번도 코로나 검사에서 양성이 나온 적이 없었다. 2020년 봄, 한창 코로나가 번진 초기 몇 개월 동안에 이런 결과가 나오기란 아주 어려운 일이었다.

6 이 수치는 마운트시나이병원 담당 팀과의 인터뷰를 근거로 한다. 다음의 자료도 보라. Logue et al., 2021, e210830. 다음은 코로나 후유증에 관한 초기 보고서다. Carfí et al., 2020, 603-605.

7 Tim Gruber, "Some Long Covid Patients Feel Much Better After Getting Vaccine," *The New York Times*, March 17, 2021, https://www.nytimes.com/2021/03/17/health/coronavirus-patients-and-vaccine-effects.html; Melba Newsome, "Could the COVID-19 Vaccine Help Long-Hauler Symptoms?" AARP, May 26, 2021, https://www.aarp.org/health/conditions-treatments/info-2021/vaccines-may-help-long-haulers-covid.html.

8 "NIH launches new initiative to study 'Long COVID,'" National Institutes of Health, February 23, 2021, https://www.nih.gov/about-nih/who-we-are/nih-director/statements/nih-launches-new-initiative-study-long-covid.

9 예컨대 감염 후 증상이 사라지지 않는 일부 환자가 엘러스단로스증후군(유전성 결합조직병)일 수 있다. 식품 민감증 혹은 곰팡이 민감증도 겪을 수 있다. 두개경추 불안정도 가능한데, 뇌간이나 척수의 병리적 압박으로 인해 발생할 수 있는 질환이다. 두개경추 불안정 진단 및 치료는 근육통성뇌척수염 환자의 관해에 도움이 된다. 예를 들어, 두개경추 불안정 진단 및 치료에 관한 Jennifer Brea의 글을 보라. https://jenbrea.medium.com/cci-tethered-cord-series-e1e098b5edf.

20 지혜 서사

1   Sontag, 1993, 68.

2   Kleinman, 1989.

3   Frank, 2013, loc. 2733, kindle.

4   앞의 책, ch. 1, loc. 214-223, Kindle.

5   앞의 책, loc. 83, Kindle.

6   앞의 책, loc. 1620, Kindle.

7   앞의 책, 54 or loc. 980, Kindle. Dworkin, 1993, 211.

8   앞의 책, loc. 1918, Kindle.

9   Nietzsche, 1974, 249-290.

10   Gawande, 2014, 139-140.

11   Daudet, 2003, 9.

12   MacIntyre, 1981, 219.

13   Ratner-Rosenhagen, 2015.

14   Frank, 2013, loc. 579, Kindle.

15   앞의 책, loc. 710, Kindle.

16   Joyce, 2008, 176.

17   Lorde, 1980, 15.

18   앞의 책, 16.

19   Stitt, 2020.

20   James, 1981, 34

참고 문헌

아래 소개한 책들보다 더 많은 자료를 살폈으나 전부 소개하려니 너무 길다. 인용했거나, 책에서 다룬 주제들에 관한 내 생각을 키워 나가도록 도움을 준 책들을 골랐다.

Alsan, Marcella, and Marianne Wanamaker. "Tuskegee and the Health of Black Men." *The Quarterly Journal of Economics* 133, no. 1 (February 2018), 407–455.

American Autoimmune Diseases Association and National Coalition of Autoimmune Patient Groups. *The Cost Burden of Autoimmune Disease: The Latest Front in the War on Healthcare Spending.* Eastpointe, MI: American Autoimmune Related Diseases Association, 2011.

Anderson, Gerard. *Chronic Conditions: Making the Case for Ongoing Care.* Princeton, NJ: Robert Wood Johnson Foundation, 2004, https://www.giaging.org/documents/50968chronic.care.chartbook.pdf.

Anderson, Warwick. "Tolerance." *Somatosphere* (October 27, 2014), http://somatosphere.net/2014/tolerance.html/.

Anderson, Warwick, and Ian R. Mackay. *Intolerant Bodies: A Short History of Autoimmunity.* Baltimore: Johns Hopkins University Press, 2014.

Angum, Fariha, Tahir Khan, Jasndeep Kaler, et al. "The Prevalence of Autoimmune Disorders in Women: A Narrative Review." *Cureus 12*, no. 5 (May 2020), e8094.

Aronowitz, Robert A. "Lyme Disease: The Social Construction of a New Disease and its Social Consequences." *The Milbank Quarterly* 69, no. 1 (1991), 79–112.

Ashbery, John. *The Double Dream of Spring.* New York: Ecco, 1976.

———. *Rivers and Mountains.* New York: Ecco, 1966.

Aslam, Bilal, Muhammad Atif Nisar, Mohsin Khurshid, and Muhammad Khalid Farooq Salamat. "Immune Escape Strategies of *Borrelia burgdorferi.*" *Future Microbiology* 12 (October 2017), 1219–1237.

Bach, Jean-Francois. "The Effect of Infections on Susceptibility to Autoimmune and Allergic Diseases." The New England Journal of Medicine 347, no. 12 (September 2002), 911-920.

Bailey, Patricia Hill. "The Dyspnea-Anxiety-Dyspnea Cycle—COPD Patients' Stories of Breathlessness: 'It's Scary / When You Can't Breathe.'" *Qualitative Health Research* 14, no. 6 (July 2004), 760-778.

Bailin, Miriam. *The Sickroom in Victorian Fiction: The Art of Being Ill.* Cambridge: Cambridge University Press, 1994.

Bair, Barbara, and Susan E. Cayleff, eds. *Wings of Gauze: Women of Color and the Experience of Health and Illness.* Detroit: Wayne State University Press, 1993.

Barbellion, W. N. P. *The Journal of a Disappointed Man.* With an introduction by H. G. Wells. New York: George H. Doran, 1919.

Barnes, David S. *The Making of a Social Disease: Tuberculosis in Nineteenth-Century France.* Berkeley: University of California Press, 1995.

Bauman, Zygmunt. *Mortality, Immortality, and Other Life Strategies.* Stanford: Stanford University Press, 1992.

Beard, Charles B., Rebecca J. Eisen, Christopher M. Barker, et al. "Vector Borne Diseases." *In The Impacts of Climate Change on Human Health United States: A Scientific Assessment.* Washington, DC: U.S. Global Change Research Program, 2016, 129-156.

Beauchamp, Tom L. "Informed Consent: Its History, Meaning, and Present Challenges." *Cambridge Quarterly of Healthcare Ethics* (August 2011), 515-523.

Becattini, Simone, Ying Taur, and Eric G. Pamer. "Antibiotic-Induced Changes in the Intestinal Microbiota and Disease." *Trends Molecular Medicine* 22, no. 6 (June 2016), 458-478.

Beck, Julie. "'Americanitis': The of Living Too Fast." *The Atlantic* (March 11, 2016), https://www.theatlantic.com/health/archive/2016/03/the-history-of-neurasthenia-or-americanitis-health-happiness-and-culture/473253/.

Beckman, Howard B., and Richard M. Frankel. "Academia and Clinic: The Effect of Physician Behavior on Collection of Data." *Annals of Internal Medicine* 101 (1984), 692-696.

Bennett, E. J., C. C. Tennant, C. Piesse, et al. "Level of Chronic Life Stress Predicts Clinical Outcome Irritable Bowel Syndrome." *Gut* 43 (1998), 256-261.

Benvenga, Salvatore, Fabrizio Guarneri. "Molecular mimicry and autoimmune thyroid disease." *Reviews in Endocrine and Metabolic Disorders* 17, no. 4 (2016), 485-498.

Bhatt, Jay, and Priya Bathija. "Ensuring Access to Quality Health Care in Vulnerable Communities." *Academic Medicine* 93, no. 9 (2018), 1271-1275.

Biss, Eula. *On Immunity: An Inoculation.* Minneapolis: Graywolf Press, 2014.

Blum, Lisa K., Julia Z. Adamska, Dale S. Martin, et al. "Robust B Cell Responses Predict Rapid Resolution of Lyme Disease." *Frontiers in Immunology* 18, no. 9 (July 2018), 1634.

Boyer, Anne. *The Undying.* New York: Farrar, Straus and Giroux, 2019.

Brooks, Wesley H., and Yves Renaudineau. "Epigenetics and Autoimmune Diseases: The X Chromosome-Nucleolus Nexus." *Frontiers in Genetics* 6 (February 2015), 22.

Broyard, Anatole. *Intoxicated by My Illness.* New York: Fawcett, 1993.

Bugiardini, Raffaele, Jinsung Yoon, Sasko Kedev, et al. "Prior Beta-Blocker Therapy for Hypertension and Sex-Based Differences in Heart Failure Among Patients with Incident Coronary Heart Disease." *Hypertension: Journal of the American Heart* 76 (2020), 819-826.

Burnet, F. M. "The basis of allergic diseases." *Medical Journal of Australia* 1, no. 2 (1948), 29-35.

Cameron, Daniel J., Lorraine B. Johnson, and Elizabeth L. Maloney. "Evidence Assessments and Guideline Recommendations in Lyme Disease: The Clinical Management of Known Tick Bites, Erythema Migrans Rashes and Persistent Disease." *Expert Review of Anti-Infective Therapy* 12, no. 9 (September 2014), 1103-1135.

Campbell, Colin, and Gill McGauley. "Doctor-Patient Relationships in Chronic Illness: Insights from Forensic Psychiatry." *British Medical Journal* 330, no. 7492 (March 2005), 667-670.

Carfí, Angelo, Roberto Bernabei, and Francesco Landi. "Persistent Symptoms in Patients After Acute COVID-19." Research Letter. *JAMA* 324, no. 6 (2020), 603-605.

Carlin, George. *You Are All Diseased.* HBO live broadcast stand-up special. New York, Beacon Theater. Recorded February 6, 1999.

Carstensen, Laura. "Aging, Emotion, and Health- Related Decision Strategies:

Motivational Manipulations Can Reduce Age Differences." *Psychology and Aging* 22, no. 1 (2007), 134-146.

―――. "Growing Old or Living Long: Take Your Pick." *Issues in Science and Technology* 23, no. 2 (January 2007), 41–50.

―――. "Older People Are Happier." TEDxWomen 2011 (December 2011), https://www.ted.com/talks/laura_carstensen_older_people_are_happier.

Centers for Disease Control and Prevention. "Babesiosis U.S. Blood Supply." Center for Global Health, Division of Parasitic Diseases Malaria (July 15, 2013), https://www.cdc.gov/parasites/babesiosis/resources/babesiosis_policy_brief.pdf.

―――. "Lyme Disease Maps: Most Recent Year." Disease, Recent Surveillance Data (2019), https://www.cdc.gov/lyme/datasurveillance/maps- recent.html.

―――. "Recommendations for Test Performance Interpretation from the Second National Conference on Serologic Diagnosis Lyme Disease." *Morbidity and Mortality Weekly Report* 44, no. 31 (1995), 91.

Chang, Kiki, Harold S. Koplewicz, Ron Steingard. "Special Issue on Pediatric Acute-Onset Neuropsychiatric Syndrome." *Journal of Child and Adolescent Psychopharmacology* 25, no. 1 (February 2015), 1-2.

Charmaz, Kathy. "Loss of Fundamental Form of Suffering in the Chronically Ill." *Sociology of Health Illness* 5, no. 2 (1983), 168–195.

Chen, Daniel C. R., Daniel Kirshenbaum, Jun Yan, et al. "Characterizing Changes in Student Empathy Throughout Medical School." *Medical Teaching* 34, no. 4 (2012), 305-311.

Chen, Esther, Frances S. Shofer, Anthony J. Dean, et al. "Gender Disparity in Analgesic Treatment of Emergency Department Patients with Acute Abdominal Pain." *Academic Emergency Medicine* 15, no. 5 (May 2008), 414–418.

Chun, Ji-Won, Jihye Choi, Hyun Cho, et al. "Role of Frontostriatal Connectivity in Adolescents with Excessive Smartphone Use." *Frontiers in Psychiatry* 9 (2018), 437.

Cochran, Jack, and Charles C. Kenney. *The Doctor Crisis: How Physicians Can, and Must, Lead the Way to Better Health Care.* New York: PublicAffairs, 2014.

Committee on the Diagnostic Criteria for Myalgic Encephalomyelitis/Chronic

Fatigue Syndrome, Institute of Medicine of the National Academies. *Beyond Myalgic Encephalomyelitis/Chronic Fatigue Syndrome: Redefining an Illness.* Washington, DC: The National Academies Press, 2015.

Committee on Understanding the Biology of Sex and Gender Differences, Institute of Medicine. *Exploring the Biological Contributions to Human Health: Does Sex Matter?* Washington, DC: National Academies Press, 2001.

Cousins, Norman. *Anatomy of an Illness, as Perceived by the Patient: Reflections on Healing and Regeneration.* New York: W. W. Norton, 2005.

Coyne, James C., and Howard Tennen. "Positive Psychology in Cancer Care: Bad Science, Exaggerated Claims, and Unproven Medicine." *Annals of Behavioral Medicine* 39, no. 1 (2010), 16–26.

Crosby, Christina. *A Body, Undone.* New York: New York University Press, 2016.

Cutler, David. *The Quality Cure: How Focusing on Health Care Quality Can Save Your Life and Lower Spending Too.* Berkeley: University of California Press, 2014.

Daudet, Alphonse. *In the Land of Pain.* Translated by Julian Barnes. New York: Knopf, 2003.

Davis, Hannah E., Gina S. Assaf, Lisa McCorkell, et al. "Characterizing Long COVID in an International Cohort: 7 Months of Symptoms and Their Impact." EClinicalMedicine, published by The Lancet 101019 (July 15, 2021).

Deen, Gibrilla F., Nathalie Broutet, Wenbo Xu, et al. "Ebola RNA Persistence in Semen of Ebola Virus Disease Survivors—Final Report." *The New England Journal of Medicine* 377 (October 12, 2017), 1428–1437.

Del Canale, Stefano, Daniel Z. Louis, Vittorio Maio, et al. "The Relationship Between Physician Empathy and Disease Complications: An Empirical Study of Primary Care Physicians and Their Diabetic Patients in Parma, Italy." *Academic Medicine* 87, no. 9 (September 2012), 1243–1249.

De Luca, F., and Y. Shoenfeld. "The Microbiome in Autoimmune Diseases." *Clinical and Experimental Immunology* 195, no. 1 (January 2019), 74–85.

Derksen, Frans, Jozien Bensing, and Antoine Lagro-Janssen. "Effectiveness of Empathy in General Practice: A Systematic Review." *British Journal of General Practice* 63, no. 606 (January 2013), 76–84.

Desai, Maunil K., and Roberta Diaz Brinton. "Autoimmune Disease in Women:

보이지 않는 질병의 왕국

Endocrine Transition and Risk Across the Lifespan." *Frontiers in Endocrinology* 10 (2019), 1-19.

DeSalle, Rob, and Susan L. Perkins. *Welcome to the Microbiome: Getting to Know the Trillions of Bacteria and Other Microbes In, On, and Around You.* With illustrations by Patricia J. Wynne. New Haven, Yale University Press, 2015.

DeVita, Vincent T., Jr. "'The War on Cancer' and Its Impact." *Nature Clinical Practice Oncology* 1 (2004), 55.

Dhakal, Aayush, and Evelyn Sbar. "Jarisch Herxheimer Reaction." *StatPearls* (May 4, 2021), https://www.ncbi.nlm.nih.gov/books/NBK557820/.

Diagnostic and Manual of Mental Disorders (DSM-III). Third edition. Washington, DC: American Psychiatric Association, 1980.

Dinse, Gregg Christine G. Parks, Clarice R. Weinberg, et al. "Increasing Prevalence of Antinuclear Antibodies in the United States." *Arthritis and Rheumatology* 72, no. 6 (June 2020), 1026-1035.

Donne, John. *Devotions upon Emergent Occasions and Death's Duel.* With *The Life of Dr. John Donne* by Izaak Walton. Preface by Andrew Motion. New York: Vintage, 1999.

Dube, Shanta R., DeLisa Fairweather, William S. Pearson, et al. "Cumulative Childhood Stress and Autoimmune Diseases in Adults." *Psychosomatic Medicine* 71, no. 2 (February 2009), 243-250.

Dusenbery, Maya. *Doing Harm: The Truth About How Bad Medicine and Lazy Science Leave Women Dismissed, Misdiagnosed, and Sick.* New York: HarperOne, 2018.

Dworkin, Ronald. *Life's Dominion: An Argument About Abortion, Euthanasia, and Individual Freedom.* New York: Knopf, 1993.

Ehrenreich, Barbara. *Bright-Sided: How Positive Thinking Is Undermining America.* New York: Metropolitan Books, 2009.

———. Natural Causes: *An Epidemic of Wellness, the Certainty of Dying, and Killing Ourselves to Live Longer.* New York: Twelve, 2018.

Ehrenreich, Barbara, and Deirdre English. *For Her Own Good: Two Centuries of the Experts' Advice to Women.* New York: Anchor, 2005.

Eiser, Arnold R. *The Ethos of Medicine in Postmodern America.* Washington, DC: Lexington Books, 2013.

Embers, Monica E., Stephen W. Barthold, Juan T. Borda, et al. "Persistence of

Borrelia burgdorferi in Rhesus Macaques Following Antibiotic Treatment of Disseminated Infection." *PLoS ONE* 7, no. 1 (2012), 1-12.

Environmental Working Group. "Body Burden: The Pollution in Newborns" (July 14, 2005), https://www.ewg.org/research/body-burden-pollution-newborns.

European Commission Directorate-General for Environment News Alert Service. "WHO Recommends Setting Night Noise Limits at 40 Decibels." *Science for Environment Policy* 202 (July 1, 2020), https://ec.europa.eu/environment/integration/research/newsalert/pdf/202na3_en.pdf.

Fasano, Alessio. "Leaky gut and autoimmune diseases." *Clinical Reviews in Allergy and Immunology* 42, no. 1 (2012).

Feltbower, R. G., H. J. Bodansky, P. A. McKinney, et al. "Trends the Incidence of Childhood Diabetes in South Asians and Other Children Bradford, UK." *Diabetic Medicine* 19, no. 2 (February 2002), 162-166.

Feng, Jie, Tingting Li, Rebecca Yee, et al. "Stationary Persister/Biofilm Microcolony of *Borrelia burgdorferi* Causes More Severe Disease in a Mouse Model of Lyme Arthritis: Implications for Understanding Persistence, Post-Treatment Lyme Disease Syndrome (PTLDS), and Treatment Failure." *Discovery Medicine* 27, no. 148 (March 2019), 125-138.

Frank, Arthur W. *The Wounded Storyteller: Body, Illness, and Ethics.* 2nd edition. Chicago: University of Chicago Press, 2013.

Fricker, Miranda. *Epistemic Injustice: Power and the Ethics of Knowing.* Oxford: Oxford University Press, 2007.

Gadila, Shiva Kumar Goud, Rosoklija, Andrew J. Dwork, et al. "Detecting Borrelia Spirochetes: Study with Validation Among Autopsy Specimens." *Frontiers in Neurology* 12 (May 2021), 1-14.

García-Gómez, Elizabeth, Edgar Ricardo Vázquez-Martínez, Christian Reyes-Mayoral, et al. "Regulation of Inflammation Pathways and Inflammasome by Sex Steroid Hormones in Endometriosis." *Frontiers in Endocrinology* 10, no. 935 (January 2020), 1-17.

Garfield, Sidney R. "The Delivery of Medical Care." *Scientific American* 222 (April 1970), 15-23.

Gawande, Atul. *Being Mortal: Medicine and What Matters in the End.* New York: Metropolitan Books, 2014.

Gelder, M. G. "Neurosis: Another Tough Old Word." *British Medical Journal*

(Clinical Research Edition) 292, no. 6526 (April 1986), 972-973.

Geronimus, A. T. "'Weathering' and Age Patterns of Allostatic Load Scores Among Blacks and Whites in the United States." *American Journal of Public Health* 95, no. 5 (2006), 826-833.

———. "The Weathering Hypothesis and the Health of African-American Women and Infants: Evidence and Speculations." *Ethnicity and Disease* 2, no. 3 (Summer 1992), 207-221.

Gilbert, Kathleen M., Neil R. Pumford, and Sarah J. Blossom. "Environmental Contaminant Trichloroethylene Promotes Autoimmune Disease and Inhibits T-cell Apoptosis in MRL(+/+) Mice." *Journal of Immunotoxicology* 3, no. 4 (December 2006), 263-267.

Gilman, Charlotte Perkins. "The Yellow Wall-Paper." In *The Yellow Wall- Paper, Herland, and Selected Writings.* New York: Penguin, 1999, 166-182.

Gilman, Sander L., Helen King, Roy Porter, et al. *Hysteria Beyond Freud.* Berkeley and Los Angeles: University of California Press, 1993.

Grann, David. "Stalking Dr. Steere." *The New York Times Magazine* (June 17, 2001), https://www.nytimes.com/2001/06/17/magazine/stalking-dr-steere.html.

Green, Harvey. *Fit for America: Health, Fitness, Sport, and American Society.* New York: Pantheon, 1986.

Grierson, Bruce. "What If Age Is Nothing but a Mind-Set?" *The New York Times Magazine* (October 22, 2014), https://www.nytimes.com/2014/10/26/magazine/what-if-age-is-nothing-but-a-mind-set.html.

Gunderman, Richard. "Illness as Failure: Blaming Patients." *The Hastings Center Report* 30, no. 4 (July-August 2000), 7-11.

Hadler, Nortin M. *Worried Sick: A Prescription for Health in an Overtreated America.* Chapel Hill: University of North Carolina Press, 2008.

Hadler, Nortin M., and Susan Greenhalgh. "Labeling Woefulness: The Social Construction of Fibromyalgia." *Spine* 30, no. 1 (2004), 1-4.

Hall, William J., Mimi V. Chapman, Kent M. Lee, et al. "Implicit Racial/Ethnic Bias Among Health Care Professionals and Its Influence Health Care Outcomes: A Systematic Review." *American Journal of Public* 105, no. 12 (December 2015), 60-76.

Hamberg, Katarina. "Gender Bias in Medicine." *Women's Health* 4, no. 3 (May 2008), 237-243.

Hamblin, Michael R. "Ultraviolet Irradiation of Blood: 'The Cure That Time Forgot'?" *Advances in Experimental Medicine and Biology* 996 (September 2017), 295-309.

Hannibal, Kara E., and Mark Bishop. "Chronic Stress, Cortisol Dysfunction, and Pain: A Psychoneuroendocrine Rationale for Stress Management in Pain Rehabilitation." *Physical Therapy* 12 (December 2014), 1816-1825.

Harley, John B., Xiaoting Chen, Mario Pujato, et al. "Transcription factors operate across disease loci, EBNA2 implicated in autoimmunity." Nature Genetics 50, no. 5 (May 2018), 707.

Harvard Health Publishing, "Understanding the Stress Response" (July 6, 2020), https://www.health.harvard.edu/staying-healthy/understanding-the-stress-response.

Hemingway, Ernest. *The Sun Also Rises.* New York: Scribner, 2014.

Herbert, Frank. *Dune.* New York: Ace Books, 2003.

Herbert, George. "The Flower." In *The Poetical Works of George Herbert.* New York: George Bell and Sons, 1886.

Hersh, Michelle H., et al. "Co-infection of blacklegged ticks with Babesia microti and *Borrelia burgdorferi* is higher than expected and acquired from small mammal hosts." *PloS ONE* 9, no. 6 (June 18, 2014).

Hoffmann, Diane E., and Anita J. Tarzian. "The Girl Who Cried Pain: A Bias Against Women in the Treatment of Pain." *The Journal of Law, Medicine and Ethics* 29, no. 1 (Spring 2001), 13-27.

Hojat, Mohammadreza, Michael J. Bergare, Kaye Maxwell, et al. "The Devil Is in the Third Year: A Longitudinal Study of Empathy in Medical School." *Academy of Medicine* 84, no. 9 (September 2009), 1182-1191.

Hojat, Mohammadreza, Salvatore Mangione, Thomas J. Nasca, et al. "An Empirical Study of Decline in Empathy in Medical School." *Medical Education* 38, no. 9 (September 2004), 934-941.

Holt, Terrence. *Internal Medicine: A Doctor's Stories.* New York: Liveright, 2015.

Hopkins, J. M. "Mechanisms of Enhanced Prevalence of Asthma and Atopy in Developed Countries." *Current Opinion in Immunology* 9, no. 6 (December 1997), 788-792.

Horowitz, Richard I. *How Can I Get Better? An Action Plan for Treating Resistant Lyme and Chronic Disease.* New York: St. Martin's Griffin, 2017.

James, Alice. *The Death and Letters of Alice James.* Edited by Ruth Bernard

Yeazell. Berkeley and Los Angeles: University of California Press, 1983.

―――. *The Diary of Alice James.* Edited by Leon Edel. New York: Dodd, Mead & Company, 1964.

Jauhar, Sandeep. *Doctored: The Disillusionment of an American Physician.* New York: Farrar, Straus and Giroux, 2014.

Jernberg, Cecilia, Soja Löfmark, Charlotta Edlund, and Janet K. Jansson. "Long-Term Ecological Impacts of Antibiotic Administration on the Human Intestinal Microbiota." *The ISME Journal* 1, no. 1 (May 2007), 56-66.

Jin, Bilian, Yajun Li, and Keith D. Robertson. "DNA Methylation: Superior or Subordinate in the Epigenetic Hierarchy?" *Genes and Cancer* (June 2011), 607-617.

Johnson, Nathanael. "Forget the Placebo Effect: It's Effect' That Matters." *Wired* (January 18, 2013), https://www.wired.com/2013/01/dr-feel-good/.

―――. *All Natural: A Skeptic's Quest for Health and Happiness in an Age of Ecological Anxiety.* Emmaus, PA, and New York: Rodale 2013.

Joyce, James. "The Dead." In *Dubliners.* Edited Jeri Johnson. Oxford: Oxford University Press, 2008, 138-176.

Kaakinen, Pirjo, Maria Kääriäinen, Helvi Kyngäs. "The chronically ill patients' quality of counselling in the hospital." *Journal of Nursing Education and Practice* 2, no. 4 (November 2012), 114-123.

Kaptchuk, Ted J., John M. Lisa A. Conboy, et al. "Components of Placebo Effect: Randomised Trial in Patients with Irritable Bowel Syndrome." *British Medical Journal* (Clinical Research Edition) 336, no. 7651 (May 2008), 999-1003.

Karr-Morse, Robin, Meredith S. Wiley. *Scared Sick: The Role of Childhood Trauma in Adult Disease.* York: Basic Books, 2012.

Kayser, Matthew and Josep Dalmau. "The emerging link between autoimmune disorders and neuropsychiatric disease." *The Journal of Neuropsychiatry and Clinical Neurosciences* 23, no. 1 (2011), 90-97.

Keats, John. *Selected Letters.* Edited by John Barnard. New York: Penguin Classics, 2015.

Kiprov, D. D., R. D. Nachtigall, R. C. Weaver, et al. "The Use of Intravenous Immunoglobulin in Recurrent Pregnancy Loss Associated with Combined Alloimmune and Autoimmune Abnormalities." *American Journal of Reproductive Immunology* 36, no. 4 (October 1996), 228-234.

Kleinewietfeld, Markus, Arndt Manzel, Jens Titze, et al. "Sodium Chloride Drives Autoimmune Disease by the Induction of Pathogenic TH16 Cells." *Nature* 496, no. 7446 (April 2013), 518-522.

Kleinman, Arthur. *The Illness Narratives: Suffering, Healing and the Human Condition*. New York: Basic Books, 1989.

Knoff, William F. "A History of the Concept of Neurosis, with a Memoir of William Cullen." *American Journal of Psychiatry* 127, no. 1 (July 1970), 120-124.

Langer, Ellen J. *Counterclockwise: Mindful Health and the Power of Possibility*. New York: Ballantine Books, 2009.

Langer, Ellen, Maja Djikic, Michael Pirson, et al. "Believing Is Seeing: Using Mindlessness (Mindfully) to Improve Visual Acuity." *Psychological Science* 21, no. 5 (May 2010), 661-666.

Laurence, Leslie, and Beth Weinhouse. *Outrageous Practices: How Gender Bias Threatens Women's Health*. New Brunswick, NJ: Rutgers University Press, 1997.

Lavine, Elana. "Blood testing for sensitivity, allergy or intolerance to food." *Canadian Medical Association Journal* 184, no. 6 (2012), 666-668.

L'Engle, Madeleine. *A Wind in the Door*. New York: Dell, 1980.

Lerner, Barron H. *The Good Doctor: A Father, a Son, and the Evolution of Medical Ethics*. New York: Beacon, 2014.

Levy, Deborah. *The Cost of Living: An Autobiography*. New York: Bloomsbury, 2019.

Lewis, Sinclair. *Arrowsmith*. New York: New American Library, 2011.

Li, Qian-Qian, et al. "Acupuncture effect and central autonomic regulation." *Evidencebased Complementary and Alternative Medicine: eCAM* vol. 2013 (2013), 267959.

Lockshin, Michael D. "Pregnancy Loss and Antiphospholipid Antibodies." *Lupus* 7, no. 2 (February 1998), 86-89.

——— . *The Prince at the Ruined Tower: Time, Uncertainty, and Chronic Illness*. New York: Custom Databanks, Inc., 2017.

Logue, Jennifer K., Nicholas M. Franko, and Denise McCulloch. "Sequelae in Adults at 6 Months After COVID-19 Infection." *JAMA Network Open* 4, no. 2 (February 19, 2021).

Lorde, Audre. *The Cancer Journals*. San Francisco: Aunt Lute Books, 1980.

Lu, L., J. Barbi, and F. Pan. "The regulation immune tolerance by FOXP3." *Nature Reviews Immunology* 17 (2017), 703-717.

MacIntyre, Alasdair. *After Virtue: Moral Theory.* 3rd edition. Notre Dame: University of Notre Dame Press, 2007.

Main, T. F. "The Ailment." *British Journal of Medical Psychology* 30, no. 3 (September 1975), 129-145.

Makary, Martin A., and Michael Daniel. "Medical error—the third leading cause of death in the US," *BMJ* 353 (2016), i2139.

Manguso, Sarah. *The Two Kinds of Decay.* New York: Farrar, Straus and Giroux, 2008.

Marzec, Natalie Christina Nelson, Paul Ravi Waldron, et al. "Serious Bacterial Infections Acquired During Treatment of Patients Given a Diagnosis of Chronic Lyme Disease—States." *Morbidity and Mortality Weekly Report* 66, no. 23 (June 16, 2017), 607-609.

Matzinger, Polly. "The Danger Model: A Renewed Sense of Self." *Science* 296, no. 5566 (April 2002), 301-305.

McEwen, B. S. "Stress, Adaptation and Disease: Allostasis and Allostatic Load." *Annals of the New York Academy of Sciences* 840 (May 1998), 33-44.

McEwen, B. S., and Eliot Stellar. "Stress and the Individual: Mechanisms Leading to Disease." *Archives of Internal Medicine* 153, no. 18 (September 1993), 2093-2101.

"Medicine and Medical Science: Black Lives Must Matter More." *The Lancet* 395 (June 13, 2020), 1813.

Mitchell, S. Weir. *Wear and Tear: Or, Hints for the Overworked.* New York: Arno Press, 1973. First published by J. B. Lippincott Company, 1871.

Monmaney, Terence. "Marshall's Hunch." *The New Yorker* (September 12, 1993), 64-72.

Moore, Andrew, Christina Nelson, Claudia Molins, et al. "Current Guidelines, Common Clinical Pitfalls, and Future Directions for Laboratory Diagnosis of Lyme Disease, United States." *Emerging Infectious Diseases* 22, no. 7 (July 2016), 1169-1177.

Moseley, J. Bruce, Kimberley O'Malley, Nancy J. Petersen, et al. "A Controlled Trial of Arthroscopic Surgery for Osteoarthritis of the Knee." *The New England Journal of Medicine* 347 (July 11, 2002), 81-88.

Mullington, Janet M., Monika Haack, Maria Toth, et al. "Cardiovascular, Inf lammatory, and Metabolic Consequences of Sleep Deprivation." *Progress in Cardiovascular Diseases* 51, no. 4 (January-February 2009), 294-302.

Nakazawa, Donna Jackson. *The Autoimmune Epidemic: Bodies Gone Haywire in a World out of Balance—and the Cutting-Edge Science That Promises Hope.* New York: Touchstone, 2008.

National Institutes of Health Autoimmune Diseases Coordinating Committee. *Progress in Autoimmune Diseases Research: Report to Congress.* Washington, DC: U.S. Department of Health and Human Services and National Institutes of Health, March 2005.

Neuman, Hadar, Paul Forsythe, Atara Uzan, et al. "Antibiotics in Early Life: Dysbiosis and the Damage Done." *FEMS Microbiology Reviews* 42, no. 4 (July 2018), 489–499.

Neumann, Melanie, Friedrich Edelhäuser, Diethard Tauschel, et al. "Empathy Decline and Its Reasons: A Systematic Review of Studies with Medical Students and Residents." *Academic Medicine* 86, no. 8 (August 2011), 996-1009.

Ng, Brandon W., Namrata Nanavaty, and Vani A. Mathur. "The Influence of Latinx American Identity on Pain Perception and Treatment Seeking." *Journal of Pain Research* 12 (2019), 3025-3035.

Nietzsche, Friedrich. *The Gay Science: With a Prelude in Rhymes and an Appendix of Songs.* Translated with commentary by Walter Kaufmann. New York: Vintage, 1974.

Nnoaham, Kelechi E., Lone Hummelshoj, Premila Webster, et al. "Impact of Endometriosis on Quality of Life and Work Productivity: A Multicenter Study Across Ten Countries." *Fertility and Sterility* 96, no. 2 (August 2011), 366-373.

Nobel Lectures, Physiology or Medicine 1901-1921. Amsterdam: Elsevier Publishing Company, 1967; Niels Ryberg Finsen—Biographical. NobelPrize.org, Nobel Prize Outreach AB 2021. August 14, 2021, https://www.nobelprize.org/prizes/medicine/1903/finsen/biographical.

Noble, Bill, David Clark, Meldrum, et al. "The Measurement of Pain, 1945-2000." *Journal of Pain Symptom Management* 29, no. 1 (January 2005), 14-20.

Obenchain, Theodore G. Genius Belabored: *Childbed Fever and the Tragic Life of Ignaz Semmelweis.* Tuscaloosa: University of Alabama Press, 2016.

Offill, Jenny. *Dept. of Speculation.* New York: Vintage, 2014.

Ofri, Danielle. *What Doctors Feel: How Emotions Affect the Practice of Medicine.* Boston: Beacon, 2014.

———. "When the Patient Is 'Non-Compliant.'" *Well* (blog). *The New York Times* (November 15, 2012), https://archive.nytimes.com/well.blogs.nytimes.com/2012/11/15/when-the-patient-is-noncompliant/.

Okada, H., C. Kuhn, H. Feillet, and J.-F. Bach. "The 'Hygiene Hypothesis' for Autoimmune and Allergic Diseases: An Update." *Clinical and Experimental Immunology* 160, no. 1 (April 2010), 1-9.

Oosting, Marije, Mariska Kerstholt, Rob ter Horst, et al. "Functional and Genomic Architecture of *Borrelia burgdorferi*-Induced Cytokine Responses in Humans." *Cell Host and Microbiome* 20, no. 6 (December 2016), 822-833.

"OpenBiome." Center for Microbiome Informatics and Therapeutics, Massachusetts Institute of Technology (2012), https://microbiome.mit.edu/our-ecosystem/openbiome/.

O'Rourke, Meghan. *The Long Goodbye: A Memoir.* New York: Riverhead Books, 2011.

———. "What's Wrong with Me?" The New Yorker (August 26, 2013), https://www.newyorker.com/magazine/2013/08/26/whats-wrong-with-me.

Park, Chanmo, Francesco Pagnini, Andrew Reece, et al. "Blood Sugar Level Follows Perceived Time Rather Than Actual Time in People with Type 2 Diabetes." *Proceedings of the Natural Academy of Sciences in the United States of America* 113, no. 29 (July 19, 2016), 8168-8170.

Park, Jinbin. "Historical Origins of the Tuskegee Experiment: The Dilemma of Public Health in the United States." *Korean Journal of Medical History: Ui Sahak* 26, no. 3 (December 2017), 545-578.

Paul, William E. *Immunity.* Baltimore: Johns Hopkins University Press, 2015.

Pavlíčková, J., J. Zbíral, M. Smatanová, et al. "Uptake of Thallium from Artificially Contaminated Soils by Kale (*Brassica oleracea* L. var. *acephala*)." *Plant, Soil and Environment* 52, no. 12 (December 2006), 544-549.

Peabody, Francis W. "The Care of the Patient." *The Journal of the American Medical Association* 88, no. 12 (1927), 877-882.

Peterson, Laurie. "Live from Davos: Aetna CEO on Health, Reinvention, and Yoga." *Yahoo News* (January 22, 2014).

Pfeiffer, Mary Beth. "The Battle over Lyme Disease: Is It Chronic?" *Poughkeepsie Journal* (May 30, 2015), https://www.poughkeepsiejournal.com/story/

news/health/lyme-disease/2014/03/26/so-called-lyme-wars/6907209/.

Philpott, Tom. "Sorry, Foodies: We're About to Ruin Kale." *Mother Jones* (July 15, 2015), https://www.motherjones.com/food/2015/silent-killer/.

Pope, Alexander. "Epistle to Dr. Arbuthnot." In *Alexander Pope*. Edited by Pat Rogers. Oxford: Oxford University Press, 1993, 336–350.

Prochnik, George. *In Pursuit of Silence: Listening Meaning in a World of Noise*. New York: Doubleday, 2010.

Qin, Xiaofa. "What Caused the Increase Autoimmune and Allergic Diseases: A Decreased or an Increased Exposure Luminal Microbial Components?" *World Journal of Gastroenterology* 13, no. 8 (February 2007), 1306-1307.

Rabin, Roni Caryn. "Health Researchers Will Get $10.1 Million to Counter Gender Bias in Studies." *The New Times* (September 23, 2014), https://www.nytimes.com/2014/09/23/health/23gender.html.

―――. "Trial of Chelation Therapy Shows Benefits, but Doubts Persist." *Well* (blog). *The New York Times* (April 15, 2013), https://archive.nytimes.com/well.blogs.nytimes.com/2013/04/15/trial-of-chelation-therapy-shows-benefits-but-doubts-persist/.

Ratner-Rosenhagen, Jennifer. "A Mind of One's Own." *Dissent* (Fall 2015), https:// www.dissentmagazine.org/article/mind-ones-own-feminist-wisdom.

Rebman, Alison W., Kathleen T. Bechtold, Ting Yang, et al. "The Clinical, Symptom, and Quality-of-Life Characterization of a Well-Defined Group of Patients with Posttreatment Lyme Disease Syndrome." *Frontiers in Medicine* (December 14, 2017), https://www.frontiersin.org/articles/10.3389/fmed.2017.00224/full.

Rehmeyer, Julie, *Through the Shadowlands: A Science Writer's Odyssey into an Illness Science Doesn't Understand*. Emmaus: Rodale Press, 2017.

Rensberger, Boyce. "A New Type of Arthritis Found in Lyme." *The New York Times* (July 18, 1976), https://www.nytimes.com/1976/07/18/archives/a-new-type-of-arthritis-found-in-lyme-new-form-of-arthritis-is.html.

Rosenberg, Charles E. "Back to the Future." *The Lancet* 382, no. 9895 (September 2013), 851-852.

―――. *Our Present Complaint: American Medicine, Then and Now*. Baltimore: Johns Hopkins University Press, 2007.

Rosen, George. "What Is Social Medicine? A Genetic Analysis of the Concept."

보이지 않는 질병의 왕국

Bulletin of the History of Medicine 21 (1947), 674-733.

Sacks, Oliver. *A Leg to Stand On.* New York: Summit Books, 1984.

Sapir, T., H. Carp, and Y. Shoefeld. "Intravenous Immunoglobulin (IVIG) as Treatment for Recurrent Pregnancy Loss (RPL)." *Harefuah* 144, no. 6 (2005), 415-420.

Sapolsky, Robert M. *Why Zebras Don't Get Ulcers: The Acclaimed Guide to Stress, Stress-Related Diseases, and Coping.* 3rd edition. New York: Macmillan, 2004.

Sarno, John. *Healing Back Pain: The Mind-Body Connection.* New York: Grand Central Publishing, 1991.

———. *The Mindbody Prescription: Healing the Body, Healing the Pain.* New York: Grand Central Publishing, 1998.

Scarry, Elaine. *The Body in Pain: The Making and Unmaking of the World.* Oxford: Oxford University Press, 1987.

Scheffold, Norbert, Bernhard Herkommer, Reinhard Kandolf, and Andreas E. May. "Lyme Carditis—Diagnosis, Treatment and Prognosis." *Deutsches Arzteblatt International* 112, no. 12 (March 2015), 202-208.

Schulman, Kevin A., Jesse A. Berlin, William Harless, et al. "The Effect of Race and Sex on Physicians' Recommendations for Cardiac Catheterization." *The New England Journal of Medicine* 340 (February 25, 1999), 618-626.

Schulte, Margaret F. "Editorial." *Frontiers of Health Services Management* 29, no. 4 (Summer 2013), 1-2.

Sevelsted, Astrid, Jakob Stokholm, Klaus Bonnelykke, Bisgaard. "Cesarean Section and Chronic Immune Disorders." *Pediatrics* no. 1 (2015), 92-98.

Shah, Neil D., and Michael W. Fried. "Treatment Options of Patients with Chronic Hepatitis C Who Have Failed Prior Therapy." *Clinical Liver Disease* 7, no. 2 (February 2016), 40-44.

Shaw, George Bernard. *The Doctor's Dilemma.* London: Penguin New Edition, 1987.

Sheng, Julietta A., Natalie J. Bales, Sage Myers, et al. "The Hypothalamic-Pituitary-Adrenal Axis: Development, Programming Actions of Hormones, and Maternal-Fetal Interactions." *Frontiers in Behavioral Neuroscience* (January 13, 2021), 1-21.

Sicherman, Barbara. "The Uses Diagnosis: Doctors, Patients, and Neurasthenia." *Journal of the History of and Allied Sciences* 32, no. 1 (January 1977), 33-54.

Siegel, Bernie S. *Love, and Miracles*. New York: HarperCollins, 1986.

Sigmund, Barbara Boggs. "I Didn't Give Myself Cancer." *The New York Times* (December 30, 1989), A25.

Silverstein, Arthur M. "Autoimmunity Versus Horror Autotoxicus: The Struggle for Recognition." *Nature Immunology* 2, no. 4 (May 2001), 279-281.

Singh Ospina, Phillips, K. A., Rodriguez-Gutierrez, R., et al. "Eliciting the Patient's Agenda—Secondary Analysis of Recorded Clinical Encounters." *Journal of General Internal Medicine* 34, (2019), 36-40.

Singh, S. K., and H. J. Girschick. "Lyme Borreliosis: From Infection to Autoimmunity." *Clinical Microbiology and Infection* 10, no. 7 (2004), 598-614.

Smatti, Maria K., Farhan S. Cyprian, Gheyath K. Nasralla, et al. "Viruses and Autoimmunity: A Review on the Potential Interaction and Molecular Mechanisms." *Viruses* 11, no. 8 (August 2019), 762.

Smith-Rosenberg, Carroll. "The Hysterical Woman: Sex Roles and Role Conflict in Nineteenth-Century America." *Social Research* 39, no. 4 (Winter 1972), 652-678.

Smith-Rosenberg, Carroll, and Charles Rosenberg. "The Female Animal: Medical and Biological Views of Woman and Her Role in Nineteenth-Century America." T*he Journal of American History* 60, no. 2 (September 1973), 332-356.

Sonnenburg, Justin, and Erica Sonnenburg. The Good Gut: Taking Control of Your Weight, Your Mood, and Your Long-Term Health. New York: Penguin, 2015.

Sontag, Susan. A*lice in Bed: A Play*. New York: Farrar, Straus and Giroux, 1993.

———. *Conversations with Susan Sontag*. Edited by Leland Poague. Jackson: University Press of Mississippi, 1997.

———. *Ilness as Metaphor and AIDS and Its Metaphors*. New York: Farrar, Straus and Giroux, 2003.

Specter, Michael. "Germs Are Us." *The New Yorker* (October 22, 2012), 32-39.

Spiegel, David, Helena C. Kraemer, Joan R. Bloom, and Ellen Gottheil. "Effect of Psychosocial Treatment on Survival of Patients with Metastatic Breast Cancer." *The Lancet* 334, no. 8668 (1989), 888-891.

Spiegel, David, Lisa D. Butler, Janine Giese-Davis, et al. "Effects of Supportive-Expressive Group Therapy on Survival of Patients with Metastatic Breast

Cancer: A Randomized Prospective Trial." *Cancer* 110, no. 5 (September 2007), 1130-1138.

Spreng, M. "Possible Health Effects of Noise Induced Cortisol Increase." *Noise Health* 2, no. 7 (2000), 59-64.

Starr, Paul. *The Social Transformation of American Medicine: The Rise of a Sovereign Profession and the Making of a Vast Industry.* New York: Basic Books, 2017.

Stauffer, Jill. *Ethical Loneliness: The Injustice of Not Being Heard.* New York: Columbia University Press, 2018.

Steinberg, M., E. D. Benjamin, et al. "Bacteria and the Neural Code." *The New England Journal of Medicine* 371 (2014), 2131-2133.

Steptoe, Andrew, and Mika Kivimäki. "Stress and Cardiovascular Disease." *Nature Reviews Cardiology* 9, no. 6 (April 2012), 360-370.

Sternberg, Esther M. *Healing Spaces: The Science and Well-Being.* Cambridge, MA: Belknap Press, 2009.

Stevens, Patricia E., and Pamela K. Pletsch. "Informed Consent and the History of Inclusion of Women in Clinical Research." *Health Care for Women International* 23 (2002), 809-819.

Stitt, Jennifer. "Will COVID-19 Strengthen Our Bonds?" *Guernica* (May 12, 2020), https://www.guernicamag.com/will-covid-19-strengthen-our-bonds/.

Stix, Gary. "A Malignant Flame." *Scientific American* (July 1, 2008), https://www.scientificamerican.com/article/a-malignant-flame-2008-07/.

Strachan, D. P. "Hay Fever, Hygiene, and Household Size." *The British Medical Journal* 299, no. 6710 (November 18, 1989), 1259-1260.

Strouse, Jean. *Alice Biography.* With a preface by Colm Tóibín. New York: New York Review Classics, 2011.

Stubbs, John. *John Donne: The Reformed Soul.* New York: W. W. Norton, 2008.
"Study: CDC's Two-Tier Lyme Testing Was Inaccurate in More Than 70% of Cases." LymeDisease.org News (February 26, 2020), https://www.lymedisease.org/study-cdcs-two-tier-lyme-testing-was- inaccurate-in-more-than-70-of-cases/.

Styron, William. *Darkness Visible: A Memoir of Madness.* New York: Vintage, 1992.

"Susan Sontag Found Crisis of Cancer Added a Fierce Intensity to Life." *The New*

York Times (January 30, 1978), 19.

Sweet, Victoria. Slow Medicine: The Way to Healing. New York: Riverhead Books, 2017.

Talley, Colin Lee. "The Emergence of Multiple Sclerosis, 1870-1950: A Puzzle of Historical Epidemiology." Perspectives in Biology and Medicine 48, no. 3 (2005), 383-395.

Tate, Leslie. "Study Finds Evidence of Persistent Lyme Infection in Brain Despite Aggressive Antibiotic Therapy." Tulane News (May 17, 2021), https://news. tulane.edu/pr/study-finds-evidence-persistent-lyme-infection-brain-despite-aggressive-antibiotic-therapy.

Thernstrom, Melanie. The Pain Chronicles: Cures, Myths, Mysteries, Prayers, Diaries, Brain Scans, Healing, and the Science of Suffering. New York: Farrar, Straus and Giroux, 2010.

Tick-Borne Disease Working Group. 2018 Report to Congress. Washington, DC: U.S. Department of Health and Human Services (2018), https://www.hhs. gov/sites/default/files/tbdwg-report-to-congress-2018.pdf.

Tillisch, Kirsten, Jennifer Labus, Lisa Kilpatrick, et al. "Consumption of Fermented Milk Product with Probiotic Modulates Brain Activity." Gastroenterology 144, no. 7 (June 2013), 1394-1401.

Todd, K. H., C. Deaton, A. P. D'Adamo, and L. Goe. "Ethnicity and Analgesic Practice." Annals of Emergency Medicine 35, no. 1 (January 2000), 11-16.

van Nood, Els, Anne Vrieze, Max Nieuwdorp, et al. "Duodenal Infusion of Donor Feces for Recurrent Clostridium difficile." The New England Journal of Medicine 368 (January 31, 2013), 407-415.

Velasquez-Manoff, Moises. An Epidemic of Absence: A New Way of Understanding Allergies and Autoimmune Diseases. New York: Scribner, 2012.

Vidali, Amy. "Hysterical Again: The Gastrointestinal Woman in Medical Discourse." Journal of Medical Humanities 34 (2013), 33-57.

Von Hertzen, L. C., and T. Haahtela. "Asthma and Atopy—The Price of Affluence?" Allergy 59, no. 2 (February 2004), 124-137.

Wahls, Terry, with Eve Adamson. The Wahls Protocol: A Radical Way to Treat All Chronic Autoimmune Conditions Using Paleo Principles. New York: Avery, 2014.

Wailoo, Keith. Pain: A Political History. Baltimore: Johns Hopkins University

보이지 않는 질병의 왕국

Press, 2014.

Wang, Aolin, Dimitri Panagopoulos Abrahamsson, Jiang, et al. "Suspect Screening, Prioritization, and Confirmation of Environmental Chemicals in Maternal-Newborn Pairs from San Francisco." *Environmental Science and Technology* 55, no. 8 (2021), 5037-5049.

Washington, Harriet A. *Infectious Madness: Surprising Science of How We "Catch" Mental Illness.* New York: Little, 2015.

Williamson, A. M., and Anne-Marie Feyer. "Moderate Sleep Deprivation Produces Impairments in Cognitive and Performance Equivalent to Legally Prescribed Levels of Alcohol Intoxication." *Occupational and Environmental Medicine* 57, no. 10 (October 2000), 649-655.

Williamson, John B., Eric C. Porges, Damon G. Lamb, and Stephen W. Porges. "Maladaptive Autonomic Regulation in PTSD Accelerates Physiological Aging." *Frontiers in Psychology* (January 2015), 1571.

Wilson, James L. *Adrenal Fatigue: The 21st Century Stress Syndrome.* With a foreword by Jonathan V. Wright. Smart Publications, 2002.

Wiman, Christian. *He Held Radical Light: The Art of Faith, the Faith of Art.* New York: Farrar, Straus and Giroux, 2018.

Woolf, Steven H., Laudan Aron, Lisa Dubay, et al. "How Are Income and Wealth Linked to Health and Longevity?" Urban Institute, Center on Society and Health (April 2015), https://www.urban.org/sites/default/files/publication/49116/2000178-How-are-Income-and-Wealth-Linked-to-Health-and-Longevity.pdf.

Woolf, Virginia. *On Being Ill.* Ashfield, MA: Paris Press, 2002.

World Health Organization Regional Office for Europe. "Lyme Borreliosis in Europe." European Centre for Disease Prevention and Control (2014), https://www.ecdc.europa.eu/sites/portal/files/media/en/healthtopics/vectors/world-health-day-2014/Documents/factsheet-lyme-borreliosis.pdf.

Wormser, Gary P., Raymond J. Dattwyler, Eugene D. Shapiro, et al. "The Clinical Assessment, Treatment, and Prevention of Lyme Disease, Human Granulocytic Anaplasmosis, and Babesiosis: Clinical Practice Guidelines by the Infectious Diseases Society of America." *Clinical Infectious Diseases* 43, no. 9 (November 2006), 1089-1134.

Wormser G. P., D. McKenna, C. Scavarda, et al. "Co-infections in Persons with

Early Lyme Disease, New York, USA." *Emerging Infectious Diseases* 25, no. 4 (2019), 748-752.

Wybran, J. "Enkephalins and Endorphins as Modifiers of the Immune System: Present and Future." *Federation Proceedings* 44, no. 1 (January 1985), 92-94.

Xu, Huihui, Meijie Lui, Jinfeng Cao, et al. "The Dynamic Interplay Between the Gut Microbiota and Autoimmune Diseases." *Journal of Immunology Research* (2019).

Yang, Chen-Yen, Patrick S. C. Leung, Iannis E. Adamopoulos, and M. Eric Gershwin. "The Implication of Vitamin D and Autoimmunity: A Comprehensive Review." *Clinical Review of Allergy Immunology* 45, no. 2 (October 2013), 217-226.

Young, Jarred, Luke Parkitny, and David McLain. "The Use of Low-Dose Naltrexone (LDN) as a Novel Anti-Inflammatory Treatment for Chronic Pain." *Clinical Rheumatology* 33, no. 4 (2014), 451-459.

Zhang, Zimu, and Rongxin Zhang. "Epigenetics in Autoimmune Diseases: Pathogenesis and Prospects for Therapy." *Autoimmunity Reviews* 14, no. 10 (2015), 854-863.

Zuo, Y., et al. *Science Translational Medicine* 12, no. 570 (November 18, 2020).